btb

Buch

Kelheim im September 1231: Herzog Ludwig von Bayern wird in aller Öffentlichkeit erstochen. Person und Motiv des Attentäters liegen im dunkeln. Die wenigen Spuren verweisen auf den Templerorden, auf Kaiser Friedrich II. und auf den Alten vom Berge, Oberhaupt der moslemischen Assassinen, der in seiner Festung Alamut in Persien lebt.
Der Tempelritter Orlando da Padua wird von seinem Orden beauftragt, nach Alamut zu reisen, um die Hintergründe der Tat zu erforschen. Nach Überwindung vieler Gefahren erreicht er die geheimnisumwitterte Festung. Er verbirgt seine wahre Identität und wird in die Geheimlehren der Assassinen eingeweiht. Mehr und mehr verfällt er den betörenden Reizen einer fremden Kultur, ihrem Raffinement, ihrer Erotik und Sinnenfreude und entfremdet sich seiner Herkunft.
Das Zeitalter der Kreuzzüge, das Wüten der christlichen Heerscharen gegen die Sarazenen, politische Ränkespiele und Intrigen zwischen dem Papst und dem Kaiser, Macht und Reichtum der Orden bilden den bewegten historischen Hintergrund. Immer tiefer verstrickt sich Orlando in sein Doppelspiel, er ist Akteur und Getriebener zugleich. Doch wer zieht die Fäden? Wo liegt der Ursprung des Verrats?

Autor

E. W. Heine, in Berlin geboren, arbeitete als Architekt über ein Jahrzehnt in Südafrika und Saudi-Arabien. Er lebt heute als freier Autor in Bayern. Neben seinen kulturgeschichtlichen Büchern wurde er einem größeren Publikum vor allem durch seine skurril-makabren Geschichten bekannt, die unter dem Titel »An Bord der Titanic« (1993) erschienen sind. »Das Halsband der Taube« ist Heines erster Roman.

E.W. Heine

Das Halsband der Taube

Roman

btb

Umwelthinweis:
Alle bedruckten Materialien dieses Taschenbuches
sind chlorfrei und umweltschonend.

btb Taschenbücher erscheinen im Goldmann Verlag,
einem Unternehmen der Verlagsgruppe Bertelsmann.

1. Auflage
Genehmigte Taschenbuchausgabe Mai 1996
Copyright © 1994 by Albrecht Knaus Verlag GmbH, München
Umschlaggestaltung: Design Team München
Umschlagmotiv: Jean-Léon Gérôme, Eremitage, St. Petersburg
Satz: IBV Satz- und Datentechnik GmbH, Berlin
Druck: Presse-Druck, Augsburg
T. T. · Herstellung: Ludwig Weidenbeck
Made in Germany
ISBN 3-442-72000-1

In den Tälern von Dailam
findet man im Frühling
tote Taubenvögel,
so weiß wie der Schnee.
Es heißt, sie töten
einander aus Liebe.
Um den Hals tragen sie
leuchtendrot
eine Kette von Blutstropfen:
Tauq al-hamama,
das Halsband der Taube.

DER AUFTRAG

NON NOBIS DOMINE, NON NOBIS
SED NOMINI TUO DA GLORIAM

Nicht uns, Herr, nicht uns,
sondern Deinem Namen gib die Ehre

Losung der Templer

WIE EIN BIBERBAU lag Burg Keltege im Strom. Das bemooste Gemäuer troff von Nässe. Grünschimmelige Schleier klebten wie Spinnengewebe an verrostetem Gitterwerk. Weiden und Wasserschierling wucherten auf den Wällen. Das Rauschen der Donau durchdrang die Mauern und eisenbeschlagenen Tore, ja selbst die Gedanken und den nächtlichen Schlaf. Geschwätzig und wissend wie eine alte Frau war der Fluß. Er behütete Hunnengold, Gotengräber, römische Ruinen, Marientaler und heimlich versenktes Hexengerät. Ewig und dennoch in stetem Wandel beherrschte der Fluß alle Wunder der Verwandlung. Mondlicht, das in milden Maiennächten auf dem Wasser lag, wurde beim Gesang der Nixen zu Silber. Sonnenstrahlen, die zur Sommersonnenwende den dunklen Grund der Donau erreichten, gerannen beim Geläut der Glocken zu Gold. Allwissend wie Gott war der Strom. Er wußte von dem Fluch, der an jenem Morgen zwei Tage vor Lamberti über der hölzernen Brücke hing. Die Wellen erwarteten ihr Opfer.

Als Ludwig der Kelheimer an jenem Septembermorgen hinüberblickte zu der hölzernen Brücke, die die herzogliche Insel mit Kelheim verband, war seine Lebensuhr abgelaufen. Man schrieb den 15. September Anno Domini 1231.

Täglich zur gleichen Stunde besuchte der Herzog seine Stadt. «Inspectio» nannte er diesen Gang durch die Gassen. Sein Sohn, etliche Ritter, eine Schar von Höflingen und die Hunde der Herzogin begleiteten ihn.

An jenem Morgen lockte die spätsommerliche Sonne wohlig warm. Wildenten trieben mit gespreiztem Gefieder im Flachen, umschwirrt vom Tanz der Mücken über dem Ufermorast. Selbst die scheuen Wasserratten hatten sich hervorgewagt. Die angeleinten Hunde verbellten sie.

Als Ludwig die Brücke erreichte, sah er auf der anderen Seite den Mann. Er stand dort, als habe er den Herzog erwartet. In der Linken hielt er ein aufgerolltes Pergament. Ludwig liebte es nicht, wenn man ihn während seines Stadtganges belästigte. Die Kelheimer wußten das und richteten sich danach. Der Fremde hatte den Oberkörper vorgeneigt. Sein Gesicht war nicht zu erkennen. Das blonde Haar leuchtete in der Sonne. Er trug es lang wie ein Freier. Er wirkte sehr jung und trotz seiner bittenden Haltung kühn, ja fast anmaßend.

Die Hunde begannen zu bellen und zu reißen.

«Weg da! Aus dem Weg!» rief der Höfling, der sie führte.

«Laß das!» sagte Ludwig. «Jedermann verdient, daß man ihn anhört.»

Er befand sich jetzt mit dem Fremden auf gleicher Höhe und wollte nach dem Pergament greifen, als jener einen Schritt vortrat und dem Herzog ein Stilett durch den Hals stieß. Es geschah so schnell und überraschend, daß weder Ludwig noch seine Begleiter das Entsetzliche zu fassen vermochten. Mit weit aufgerissenen Augen, mehr erstaunt als erschrocken, betrachtete der Herzog seinen Mörder. Die Hände umklammerten die klaffende Wunde. Der Herzog wankte. Dann schlug er zu Boden wie ein Baum, durch dessen Stamm die Säge gefahren ist. Sein Sturz löste die Männer aus ihrer Erstarrung. Wie Pfeile vom Bogen schwirrten die Schwerter aus der Scheide. Während der Herzog grauenvoll röchelnd sein Leben aushauchte, zerhackten seine Ritter den Mörder mit grimmigen Hieben. Es war ein so gräßliches Gemetzel, daß der herbeigerufene Wundarzt glaubte, er hätte es mit vielen Verwundeten zu tun. Die Rächer trieften vom Blut ihres Opfers. Dem Fremden fehlten beide Arme und ein Fuß. Seine Eingeweide klebten in Fetzen zwischen den Brettern der Brücke. Der Anblick war derart ekelhaft, daß die Höflinge Sand über den Leichnam warfen und die abgeschlagenen Gliedmaßen kurzerhand in die Donau stießen.

Für den Herzog kam jede Hilfe zu spät. Er erlitt den Tod, den man für den allerschlimmsten erachtete. Unvorbereitet, ohne Beichte und ohne Sterbesakramente hatte ihn ein grausames Geschick aus dem Leben gerissen. Sie hatten den Toten mit seinem Mantel zugedeckt. Er lag rücklings auf den Planken und wartete auf seine würdige Heimholung. Keiner der Herbeigelaufenen sprach. Alle waren wie gelähmt von dem Fluch, der auf diese Brücke gefallen war.

Wer war der Mörder? Warum hatte er das getan?

Ludwig war kein Tyrann. Seine Untertanen liebten ihn. War es die Tat eines Wahnsinnigen? Oder hatte der Meuchelmörder im Auftrag einer höheren Macht gehandelt? Gab es Mitverschwörer unter den Begleitern des Herzogs? Warum hatten sie es so eilig gehabt, den Täter zu richten? Fürchteten sie, er könne unter der Folter Namen nennen? Was hatte in dem Brief gestanden, den der Fremde dem Herzog überreichen wollte? Sie suchten ihn vergeblich. Hatte ihn der Fluß davongetragen? Oder hatte ihn jemand an sich genommen?

Endlich wurde der Leichnam auf einen Leiterwagen gehoben, zwei Rappen davor. So zogen sie ihn durch die Stadt am Strom, eingesponnen in Nebel und Schwermut, vorbei an grauem Mauerwerk, von der Zeit zerfressen, an dramatisch vernutzten Treppen. Lattenzäune: zerbrochen, lückenhaft wie grinsende Greisenmünder. Rieddächer: schief, viel zu groß auf verkrüppeltem Fachwerk, Narrenkappen auf Kinderköpfen. Und immer wieder Stege, Brücken, Bogen, Übergänge, denn die Stadt war voller Kanäle. In den Gassen trockneten geflickte Netze. Fisch, das Fleisch der Armen, gab es in feuchter Fülle. In unverglasten Fensterlöchern drängelten sich Blumentöpfe, stumpfe unglasierte Scherben. Wäsche trocknete im Wind neben Zwiebelzöpfen, Dörrfisch und Kräutersträußen: Baldrian, Borretsch und Bohnenkraut.

Stolz streckte die Stadt ihre Türme zum Himmel: Wehrtürme, Wachtürme, Schuldturm und Rathausturm, vor allem jedoch die Glockentürme der Gotteshäuser, von denen jetzt die Totenklage gellte.

Noch selbigen Tages wurde der abgeschlagene Kopf des Attentäters öffentlich ausgestellt. Das geschah nicht wie üblich vor dem Stadttor, sondern in der zugigen Durchfahrt des Torhofes, um die rasche Verwesung zu verzögern. Der Kopf steckte auf einer Lanze. Die offenen Augen waren glanzlos wie die Augen von Flußfischen, die nicht am Fangtag verkauft werden. Zwei Wachen standen Tag und Nacht dabei, um den Kopf vor dem Zorn der Kelheimer und der Gier der Raben zu beschützen. Ein Trommler verkündete dem gaffenden Volk, daß eine Belohnung von vier Pfund Heller in Silber auf denjenigen warte, der Name und Herkunft des Mörders zu nennen vermöchte.

Zu Lamberti ritten vier geistliche Herren durch das Stadttor von Kelheim. Es waren dies Abt Babo von Biburg und Abt Sylvester von Weltenburg, in Begleitung der beiden Tempelherren Domenicus von Aragon und Ferdinand Le Fort.

Als die Reiter den aufgespießten Kopf passierten, der sich mit ihren Gesichtern in gleicher Höhe befand, stieß Domenicus einen so wilden Schrei aus, daß sein Schimmel scheute und ihn abwarf.

In der Nacht – sie war mondlos und windig – kehrten die beiden Tempelherren zurück. Im Licht der Stallaterne untersuchten sie den abgeschlagenen Kopf. Sie betasteten das blutige Haar und blickten in den geöffneten Mund.

Am Hals oberhalb der Stelle, wo man den Kopf vom Rumpf gehackt hatte, entdeckten sie eine Kette von rätselhaften Hautmalen.

«Was sind das für seltsame Narben?»

«Sieht aus wie eingebrannt.»

«Nein, wie Bisse, Vampirbisse oder Teufelskrallen.»

Die Männer bekreuzigten sich.

«Ihr kennt den Mann?» fragte die Wache.

«Da behüte uns Gott vor», erwiderte Domenicus, der jüngere der beiden Templer.

Als sie heimritten in ihre Herberge, sagte er: «Ich habe ihn sofort erkannt. Das Baphomet-Brandmal unter seinem Nackenhaar...»

«Ich habe es gesehen. Es gibt keinen Zweifel.»

«Aber diese seltsamen Narben auf seinem Hals, was haben die zu bedeuten? Sie waren älter als der Tod des Mannes. Sie waren bereits vernarbt. Ich habe niemals zuvor dergleichen gesehen.»

«Mein Gott, einer von uns! Wie ist das möglich? Das kann doch nicht sein.»

«Stultorum plena sunt omnia. Die Welt ist voll von Torheiten.»

EINEN TAGESRITT VON Paris entfernt, in der Templerfeste Jisur, hatten die Fratres capellani, die geistlichen Ordensbrüder, die Morgenmesse mit einem Tedeum beendet. Die Fratres milites, die Templer, die vornehmlich für den Kampf ausgebildet waren, sattelten in den Ställen ihre Pferde für die leichte Attacke, mit der der tägliche Waffendrill begann. Die Fratres servientes, die Handwerker, waren seit Sonnenaufgang bei der Arbeit, um das trockene Wetter auszunutzen. Auf dem Dach der Mälzerei hämmerten die Zimmerleute. Die Baumeister, die Brüder der Freiheit hießen, mischten Kalkmörtel für die neuen Kemenaten des Kastellan. Aus der Schmiede klang das glockenhelle Schlagen der Brüder der Pflicht.

In den unteren Klostergärten zwischen Wald und Fischwasser war Orlando damit beschäftigt, einen Hamsterbau auszuheben. Er wischte sich den Schweiß von der Stirn, während sein junger Gehilfe weiterschaufelte. Plötzlich rief dieser: «Seht nur, seht! Wir haben sein Versteck gefunden.» Der Boden war eingebrochen. Darunter kam ein Hohlraum zum Vorschein. Orlando kniete nieder, um die lehmige Erde mit den Händen fortzuräumen. Goldene Getreidekörner quollen hervor.

«Schau dir das an», sagte Orlando. «Er hat das Hundertfache seines Körpergewichtes geerntet und gespeichert, ohne Sichel, ohne Sack und ohne Wagen. Kein Bauer könnte das. Diese Körner liegen seit fast einem halben Jahr unter der Erde, ohne zu keimen und ohne zu faulen. Wie schafft der Bursche das nur? Wenn wir dahinterkämen, wie er das bewerkstelligt, so bräuchten wir keine Scheunen und keine Speicher.»

Sie füllten vier Säcke mit Weizenkorn.

«Das ist nichts im Vergleich mit dem Tannhäher», fuhr Orlando fort. «Der sammelt mehr als hundert mal tausend Bucheckern, die er auf über tausend Baumhöhlen verteilt. Und er findet sie fast alle wieder, so wie die kleine Sumpfmeise, die sich viele tausend Verstecke merkt. Meister im Lagerhalten ist jedoch der Maulwurf. Er sammelt Hunderte von Regenwürmern in einer Speisekammer unter der Erde, gleich neben seiner Schlafkammer. Er beißt ihnen den Kopf ab. Das bringt die Würmer nicht um, aber sie können nicht mehr fortkriechen. So hat der Maulwurf im Winter stets Frischfleisch am Bett. Die, die er nicht auffrißt, machen sich im Frühjahr aus dem Staub, weil ihnen bis dahin der Kopf nachgewachsen ist. So wird kein einziges Würmchen vergeudet. Fascinatio nugacitatis. Welche Faszination selbst im Kleinsten!»

«Ich glaube, da ruft einer nach uns», sagte der Junge.

Oben auf dem Hügel bei der Klostermauer stand Bruder Bernhard. Er winkte mit den Armen. Orlando verstand nur: «Gemini ... zum Großmeister ...»

Peter von Montaigu, der Großmeister der Templer zu Paris, stand an einem der hohen Fenster seiner Komturei und blickte hinab auf den Kreuzgang, in dessen Arkaden sich die Tempelritter nach dem Complet versammelt hatten. Ihre weißen Mäntel mit dem roten Kreuz über der linken Schulter wehten im Wind. Der Großmeister fragte seinen Sekretär, der an einem Stehpult Federkiele spitzte: «Ist der Gemini gekommen?»

Orlando und Adrian da Padua waren Zwillinge. Da niemand sie zu unterscheiden vermochte, nannte man sie: Gemini, die Zwillinge.

Die hohe Tür wurde geöffnet. Ein Mann betrat den Raum, groß, hager, Mitte Dreißig. Sein Haupthaar war stoppelig wie Igelfell. Ein breiter Bart umrahmte sein Gesicht. Abwartend verharrte er in dem dunklen Viereck der Tür; eine eigenartige Mischung aus bäuerlicher Grobheit und verletzlicher Empfindsamkeit, eine Art, wie man sie bisweilen bei Pferden und Hunden antrifft, wenn sich edle Zucht und Wildwuchs paaren. Die sinnlichen Lippen und Nasenflügel standen in erstaunlichem Gegensatz zur Breite seines Kinns und dem prächtigen Raubtiergebiß. Seine wasserblauen Augen bewegten sich ungewöhnlich lebendig, wie die eines jungen Tieres. Überhaupt hatte er zu den Tieren ein innigeres Verhältnis als seine Zeitgenossen, was vielleicht daran lag, daß er wie die meisten Vierbeiner aus einer Mehrlingsgeburt stammte. Vom Augenblick der Zeugung an war er wie ein Wurf Tiere mit anderem Leben vom gleichen Fleisch und Geist herangereift. Der vorgeburtliche Kontakt mit seinem zweiten Ich hatte ihm Zugang zu Welten verschafft, die anderen verschlossen waren. Sie konnten miteinander reden, ohne zu sprechen, eine Gabe, wie sie den Tieren eines Rudels oder den Immen eines Volkes gemeinsam ist.

Wer ihn nicht kannte, mochte ihn leicht für phlegmatisch halten. Er bewegte sich mit der kraftvollen Gemächlichkeit eines Bären. Zu seinem Körper hatte er ein Verhältnis, wie es Hauskatzen eigen ist. Er wußte instinktiv, er konnte sich im richtigen

Augenblick auf ihn verlassen, hielt aber den Zustand der entspannten Ruhe für die natürliche Daseinsform.

«Setz dich, Bruder Orlando, ich muß mit dir sprechen», sagte der Großmeister. «Drei Sommer ist es her, daß wir deinen Bruder in geheimer Mission nach Persien geschickt haben. Spätestens zu Chilligani sollte er zurück sein. Er kam nicht.»

«Der Weg ist weit und voller Gefahren.»

«Er kennt sie alle. Er ist einer unserer besten Männer. Aber er ist seit acht Monaten überfällig. Hast du eine Erklärung dafür?»

«Wie kann ich ...?»

«Man sagt, Zwillingskinder seien miteinander verbunden wie ein Leib. Erzähl mir von deinem anderen Teil ... Was für ein Mensch ist Adrian?»

«Ihr kennt ihn.»

«Wer kennt schon die Menschen. Tempora mutantur et homines in illis. Die Zeiten ändern sich und mit ihnen die Menschen. Erzähl mir von Adrian.»

«Er ist wie ich.»

«Dann erzähl mir von dir, nein, erzähl mir von der, die euch geboren hat, von deiner Mutter.»

«Wir wurden nicht geboren. Wir wurden aus dem Leib einer Sterbenden herausgeschnitten. Sie hat die Geburt nicht überlebt.»

«Und ihr Gemahl, dein Vater?»

«Sie war nicht die Gemahlin unseres Vaters. Sie war seine Geliebte. Wir, ihre Söhne, waren Bastarde, von Adelstitel und Erbfolge ausgeschlossen.»

Der Großmeister wischte den Einwand beiseite:

«Ein Bastard zu sein bedeutet, eine Mutter zu haben, die so hervorragende Eigenschaften besaß, daß sie von einem Hochwohlgeborenen um ihrer selbst willen geliebt wurde und nicht aus irgendwelchen heiratspolitischen Erwägungen, wie das bei vielen anderen adeligen Müttern der Fall ist. Gewiß war sie schön.»

«Auf dem Abbild, das unser Vater aufbewahrte, war sie von edlem Wuchs und anmutigem Antlitz, eine Aragonesin mit arabischem Blut in den Adern.»

«Und dein Vater?»

«Er starb in der Schlacht bei Las Navas de Tolosa. Ein Almohadenpfeil hatte beide Oberschenkel durchschlagen. Festgenagelt an sein Pferd verblutete er, ohne zu fallen. Er starb aufrecht wie ein Baum.» ·

«So sehr haßte er die Sarazenen?»

«Er kämpfte im Heer der christlichen Königreiche, um die Iberische Halbinsel von den Muselmanen zu befreien, aber er erlernte ihre Sprache, las ihre Bücher, liebte arabische Lyrik und Lebensart.

Er war wie ein Jäger, der seine Beute hetzt und liebt. In seinem letzten Willen verfügte er, daß seine Söhne vor allem im Arabischen unterrichtet würden.»

«So sehr liebte er die Sarazenen?»

«Et verba et arma vulnerant. Das war sein Wahlspruch. Worte verwunden wie Waffen, und wer seine Waffen beherrscht, beherrscht seinen Gegner. Sprachkenntnis ist Waffenkunde.»

«Ihr wurdet am Hof Alfons des Achten erzogen.»

«Wir lernten alles, was ein christlicher Ritter können muß. Wir sprachen Spanisch und Französisch, wenig Latein und viel Arabisch, die Sprache der Gebildeten bei Hof.»

«Das war der Anlaß, weshalb der Orden Adrian nach Persien entsandte. Er kam nicht zurück.»

«Er wird kommen.»

«Was macht dich so sicher?»

«Wie könnt Ihr zweifeln? Er ist ein Templer.»

Der Großmeister gab seinem Sekretär ein Zeichen. Die Tür zu einem Nebengemach wurde geöffnet. Domenicus trat herein.

«Du kennst ihn?»

«Aber ja, gewiß. Bruder Domenicus von Aragon. Ich kenne ihn.»

«Erzähl uns, was du in Kelheim gesehen hast», sagte der Großmeister. «Füge nichts hinzu und verschweige nichts.»

Domenicus berichtete von der Bluttat auf der Donaubrücke, von dem Meuchelmörder, den die Ritter des Bayernherzogs zerhackt hatten, von dem abgeschlagenen Kopf im Regensburger Tor.

«Du hast den Toten erkannt?» fragte der Großmeister.

«Ja.»

«Nenne uns seinen Namen.»

«Horribile dictu! Es ist zu schrecklich!»

«Sprich!»

«Es war...», Domenicus zögerte, «es war der Gemini.»

«Der Gemini? Mein Bruder? Das ist nicht Euer Ernst! Wie kannst du...? Du bist von Sinnen! Welch ein Wahnsinn! Adrian ist bei den Persern. Wie kann er da an der Donau sein? Und warum sollte er den Herzog von Kelheim erdolchen?»

Orlando war aufgesprungen. Er zeigte erregt auf Domenicus und rief zum Großmeister gewandt: «Er lügt, oder er ist einer Täuschung zum Opfer gefallen. Ihr glaubt doch nicht allen Ernstes, daß...»

«Er war es», unterbrach ihn Domenicus. «Ferdinand Le Fort ist mein Zeuge. Ein Irrtum ist ausgeschlossen. Da war nicht nur die unverwechselbare Ähnlichkeit der Gesichtszüge. Das Baphomet-Mal hinter dem linken Ohr. Ein Irrtum ist ausgeschlossen. Ich kannte ihn gut.»

«Du sagst, du kennst ihn und behauptest, er sei ein Mörder, erschlagen wie ein tollwütiger Hund? Adrian? Wie kannst du es wagen?» Orlando ballte die Fäuste. Seine Augen sprühten vor Zorn und Verachtung.

«Omnia aequo animo ferre sapientis. Es verrät einen Weisen, wenn man Leid mit Gleichmut erträgt», sagte der Großmeister.

«Es ist nicht wahr!» schrie Orlando. «Wenn Adrian etwas zugestoßen wäre, so würde ich es wissen. Er ist mein Zwillingsbruder. Er lebt! Ich weiß es mit meinem Herzen. Er lebt!»

«Er ist tot», sagte Domenicus. «Der Herr erbarme sich seiner Seele. Requiescat in pace!»

«In Ewigkeit. Amen», ergänzte der Großmeister.

Z U ALLERSEELEN, im Anschluß an die Laudes, dem mittäglichen Stundengebet, fand im großen Turmzimmer über dem Palatium eine Zusammenkunft statt. Nur wenigen Eingeweihten war das Betreten dieser Räume gestattet. So wie die Chorkrypta als die Herzkammer des Ordens galt, so war das Palatium das Gehirn der Organisation. Hier lagerte hinter ellendicken Mauern das Zentralarchiv der Templer.

Zwölf Männer saßen um einen runden Tisch aus blankpoliertem Kastanienholz. Durch die schießschartenengen Turmfenster sickerte nur spärlich Licht. Das Geschrei der Seine-Fischer, die ihre Boote für die Allerseelen-Flußprozession herrichteten, wehte wie aus weiter Ferne herauf. Novembernebel verhüllten den Tag.

«Wir haben den Fall Gemini zur Genüge disputiert», sagte der Großmeister. «Ich habe den Inneren Rat einberufen, um euch über die angeforderten Texte aus Bayern zu informieren. Vor allem jedoch will ich euch davon in Kenntnis setzen, was der Orden zu tun gedenkt, um den Verrat aufzuklären. Wir kennen die Tat, das Opfer und den Mörder. Unbekannt ist das Motiv. Wer steckt dahinter?

Vor euch liegen die Annalen einiger bayerischer Klöster, die das Vertrauen Herzog Ludwigs besaßen und die mit den politischen Verhältnissen bestens vertraut sind. Ich habe Abschriften anfertigen lassen. Die Annalen des Klosters Weltenburg zwei Tage vor Lamberti Anno Domini 31 (15. September 1231) vermerken über den schicksalsschweren Tag:

Dux Bavarie, procurante imperatore, a quodam sicario occiditur; sed ille nisus fugere trucidatur. (Der Herzog von Bayern wurde auf Anstiften des Kaisers von einem Meuchelmörder getötet. Dieser wurde auf der Flucht erschlagen.)

Abt Hermann von Alteich, der als Beichtvater das Vertrauen des Herzogs besaß, wird noch deutlicher. Er schreibt: Ludvicus, dux Bavarie, presente familia sua a quodam ignoto pagano cultro percussus obiit et hoc apud Chelheim insidiis domini Friderici Imperatoris. (Ludwig, Herzog von Bayern, wurde in Gegenwart seiner Familie von einem Unbekannten mit einem Dolch durchbohrt und starb. Das geschah zu Kelheim auf Anstiften seines Herrn, des Kaisers Friedrich.)

Die übrigen Abschriften könnt ihr selbst einsehen. Besonders interessant erscheint mir der Kommentar der Augustiner Chorherren:

Ludvicus dux Bavarie a quodam Sarraceno nuncio ‹Vetuli de Montanis› in medio suorum est occisus. Hoc autem conscientia imperatoris creditur gestum esse, quia imperator ipsum ducem paulo ante dissidaverat in rebus et in persona, misso ad hoc nuncio speciale. (Der Herzog wurde inmitten der Seinigen durch einen Sarazenen, einen Abgesandten des Alten vom Berge, ermordet. Man glaubt, daß dieses mit Wissen des Kaisers geschehen sei, weil es zwischen ihm und dem Herzog kurz zuvor zu heftigen Meinungsverschiedenheiten gekommen war.)

Alle bayerischen Schreiber sind sich darin einig, daß der Kaiser hinter dem Attentat steht. Die Chorherren erwähnen als einzige den Alten vom Berge und seine Sarazenen. Die Augustiner unterhalten sehr gute Beziehungen zum Hof in Sizilien. Ihr Abt half Kaiser Friedrich bei der Abfassung seines mehrbändigen Werkes über die Falkenjagd.»

«Was hat das mit den Sarazenen zu tun?»

«Wie ihr wißt, besteht die kaiserliche Leibwache aus Sarazenen, die ihrem christlichen Herrn so treu ergeben sind wie Hunde. Selbst der päpstliche Bannstrahl vermag sie nicht zu schrecken.»

«Eine Leibwache und ein Mord sind zweierlei», sagte der alte Girac, den sie auch den Admiral nannten, denn er hatte viele Jahre den Oberbefehl der Templerflotte auf Zypern innegehabt. «Ist es Kaiser Friedrich zuzutrauen, daß er ungläubige Fanatiker damit beauftragt, einen christlichen Fürsten zu ermorden? Glaubt ihr das wirklich?»

Er blickte in die Runde, und als er nicht die Spur eines Zweifels in den Mienen seiner Ordensbrüder entdeckte, resignierte er: «O Herr, so weit ist es mit uns gekommen. Wir haben mit unserem Blut das Heilige Land von den Ungläubigen befreit, und unser Kaiser kauft muselmanische Meuchelmörder, um seine Hausmacht zu erweitern.»

«Es obliegt uns nicht, über Kaiser Friedrich zu urteilen», sagte Großmeister Montaigu. «Wir müssen herausfinden, warum einer von uns diesen Mord ausgeführt hat. Hat er für den Kaiser oder für den Alten vom Berge gearbeitet? Geschah es freiwillig? Oder war er ein willenloses Werkzeug? Er kann nur unter Zwang gehandelt haben. Welch Teufelswerk hat ihn dazu verleitet, Orden, Eid und Auftrag zu verraten? Er war einer unserer besten Männer!

Warum hat er sein Leben einer fremden Macht geopfert? Er hatte nicht die geringste Chance, mit dem Leben davonzukommen. Welch magische Kraft hat ihn so verblendet? Wir müssen es herausfinden. Und wir werden es herausfinden.»

«Was habt Ihr vor?» fragte Girac.

«Ein griechisches Sprichwort lautet: Niemand vermag zweimal in den gleichen Fluß zu steigen.

Wir werden es tun. Der gleiche Mann wird an derselben Stelle noch einmal in den Strom der Zeit steigen, so, als wären die letzten zwei Jahre nicht verflossen. Wir werden den Gemini noch einmal zu den Assassinen schicken. Niemand außer ein paar Ordensbrüdern weiß, daß er ein Zwilling ist. Er wird den gleichen Weg noch einmal gehen, um herauszufinden, was sich ereignet hat. Er wird noch wachsamer und gewappneter sein müssen als beim erstenmal. Wir werden ihn gut darauf vorbereiten.»

«Das wird auch nötig sein», rief einer der Anwesenden, «denn dieser Zwillingsbruder ist kein Frater milites, sondern ein serviens.»

«Habe ich recht gehört?» fragte der Admiral, «Ihr meint, er ist ein Blaurock?»

«Ein Bruder der Pflicht», sagte der Großmeister.

«Ein Schmied», empörte sich der Admiral. «Ihr wollt einen Schmied zu den Assassinen schicken? Das ist nicht Euer Ernst. Einen Hufschmied...»

«Laßt die Übertreibung. Ihr wißt sehr wohl, daß alle Ordensbrüder den Umgang mit der Waffe erlernen.»

«Laien, Anfänger», schnaubte der Admiral verächtlich. «Schlachtvieh für die Sarazenen. Bei meiner Ehre...»

«Wir haben keine Wahl», schnitt ihm der Großmeister das Wort ab. «Es gibt keinen anderen Zwilling. Nur Orlando kann den Weg noch einmal gehen. Für den größten Teil der Reise werden wir ihn mit Geleitschutz versorgen.»

«Was gedenkt Ihr zu unternehmen?»

«Zacharias von Ratzenhofen wird ihn begleiten.»

«Nie gehört. Wer ist das?»

«Ein hervorragender Kämpfer.»

«Wann und wo empfing er die Ordensweihe?»

«Er wird sie demnächst empfangen.»

«Ein Novize!» stöhnte der Admiral. «Ein Novize und ein Hufschmied. O tempora, o mores!»

«Er ist achtzehn», sagte der Großmeister, «so alt wie David, als er den Goliath erschlug, so alt wie Alexander der Große, als er aufbrach, die Welt zu erobern.»

Der Großmeister erhob sich zum Zeichen, daß die Versammlung beendet war. «Abschließend möchte ich noch bemerken, daß ich Bruder Benedict damit beauftragt habe herauszufinden, ob Kaiser Friedrich hinter dem Attentat steht.»

«Welchen Bruder Benedict?»

«Mus microtus, die Wühlmaus.»

«Und wie soll er das bewerkstelligen?» fragte der alte Girac.

«Pecunia amicos invenit. Wer Geld hat, hat überall Freunde.»

Nur sein Schreiber Gal, ein hagerer Riese von der Frieseninsel Juist, war anwesend, als der Großmeister noch am gleichen Tag ein Gespräch mit Orlando führte. Er sagte:

«Du und dein Begleiter, ihr werdet nach Narbonne reiten. Von dort bringt euch ein Schiff nach Alexandria. Hier werdet ihr euch einer Karawane anschließen, die nach Osten zieht. Jenseits des Euphrat seid ihr allerdings ganz auf euch selbst angewiesen. Von diesem Teil der Erde wissen wir nur wenig. Euer Ziel ist das Hochland von Dailam, eine wilde, unerschlossene Gebirgswelt südlich des Meeres, welches das Kaspische heißt. Der Herr dieser Schluchten ist Hasan-i Sabbah, den sie den Alten vom Berge nennen. Er ist der Quaim, der Großmeister eines islamischen Ordens von Mönchsrittern, der erstaunliche Gemeinsamkeiten mit unserem Orden aufweist. Unglaublich klingt, was von ihrem Todesmut berichtet wird. So heißt es in einem Bericht des Erzbischofs Wilhelm von Tyros:

‹Assassinen nennen sie sich. Die Herkunft ihres Namens ist unbekannt. Sie leben in den Bergen und sind nahezu unbezwingbar, denn sie können sich in wohlbefestigte Burgen zurückziehen. Ihr Land ist nicht fruchtbar. Daher halten sie sich Vieh. Sie gehorchen einem Meister, dem Alten vom Berge, der alle Fürsten nah und fern in größte Furcht versetzt, denn das Band der Ergebenheit, das dieses Volk mit seinem Führer verbindet, ist so stark, daß es keine Aufgabe gibt – und koste sie das Leben –, die nicht jeder von ihnen ohne zu zögern übernehmen würde. Wenn es jemand wagt, sich ihnen entgegenzustellen, so überreicht der Alte vom Berge einem seiner Gefolgsleute den Dolch. Wer immer den Befehl erhält, bedenkt weder die

Folgen der Tat, noch die Möglichkeit des Entkommens. Er wird das Urteil vollstrecken.›»

Der Großmeister schlug das Buch zu, aus dem er gelesen hatte. «Wir Templer sind die Elite der Ordensritter. Kein anderer christlicher Ritter kämpft so kühn wie wir. Niemals wurde für einen gefangenen Templer ein Lösegeld gezahlt. Und weil der Feind das weiß, werden unsere Männer bei Gefangenschaft grundsätzlich getötet. Sie kämpfen auf Leben und Tod. Ihnen bleibt keine andere Wahl. Und dennoch sind wir nichts im Vergleich zu diesen Todesengeln, die sich Assassinen nennen, und die nichts und niemand aufzuhalten vermag.»

Der Großmeister legte Orlando die Hände auf die Schultern. Er blickte ihm tief in die Augen und beschwor ihn: «Finde heraus, wie es dieser Alte vom Berge fertigbringt, daß sich seine Anhänger so todesmutig und scheinbar freudig für ihn opfern! Und nicht nur seine ergebenen Anhänger, sondern sogar einer aus unseren eigenen Reihen. Wie bewerkstelligt er das? Woher in drei Teufels Namen nimmt er diese ungeheure spirituelle Überlegenheit? Ich muß es wissen. Diese Hundesöhne verfügen über eine Geheimwaffe, vor der alle Welt zittert, und das zu Recht. Ist es Magie? Ich glaube nicht an Zauber. Ist es eine Droge, eine heilsbringende Reliquie, ein Gral, eine neue Art von Gehirnmanipulation oder etwas völlig Unbekanntes?

Finde es heraus! Aber sei auf der Hut! Unterschätze ihre Macht nicht! Sei stets eingedenk, wie es deinem Bruder ergangen ist! Dein Auftrag erfordert die Vorsicht des Fuchses und die Schläue der Schlange. Ich kann dir nicht raten, was du tun sollst, denn ich weiß nicht, was dich dort erwartet. Wir werden für dich beten.»

ACHARIAS TRÄUMTE UNRUHIG: Regen fiel auf sein Gesicht. Er schlug die Augen auf. Über die Wände seiner Zelle zuckte Fackellicht. Es roch nach Kienspan und Weihwasser, das auf seine Wangen gespritzt wurde. Zacharias erkannte den alten Magister Pierre Musnier, der die Erziehung der Novizen überwachte. «Ex oriente lux», sagte er. Es waren die Worte, mit denen die feierliche Weihe zum Templer eingeleitet wurde. Zacharias erhob sich rasch. Der Schlaf war verflogen. Durch das schmale Zellenfenster sickerte das erste Licht des Tages. «Ex oriente lux.» Die Klosterglocke läutete zur dritten Stunde.

«Bist du bereit?»

«Ich bin bereit.»

Zacharias folgte dem Fackelschein, der über steinerne Stufen sprang, seitlich des Ganges Nischen aufriß und forteilend mit Finsternis versiegelte. Balkendecken erzitterten im züngelnden Flammenschein. Kreuzgewölbe schwankten wie beim Jüngsten Gericht, wenn die Posaune ertönt und der Boden bebt. Fledermäuse schossen davon. Fratzen grinsten aus zerfressenem Gemäuer, Teufelskralle und Hexenbrut. Dann warf die Dunkelheit ihr schwarzes Tuch über den Spuk.

Düster und schicksalsschwer war der Gang hinab in die Erde bis tief in die Katakomben unter der Krypta. Es war ein mythischer Weg durch Tod und Geburt. Der Eingeweihte war ein Schmetterling, der seine Raupennatur abstreifte, um in Lichtgestalt neu zu erstehen.

Der schwerste Teil des Weges zu sich selbst lag noch vor ihm. Nur wer stark und furchtlos ist, besteht den Gang durch die Elemente, durch Feuer und Wasser, durch Erde und Luft. Nur der Wissende vermag die Schwelle zu überschreiten. Nur er vermag in den Spiegel zu blicken, dessen Glanz den Unwürdigen blendet und tötet.

Jahrelang war er auf diesen Augenblick vorbereitet worden.

Fünf Sommer war er alt gewesen, als ihn die Mutter an der Klosterpforte abgegeben hatte, um ihn «Gott und den Heiligen darzubringen», wie es in der Adoptionsurkunde hieß. Mit unerbittlicher Disziplin wurden die Klosterknaben erzogen. Sprechen durften sie nur, wenn sie dazu aufgefordert wurden. Selbst das Sitzen war ihnen verboten. Sie standen bei Tisch, zum Gebet und beim Lernen, achtzehn Stunden am Tag. Für die geringsten Verstöße gab es Schläge und Essensentzug. Schlimmer als alles Speisefasten war das Schlaffasten. Es gab Zeiten, da hatte er die Toten um ihren ewigen Schlaf beneidet. Besonders der Drill mit den schweren Waffen zehrte an den Kräften der Knaben. Der Schwertkampf mußte mit beiden Händen erlernt werden. Und immer wieder übten sie Bogenschießen, Speerwerfen, Lanzenreiten, Klettern an Stangen und Seilen, Laufen und Springen, Schwimmen und Tauchen, Faustkampf und Ringen. Kein Tag ohne Kampf, ohne Beulen und Schrammen. Um drei Uhr nachts nach dem ersten Morgengebet begannen die geistigen Exerzitien: Lesen, Schreiben, Algebra und Geometrie. Im Mittelpunkt stand die Geheimlehre der Templer. Nur ganz behutsam wurde das Allerheiligste aufgedeckt. Unwürdige, Schwätzer und Schwächlinge, wie Magister Musnier sie nannte, wurden gnadenlos ausgesiebt. Wer auserwählt war, der gehörte zur Elite. Er stand über allem weltlichen Recht, legibus solutus, nicht an Gesetze gebunden. Kein Landesherr und Kirchenfürst hatte Macht über ihn, nicht einmal der Kaiser. Nur dem Papst war der Orden Rechenschaft schuldig.

In Wahrheit unterstanden sie nicht einmal dem Stellvertreter Christi, denn sie hatten sich sogar von Christus befreit. Für einen Templer war der Glaube an einen gekreuzigten Gottessohn Götzendienst. Nach der Lehre der Kirche waren die «treusten Kämpfer Christi» allesamt Ketzer. Denn das war ihr Geheimnis: Die Elite der christlichen Kreuzritter verleugnete den Gekreuzigten. Ihr geheimes Glaubensbekenntnis begann mit den Worten:

Perdifficilis quaestio de natura dei. Außerordentlich schwierig ist die Frage nach dem Wesen Gottes. Wir wissen nicht, wie Gott ist. Wir wissen nur, wie er nicht ist. Er hat keine Gestalt, nicht einmal eine geistige. Er ist unbegreiflich und unaussprechbar, denn alle unsere Vorstellungen und Worte werden aus der Begegnung mit dieser Welt gewonnen. Wir vermögen nicht in Worte zu kleiden, was außerhalb unserer Welt liegt. Versuchen wir es dennoch, so scheitern wir in lächerlichem Aberglauben, im Eselsstall von Bethlehem oder am Marterpfahl von Golgatha.

Zacharias kam ein Satz des Lukrez in den Sinn: Tantum religio potuit suadere malorum! Wieviel Unglück hat die Religion uns einzureden vermocht! Der Eingeweihte bedarf dieser Krücken nicht. Zacharias war bereit.

Tore öffneten sich. Unsichtbare Hände hoben ihn über Hindernisse hinweg. Er fiel, wurde aufgefangen, schwebte und schwamm. Körperlos wie die Seele eines Toten, nein, wie eines noch Ungeborenen, trieb er den mächtigen Strom der Zeit hinab. Längst war alles irdische Licht erloschen. Am Ende erreichte er den Ort, an dessen Schwelle das Schweigen beginnt, das Land ohne Wiederkehr. Die sieben Richter der Unterwelt hefteten ihre Augen auf ihn, die Augen des Todes. Er stieg über schlafende Riesen, über Drachen und Bären. Da waren Schlangen, schlüpfrige Aale, Ratten. Er stieg über sie hinweg dem Licht entgegen, das oberhalb einer steilen Treppe den Weg wies. Die Allesgebärende erschreckte ihn, Schoß und Sarg zugleich, das Muttertier, das seine Ferkel verschlingt.

Er betrat einen höhlenartigen Saal. Stalaktiten hingen wie Eiszapfen von der Decke herab. Im schwachen Licht weniger Kerzen erkannte er den Großmeister, dahinter den alten Girac, Pierre Musnier, Orlando, den Gemini, und die anderen, alle in ihren weißen Festgewändern. Er blickte in Gesichter wie aus Granit gemeißelt. «Ex oriente lux», sagte eine Stimme, die er nicht kannte. Er wurde entkleidet. Nackt und schutzbedürftig wie ein Kind war er ihren Blicken preisgegeben. Seine Haut schimmerte bleich wie Kerzenwachs. Ihn fror. Er mußte niederknien. Sie salbten seine Stirn und die Schläfen mit duftendem Öl aus Bilsenkraut, Stechapfel, Schierling und Tollkirsche. Sie salbten seine Handflächen und Achselhöhlen. Die Essenz brannte auf der Haut wie Branntwein in der Kehle. Es war ein wohliges Gefühl, erregend wie die rauhe Zunge einer Geiß, die gierig Salz aus dargereichter Hand leckt. Auf Befehl erhob er sich. Sie salbten seine Lenden. Er spürte, wie das Öl den Rücken hinabfloß, den After benetzte. Erschrocken nahm er wahr, wie sein Geschlecht anschwoll, sich aufrichtete. Er schämte sich. Ihre Blicke hielten ihn. Er war ihnen ausgeliefert wie ein Opfertier.

Die Elixiere der Nachtschattengewächse verwirrten seine Sinne. Der Boden schwankte. Die Decke senkte sich herab. Abgründe taten sich auf, in deren Schlünden Irrlichter aufleuchteten. Wolfsgeheul mischte sich mit der Klage einer Eule. Töne verwandelten sich in wirbelnde Bilder, Farben in nie gehörte Wohlklänge. Dann lag er mit ausgebreiteten Armen auf dem Boden und spürte mit dem Bauch den Atem der Erde. Er erlebte die Windstille der Seele. Er stieg über glühende Kohle, tauchte in eiskaltes Wasser, wurde vom Wind davongetragen und von feuchter Erde umhüllt wie die Wurzeln eines Baumes. Er spie auf das Kruzifix, das sie ihm entgegenstreckten, verfluchte Christus und gelobte dem wahren Schöpfer aller Dinge ewige Treue.

Er sprach das Glaubensbekenntnis der Templer und vernahm die feierlichen Worte der Verwandlung. Kniend spürte er, wie sie ihm oberhalb des Nackens die Haare abschnitten. Die entblößte Stelle war nicht größer als eine Malteser Münze. Mit zusammengebissenen Zähnen erwartete er den Schmerz. Als sie ihm mit glühendem Eisen das Baphomet-Mal in den Nacken brannten, ertrug er die Marter schweigend und gefaßt.

«Ferte fortiter. Hoc est quo deum antecedatis. Ille extra patientiam malorum est, vos supra patientiam. Ertragt Leid mit Stärke. Darin überragt Ihr Gott. Er steht außerhalb des Erduldens der Übel. Ihr aber steht darüber.»

Feierlich klangen die Worte des Großmeisters durch den Raum. Plötzlich blendete ihn der Glanz unzähliger Kerzen. Er wurde angekleidet. Sie legten ihm den weißen Mantel der Tempelherren um die Schultern. Gemeinsam sangen sie: «Quare splendidum te, si tuam non habes, aliena claritudo non efficit. Dich läßt kein fremder Glanz erstrahlen, wenn du keinen eigenen besitzt.»

Nun war er einer von ihnen.

Als Zacharias an jenem Morgen seine Zelle betrat, war die Sonne noch nicht ganz aufgegangen.

Wie ist das möglich? fragte er sich. Wie kann die ganze Weihe nur wenige Minuten gedauert haben?

Später bei der Laudatio für den Heiligen des Tages erfuhr er, daß seit dem Morgen seiner Weihe drei Tage vergangen waren. Was zählt die Zeit an der Schwelle des Todes? Er bekreuzigte sich und erinnerte sich an die Worte des alten Magister Musnier: Parcite natales timidi numera deorum. Zählt mir das Alter der Gottheit nicht ängstlich nach Tagen!

UNENDLICH LANGSAM verstrich die Zeit.

Zacharias und Orlando zählten die Tage bis zu ihrem Aufbruch. «Mit dem Reisen ist es wie mit dem Säen», sagte Magister Musnier. «Alles hat seine rechte Zeit. Wer im Oktober Bohnenkerne in den Boden legt oder im Mai nach Nüssen sucht, handelt genauso vergeblich wie einer, der jetzt aufbricht, um in den Osten zu reisen. Der Regen hat die Wege aufgeweicht. Keine Furt ist passierbar.

Wen Gott liebt, den läßt er daheim.

Jede Reise ist wie eine gefährliche Krankheit. In beiden Fällen sollte man sein Testament machen. Nur wenige überleben das

Fieber. Kennst du das Reisefieber? Der Puls steigt, denn das Leben verrinnt rascher auf Reisen. Es wiegt weniger. Ein Hagelwetter von Eindrücken verwirrt deine Sinne. Nie gekannte Gerüche und Geräusche rauben dir die Übersicht. Ein schäumendes Gebräu von Bildern betäubt dich wie Baldrian und Dinkelbier. Städte, Türme, Häuser wirbeln vorüber, Bäume und Blumen, Tiere, Bestien, friedfertiges Vieh, gefiedert und befellt, und Menschen, vor allem Menschen, viel Feind und wenig Freund, viel Pech und wenig Gold. Hinter jedem Ziel liegt ein neues. Wege winden sich durch den Tag, überspringen Schluchten, tasten sich durch Wälder, durchqueren Bäche, gabeln sich in Scheidewege, führen den Fremden in die Irre. Räuber lauern im Hinterhalt, Kobolde und Krankheiten, gegen die kein Kraut gewachsen ist. Wasser und wilde Tiere versperren den Weg. Gebirge mit fremden Namen verdunkeln den Himmel. Reißende Ströme tragen den Reisenden davon. Meere locken ihn in die Ferne, ob ins Glück oder ins Verderben, wer weiß das schon, wenn er sein Leben den Planken eines Schiffes anvertraut.»

Als der Tag der Abreise gekommen war, wurden bei Sonnenaufgang zwei Pferde gesattelt. Lasttiere benötigten die Templer nicht. Sie reisten ohne Gepäck. Der Orden hatte ihre Reiseroute so ausgearbeitet, daß sie jeden Abend in einer anderen Templer-Abtei übernachteten. Dort wurden sie mit allem versorgt, was sie benötigten, einer warmen Mahlzeit, Reiseproviant, Wäsche zum Wechseln und frischen Reittieren. Kein Templer trug Geld bei sich. So konnte man sie weder berauben noch anbetteln. Von Wegezöllen und Brückengebühren waren sie durch päpstlichen Erlaß befreit. Unbelastet von allem Gepäck reisten sie so schnell wie die königlichen Kuriere. Zacharias war mit einem Langschwert bewaffnet. Sein neuer weißer Mantel wehte im Wind. Orlando im blauen Baumwollhemd wirkte daneben bescheiden wie ein Knappe, der seinen Herrn begleitet. Er trug weder Schwert noch Speer. Eine Wolfsfalle lag quer hinter dem Sattel.

Ihre eisernen Zähne bleckten wie die Zähne eines bissigen Köters.

«Wofür soll das gut sein?» fragte Zacharias.

Orlando erwiderte: «Es gibt keine wirkungsvollere Waffe.»

Zum Beweis knotete er die Falle vom Pferd. Sie war fast drei Fuß lang, schwer wie ein Hammer und endete in einer Kette mit einem eisernen Ring, durch den sich ein Pflock in den Boden schlagen ließ, um die Beute an der Flucht zu hindern. Orlando mußte seine ganze Kraft aufwenden, um die Kiefern des Fangeisens auseinanderzustemmen. Schwer atmend stellte er die gespannte Falle auf den Boden. Die Drohgebärde des weit aufgerissenen Rachens war nicht zu übersehen. Orlando hob einen armdicken Ast auf. Der hatte kaum den Fangmechanismus berührt, als die Stahlzähne mit solcher Wucht zuschlugen, daß ihnen die Holzsplitter krachend um die Ohren flogen.

«Miserere mei, erbarme dich meiner», rief Zacharias erschrocken.

«Es gibt nichts Besseres», lachte Orlando und verschnürte das Wolfseisen hinter den Satteltaschen. «Wieviel Entbehrung muß ein Wolf auf sich nehmen, wenn er ein Wild schlagen will. Hungrig hetzt er hinter ihm her, meist vergeblich und häufig selbst das Opfer der Jagd. Schau dir dagegen die Spinne an. Sie kann warten. Die Beute geht ihr von allein ins Netz, bringt sich selbst zur Strecke. Jedes Raubtier kann jagen. Das Fallenstellen aber ist eine Kunst wie Schreiben und Rechnen. Sie gehört zu den wichtigsten Fähigkeiten, die ein Geschöpf beherrschen muß, wenn es überleben will. Ein Kaufmann, der zu Geld kommen will, muß seine Ware wie Köder auslegen. Und ein Mädchen, das nicht als alte Jungfer enden will, muß wissen, wie man einen Mann umgarnt. Die Jünger Jesu waren keine Jäger, sondern Fischer. Ihr Werkzeug war die Angel, nicht der Spieß. Selbst Gott braucht Glocken und Gnadenmittel, um unsere Seelen zu ködern.»

«Aber dennoch solltest du ein Schwert tragen», sagte Zacharias.

«Ich brauche kein Schwert. Ich trage meinen Hammer im Gürtel. Hast du je ein Schwert gesehen, das einen Hammer schmiedet? Der Hammer ist stärker als alle Schwerter, und nützlicher dazu.»

In der Umgebung von Paris waren die Straßen noch belebt von vielerlei umherziehendem Volk: Händler und Bauhandwerker, Studenten und Spielleute, Ritter und Pilger, Bettelmönche und reitende Boten, Wunderheiler, Henkersknechte und Huren. Die meisten reisten zu Fuß. Karren oder gar Kutschen sah man außerhalb von Paris nur selten. Die Landstraßen waren in so schlechter Verfassung, daß die Wagenräder bei Regen im Schlamm versanken und bei trockenem Wetter in den Schlaglöchern zerbrachen. Fürstliche Damen oder die höhere Geistlichkeit reisten in geschlossenen Sänften, die sich mit der Kraft vieler Träger in hoppelndem Schweinsgalopp fortbewegten, weshalb sie von Gemini verächtlich «schwangere Schweine» genannt wurden: «In ihnen steckt immer ein Ferkel.»

Südlich von Orleans verlor sich die Straße in unberührter Einsamkeit, die nur gelegentlich von größeren Ortschaften unterbrochen wurde. In den dichten Wäldern der Sologne verirrten sich die beiden Templer mehrere Male. Die Abzweigungen waren ohne Wegweiser. Denn die Menschen, die hier lebten, zerstörten alle Straßenschilder, damit kein fremdes Gesindel ihre abgelegenen Siedlungen fände.

Die Katze war mit dem Rückenfell an das hölzerne Scheunentor genagelt worden. Sie hing dort wie der Gekreuzigte vor der Dorfkirche. Ihre grünen Augen waren weit aufgerissen. Die ausgefahrenen Krallen zitterten vor Wut und Angst. Speichel rann aus dem fauchenden Rachen. Kot und Blut klebte an ihrem gesträubten Fell. Ein paar Burschen und Mädchen – alle mit grobem bäuerlichen Leinen bekleidet – standen davor. Sie schüttelten sich vor Lachen und Übermut.

«Ch...ch...ch», fauchte ein langer dünner Jüngling, den sie Wurm nannten. Er fletschte die Zähne, spuckte nach der Katze.

«Na los, gib es ihr», lachten die Mädchen. «Oder hast du Angst um dein Milchgesicht? Mach sie zu Mus! Stampf sie ins Scheunentor!»

«Ch...ch...ch», machte Wurm. Immer wieder sprang er in die Luft und ruderte mit Armen und Beinen wie eine Windmühle. Schwer atmend duckte er sich. Mit zusammengekniffenen Augen fixierte er die Katze. Ihre Blicke suchten sich, verkrallten sich ineinander.

«Mach sie fertig! Zerquetsch sie wie eine Laus!»

Wurm legte die Hände auf den Rücken. Er atmete tief durch. Dann rannte er los, den Kopf gesenkt wie ein angreifender Schafbock. Als sein Schädel die Gemarterte traf, explodierte die Katze in einem Feuerwerk wahnwitziger Hiebe und Bisse. Mit blutender Stirn und zerfetzten Ohren suchte Wurm das Weite. Die Mädchen kreischten vor Vergnügen. Schon stellte sich der nächste Bursche auf, ein Rotschopf mit einem Gesicht voller Pickel. Tief gebeugt rannte er los. Er verpaßte die Katze, krachte mit dem Kopf gegen das Scheunentor. Glotzäugig wie ein geschossenes Kaninchen blieb er liegen.

«Komm schon, schlaf nicht ein», rief der nächste Junge.

«Ich will dir zeigen, wie man's macht. Weg da! Verschwinde!»

«Seht nur», sagte einer der Burschen, «zwei Mönchsritter.»

Der Junge, der als nächster an der Reihe war, machte eine übertrieben äffische Verbeugung vor Gemini und Zacharias: «Die Herren haben natürlich den Vortritt. Ein Templer fürchtet weder Tod noch Teufel.»

«Aber Weiber», lachte der Pickelige. «Wer sich vor Miezen fürchtet, der hat auch Angst vor Miezekatzen.»

Gemini sprang aus dem Sattel und gab seinem Begleiter die Zügel. Er ging zu dem Scheunentor. Zitternd erwartete die Katze den nächsten Angriff. Der Templer bekreuzigte sich.

Dabei sprach er: »Mors ut malum non sit, efficies. Du wirst bewirken, daß der Tod kein Übel ist.« Dann stieß er der Katze seinen Kopf mit solcher Wucht in den Leib, daß ihr Brustkorb splitternd zerbrach. Es war ein Geräusch, als wenn man Nüsse zertritt.

Ohne sich umzublicken, bestieg Gemini sein Pferd.

Grußlos ritten sie davon.

«Warum hast du dich an diesem ekelhaften Spiel beteiligt?» fragte Zacharias.

«Es ist mehr als ein Spiel. Die alten heidnischen Opferrituale sind tief verwurzelt im Volk. Der Katze war nicht mehr zu helfen. Ich habe sie von ihrer Qual erlöst. Multaque dum fiunt turpia, facta placent. Viel Häßliches muß oft erledigt werden, um eine Sache gut zu Ende zu bringen.»

«Wie können Christenmenschen so etwas tun?»

«Wer die Kreuzigung eines Gotteskindes feiert, wie kann der Mitleid mit einer gekreuzigten Katze empfinden? Magst du Katzen?»

Und als Zacharias schwieg, sagte Orlando: «Ich auch nicht, aber sie sind nützliche kleine Teufel. Sie sorgen dafür, daß die Mäuse nicht überhand nehmen.»

«Was klauen die schon?» lachte Zacharias, «die paar Körner.»

Orlando erwiderte: «Aus einem Scheffel Saatgetreide werden auf gutem Boden vier Scheffel. Von diesen brauchst du wieder ein Scheffel für die Aussaat im nächsten Jahr. Ein Scheffel fressen die Kornkäfer, ein Scheffel die Mäuse, ein Scheffel bleibt dem Bauern, und den muß er mit dem Grundherrn teilen. Da bleibt nicht viel zurück. Eine gute Katze kann den Kornertrag verdoppeln. Doch erntet sie nur selten Dank dafür. Das Volk hier kreuzigt seine Katzen. Sie nageln sie an ihre Scheunentore aus Aberglauben. Und als Zeichen ihrer eigenen Dummheit und Bosheit.»

Zur Nacht erreichten sie ein Kartäuserkloster. Einsam wie eine Insel im Ozean lag es in der kargen Landschaft. Nur das Bimmeln eines Glöckchens kündete von Leben. Über dem Tor stand eingemeißelt: EGO VIR VIDENS, Ich bin der, der sieht.

«Das Auge ist ein stilles Organ», sagte der Pförtner, der ihnen ihr Quartier zuwies. «Nichts ist so schöpferisch wie die Macht des Schweigens. Die Kartäuser dürfen nur einmal in der Woche sprechen. Alle Erleuchtung liegt in der Stille.»

Beim Abendbrot am Tisch des Abtes sagte dieser: «Mit dem Mund zu schweigen ist einfach. Weit schwieriger ist es, die innere Stimme anzuhalten. Es gibt eine Grenze, hinter der versiegen die Gedanken. Die Erleuchtung liegt im Finsteren. Ungeheuer heilsam sind die höheren Bewußtseinszustände. Wir Kartäuser werden sehr alt.»

Als sie im ersten Morgenlicht aufbrachen, rief Zacharias: «Gottlob, es ist vollbracht! Keinen Atemzug länger hätte ich es dort ausgehalten. Sie sind stumm wie die Fische. Welch tödliches Schweigen! Man erzählt sich, Kaiser Friedrich hätte Neugeborene absondern lassen, um herauszufinden, mit welcher Zunge Adam gesprochen hat. Niemand durfte mit den Heranwachsenden sprechen. Würden sie griechisch, hebräisch oder lateinisch reden? Und weißt du, was geschah? Sie starben trotz bester Pflege allesamt, denn der Mensch braucht das Gespräch so nötig wie Nahrung und Atemluft.»

«Wir Menschen sind eine geschwätzige Gesellschaft», lachte Orlando. «Wir verständigen uns fast ausschließlich durch Wort und Schrift. Welch enger Käfig für das, was wir empfinden! Wie reich ist die stumme Sprache der Pflanzen und Tiere. Was vermag mir mein Pferd alles mitzuteilen, und dennoch ist es schweigsam wie ein Kartäuser. Es gibt eine stumme Verständigung, die ist aufrichtiger als alle gesprochenen Wörter.»

«Du redest wie ein Magister», sagte Zacharias. Er verstand ihn nicht. Orlando aber dachte bei sich: Mit Adrian rede ich so, und es sind meine glücklichsten Gespräche.

STAUB, MITTAGSGLUT ohne Schatten, Durst. Dann mit einemmal wie eine Verheißung: Frische! Die Nüstern der Pferde bebten. Sie hörten den Bach, bevor sie ihn sahen. Plätschernd sprang er über blanke Kiesel, staute sich gurgelnd zu glasklaren Becken, die überflossen und sich als kleine Wasserfälle ins nächste Becken ergossen.

Roß und Reiter stillten schmatzend ihren Durst.

Mit nackten Füßen standen sie im Wasser. Libellen umschwirrten sie. Dann lagen sie bäuchlings am Bach. Beide Hände unter dem ausgehöhlten Ufer, behutsam tastend. Wenn sie die Forelle erfühlt hatten, faßten sie blitzschnell zu, bogen den glitschigen Leib des Fisches zum Hufeisen und warfen ihn hinter sich ins Gras, wo er zappelnde Luftsprünge vollführte.

«Ich hab ihn. Ich hab ihn!» schrie Zacharias. «Schau, wie der Bursche sich wehrt! Au, verdammt, er hat mich gebissen.»

Das Messer fuhr ihm durch die Kiemen.

«Ein Prachtexemplar», sagte Orlando.

«Das klingt, als hättest du Mitleid mit ihm», lachte Zacharias.

«Was ist daran lächerlich? Er besitzt die Würde der freien Tiere. Er hat um sein Leben gekämpft wie ein Mann. Er hat unser Mitleid verdient.»

Zacharias hatte ein Feuer entzündet. Fünf Forellen, eingewikkelt in Huflattichblättern, warteten darauf, am Rand der Glut goldbraun gebraten zu werden.

Sie verbrachten einen halben Tag damit, einen Übergang über den Fluß zu suchen. Als sie endlich eine Holzbrücke fanden, war sie so morsch und durchlöchert, daß wohl nur Ortskundige wußten, wohin man treten mußte, um unbeschadet hinüberzukommen. Gemini führte die Pferde einzeln und mit verbundenen Augen über die Brücke, während Zacharias ihnen an allzu morschen Stellen die Kampfschilde unter die bebenden Hufe schob.

An jenem Tag wurden sie von der Dunkelheit überrascht,

bevor sie ihr Nachtquartier erreicht hatten. Hungrig und durch-
näßt vom Regen suchten sie Schutz unter einer überhängenden
Felswand.

«Herr, verzeih mir, mein Gebet ist nur kurz», sprach Orlando, bevor ihm die Augen zufielen. «Im Bett betet es sich leichter als auf steinigem Boden. Beschütze uns, oder laß mich wenigstens wach werden, wenn Gefahr droht.»

«Was hast du gesagt?» fragte Zacharias.

Aber da schlief Orlando bereits.

Zur Vorsicht war die Wolfsfalle aufgestellt worden. Zacharias hatte sein Schwert mit Wachs bestrichen, damit es im
Ernstfall schnell aus der Scheide führe.

In der Nacht wurden sie vom Schnauben ihrer Pferde geweckt. Zacharias glaubte, Stimmen zu hören.

Am Morgen entdeckten sie die Fährte eines Bären.

Nach fünftägigem Ritt erreichten sie drei Tage vor Vinzentis die
Templer-Abtei von Limoges. Sie hatten die Hälfte des Landwe-
ges zurückgelegt. Als sie in den Hof der Abtei ritten, läuteten die
Glocken den Sonntag ein. Sie beschlossen, den Feiertag zu
heiligen und eine längere Rast einzulegen, zur «Erholung von
Herz und Hintern», wie Orlando meinte, denn Zacharias hatte
sich so wund geritten, daß er stehend in den Steigbügeln trabte,
was viel Kraft kostete.

«Ich habe mich noch nie so sehr danach gesehnt, einen
Sonntag auf den Knien zu verbringen», meinte er mit gequältem
Lächeln, als ihm Bruder Tulian, der Apotheker der Abtei, die
Backen mit Dachsfett salbte: «Du hast einen Arsch zum Eierku-
chen backen, Bruder, so rot wie eine Kardinalsrobe.»

Zacharias entgegnete: «Ich trage einen Heiligenschein um
meinen Schinken.»

«Einen Heiligenschein? Cave mendacium! Hüte dich vor der
Lüge! Mit so prächtigen Hoden, wie du sie hast, wird man nicht
heiliggesprochen.»

Bevor sie an jenem Abend einschliefen, sagte Zacharias: «Wie wenig braucht der Mensch doch zu seinem Glück. Gibt es Schöneres, als in einem weichen Bett zu schlafen und ohne Schmerzen zu sein!»

«Eigentlich seltsam», antwortete Orlando. «Wir fühlen uns am wohlsten, wenn wir uns nicht wahrnehmen.»

Während Zacharias die Wunden pflegte, die ihm der Weg geschlagen hatte, folgte Orlando der neugierigen Menge, die nach der sonntäglichen Morgenmesse zum Markt drängte, wo ein fränkischer Wundarzt und Starstecher seine Wanderbude aufgestellt hatte. Ein Fahnentuch mit einem Auge so groß wie ein Wagenrad diente ihm als Firmenschild. Der Doktor stand auf einem Podest. Sein kahler, blasser Kopf lag auf dem Biberpelzkragen wie ein Gänseei auf einem weich gepolsterten Tuch. Er hielt ein gläsernes Fläschchen in die Höhe und rief: «Tretet näher, Brüder und Schwestern. Hier seht ihr das Auge eines Gehenkten. Es schwimmt im Fruchtwasser einer Fehlgeburt, vermischt mit Fledermausblut, Zimtwurz, Mumienlatwerge und Viola canis vulgaris. Drei Tropfen täglich vor dem ersten Hahnenschrei, und ihr könnt schärfer sehen als ein Adler. Vier und ein halber Heller für die Flasche, so lange der Vorrat reicht. Und hier, schaut her: Bei Schlaflosigkeit Igelurin und Krötenschleim auf die Lider geschmiert. Schlingpflanzentee gegen Schielen. Tropicana Tagetes für Triefaugen. Jordanwasser macht Blinde sehend, und Belladonna gibt selbst Greisenaugen geilen Glanz!»

Orlando war näher getreten, um eine Schautafel zu betrachten. Ein Mann saß gefesselt auf einem Stuhl. Drei Knechte hielten seinen Kopf. Der Operateur hatte ein stricknadelartiges Instrument in das Auge gebohrt. Über dem Bild stand in verschnörkelter Schrift zu lesen: «Die hohe Kunst des Starstechens, durch die so mancher Blinde wieder sehend geworden.» Orlando wollte sich angewidert abwenden, als der Meister ihn in der

Menge entdeckte. Ein freudiges Leuchten erhellte sein Gesicht. Er unterbrach seinen Vortrag und eilte mit ausgebreiteten Armen auf Orlando zu: «Welche Freude, Bruder, Euch wieder zu treffen. Wie ist es Euch bei den Sarazenen ergangen? Habt Ihr schon eine Herberge? Ich bitte Euch, seid mein Gast.» Und zu seinem Publikum gewandt, sagte er auf Orlando zeigend: «Ich verdanke diesem tapferen Templer mein Leben. Wäre er nicht gewesen, so könnte ich euch heute nicht heilen.» Verwirrt durch Orlandos Erstaunen rief er: «Ihr schaut so fragend. Erkennt Ihr mich nicht wieder, Bruder Adrian?»

Adrian? Er kannte Adrian. Was wußte er über ihn? Orlando war hellwach. «Wer könnte Euch vergessen», rief er. «Gern bin ich Euer Gast.»

«Zum Sechserläuten im Pied de Cochon», lachte der Doktor. «Ich hoffe, Ihr seid nicht beim Fasten.»

Das Gasthaus Le Pied de Cochon lag gleich hinter der Stadtmauer in einer engen, dunklen Gasse. Man konnte es nicht verfehlen, wenn man seiner Nase folgte. Ein klebriger Geruch von heißem Schweinefleisch und Bier, von saurem Sud und Bratfisch entströmte dem Gemäuer. Vor allem jedoch stank es nach Urin, denn die Stadtmauer diente den Zechern als Abtritt. Hier traf Orlando den Doktor, der damit beschäftigt war, den Latz seiner engen Hose zu schließen: «Ein offener Leib ist der wahre Garant aller natürlichen Gesundheit. Plenus venter non cenat libenter! Ein voller Bauch speist nicht gern. In ein volles Faß geht weniger hinein als in einen leeren Fingerhut.»

Er schob Orlando vor sich her in die Gaststube: «Kommt, setzt Euch. Seid mein Gast. Ich hoffe, Ihr seid hungrig. Einen Humpen Hopfensaft für meinen Lebensretter! Mögt Ihr Fleischmus vom Schaf? Stippgrützen und Ragouts sind die Spezialität des Hauses, Preßsack und fette Pasteten. Oder probiert die saure Sulz von frischgeborenen Ferkeln, so zart, daß man sogar die Knochen mitessen kann. Aber, ich sehe, Ihr habt ja noch alle

Eure Zähne. Wir leben in einer Zeit, in der ein Mann von Ehre schneller seine Schneidezähne verliert als eine Jungfrau ihre Unschuld. Was rede ich. Das wißt Ihr besser als ich. Wenn Ihr nicht gewesen wäret... wenn Ihr mich nicht aus den Klauen der Ungläubigen befreit hättet, ich hätte vermutlich mehr verloren als mein Gebiß. Wer weiß, ob ich ohne Euch überhaupt noch lebte. Sie waren wie wilde Tiere. Aber fürwahr, Ihr habt es diesen tollen Hunden gegeben. Einer gegen drei...»

«Oho, das hört sich gut an», rief ein Fuhrmann vom Neben-tisch. «Einer gegen drei. Erzählt!»

«Ja, erzählt!» riefen jetzt auch die Viehhändler vom anderen Ende der Tafel. Einer von ihnen füllte dem Doktor den Becher mit Bier. Der nahm einen kräftigen Schluck, wischte sich den Schaum mit dem Ärmel von den Lippen und begann:

ICH WAR IN ALEXANDRIEN an Land gegangen und wohnte in der Herberge Zum Bärtigen Patriarchen. Spät in der Nacht wurde ich von einem Mohren geweckt. Er fragte, ob ich der fränkische El-Hakim wäre, der Tags zuvor mit dem Schiff angekommen sei. Er sagte, er käme im Auftrag seines Herrn, der meine Hilfe benötigte. Ich solle meine ärztlichen Utensilien einpacken und ihm folgen. Er sprach in abgehackten Sätzen, keuchend und außer Atem, so wie jemand, der eine längere Strecke gerannt ist. Schnell, schnell, rief er immer wieder und klatschte dabei in seine Mohrenpfoten, die so braun waren wie der Braten hier vor mir auf dem Tisch.

Wir eilten durch dunkle Gassen bis an den Rand der Stadt, wo die Häuser immer armseliger und die Straßen immer einsamer wurden. Um so erstaunter war ich, als wir plötzlich vor einem palastartigen Gebäude standen, das so gar nicht in diese Gegend zu passen schien. Überragt von Türmen und Zinnen, umgeben von hohen Mauern lag es wie ein gestrandetes Schiff am Ufersaum der Stadt. Durch eine enge Pforte gelangten wir in einen Innenhof, wo mich ein Knabe erwartete. Er führte mich über mehrere Treppen in einen Raum, durch dessen Fenster der Blick weit über die Wüste reichte. Schon kündigte ein feiner roter Streifen den neuen Tag an. Eine doppelflügelige Tür wurde aufgestoßen. Herein trat ein alter Araber in weißen wallenden Gewändern. Sein Bart war noch weißer als sein Turban. Nur seine Augen glänzten schwarz wie nasser Schieferstein.

Mein Begleiter warf sich vor ihm auf die Knie. Der Alte betrachtete mich so, wie man eine Ware begutachtet, die man erwerben will.

Du bist ein fränkischer Arzt?

Augenarzt, erwiderte ich.

Du weißt, warum ich dich habe rufen lassen?

Nun, ich kann es mir denken. Warum ruft man zur Nachtzeit einen Arzt? Wo ist der arme Kranke, der meine Hilfe braucht?

Der Araber betrachtete mich, als habe er nicht recht verstanden. Seine Augenbrauen hoben sich fragend, voll Erstaunen. Dann begann es in seiner Brust zu zucken, als würde er von Hustenreiz gequält. Ein Glucksen quoll aus seiner bärtigen Kehle, ein ziegenartiges Meckern. Am Ende lachte er, daß ihm die Tränen über die faltigen Wangen liefen. Dann rief er: Bei Allah, ist das köstlich! Oh, ist das köstlich! Habt ihr das gehört: Wo ist der arme Kranke, der meine Hilfe braucht?

Er wischte sich die Tränen aus den Augen und sagte:

Der arme Kranke ist ein Knabe.

Und was fehlt ihm?

Noch fehlt ihm nichts. Doch du sollst das ändern.

Ich verstehe euch nicht.

Erklär du es ihm, sagte der Alte zu einem Mann, der hinter ihm in den Raum getreten war. Der sagte:

Ihr sprecht erstaunlich gut Arabisch. Gewiß seid Ihr nicht zum erstenmal in Alexandria?

Doch, das erste Mal, erwiderte ich. Mein Arabisch habe ich in Andaluz gelernt.

Andalusien, sagte der Mann. Es klang wegwerfend, fast verächtlich. Dort ist alles anders. Wißt ihr, was ein ‹hadim› ist, ein Bartloser?

Ein Eunuch.

So ist es. Ein Verschnittener. Wißt Ihr nun, was man von Euch erwartet?

Ihr meint... ich soll... warum gerade ich?

Dafür gibt es drei Gründe: Erstens. Ihr seid ein geschickter Operateur. Wer sich mit dem Messer an ein Auge wagt, der weiß auch, wie man Eier schneidet.

Zweitens. Ihr seid ein Ungläubiger. Der Koran verbietet unseren Ärzten die Entmannung. Die Bibel kennt kein Verbot dieser Art. Kastrieren nicht selbst die Ärzte eures römischen Kalifen kleine Knaben, nur ihrer schönen Stimmen wegen?

Der dritte und beste Grund ist das Honorar, das wir Euch zahlen werden. Und dabei warf er mir einen Lederbeutel mit klingenden Münzen zu. Als ich noch zögerte, sagte der Alte: Nimm nur. Es ist ehrlich verdientes Geld. Kein christlicher Medicus hat es bisher verweigert.

Aber ich habe noch nie eine Kastration...

Du bist ein geschickter Starstecher, du verstehst es, das Messer zu führen, und weißt, wie man Wunden versorgt.

Ich wurde in ein Nebenzimmer geführt. Auf einem niedrigen Tisch lag ein ledergebundenes Buch mit ganzseitigen Zeichnungen, auf denen die verschiedenen Schnittechniken der Entmannung erklärt wurden.»

«Wieso verschiedene?» fragte der Viehhändler. «Einen Bullen oder einen Bock kann man nur auf eine Art kastrieren.»

«Gewiß, aber beim Menschen ist das alles ganz anders.»

«Das müßt Ihr uns erklären», verlangten die Fuhrleute. Sie füllten dem Doktor die Bierkanne. «Los, erzählt!»

«Grundsätzlich gibt es im Orient fünf verschiedene klassische

Kastrationstechniken. Sie werden mit wohlklingenden arabischen Namen bezeichnet. Beim ‹gemähten Kornfeld› werden dem Unglücklichen Penis und Hoden abgeschnitten. Beim ‹Baumfällen› nur der Penis. Der Operierte bleibt theoretisch zeugungsfähig, aber es fehlt ihm die anatomisch wichtigste Voraussetzung, seinen Trieb zu befriedigen. Das ‹Baumfällen› wird im allgemeinen nur als Strafe angewandt, so wie das Handabhacken. Eine andere Operationstechnik heißt ‹Nest ausnehmen›. Mit einer Drahtschlinge werden die Eier aus dem Hodensack herausgezogen und abgekniffen. Beim ‹Nüsseknacken› werden die Hoden zerquetscht, mit einer Zange, am häufigsten mit den Zähnen. Diese Methode wird vor allem bei Kleinkindern praktiziert.»

«O Mann, hört auf! Ich kann nichts mehr davon hören. Dabei vergeht einem ja jeglicher Appetit», stöhnte der Wirt, der um sein Abendgeschäft bangte.

«Und so etwas hast du gemacht?» fragte einer der Fuhrleute. Das Entsetzen stand ihm sichtbar auf der Stirn. «Wie kann man einen Menschen...?»

«Einen Menschen?» unterbrach ihn der Doktor, «einen Menschen? Der Kastrierte war ein ungetaufter Mohr ohne unsterbliche Seele, ein schwarzhäutiger Affe aus der afrikanischen Wildnis. Wo steht es geschrieben, daß man einem Affen nicht den Schwanz abschneiden darf? Zeigt mir das Gebot!»

«Weiter! Erzählt weiter!» drängten die Viehhändler.

«Sie hatten den Knaben an ein Bett gefesselt und ihm den Mund mit einem Knebel verschlossen. Seine Augäpfel rollten und zuckten in ihren weitaufgerissenen Höhlen, als wollten sie hervorquellen und davonspringen. Sie hatten baumwollene Binden um seine Oberschenkel gespannt und kalte Kompressen auf seinen Leib gelegt, um den Blutverlust einzudämmen. Sein schwarzer Schoß wurde mit gepfeffertem Wasser gewaschen. Dann habe ich ihm mit einem einzigen Schnitt Penis und Hoden abgetrennt. Die Kunst liegt darin, blitzschnell und so dicht wie möglich am Unterleib entlangzuschneiden, um die Wunde klein zu halten. Sie wurde mit siedendem Öl ausgebrannt. Dann wurde ein Zapfen aus Zinn in die offene Wurzel des Penis eingeführt, um den Harnweg offen zu halten.

Nachdem die Wunde mit einem Verband versorgt war, mußte der Junge gestützt von zwei Männern im Raum auf und ab gehen. Erst dann durfte er sich hinlegen. Ich sagte:

Das Schlimmste hat er hinter sich.

Nein, vor sich, so wurde ich belehrt. Er darf jetzt drei Tage lang nichts trinken und kein Wasser lassen. Die Qualen werden höllisch sein. Doch er wird es überleben.»

Der Doktor machte eine längere Pause.

«Und? Wie ging es weiter?»

«Er sprang aus dem Fenster, mit dem Kopf voran. Ihm war nicht mehr zu helfen. Er war sofort tot, tot wie ein Fuchs in der Falle, dem man den Schädel eingeschlagen hat, um sein Fell nicht zu verletzen.» Der Doktor trank von seinem Bier.

«Im Namen der Gerechtigkeit, es war nicht meine Schuld. Meine Operation war erfolgreich verlaufen, und diese Hundesöhne forderten mein Honorar zurück. Natürlich verweigerte ich die Herausgabe. Es kam zu einem heftigen Wortwechsel auf der Straße unter dem Fenster, aus dem sich der schwanzlose Wilde gestürzt hatte. Sie griffen nach mir. Ich wehrte mich, so gut ich konnte. Schon fuhren die ersten Dolche aus den Gürteln, da erschien wie von Gott gesandt jener Tempelherr hier in der Gasse. Es war Rettung im allerletzten Augenblick. So wie der Herr den Daniel aus der Löwengrube errettet hatte, so befreite mich Bruder Adrian aus den Klauen meiner Mörder. Dem Mohren – bei Gott, er war so groß, er hätte nicht durch jene Tür gepaßt – brach er mit einem Schlag den Arm. Den anderen hob er hoch wie eine Fahne. Er warf ihn durch ein Fenster, hinter dem ein Rudel wilder Hunde raste. Ich hätte nicht in seiner Haut stecken mögen. Den dritten aber griff er mit zwei Fingern in die Nasenlöcher, und mit einem einzigen Ruck riß er ihm die Nase von der Oberlippe. Bei meiner Ehre, ich habe dergleichen noch nie gesehen. Seit jenem Tage weiß ich, warum die Tempelritter als unbezwingbar gelten. Kommt Freunde, trinkt mit mir auf meinen Retter!»

Sie leerten ihre Humpen. Dann fragte einer der Viehhändler: «Ich wüßte gar zu gern, was ein Templer in so übler Umgebung zu so ungewöhnlicher Tageszeit zu schaffen hat?»

«Das habe ich ihn auch gefragt», lachte der Doktor. «Und wißt ihr, was er geantwortet hat?»

«Ja, was hat er dort gemacht?» rief Orlando.

Der Doktor blickte ihn belustigt an: «Ihr seid ein Schelm. Ich vermag Eure Erinnerung nicht aufzufrischen, denn Ihr habt es mir nicht verraten. Als ich Euch fragte, sagtet Ihr: ‹Pisces imitar.›»

«Was heißt das?» fragte der Viehhändler.

«Machen wir es wie die Fische, die ja bekanntlich stumm sind, so stumm wie die Templer, wenn es um geheime Ordensaufträge geht. Oder war es eine private Mission oder Passion, die Euch dort hingeführt hat? Die Alexandrinerinnen sind verteufelt reizvoll. Verzeiht mir den Spaß. Kommt, trinkt mit mir! Das alles erscheint mir so, als habe es sich erst gestern ereignet. Dabei ist es zu Peter und Paul ein Jahr her. Anderen Tags habe ich Euch ans Schiff gebracht, das Euch von Alexandria nach Kreta bringen sollte. Wißt Ihr noch, Bruder Adrian, wie Ihr beim Abschied...»

In aufgeregter Eile ordnete Orlando das Gehörte:

Anfang Juli war Adrian von Alexandria aus westwärts gereist. Er hatte sich also auf der Heimreise befunden. Zehn Wochen später war Ludwig der Kelheimer ermordet worden... Zehn Wochen, das war ziemlich genau die Zeitspanne, die man benötigte, um die Entfernung bis über die Alpen zu bewältigen. Aber was besagte das schon? Mußte Adrian deshalb ein Mörder sein? Was hatte das alles zu bedeuten?

Der Doktor redete ununterbrochen. Seine vom Essen fettigen

Lippen formten *As* und *Os*. Wenn sie sich zum *M* aufeinander-
legten, so erinnerten sie an kopulierende Schnecken. Wie Blasen
in brodelndem Brei, so platzten die *Ps* und *Bs* hervor. Orlando
nahm das alles wahr, ohne daß die Worte ihn erreichten. Später
auf dem Heimweg vermochte er sich nicht einmal daran zu
erinnern, was er an jenem Abend gegessen hatte.

In der Nacht hatte er einen Traum:

Er stand auf einem Berg und blickte über eine Wüste. In der
Ferne gewahrte er einen winzigen Punkt, der sich wie ein Insekt
auf ihn zubewegte. Als er näher herankam, erkannte er einen
Reiter in wehendem Gewand. Die Hufe seines Pferdes warfen
den Wüstensand wie Wasserfontänen zum Himmel. Als der
Reiter in Sichtweite war, erkannte er ihn. Es war Adrian.
Orlando rief ihn beim Namen. Doch so laut er auch schrie, der
andere hörte ihn nicht. Auf Armeslänge flog er an ihm vorüber,
pfeilschnell und doch geisterhaft langsam, als habe sich der
Strom der Zeit in zähflüssigen Schlamm verwandelt.

Wie bleich er war, blaß wie ein Toter!

«Warte!» rief Orlando. «Bleib! Wo willst du hin?»

Und Orlando hörte wie von weit her Adrians Stimme. Er rief
nur ein einziges Wort. Es klang wie «Alamut».

Orlando erwachte. Er fand keinen Schlaf mehr. Das Wort
ging ihm nicht aus dem Sinn: ALAMUT.

NACH DREITÄGIGER KARENZ vertauschten sie die Kissen
des Konvents wieder mit den Rücken ihrer Reisepferde.
Zwei Tagesritte bis nach Cahors reisten die beiden Templer in
Begleitung des Doktors. Er kannte den Weg und war ein gewitz-
ter Erzähler.

«Die Menschen sind dümmer als das Vieh», sagte er, «erst
opfern sie ihre Gesundheit, um Geld zu erwerben. Dann opfern

sie ihr Geld, um die Gesundheit zurückzugewinnen. Glaubt mir, auch die Dummheit ist eine Krankheit. Sie ist die einzige Krankheit, unter welcher nicht der Befallene leidet, sondern seine Umgebung. Vivat morbi! Male se habet medicus, nemo si male se habuerit. Es lebe die Krankheit! Schlecht ergeht es dem Arzt, wenn es niemand schlecht ergeht.»

«Welche ist die schlimmste aller Krankheiten?» wollte Zacharias wissen.

«Das sind die Ärzte. Medico tantum hominem occidisse summa impunitas est. Der Arzt allein darf einen Menschen umbringen, ohne bestraft zu werden.»

«Was muß man tun, um gesund zu bleiben?»

«Enthaltsam leben.»

«Der Satte lobt das Fasten», sagte Orlando, und Zacharias fügte hinzu: «Ihr geht da aber nicht mit gutem Beispiel voran.»

Der Doktor lachte: «Auch die Dicken erfüllen ihre gottgefällige Aufgabe in der Schöpfung. Der Herr segnet sie, um den armen Friedhofswürmern eine Freude zu machen.»

Gegen Mittag erreichten sie einen ärmlichen Weiler, der am Weg lag, als habe ihn ein über die Ufer getretener Fluß ausgespien. Die Löcher in der Straße waren tief. Enten badeten darin. Ein Mädchen trieb einen Esel vor sich her. Als es die Reiter erblickte, versuchte es zu fliehen, ein verängstigtes Kind, barfuß mit viel zu großem Kopftuch, das beim Laufen davonflog.

Schon von weitem hörten sie die schrillen Schreie, tierische Schreie, in höchstem Diskant sich überschlagend.

«Wir kommen gerade recht», rief Zacharias, «sie schlachten ein Schwein.»

«Das ist kein Schwein», sagte der Doktor, «das ist ein Weib.»

Sie gaben ihren Pferden die Sporen. Die Schreie kamen aus einer Hütte, aus deren Schornstein schwarzer Rauch in den Aprilhimmel stieg. Orlando hastete als erster durch die niedrige Tür. Bevor sich seine Augen dem verräucherten Halbdunkel angepaßt hatten, hörte er die Stimme des Doktors hinter sich: «Steckt Euren Hammer weg! Hier wird nicht gemordet, hier wird geboren.»

Unter einem eisernen Kessel brannte ein rauchendes Feuer. Davor auf einem Stuhl hockte ein Mann. Er hatte seine Arme von hinten um eine junge Frau geschlungen, die auf seinem Schoß saß. Vor ihr auf dem Boden kniete ein Mädchen. Es preßte die Schenkel der Gebärenden auseinander. Die dicht behaarten Arme des Mannes umspannten den prallen Bauch wie Schlangen, die ihr Opfer würgen. Die Frau schrie, daß Orlando sich die Ohren zuhielt.

«Halt, hört auf!» befahl der Doktor. «Ihr bringt sie um.» Er griff nach einem Topf mit Schweineschmalz, der beim Herd stand, schmierte sich damit die Hände ein und schob seine fettigen Finger in den Schoß der Frau.

Dann sagte er zu dem werdenden Vater: «Du bist doch ein Bauer. Hast du noch nie ein Kalb oder ein Lamm geholt? Was seid ihr bloß für Stümper? Habt ihr keine Hebamme unter euren Frauen im Dorf?»

Das Mädchen antwortete: «Die alte Bonne-mère ist letzten Winter an den Blattern gestorben.»

Der Doktor zog einen Stuhl heran. Mit Hilfe ihres Mannes brachte er die Gebärende dazu, sich auf den Stuhl zu knien, wobei sie sich mit den Armen auf der Lehne abstützte.

«Hast du ihr etwas eingegeben?»

«Mutterkorn in heißer Brühe und Alraune und Adlerstein.»

«Wann?»

«Erst vor kurzem. Die restliche Brühe ist noch warm.»

«Es dauert mindestens eine Stunde, bis das Mutterkorn die Krämpfe auslöst», sagte der Doktor. Er tauchte ein Stück Tuch in das heiße Wasser und wickelte es der Frau um den nackten Bauch. «Das ist ein unfehlbares Verfahren, um festzustellen, ob die Geburt bereits begonnen hat. Läßt der Schmerz nach, so hast du noch Zeit.»

Die Frau begann wieder zu schreien und zu winseln. Ihre Stimme klang wund und geschunden, kraftlos. Ihre weit aufgerissenen Augen erinnerten Orlando an ein Tier, das seine eigene Schlachtung erlebt.

«Wir haben keine Zeit mehr zu verlieren. Da, nimm diesen Napf!» befahl der Doktor dem Mann. «Mach hinein!»

«Ich verstehe Euch nicht...»

«Du sollst in den Becher pinkeln.»

Der Mann tat, was man von ihm verlangte. Auch er war am Ende seiner Kräfte. Der Doktor nahm den Becher, setzte ihn der Frau an die Lippen: «Trink! Alles!»

Angewidert drehte sie das Gesicht zur Seite. Der Doktor griff ihr mit der Linken ins Haar, riß ihren Kopf zurück und zwang sie, den warmen Urin bis auf den letzten Tropfen auszutrinken.

Orlando spürte, wie sich sein Magen umstülpte. Er stürzte nach draußen, wo Zacharias bleich vor Übelkeit an der Wand lehnte. «Mein Gott», stöhnte er, «tristis est voluptatum exitus. Traurig ist der Ausgang aller Leidenschaft.»

An diesem Abend übernachteten sie in der Pfarrei St. Martin von Brive-la-Gaillarde. Der Priester hatte ihnen zu Ehren eine junge Ziege schlachten lassen. Der Wein war so schwer, daß er mit Wasser gemischt wurde, was der Doktor entrüstet ablehnte. So wie am Abend einer Schlacht die Abenteuer des Tages im Mittelpunkt der Gespräche stehen, so war natürlich auch hier vor allem die Rede von der schweren Geburt und ihrem erfolgreichen Abschluß.

«Trinken wir auf das winzige Menschlein, dem wir heute zum Leben verholfen haben. Mögen seine Erdentage angenehmer und sein Tod weniger qualvoll sein als seine Ankunft.» Der Doktor leerte sein Glas in einem Zug. Er leckte sich das Bratenfett von den Fingern. Orlando mußte an den Schmalztopf denken. Nur mühsam vermochte er die Bilder der Erinnerung zu verdrängen. Zacharias mußte wohl ähnlich empfunden haben, denn er sagte: «Was ich Euch den ganzen Tag über schon fragen wollte: Warum habt Ihr die Frau gezwungen, die Pisse ihres Mannes zu trinken?»

«Was zu trinken?» fragte der Priester, der glaubte, nicht recht verstanden zu haben.

«Ihr habt Euch nicht verhört», lachte der Doktor. «Ich hatte keine andere Wahl. Der Kirche und der Quacksalberei ist jedes Mittel recht, das zum Heil führt.»

«Und so etwas Ekelhaftes hilft?»

«Je ekliger, um so besser. Es gibt unter den Hebammen ganze Rezeptbücher mit solchen Mixturen. Diese Recueils de Secrets sind die reinsten Orgien aus Kadaver, Kot und allem möglichen Teufelsdreck, alle dem gleichen Ziel dienend, nämlich den Brechreiz und damit die Geburt auszulösen.»

«Wie widerwärtig», sagte der Priester.

Der Doktor hielt seinen Weinbecher gegen das Licht und sagte:

«Wein ist wie Harn.
Du erkennst seine wahre Art
am Geruch, am Geschmack,
an der Farbe zart.

Die matula, das Uringlas, verrät dem Arzt mehr über den Gesundheitszustand eines Menschen als alle anderen Anzeichen. Zwanzig Farben werden bei der Harnschau unterschieden, von ut vellus cameli (wie das Fell des Kamels) über Kardinalsrot und Kükengelb zu ut cornu unicorni (schwarz wie das Horn des Einhorns). Sie verraten nicht nur unsere Leiden, sondern auch unsere Temperamente. Ist der Harn rötlich und dünn, so ist der Mensch hitzig und dürre, also ein Choleriker. Ist er weiß und dick, so zeigt er eine kalte Natur an, einen Phlegmatiker.»

«Wie ekelhaft ist das alles!»

Der Doktor erwiderte: «Naturalia non sunt turpia. Natürliches ist nicht häßlich. Hat einer von euch schon einmal eine Nachgeburt in den Händen gehalten? Eine abscheulich aussehende, weiche schwabbelige Fleischmasse, die gleich nach der Geburt so schamhaft unter dem Misthaufen verscharrt wird, daß viele gar nichts von ihrer Existenz wissen. Die tierischen Weibchen fressen ihre Nachgeburt auf. Dieses gierige Fressen der Plazenta ist allen Tieren eigen, den Grasfressern, den Raubtieren, dem wilden Getier und dem häuslichen Vieh. Der weise Avicenna schreibt in seinem *Canon medicinae*, daß es für eine Wöchnerin keine bessere Medizin gäbe als ihre eigene Plazenta.»

«Wie kann einer sein eigenes Fleisch essen», sagte Orlando.

Der Priester bekreuzigte sich und fügte hinzu: «Viel Zauberinnen gibt es unter den Hebemüttern. Kein anderer hat so viel Macht über die Frauen eines Ortes wie die Hebamme. Für alle Leiden und Lüste des Schoßes kennt sie ein Kraut. Sie mischt Liebestränke, Fruchtbarkeitssalben und Gifte gegen unerwünschte Leibesfrucht. Sie verwaltet nicht nur das werdende Leben, sondern auch das erloschene, denn sie wäscht die Toten nach altem heidnischen Ritual. Sie hält die beiden Enden des Lebensfadens in ihren Händen. In ihr lebt die Schlange des Alten Testaments.»

«Die Schlange des Äskulap», sagte der Doktor.

«Schreien alle Weiber so schrecklich, wenn sie niederkommen?» wollte Zacharias wissen.

«Alle. Das Geschrei der Gebärenden ist so typisch wie das Gegacker der Hühner. Die Bauern der Bretagne sagen: Hunde, Hähne und Kreißende muß man im ganzen Ort hören können. Und in der Tat strapaziert so manche Mutter ihren Schlund mehr als ihren Schoß. In keiner Folterkammer wird so laut gejammert wie im Wochenbett.»

«Platon vertritt in seinen Schriften die Meinung, die Gebärmutter sei ein Tier, das so selbständig im Leib des Weibes schmarotze wie ein Darmparasit. Was haltet Ihr von dieser recht aufschlußreichen These?» fragte der Priester.

«In der Tat scheint die Gebärmutter von eigenem Willen

beseelt zu sein. Das wußten schon die Griechen. In der Sprache Platons heißt sie Hyster. Hysterische Weiber, das sind Frauen, die von den Launen ihrer Gebärmutter beherrscht werden. Und welches Weib wird das nicht? Manche halten die Gebärmutter für eine Art Frosch, andere mehr für einen Fisch. In Paris nennen wir sie Museau de Tauche, Schleienmaul. In der Champagne sagt man, sie sei eine Kröte. Die Gefräßigkeit dieses Tieres offenbart sich vor allem beim Geschlechtsakt. Dann öffnet sich das Maul rasch und gierig, um das Sperma zu verschlucken. Dabei flattert und zuckt es wie ein Fisch, der am Ende eines fetten Wurmes saugt und lutscht.»

«Ort der Finsternis und des Schreckens», sagte der Priester, «Quelle der Sünden, Schlangengrube und Kloake.»

Der Doktor fügte hinzu: «Backofen des Lebens, heiligste Wiege der Menschheit.»

«Heilig nennt Ihr den Ort, wo die schmutzigsten und stinkendsten Ausscheidungen des Körpers lagern, zwischen After und Harnblase. Welch eine Umgebung! Aber ist die Gebärmutter nicht selbst eine Kloake! Scheidet sie nicht selbst regelmäßig das unreine, verdorbene Blut der Frau aus, wenn sie nicht schwanger ist?»

«Simon Magus hat gelehrt: Die Gebärmutter ist das wahre Paradies, in dem der Mensch frei von allen Sünden noch mit der Schöpfung eins ist. Die Vertreibung erfolgt mit der Geburt.»

«Simon Magus war der Vater der Gnostiker, ein Ketzer.»

Der Doktor erwiderte: «Die Gebärmutter ist nicht nur das erste Obdach aller Menschen, einschließlich aller Heiligen, sie war auch die erste Wohnstatt des Heilandes, der dort neun Monate weilte, bevor er mit dem Werk der Erlösung begann.»

«Und dennoch gibt es kein schädlicheres Gift als Menstruationsblut. Alles, was eine menstruierende Frau berührt, muß verderben. Milch wird dick, Brotteig geht nicht auf, Fleisch verfault, Honig und Wein werden sauer, Medikamente verlieren ihre Heilkraft. Hunde können schon von den Ausdünstungen tollwütig werden. Allein eine Berührung oder ein Blick solch einer Unreinen hat verheerende Wirkungen. Plinius schreibt in seiner *Naturalis Historia*: Ein einziger Blick einer Menstruierenden genügt, um einem Spiegel seinen Glanz zu nehmen. Schwerter verlieren ihre Schärfe.»

«Auch die Männer verlieren an Schärfe», lachte der Doktor.

«Aber nein, keinesfalls», rief der Priester. «In jedem Dorf findet ihr die rothaarigen Früchte der Unzucht.»

«Welche Früchte?» fragte Zacharias.

«Rotfüchse, Klinkerköpfe, Feuerhexen.»

Der Doktor sagte: «Kinder, die während der Menstruation gezeugt werden, werden mit roten Haaren geboren . . .»

«Mit Muttermalen, Sommersprossen und Lepraflecken», ergänzte der Priester. «Ein rothaariges Kind ist der Pranger seiner Eltern: Hier schaut her. Mein Vater hat es wie ein Vieh mit der Mutter getrieben, als sie mit dem Hintern in der Rotweinsoße saß! Die rote Brut der Unzucht verkörpert alle schlechten Eigenschaften der menschlichen Rasse. Zu Recht sagt man: Trau keinem mit rotem Haar! Auch Judas hatte rotes Haupt- und Barthaar. Kein Weib ist so geil und verderbt wie die Rotfüchsin. Ein Tier ist sie, ein Vieh.»

«Wenn man Euch so reden hört, könnte man der Meinung sein, Ihr zählt Evas Töchter nicht zu den Menschen», lachte der Doktor.

Der Priester antwortete: «Gallina non est avis, uxor non est homo. Das Huhn ist kein Vogel, das Weib ist kein Mensch.»

Als sie anderen Tags durch das Tal der Dordogne ritten, fragte Zacharias: «Ist die Geschlechtlichkeit wirklich so schmutzig, wie jener Priester predigt?»

Der Doktor sagte: «Ein halber Arzt schadet dem Leben mehr als gar kein Arzt. Ein halber Priester schadet dem Glauben mehr als gar kein Priester. Dieser Pfaffe weiß nichts von dem wunderbaren, unerbittlichen Zyklus des Lebens, in dem das eine vergehen muß, damit das andere entstehen kann. Die Saat trägt nur Frucht, wenn sie im Acker ruht. Der Same des Mannes benötigt den fruchtbaren Boden der Frau. Ein Narr, wer sich einreden läßt, die Erde sei schmutzig. Gott will es, daß sich seine Geschöpfe fortpflanzen, denn nur die Vermehrung sichert den Bestand. Aus diesem Grund hat er es so eingerichtet, daß wir bei der Erfüllung dieser so wichtigen Aufgabe Freude empfinden.

Die Liebe ist eine lustvolle Lockspeise, der Orgasmus ist Gottes Dankeschön für die Mitarbeit an der Erhaltung seiner Arten, ein schweres, schmerzvolles und nicht ungefährliches Unterfangen, wie wir gesehen haben.»

«Warum werden wir krank? Warum müssen wir sterben?» fragte Zacharias.

«Du stirbst nicht, weil du krank bist; du stirbst, weil du lebst. Das Leben ist eine Krankheit, die der Schlaf allnächtlich lindert. Das Heilmittel aber ist allein der Tod.»

In Cahors vor der Kathedrale St. Etienne verabschiedeten sie sich voneinander. Der Doktor sagte: «Der Herr sei mit dir, Adrian.»

Ja, dachte Orlando, der Herr sei mit Adrian!

Dann ritten sie in entgegengesetzten Himmelsrichtungen ihrem Schicksal entgegen.

Auf der steinernen Brücke über dem Fluß Lot hielt Orlando sein Pferd an. Er schleuderte einen Stein in die Tiefe und rief: «Alamut!»

«Was rufst du da?» fragte Zacharias. «Alamut, was bedeutet das?»

«Dies diem docet. Es wird sich zeigen.»

RUDER BENEDICT WAR der einzige seines Ordens, der, obwohl geweiht, nicht den Mantel der Templer trug. Er ging glatt rasiert und trug sein Haar lang wie ein Mann von Adel. Wer ihn nicht kannte, mochte ihn für einen Junker halten, den Bürger einer freien Stadt, für einen Kaufherrn oder Theologen gar. Benedict beherrschte viele Rollen. Dabei war er alles andere als ein Held. Er verabscheute Gewalt, war schreckhaft und von beißendem Spott. Als der alte Girac in einem Streitgespräch behauptete, Jesus sei wie er in Wahrheit Römer gewesen, erwiderte Benedict: «Er sagt es. Nur ein Italiener bringt es fertig, seine Mutter für eine Jungfrau zu halten. Und nur eine italienische Mutter hält ihren Sohn für einen Gott.»

Benedict Lebon war ein blasser Mensch. Seine Unscheinbarkeit verschaffte ihm den Vorteil, von seinen Gegnern unterschätzt zu werden. Er beherrschte ein halbes Dutzend Sprachen und besaß die für seine Zeit seltene Gabe, logisch zu denken und kausale Zusammenhänge zu erkennen, wo sie niemand vermutete. Magister Musnier sagte von ihm: «Er ist wie der Heilige Geist, äußerlich nicht wahrnehmbar, aber von umwerfender Wirkung.»

Aus dem großen Schreibsaal der Bibliothek war er schon früh in das Kollegium für Urkunden versetzt worden, eine Abteilung, die ihren Mitarbeitern nahezu geniale Fähigkeiten abverlangte, handelte es sich doch um nichts Geringeres als um eine Fälscherwerkstatt, in der verbriefte Rechte und Besitzstände geschickt so umfrisiert wurden, daß sie dem Orden zum Vorteil gereichten. Sie fälschten kaiserliche Siegel, päpstliche Privilegien, antike Tinten und Pergament, kopierten Unterschriften, setzten sie unter Steuerbefreiungen, Schenkungen und Erbschaften.

Nie wäre es Benedict in den Sinn gekommen, seine Tätigkeit sei ein Unrecht. Vollzog sie sich nicht im Dienste Gottes und des Ordens, und stand das nicht moralisch über der Wirklichkeit? Wenn die Dinge nicht so waren, wie sie gerechterweise hätten sein müssen, so gehörten sie halt in Ordnung gebracht, so wie man Krankheiten kuriert und Weinstöcke veredelt.

Da seine besondere Begabung jedoch mehr im Aufspüren fälschungswürdiger Pfründe lag, entwickelte er sich allmählich zu einem reisenden Agenten in geheimen Angelegenheiten. Zugute kamen ihm hierbei seine Sprach- und Menschenkenntnis sowie sein unruhiges Temperament, das ihn nicht lange an einem Ort hielt. Mäuse versetzten ihn in Panik. Um so verwunderlicher muß es erscheinen, daß man ihn Mus microtus, die Wühlmaus, nannte. Obwohl gewisse Ähnlichkeit durchaus gegeben war, verdankte er diesen Namen nicht seinem Aussehen, sondern seiner Arbeitsweise. Wie bei den Wühlmäusen war der Untergrund sein wahres Wirkungsfeld. Eine Armee von Spitzeln von allen wichtigen Höfen und Kardinalskollegien versorgte ihn mit Informationen. Wichtige Missionen pflegte er im Alleingang zu erledigen. Dann verschwand er für Wochen von der Oberfläche, wühlte, sammelte und tauchte erst wieder auf, wenn er den Fall gelöst hatte.

Wenn immer ihn seine Reisen durch Chartres führten, war Benedict fasziniert von dem Gewimmel an der Dombaustelle. Kaum waren die letzten Sterne verblaßt, da krochen die Arbeiter aus ihren primitiven Unterkünften hervor wie die Toten aus ihren Gräbern beim Jüngsten Gericht. Ihre Leiber dampften in der Morgenkühle. Ein Heerwurm von Arbeitstieren. Zwanzig, dreißig von ihnen vor einen Ochsenkarren gespannt. Die Räder ächzten unter der Last der Quadersteine. Ein Mönch feuerte sie an: «Vorwärts, vorwärts! Gott will es.»

Gespenstische Gestalten, weiß gepudert vom Staub, mischten in hölzernen Kübeln den Mörtel für die Maurer. Der Lärm der Steinmetze war so ohrenbetäubend, daß man sich nur schreiend unterhalten konnte.

«So stell ich mir die Hölle vor», rief Benedict.

«Laß das bloß keinen hören», erwiderte Bruder Jacopo, der

ihn begleitete. «Du befindest dich im Vorhof des Paradieses. Hier gilt nicht: Ora et labora! Hier heißt es: Ora est labora. Für sie ist Arbeit und Gebet das gleiche. Bevor sie morgens die Arbeit aufnehmen, empfangen sie die heilige Kommunion. Wer es wagt, die Baustelle zu betreten, ohne zuvor gebeichtet zu haben, wird davongejagt wie ein Gotteslästerer.

Nicht nur aus Chartres, von allen umliegenden Dörfern eilen sie herbei, opfern all ihr Habe, bringen der Mutter Gottes ihre Muskelkraft dar. Lehnsherren überlassen ihr Pacht und Gült. Selbst der Bischof und die Kanoniker verzichten auf ihre Einnahmen. Die Klöster versorgen den menschlichen Bienenschwarm mit Speisen, die Weiber mit Wolle und Krankenpflege, und auch die Kranken und Krüppel tragen ihren Teil mit inbrünstigem Gebet.»

Zwei Mönche führten einen wehklagenden Menschen vorüber, dessen Gesicht von nassem Leinen verhüllt war.

«Das sieht bös aus. Was ist ihm widerfahren?» fragte Benedict.

«Ätzkalk.»

«In beiden Augen?»

«Er hatte nur noch eins.»

«Mein Gott, wie schrecklich!»

«Die Jungfrau wird ihm beistehen. Hat nicht Jesus den Blinden geheilt?»

«Auf jeden Fall wird er den Glanz des himmlischen Jerusalem schauen», sagte der Mönch und schlug das Kreuz über den Mann.

«Eine Baustelle wie ein Schlachtfeld», sagte Benedict.

«Du sagst es, Bruder. Sie bauen seit fast zwanzig Jahren an der Kathedrale. Weißt du, wie viele in dieser Zeitspanne ihr Leben lassen mußten? Mehr als vierhundert! Vierhundert Erschlagene, Zerquetschte, zu Tode Gestürzte, die Geblendeten und Verkrüppelten nicht mitgezählt. Welch ein Menschenopfer! Vergleichbar mit der heiligen Raserei des alten Abraham, der bereit war, seinen eigenen Sohn zu schlachten zur Ehre Gottes. Siehst du dort oben den hölzernen Kran auf dem Kranz des Turmes? Von dort sind am Tag vor Mariä Empfängnis zwei Zimmerleute – o mater dolorosa – vom Gerüst gestürzt. Dem jüngeren gelang es noch, das Regenblech zu fassen. Zappelnd wie ein Fisch an der Leine hing er über dem Abgrund. Die Priester erteilten dem Unglücklichen die Sterbesakramente *ex distatus*. Unser aller Gebete stiegen gen Himmel, aber kein Flehen vermochte ihn zu halten. Mit der Stirn voran stürzte er auf die Steinplatten. Andere brechen sich die Beine. Der Sargschreiner, der auch die Krücken schnitzt, beschäftigt sechs Gesellen. Wenn das so weitergeht, dann wird es bei der Weihe kaum noch genügend Menschen geben, um das riesige Kirchenschiff zu füllen. Neulich hörte ich einen Dachdecker sagen: Die Hölle ist nicht unten. Sie ist da oben am Himmel.»

«Sind nicht schon die Urenkel Adams für die Hybris gestraft worden, einen Turm bis in den Himmel zu bauen? Warum muß diese Kathedrale so himmelstürmend hoch sein?»

Ich werde den Großmeister fragen, dachte Benedict.

Als er ein paar Tage später zum Großmeister gerufen wurde, fragte der: «Du warst in Chartres, Bruder Benedict. Wie geht es dort voran?»

«Wie beim Turmbau zu Babel.»

«Noch nie», sagte der Großmeister, «nicht einmal im alten Römischen Reich, wurden so viele und so gewaltige Bauten zum Himmel getürmt wie in unseren Tagen.»

Peter von Montaigu war vor einer der Landkarten stehengeblieben, die die Wände seines Arbeitszimmers bedeckten. Benedict erkannte die vertrauten Umrisse Frankreichs.

«Eine Großbaustelle an der anderen: Noyon, Senlis, Laon, Paris, Poitiers, Soissons, Bourges, Chartres, Rouen, Reims, Le Mans, Amiens. Die Pläne für Beauvais und Straßburg sind fertig. Und das sind nur die wichtigsten Kathedralen. Noch erstaunlicher als die Menge und die Dimension dieser Bauten ist ihre

Architektur. Alle bisherigen Baustile des Abendlandes bestehen aus antiken Elementen: griechische Säulen, römische Bogen und Kuppeln. Unsere Architektur ist etwas völlig Neues. Nie zuvor gab es ähnliche Formen oder konstruktive Techniken. Die Dekken dieser neuen Riesenräume werden nicht von dicken, plumpen Säulen getragen. Bündel von steinernen Lisenen, fein wie Halme, schießen gleichsam schwerelos zum Himmel. Die Wände – in den alten Bauten oft viele Ellen dick – werden aufgelöst in Fenster, breit wie Scheunentore und höher als die höchsten Wehrtürme. Fensterrippen aus Stein, so fein gesponnen wie Brabanter Spitze, mit Glas bespannt, leuchtender als alle Schmetterlingsflügel der Welt. Masse wird in Kraft verwandelt. Und was für Kräfte!»

«Warum sind diese neuen Räume so himmelstürmend hoch?» fragte Benedict. «Was nützt es, ob ein Kirchenschiff fünfzig oder hundert Ellen hoch ist? Deshalb gehen nicht mehr Menschen hinein.»

«Diese Bauten sind mehr als Versammlungsräume.»

«Ja gewiß, Gotteshäuser», sagte Benedict. «Aber hat Gott solche Hallen wirklich nötig?»

«Nicht Gott, wir brauchen diese neuen Räume.»

«Wir Christen...?»

«Nein, wir Templer», unterbrach ihn der Großmeister, und er fügte hinzu: «Wir glauben, wir formen unsere Bauten, in Wahrheit jedoch formen die Bauten uns. Mit den Architekturen verhält es sich wie mit den Religionen. Ursprünglich von Menschen geprägt, verwandeln sie alle, die in ihnen leben. Das geschieht ohne unseren Verstand, denn mehr als durch irgendeine verstandesmäßig erfaßbare Lehre werden wir von unserer Umgebung geprägt. Unsere Persönlichkeit – das, was wir wirklich sind – wird während unserer ersten drei Lebensjahre ausgebildet, und dennoch vermögen wir uns später an diese für uns so wichtige Zeit nicht mehr zu erinnern.»

Der Großmeister war vor einem Modell stehengeblieben.

Er betrachtete es liebevoll und fragte:

«Hast du mal in einer dieser neuen Kathedralen gestanden? Welch eine Weihe! Wer sie erfahren hat, ist nicht mehr der, der er einmal war. Non sum qualis eram! Diese Räume sind die Schmelztiegel für den neuen Menschen, himmelstürmende Monumente am Anfang einer neuen Ära, ersonnen und eingeleitet von uns. Nur wenige vermögen zu erfassen, was hier wirklich vor sich geht.

In kaum hundert Jahren über siebzig Kathedralen, die gewaltigsten Bauwerke seit Ägyptens Pyramiden. Diese Hallen werden die Menschen mit unglaublicher Inbrunst erfüllen. Im Glanz der größten Fenster, durch die je Sonnenlicht fiel, werden sie das Paradies leibhaftig erschauen. Wie kann einer zweifeln, der den Glanz des Himmels mit seinen eigenen Augen sieht!

Dieser Farbenrausch durchflutet Menschen, die in ihrem ärmlichen Alltag keine anderen Farben kennen als grauen Dreck, bräunliches Holz, Kalkschlemme und Feldstein.

Das steingewordene himmlische Jerusalem, wahrhaft lichtdurchwoben vom Heiligen Geist. So wie der Stein der Weisen aus Blei Gold macht, so werden diese heiligen Hallen die Menschen verwandeln. Ein Mysterium der Weihe für ein ganzes Volk. Und wir werden den neuen Menschen führen. Virgo paritura (die Jungfrau, die gebären wird), Chartres aber wird die Krone tragen. Auf der Spitze des Nordturmes wird eine Sonne angebracht werden, auf dem Südturm wird ein Halbmond leuchten. Baphomet!!! Nihil in intellectu, quod non ante in sensu. Nichts kann verstandesmäßig erfaßt werden, was nicht zuvor sinnlich wahrgenommen wird.»

Der Großmeister hatte seine Umgebung vergessen. Er sprach zu sich selbst, beschwor eine Vision.

«Verzeih mir die Abschweifung, Bruder Benedict. Ich bin überarbeitet, und das hier gehört nicht zu der Angelegenheit, die wir mit dir besprechen wollten. Der Seneschall erwartet dich. Er wird dich über deinen Auftrag informieren.»

IE BEIDEN TEMPLER gingen nebeneinander den schmalen Ufersaum entlang. Auf der anderen Seite der Seine zogen ein paar Schiffer ihren Kahn flußaufwärts. Der Frost verwandelte ihren Atem in kleine weiße Wolken.

«Wie du gewiß weißt, Bruder Benedict», sagte der Seneschall, «hat Herzog Ludwig einen großen Teil seines Lebens im Dienst des Reiches verbracht. Seine Tätigkeit zwang ihn zu langen und weiten Reisen bis nach Sizilien und sogar hoch den Nil hinauf. In seinen deutschen Landen weilte er nur selten. Trotzdem muß er bei seinen Untertanen sehr beliebt gewesen sein. Als er in die Gefangenschaft des niederländischen Fürstenbundes geriet, haben ihn seine Untertanen mit 10000 Gulden freigekauft.»

«Das geschieht gewiß nicht oft», sagte Bruder Benedict.

«Der Kelheimer stand in unglaublich hoher Gunst beim Kaiser. Er hatte ihn nicht nur zum Reichsverweser, sondern auch zum Vormund seines Erstgeborenen ernannt. Das Verhältnis zwischen dem Kelheimer und dem Prinzen soll jedoch nicht gut gewesen sein. Prinz Heinrich beschwerte sich wiederholt bei seinem Vater über die Strenge des herzoglichen Vormundes.»

«Das ist kein Grund für einen Mord», lachte Bruder Benedict.

Der Seneschall nickte und fuhr fort: «Wie du weißt, gab es eine böse Auseinandersetzung zwischen Kaiser Friedrich und Papst Gregor. Du kennst den Grund: Der Kaiser hatte seinen Kreuzzug abgebrochen, wegen der schwarzen Seuche, wie er sagte, oder aus politischen Erwägungen, wie ihm Rom vorwarf. Gregor belegte ihn mit dem Kirchenbann, was den Kaiser nicht daran hinderte, im darauffolgenden Jahr seinen eigenen Kreuzzug auszurufen. Es kam zum Zerwürfnis zwischen Kaiser und Papst, bei dem sich Herzog Ludwig auf die Seite des Papstes schlug. Nach allem, was Kaiser Friedrich für ihn getan hatte, war das ganz gewiß kein schöner Zug von dem Kelheimer.»

«Da haben wir das Mordmotiv!» rief Bruder Benedict.

«Respice finem! Nicht so voreilig», warnte der Seneschall.

«Wie du weißt, endete dieser Kreuzzug erfolgreich. Friedrich gewann die heiligen Stätten durch Vertrag mit dem ägyptischen Sultan und gründete das Königreich Jerusalem. Welch Wunder! Papst und Kaiser versöhnten sich! Es gab also gar keinen Grund mehr, Ludwig aus dem Weg zu schaffen. Und dennoch wurde der Kelheimer zwei Jahre später erdolcht.»

Benedict sagte: «Wie sehr muß der Kaiser den Herzog gehaßt haben.»

«Unsinn», rief der Seneschall, «wieso sollte er ihn gehaßt haben? Er wußte sehr wohl, daß Ludwig nur Partei für Rom ergriffen hatte, um daraus politischen Nutzen zu schlagen, der dem Kaiser nicht schadete, aber Ludwigs Hausmacht in Bayern vergrößerte. Der Kaiser selbst ist ein geschickter Fallensteller auf diesem Gebiet. Er verbindet sich und entzweit sich mit Päpsten und Kalifen, gerade wie es seiner Sache dienlich erscheint. In der hohen Politik ist es wie beim Schachspiel. König und Bischof sind Steine eines Spiels. Für welchen Zug ich mich entscheide, ist nicht eine Angelegenheit des Herzens, sondern des Verstandes. Es gibt keinen anderen Herrscher, der sich so kühl von den gegebenen Erfordernissen leiten läßt. Haß oder gar Rache für einen so weit zurückliegenden Vertrauensbruch, der gar keiner war, entspricht ganz und gar nicht Friedrichs abwägendem Charakter. Die Ermordung seines Reichsverwesers bringt ihm nicht einen einzigen Vorteil, im Gegenteil, sie schadet ihm gewaltig.»

«Wieso das?» fragte Benedict.

«Weil der Verdacht der schändlichen Mordanstiftung zuerst auf ihn fallen muß. Du hast es in den Annalen der bayerischen Klöster selbst gelesen. Keiner weiß den Mörder zu nennen, aber alle vermuten den Kaiser hinter der Tat.»

«Ihr meint also, daß der Kaiser mit dieser Bluttat nichts zu schaffen hat? Aber warum soll ich dann in dieser Richtung Nachforschungen anstellen?»

«Ich habe nicht gesagt, daß Kaiser Friedrich nichts damit zu tun hat. Ich bin davon überzeugt, daß er in den Mord verwickelt ist, aber nicht als Täter, sondern als Opfer.»

«Opfer?» Benedict wiederholte das letzte Wort des Seneschalls, als habe er sich verhört.

«Ein Grundsatz der alten römischen Rechtfindung lautet: Is fecit, huic prodest. Der hat es getan, dem es nützt.»

«Wo beginnen wir?»

«Bei Hagen von Halberstedt. Er war als Sekretär des Deutschordensmeisters mit dem Kaiser im Heiligen Land; ein Haudegen, der mit der Waffe so gut umzugehen versteht wie mit der Feder. Vor allem steckt er ständig in Geldnot. Bei ihm werden wir beginnen.»

Dem Turnier war wie üblich eine Frühmesse vorausgegangen. Der geistlichen Stärkung folgte ein Frühstück im Freien. Danach riefen die Herolde zu den Waffen.

Bruder Benedict stand bei den Rittern des Gaugrafen und beobachtete das Treiben der Knappen und Knechte, die die Rösser für den Kampf aufzäumten: Wiehern, Waffenklirren, Flüche, Befehle, Gebete. Auf der Mauerkrone fiedelten die Musikanten. Der Wind trug die Melodien davon wie wirbelnde Spreu. Die Turniere zur Maienzeit waren ein willkommener Anlaß, Wohlstand vor aller Welt zu entfalten. Jeder wollte zeigen, was er hatte. Nirgendwo sonst entblößten die Damen ihre Brüste so schamlos wie hier. Bei keiner anderen Gelegenheit waren die Hosen der Herren so eng, so prall gestopft mit aufgeblasenem Hammeldarm.

Die beiden Kontrahenten hatten beim ersten Durchgang ihre Lanzen aneinander zerbrochen, ohne daß es einem von ihnen gelungen war, den anderen aus dem Sattel zu heben. Schwer atmend mit schweißglänzendem Fell bäumten sich die Pferde unter den straff gespannten Zügeln.

Dann das Signal. Die Attacke. Mit der Wucht von zwei Rammen prallten sie gegeneinander. Holzteile wirbelten durch die Luft, eine Helmspange, eine eiserne Hand. In hohem Bogen stürzte der Getroffene zu Boden. Sein Pferd war in den Vorderfüßen eingeknickt, überschlug sich, kam wieder auf die Beine, wurde von ein paar Pagen eingefangen.

Der Sieger badete im Beifall. Der Verlierer wurde auf einer Bahre davongetragen. Ein junger Ritter, der neben Benedict an der Barriere lehnte, sagte: «Er hat alles gewagt und alles verloren.»

«Das Leben ist ihm geblieben», sagte Benedict.

«Das ist aber so ziemlich das einzige», lachte der Ritter. «Wie du vielleicht nicht weißt, Bruder – mich dünkt, du bist ein Ordensbruder –, verliert der Geworfene seine Waffen samt Rüstung und Roß an den Gewinner. Das ist ein Betrag, für den du dir drei Bauernhöfe mit Land und allem Vieh und Knechten kaufen kannst. So mancher stolze Herr schleicht nach verlorenem Turnier zu den Juden, um sein väterliches Erbteil zu verpfänden.»

Die Fanfaren verkündeten den nächsten Kämpfer. Mit aufgerichteter Lanze ritt er in die Arena. Der Herold rief:

«Hier kommt Herr Lutz von Vasaland.
Er trägt Frau Venus ihr Gewand.»

Noch nie hatte Benedict einen so seltsamen Menschen gesehen. Auf dem kleinen zartgliedrigen Pferd, das er ritt, wirkte der gepanzerte Mann wie ein Riese. Über seiner eisernen Rüstung trug er ein langes durchsichtiges Mädchenhemd, das ihn umwehte wie Spinnweb. Hinten an seinem Helm flatterte ein blonder Zopf.

«Zwischen Köln und Cherbourg gibt es kein Turnier ohne ihn, den treuesten Vasallen der Frau Venus», sagte der junge Ritter. «Die Frauen vergöttern ihn.»

Zum zweitenmal ertönte die Fanfare. Der Herold verkündete:

«Hier kommt Hagen von Halberstedt
Mit seiner Ratze, rot und fett.»

Die Pferdeburschen lachten. Wie hieß es doch in dem bekanntesten Gedicht Oswald von Wolkensteins:

Komm lieber Schatz,
Mich schreckt mein Ratz,
Davon ich dick erwache.
Komm laß das Bettlein krache.

Hagen von Halberstedt ritt einen riesigen Rappen mit silberner Satteldecke. Sein Wappenschild zeigte eine fette rote Ratte mit langem Schwanz. Die Ritter grüßten hinauf zu den Zinnen, wo die Gäste des Gaugrafen unter farbigem Fahnentuch Platz genommen hatten. Dann trabten sie zu der Barriere, die die beiden Kämpfer voneinander trennte. Mit bunten Bändern geschmückt reichte sie den Rössern bis an die gepanzerte Brust. Jetzt hatten sie die Finalen, die Endpunkte der Barriere erreicht. Dreißig Doppelschritte trennten sie. Die Buhurttrommel wurde geschlagen. Die Helmvisiere wurden heruntergelassen. Es war still geworden, so still, daß das Klicken der Eisenscharniere noch oben auf der Mauer vernehmbar war. Für die beiden Kämpfer versank die sonnenhelle Umwelt in verliesartige Finsternis. In dem winzigen Rechteck des Sehschlitzes gab es nur noch den Gegner.

Der erste Fanfarenruf. Die Reiter senkten die Lanzen. Ihre Spitzen zuckten wie Natternzungen. Die Flanken der Pferde bebten. Jeder Nerv bis zum Zerreißen gespannt, zwei Pfeile auf durchgezogenen Bogen. Da! Das zweite Hornsignal!

Ein Schrei aus hundert Kehlen. Wie zwei Jagdfalken schossen die Reiter aufeinander zu. Wie Hämmer schlugen die Hufe den Boden. Heilige Mutter Maria, hilf! Verrecken soll das Schwein! Ein Brechen und Knacken wie von tausend Knochen. Ein wilder Schrei aus hundert Kehlen! Die Zuschauer waren aufgesprungen. Lutz von Vasaland hielt nur noch den Schaft seiner Lanze in der eisenbewehrten Faust. Sein Gegner lag neben der Barriere, das Gesicht im Sand. Sein Schild war beim Sturz zerborsten. Zwei Knappen knieten neben ihm. Knechte eilten herbei, befreiten den Bewußtlosen aus seiner Rüstung.

Als sie ihm den Helm vom Kopf hoben, schrien die Umstehenden laut auf vor Entsetzen. Der Anblick war ekelhaft. Gesicht und Haar klebten von gelblicher Gehirnmasse, die sich jedoch bei näherer Untersuchung als erbrochener Mageninhalt herausstellte. Aus seiner Ohnmacht erwacht, kletterte der Gedemütigte aus eigener Kraft auf ein herbeigeführtes Pferd und trabte mit schmerzverzerrtem Gesicht davon, wobei er die herbeigelaufenen Gaffer und sein glückloses Schicksal mit schaurigen Flüchen bedachte. Der Vasall der Frau Venus wurde von seinen Verehrerinnen mit Blumengebinden, Wäscheschleifen und verheißungsvollen Blicken belohnt.

ENEDICT MUSSTE DREI Tage warten, bis der Graf so weit wiederhergestellt war, daß er seinen Besucher empfangen konnte. Als Ehrengast bewohnte der Graf das Obergeschoß des Südflügels gleich neben dem Söller. Der Ausblick war atemberaubend. Hagen von Halberstedt saß in einem Stuhl mit hoher Lehne beim Fenster. Sein fahles Gesicht war wie eine Karstlandschaft von tiefen Falten zerfurcht, geprägt von eisernem Willen, Trotz und hochmütiger Verachtung gegenüber allem und jedem.

Benedict ließ durchblicken, daß sein Orden bereit sei, gewisse Auskünfte gut zu honorieren. Der Graf versicherte, er habe stets allergrößte Hochachtung vor den Templern empfunden, fügte jedoch hinzu: «Mehr vor den Männern als vor dem Orden.»

Benedict fragte: «Ihr wart mit dem Kaiser im Heiligen Land?»

«Ihr sagt es.»

«Ihr wart Sekretär des Deutschordensmeisters Hermann von Salza? Erzählt mir ein wenig von jenen tapferen Tagen.»

«Sie waren mehr wundersam als tapfer. Wir gewannen die heiligen Stätten ohne einen verdammten Schwertstreich. In dem Manifest des Kaisers hieß es: Durch wundersame Fügung und Verhandlung haben wir erreicht, was kein Mächtiger mit Waffen vermocht hat.»

«Erfolg ist nur sehr selten die Frucht einer wundersamen Fügung.»

«Es war sein Verdienst. Vom Papst gebannt, abgesetzt und für tot erklärt, hatte der Kaiser Feind und Freund gegen sich. Im Lager von Jaffa hungerte sein Heer. Abgeschnitten vom Nachschub drängten die Heerführer zum Handeln: Worauf warten wir? Schlagt die Marschtrommeln! Hebt die Fahnen in den Wind! Wir erobern uns, was wir brauchen. Aber Friedrich hielt sie zurück. Noch war kein Schwert aus der Scheide gefahren. Noch klebte kein Blut an den Lanzen. In einem Brief an den Sultan, den der Kaiser in meinem Beisein diktierte, hieß es: ‹Wir sind nicht übers Meer gefahren, um Euer Land zu erobern. Länder besitzen Wir mehr als irgendein Herrscher auf Erden. Wir sind hier, um mit Euch einen Vertrag über den Zugang zu den heiligen Stätten abzuschließen. Wir sollten nicht länger das Blut Unserer Untertanen vergießen.›»

«Äußerst ungewöhnlich für einen Kreuzritter, der gelobt hat, das Heilige Land mit dem Schwert zu erobern.»

«Das fanden wir auch», sagte der Graf. «Der Kaiser, der fließend Arabisch spricht, verhandelte mit den Wesiren persönlich. Einladungen und Ehrenbezeugungen wurden ausgesprochen. Sultan al-Kamil wurde mit Geschenken überhäuft: Bernstein, Perlen und Rubine, Pelze von Biber und Bär, Greife aus den kaiserlichen Falknereien, vor allem jedoch Mädchen, blaß, blond und blauäugig, wie al-Kamil sie liebte. Den gelehrten geistlichen Beratern des Sultans erwies der Kaiser seine Verehrung durch Austausch von wissenschaftlichen Erörterungen.»

«Wissenschaftliche Erörterungen?» fragte Benedict. «Was für wissenschaftliche Erörterungen?»

«Es waren mathematische Probleme, aber auch ganz alltägliche. Ich erinnere mich, in einem Fall ging es um die Frage, warum ein Stock, den man ins Wasser steckt, so aussieht, als sei er geknickt.»

«Über solche Dinge hat der Kaiser mit den Ungläubigen gesprochen?»

«Während das Heer tatenlos hungerte.»

«Wie ist das möglich?»

«Das fragten sich auch seine Hauptleute. Friedrich war ihnen fremd geworden. Er besaß nur noch wenige Vertraute unter seinen eigenen Leuten; zu ihnen gehörten der langobardische Graf Thomas von Arezzo und Hermann von Salza. Durch den letzteren erlebte ich das Geschehen aus nächster Nähe. Der Kaiser begegnete den Ungläubigen nicht wie Feinden, sondern wie Freunden. Ach, was sage ich, er benahm sich so, als wäre er einer von ihnen. Er trug ihre Kleidung, redete in ihrer Sprache, aß ihre Speisen, lauschte ihrer Musik und schlief mit ihren Mädchen. Wir alle stellten mit Bestürzung fest, daß er sich nicht etwa verstellte, sondern daß ihn der Umgang mit diesen Hundesöhnen belebte und erfreute. Zu Salza sagte er: ‹Ich liebe ihre erlesene Lebensart, das geistige Vergnügen der Gespräche und Gedichte.›

An al-Kamil schrieb er: ‹Warum sollen wir uns zerfleischen wie die Tiere, wo wir beide nichts mehr bewundern als Geist und guten Geschmack? Ist es nicht vorteilhafter für uns alle, die schönen Dinge im Austausch zu genießen als sie zu zerstören?›»

«Das hat der Kaiser geschrieben?»

«Ich habe es mit eigenen Augen gelesen. Niemand verstand ihn. Im Februar 1229, vier Tage vor Petri Stuhlfeier, geschah das Unglaubliche. Abendland und Morgenland reichten sich brüderlich die Hand. Kaiser Friedrich schwor im Namen Christi und aller Heiligen. Der Sultan versicherte beim Barte des Propheten, er werde das Fleisch seiner linken Hand verzehren, wenn er den geheiligten Vertrag bräche.»

«Welch ein Triumph der Christenheit!» rief Benedict.

«Nein, nicht der Christenheit. Der oberste Hirte der Christenheit hat alles in seiner Macht Stehende getan, um den Vertrag zu verhindern.»

«Wie meint Ihr das?»

«Der Kaiser hatte gehofft, sein Erfolg würde den Papst versöhnen. Aber Rom wollte keinen Triumphator. Als reuiger Sünder sollte der Gebannte zu Kreuze kriechen, durch Mißerfolg gedemütigt. Es wurden Briefe abgefangen, in denen Papst Gregor den Sultan wissen ließ, er würde ihm einen großen Gefallen erweisen, wenn er die heiligen Stätten nicht herausgäbe.»

«Das ist nicht wahr!»

«Es ist die Wahrheit. Ich habe dieses schändliche Schreiben mit meinen eigenen Augen gesehen.»

«O mein Gott», stöhnte Benedict. «Homo assimilatus est iumentis insipientibus et similis factus est illis.»

«Was sagt Ihr da?»

«Der Mensch ist gleich geworden den unvernünftigen Tieren. Er ist ihr Ebenbild geworden.»

«Es sollte noch schlimmer kommen. Als Rom den unblutigen Sieg nicht mehr verhindern konnte, wurde Friedrich von allen Kanzeln herab für vogelfrei erklärt. Der Papst nannte ihn einen Ketzer und Höllenfürsten, der mit den Feinden Christi verhandelt, anstatt sie zu bekämpfen, so wie es sich für einen Kaiser geziemt, der ein Kreuzzugsgelübde abgelegt hat.»

«Aber haben nicht auch der päpstliche Legat Pelagius und Gottfried von Bouillon während des ersten Kreuzzuges mit den Ungläubigen verhandelt?»

«Gregor war empört, daß ein von Rom Gebannter erreicht hatte, was keinem Kreuzfahrer mit päpstlichem Segen gelingen wollte. So groß war der Haß des Heiligen Vaters, daß er selbst vor Meuchelmord nicht zurückschreckte. Über den Ordensmeister der Templer zu Jerusalem ließ er den Ungläubigen die geheime Nachricht zukommen, der Kaiser werde zu bestimmter Stunde mit geringer Begleitung zur Taufstätte am linken Jordanufer pilgern. Es gäbe keine bessere Gelegenheit, ihn abzufangen und zu entleiben.»

«Wie könnt Ihr so unglaubliche Beschuldigungen gegen Rom und gegen meinen Orden vorbringen?» rief Benedict.

«Sultan al-Kamil schickte diesen Brief an Friedrich. Dazu schrieb er: ‹Angewidert von so niederträchtigem Verrat der Ritter Eures Kalifen in Rom, übergebe ich Euch das mörderische Pergament. Es trägt das Siegel des Ordensmeisters der Templer. Möget Ihr daraus entnehmen, daß Ihr von Euren Feinden weniger zu befürchten habt als von Euren eigenen Leuten.›»

Der Graf war aufgestanden. Die Erinnerung hatte ihn erregt. Er hinkte zum Fenster: «Möchtet Ihr wissen, Bruder Benedict, wie der Kaiser auf diesen Brief reagierte? Er lachte. Nie zuvor und niemals mehr danach habe ich einen Menschen so entsetzlich lachen gehört. Sein Lachen schallte durch alle Räume, lief die Flure entlang, treppauf und treppab, flog zu den geöffneten Fenstern hinaus, als wolle es alle Erdenreiche zum Einsturz bringen. Kein Tier vermag so schaurige Laute von sich zu geben. Am Abend des gleichen Tages sagte er in meinem Beisein zu Hermann von Salza: ‹Das vergesse ich ihnen nie. Dafür werden sie zahlen, der Papst und die Templer.›»

RLANDO WÜRDE NIE den Tag vergessen, an dem er das erste Mal das Meer sah. Sie ritten über eine Bergkuppe, und da lag es vor ihnen, unendlich weit, ein riesiges Ungeheuer, das an den Himmel stieß, silbergrau, als trüge es eine eiserne Rüstung. Ohne anzuhalten, galoppierten sie hinab zum Strand.

Unaufhaltsam donnerten die Wellen heran. Andächtig beobachteten sie die gewaltige Bewegung. Schließlich stieg Orlando vom Pferd. Er entledigte sich seiner Kleider, stieg in die schäumende Flut, berührte sie mit den Fingern, genoß sie auf der nackten Haut, schmeckte sie mit den Lippen, tauchte in sie ein. Zacharias lachte ihn aus:

«Wie schmeckt das Meer? Ist es warm? Paßt auf, Gevatter, daß Euch die Fische nicht den Schwanz abbeißen.»

Als Orlando wieder an Land stieg, fragte Zacharias: «Warum tust du das?» Er antwortete: «Ansehen genügt nicht. Es gibt Dinge, die muß man anfassen, schmecken, befühlen, mit Haut und Haaren erleben. Zu ihnen gehören das Meer, die Pferde und die Frauen.»

«Hast du schon mal eine Frau angefaßt, geschmeckt?» fragte Zacharias. Orlando blieb ihm die Antwort schuldig. Statt dessen stieß er den Freund vom Pferd und schüttelte sich vor Lachen, als dieser klatschnaß das Weite suchte.

Am Tag vor Dreifaltigkeit bestiegen die beiden Templer im Hafen von Narbonne ein genuesisches Schiff aus Cartagena, das auf günstigen Wind nach Alexandria wartete. An Bord hatte sich eine bunte Schar von Reisenden eingefunden, Kreuzfahrer aus der Normandie, jüdische Kaufleute, Abgesandte aus Byzanz, Malteser Mönche, Sklaven, bestimmt für die Zuckerrohrplantagen von Zypern, Mauren aus Andaluz, ein ägyptischer Doktor und ein weißbärtiger Kab-al-Achbar, ein arabischer Rechtsgelehrter mit seinem Famulus.

Gemini und Zacharias erhielten einen Schlafplatz in der Mitte des Schiffes gleich hinter dem zweiten Großmast, wo die Wellenbewegung sich am wenigsten bemerkbar machte. Zunächst war jedoch von Bewegung nur wenig zu spüren. Nach zwei Tagen erwachte endlich der Wind. Die Rahsegel flatterten wie Fahnen, versuchten den Wind zu fassen. Das Schiff zerrte an den Ankerketten. Seine Planken knarrten und stöhnten wie alte Stiegen.

71

Leinen wurden losgemacht, Schoten angezogen. Befehle und Flüche bellten über Deck. Gebete stiegen zum Himmel, denn nirgendwo sonst sind die Menschen so sehr in Gottes Hand wie vor Gericht, in der Wüste und auf dem Meer.

Der Westwind schob das Schiff vor sich her. Gleichmäßig hob und senkte es sich wie eine atmende Brust. In Sichtweite der Küste passierten sie die Saone-Mündung. Nachts sahen sie die Leuchtfeuer von Marseille. Fünf Tage später erreichten sie Genua. Der Aufenthalt war nur kurz. Der günstige Wind wollte genutzt werden. Fässer mit Salzfleisch und Trinkwasser wurden an Bord gehievt, Dörrfleisch und Holzkohle.

Am frühen Morgen sahen sie rechter Hand die Berge von Korsika. Sie erkannten Elba und suchten den Schutz der latinischen Küste, denn die Korsen waren gefürchtete Seeräuber. Weh dem, der ihnen in die Hände fiel!

Auf der Höhe von Sardinien schlief der Wind ein. Das Schiff klebte auf dem glatten Meer wie Fliegendreck auf Spiegelglas.

«Das Tyrrhenische Meer ist eine mannstolle Hure», sagte der Kapitän. «Wen sie einmal im Bett hat, den läßt sie so schnell nicht wieder laufen.» Er zeigte nach Osten: «Dort drüben hinter dem Horizont liegt die Insel Capri. Dort hat Odysseus ein ganzes Jahr lang festgelegen. Die Griechen behaupten – Herr vergib ihnen, sie sind allesamt Lügner –, eine Zauberin Circe habe ihn festgehalten, aber ich sage euch, es war diese verdammte Flaute.»

«Hat diese Circe den Odysseus und seine Männer nicht in Schweine verwandelt?» fragte ein alter jüdischer Händler, und man sah ihm an, mit welchem Abscheu ihn die Vorstellung erfüllte, in das unreinste aller Geschöpfe verwandelt zu werden.

«Ich wäre lieber ein Schwein als ein Jude», lachte ein junger Kreuzfahrer. Der alte Jude sprach feierlich: «Möge dein Wunsch in Erfüllung gehen.»

Nun lachten alle, auch die Christen, und die am lautesten.

Überhaupt waren Gespräche die einzige Abwechslung an Bord. An den früh hereinbrechenden Abenden wurde unter Deck Holzkohle in mächtige Messingbecken gefüllt, um die sich die Reisenden scharten. Obwohl Christen, Moslems und Juden getrennt ihre Gebete verrichteten und ihre Mahlzeiten einnahmen, war die Abendgesellschaft eine ziemlich zusammengewürfelte Runde. Die Enge des Schiffes, vor allem jedoch der wärmende Schein des Feuers verband Freund und Feind, Rechtgläubige und Ketzer.

An einem dieser Abende zeigte der alte Kab-al-Achbar in die Glut und sagte: «Die Frierenden verehren die Wärme des Feuers; die im Dunkeln leben, suchen sein Licht. Andere preisen die veredelnden Kräfte der Flammen, die Erz zu Eisen schmelzen und Ton zu Töpferware. Ein jeder hat recht, aber jeder verehrt nur einen Teil des Ganzen. So verhält es sich auch mit den Religionen. Gott ist das Feuer. Christen, Moslems und Juden suchen seine Nähe. Und jeder glaubt, er allein besäße die ganze Wahrheit der göttlichen Glut.»

«Wie kannst du als Schriftgelehrter so etwas sagen», ereiferte sich ein Maure, den sie Schiefmaul nannten, weil er ein Gesicht wie ein Plattfisch hatte. «Beginnt nicht jedes rechtgläubige Gebet mit dem Satz: Es gibt nur einen Gott, und Mohammed ist sein Prophet.»

«Vergeßt euren falschen Propheten. Die Hölle der Abtrünnigen ist ihm gewiß», rief einer der Malteser Mönche. «Christus, der Sohn Gottes, hat gesagt: Wer nicht an mich glaubt und an meinen himmlischen Vater, der wird der ewigen Verdammnis anheimfallen. Es gibt nur eine einzige unteilbare Wahrheit.»

«Gottessohn und Zimmermannssohn», lachte der Schiefmäulige, «jungfräulich gezeugt und in einem Stall geboren. Oder war es umgekehrt: von einer Jungfrau geboren und in einem Stall gezeugt?»

«Wahrscheinlich war es ein Eselsstall», lachte ein junger Maure. «Oder nein, jetzt weiß ich es. Es war ein Saustall.»

Moslems und Juden lachten. Ein paar Christen griffen zu den Waffen.

«In der Lombardei gibt es ein Sprichwort», sagte der Kapitän: «Wenn dir dein Leben lieb ist, so streite dich nie auf einem Boot, auf einer Burg und auf einem Weib.» Und er fügte drohend hinzu: «Wer hier einen Streit anfängt, geht über Bord, so wahr mir Gott helfe, egal, welcher Gott!»

Der Schiffszimmermann, ein wettergegerbter Zwerg mit einem Holzbein, verschaffte sich Gehör, indem er einen Eimer Kienspäne in die Glut schüttete. Es regnete Funken wie bei einem Vulkanausbruch. Die dicht am Feuer saßen, verbrannten sich die Bärte. Es roch wie zu Martini, wenn die Gänse geflämmt werden. Als sich der Sturm der Entrüstung gelegt hatte, erhob sich der Zimmermann, um sein Seemannsgarn zu spinnen. Er erzählte von den milchhäutigen Mapaputos, den Seeweibern vor der Westküste Afrikas, die mit ihren Brüsten die Seeleute locken, Weiber so brünftig wie heiße Hirschkühe. Beim Mondlicht werden die Männer von so unbändigem Verlangen erfüllt, daß sie sich in die See stürzen wie Falter in die Flammen.

Später erzählt er von den Kraken im Chinesischen Meer. Sie haben acht Arme, jeder zwanzig Ellen lang und so dick wie der Oberschenkel einer fetten Negerin. Mit ihnen glitschen sie nachts durch die Schiffsluken. Wehe dem schlafenden Schiffer, den sie erreichen. Sie saugen ihm das Blut aus den Adern. Bleich wie Meerschaum findet man ihn morgens tot in seiner Hängematte.

«Was haltet Ihr von der neuen Waffe, von der Arcuballista?» fragte ein Ritter aus Burgund einen Franken.

«Ihr meint die Armbrust?»

«Ja, die Armbrust.»

«Ist es wahr, daß ihr Bogen so stark ist, daß keines Mannes Arm ihn zu spannen vermag?»

«Wozu soll ein Bogen gut sein, den keiner spannen kann?» fragte ein Jude.

«Er wird mit einem eisernen Schraubgestänge gespannt. Seine

Bolzen sind nur eine Handspanne lang, aber sie durchschlagen noch auf eine Entfernung von einhundert Doppelschritten jede eiserne Rüstung.»

«Im Namen des barmherzigen und gütigen Gottes», sagte der Jude, «das ist das Ende aller Kriege. Wer will gegen eine so schreckliche Waffe sein Leben wagen!»

«Der Papst hat auf der Lateransynode die neue Waffe mit dem Bann belegt», sagte der Franke. «Sie gilt als ars mortifera diavoli (todbringendes Teufelswerk), als deo odibilis (von Gott gehaßt). Wer die Armbrust gegen einen Menschen richtet, begeht eine Todsünde. Die ewige Verdammnis ist ihm gewiß.»

«Das ist gut», sagte der arabische Schriftgelehrte.

«Das ist nicht gut», verbesserte ihn sein Famulus, «denn in der Sprache Roms heißt das: Sie darf nicht gegen Christen eingesetzt werden. Nur sie zählen zu den Menschen, weil nur sie eine unsterbliche Seele haben. Gegen Heiden, Ketzer und Ungetaufte darf die neue Waffe so bedenkenlos verwendet werden wie bei der Jagd auf wilde Tiere.»

«Stimmt es», fragte ein Händler aus Rûm, «daß es für die Arcuballista besondere Jagd- und Kriegspfeile gibt?»

«Es gibt sie.»

«Und worin unterscheiden sie sich?»

«In ihren Eisenspitzen. Die Kriegsbolzen schlagen schlimmere Wunden. Ihre Verwendung bei der Jagd gilt als unwaidmännisch.»

Ein Maure meinte: «Ihr Christen seid Stümper in der Kunst des Lebens; aber in der Kunst des Tötens übertrefft ihr Himmel und Hölle.»

«Wichtiger als die Waffe ist der Mann, der sie führt», sagte der alte Kab-al-Achbar. «Nichts ist so unbesiegbar wie ein Mann, der bereit ist, sein Leben zu opfern.»

«Müssen nicht alle Krieger im Kampf mit dem Tod rechnen?» fragte der Knappe eines Kreuzritters aus Tarragon.

«Gewiß», sagte der arabische Gelehrte, «sie alle rechnen mit dem Tod. Sie berechnen ihre Chancen sehr genau und hoffen auf Gottes Beistand. Sie sind fest davon überzeugt, das Glück auf ihrer Seite zu haben, geschickter als alle anderen zu sein, so wie die Seiltänzer. Welcher Gaukler aber würde sich über den Abgrund wagen, wenn immer und unfehlbar feststünde, daß er sich dabei das Genick bräche? Keiner, so sollte man meinen. Und doch gibt es Fedawis, Opferbereite, die freiwillig in den Tod gehen, brennende Fackeln, die die Welt mit ihrem Licht zum Leuchten bringen, Opferkerzen auf dem Altar des rechten Glaubens, Märtyrer.

> Hört mich an, Freunde.
> Ich erzähle euch von einer Tat,
> die seltenen, kostbaren Perlen gleicht...

Kennt ihr den Heldengesang der Assassinen? Ein persischer Dichter hat diese Verse geschrieben. Sie berichten von der Ermordung des Prinzen Quizil Arslan. Zwei Fedawis waren ausgesandt worden, den Unwürdigen zu erdolchen.»

Mit geschlossenen Augen begann der Alte zu singen. Es war kein wirklicher Gesang, keine Melodie oder ein Lied. Es klang wie ein priesterliches Rezitativ, feierlich und fremd:

> «Hört mich an, Freunde.
> Ich erzähle euch von einer Tat,
> die seltenen, kostbaren Perlen gleicht.
> Lob, Ruhm und tausendfachen Segen
> verdienen die beiden Assassinen.
> Hassan war der eine,
> ein Mann bereit für den Opfertod.
> Mansur war der andere,
> ein Mann wie eine brennende Fackel.
> Sie suchten und fanden ihr Opfer.
> Der Dolch der Rache fuhr ihm in die Gurgel.
> Die Lanze der Gerechtigkeit zerriß sein Herz.

Und die schmutzige Seele des Schurken
fuhr zur Hölle,
wie es Allahs Ratschluß war.
Mit ihm kosteten acht Knechte
den Kelch des Todes.
Ist der Himmel nicht größer
und schöner geworden
durch die Tat dieser zwei?
Ein einziger Unerschrockener
aus ihren Reihen
ist mächtiger als der mächtigste König.
Mag er auch über hundert Heere herrschen,
er wird fallen.
Alles beginnt und alles endet
zur rechten Zeit und am rechten Ort.
Allahu akbar!»

GEMINI UND ZACHARIAS handelten nach dem Templer-gebot «Favete linguis! Facta loquuntur!» Hüte deine Zunge! Schweig und laß die Tatsachen sprechen! Nicht umsonst hat der Mensch zwei Ohren, aber nur eine Zunge. Wie von der Ordensregel gewöhnt, legten sich die beiden Templer früh am Abend zum Schlafen nieder. Dafür waren sie bereits einige Stunden vor Sonnenaufgang wach. Diese Stunden zwischen Mitternacht und Tagesanbruch gehörten ihnen allein. Nur der Steuermann, der Ausguck am Bug und die Ratten waren um diese Zeit wach. Gemini haßte die Ratten. Nacktschwänzig huschten sie durch die Dunkelheit. Die großen gelben Zähne stets zum Biß entblößt, was ihren widerwärtigen Schnauzen ein böses Grinsen verlieh. Nichts war vor ihnen sicher. Sie zernagten die Schuhe der Schlafenden, die Taue der Takelage samt Segeltuch und selbst die Hartholzplanken des Schiffes. Sie fraßen den stinkenden Tran der Lampen und verschmähten auch Fäkalien und Erbrochenes nicht. Am ekelhaftesten aber war, daß sie überall ihren Kot ablegten und auf alle Gegenstände urinierten, wohl um sie wie Hunde mit ihren Duftmarken zu belegen.

Obwohl alle Lebensmittel in verschlossenen Fässern und Kasten aufbewahrt wurden, waren die getrockneten Bohnen und Erbsen, die Rosinen und Datteln, aber vor allem das Korn so mit klebrigem Rattenkot besudelt, daß sich niemand mehr die Mühe machte, den Schmutz herauszuklauben. Schlug man nach der Höllenbrut, so stießen sie spitze, vogelartige Schreie aus. Die Juden übergossen sie mit kochendem Wasser. Die Kreuzfahrer machten sich einen Spaß daraus, sie mit ihren Speeren zu erlegen. Unter den Moslems kursierte das Gerücht, die Christen würden die Ratten kochen und verspeisen.

Wann immer Orlando allein war, versuchte er mit Adrian Verbindung aufzunehmen. Dann hockte er unbeweglich im Heck des Schiffes und horchte in sich hinein, bis er weit hinter seinem Herzen die Stimme des Zwillingsbruders vernahm. So wie andere Kinder Verstecken spielen, so hatte er mit Adrian Gedankenlesen gespielt, eine Kunst, die in ihrer Umgebung nur sie beide beherrschten. Wenn sie im Gras lagen und den vorüberfliegenden Wolken nachschauten, fragte der eine den anderen: Woran denke ich? Der Fragende stellte sich einen Gegenstand vor, und der andere mußte ihn erraten. Wenn sie sich morgens ihre Träume erzählten, zeigte sich oft, daß sie selbst in ihren Phantasien Gleiches erlebt hatten. In ihnen lebten die gleichen Gedanken und Empfindungen, die gleichen Bilder und Stimmen. Sie ähnelten einander wie Spiegelbilder. Aber so wie Spiegelbilder bei aller Ähnlichkeit nicht deckungsgleich, sondern seitenverkehrt sind, so hatten auch sie ihre besonderen Eigenarten, Abneigungen und Vorlieben, Stärken und Schwächen. Adrian war der beherztere. So lange Orlando zurückdenken konnte, hatte er den Älteren bewundert. Adrian war zwar nur um wenige Herzschläge älter, aber er war der Erstgeborene. Nie hatte Orlando diesen Vorsprung eingeholt, der sich für immer in ihren Taufnamen manifestierte: Adrian und Orlando, Alpha und Omega, Anfang und Ende.

Adrian war immer vorangegangen, und Orlando war ihm gefolgt. Es war Adrians Wunsch gewesen, ein Templer zu werden. Orlando erinnerte sich sehr genau. Es war am Walpurgistag, zu dem Alfons VIII. alljährlich ein großes Turnier veranstaltete. Über hundert Ritter waren mit ihren Knechten gekommen. Noch nie hatte Orlando so viel glänzende Wehr und Rüstung gesehen, so viele stolze Wappen und Fahnen. Auf den Emporen hatten die schönsten Frauen der mächtigsten Geschlechter gesessen.

Erst eine Woche zuvor waren Adrian und Orlando zu Rittern geschlagen worden. Es war das erste Turnier, an dem sie teilnehmen durften. Acht Lanzen hatten sie an ihren Gegnern zerbrochen, da geschah das Entsetzliche. Orlandos Gegner war Graf Ortega da Santander, mit ihnen am gleichen Tag zum Ritter geschlagen. Er wirkte jünger als alle anderen Edlen. Das schwarze Haar lag mädchenhaft weich auf seinen Schultern. Die Wangen glühten vor Ehrgeiz und Tatendurst. Als Helm trug er einen Schaller mit beweglichem Visier und Kinnschutz. Viel zu schnell rasten sie aufeinander los. Orlando spürte einen harten Schlag am rechten Oberarm, der ihn fast aus dem Sattel warf. Einen Herzschlag lang glaubte er, er sei getroffen. Dann sah er den anderen in hohem Bogen durch die Luft fliegen. Orlandos Lanze war ihm ins Visier gefahren und abgebrochen. Es bedurfte der ganzen Kraft eines Knechtes, sie herauszuziehen. Erst dann ließ sich der Helm herabnehmen. Der Anblick war höllisch.

Es war Orlandos erstes und letztes Turnier.

Am selben Abend hatte Adrian gesagt: «Wir haben alles gelernt, was ein Ritter können muß. Das ist viel für den Anfang, aber nicht genug, um damit alt zu werden. Ein Ritter ohne Land ist wie ein Bär ohne Wald. Er taugt nur für die Dressur auf dem Jahrmarkt. Ich habe keine Lust, mich irgendeinem Gaugrafen zu verdingen. Ich gehe zu den Templern. Gibt es einen freieren Menschen als einen Tempelherren?»

Als sie sich um die Aufnahme in den Orden bewarben, waren sie achtzehn Jahre alt. Ein Empfehlungsschreiben Alfons des Achten und die Kenntnis der arabischen Sprache hatten ihnen alle Türen geöffnet.

Üblicherweise wurde ein Templer im Kindesalter aufgenommen. Bei den Mönchsrittern und den Mönchshandwerkern wich der Orden schon mal von der Regel ab. Adrian entschied sich für die ersteren, Orlando für die letzteren. Abgesehen von den unterschiedlichen Aufgaben und der andersartigen Kleidung – Adrian trug den weißen Mantel mit rotem Tatzenkreuz über der linken Schulter, Orlando den blauen Rock – unterstanden sie der gleichen Ordensregel, die selbst scheinbar so belanglose Dinge wie die Unterwäsche vorschrieb. So durften sie nur ein wollenes Hemd auf der Haut tragen, ein Gebot, das Adrian besonders schwerfiel. Verwöhnt von den arabischen Stoffen Andalusiens verabscheuten sie beide die kratzige Wolle der bretonischen Schafe.

Adrian hatte seine ganze Überredungskunst aufgebracht, um den Bruder davon abzuhalten, ein Blaurock zu werden. Orlando hatte mit einem Satz des Ovid geantwortet: «Militem aut monachum facit desperatio. Soldat oder Mönch wird man aus Verzweiflung. Wenn ich schon das eine werde, so möchte ich nicht beides sein.»

«Aber zu den Schmieden! Warum in drei Teufels Namen zu den Schmieden?» beschwor ihn Adrian. «Du kannst lesen und schreiben, sprichst drei Sprachen. Warum gehst du nicht zur geistigen Elite, wo du hingehörst?»

Orlando hatte geantwortet: «Es gibt einen Satz des heiligen Bernhard, den wir beide immer besonders geliebt haben: Ihr findet mehr Erkenntnis in den Buchen und Eichen als in den

Büchern. Tiere, Bäume und Steine bewahren das Wissen, das kein Gelehrter euch vermitteln kann.»

Und er fügte hinzu: «Als Hufschmied habe ich die Pferde. Es fällt mir leichter, auf Frauen zu verzichten, wenn ich von Pferden umgeben bin. In den Mähnen der Pferde wohnt die Ehre, hat Mohammed gesagt. Von ihm stammt auch der Satz: Wer die Schönheit der Pferde über die Schönheit der Weiber vergißt, der wird nicht glücklich werden.»

Im Urnebel seiner frühesten Kindheitserinnerung stand ein Roß, riesig wie das Trojanische Pferd. Er konnte kaum laufen, erste Schritte an der Hand der Kinderfrau. Plötzlich war da dieses alles überragende Geschöpf, hoch wie ein Gebirge. Orlando wurde emporgehoben, saß oben auf der weichen, warmen Kruppe, die Hände in der Mähne, fühlte sich unendlich groß und frei. Es war Liebe auf den ersten Blick. Seine Kindheit verbrachte er in den Pferdeställen. In seinem Haar steckte ständig Stroh.

«Du riechst wie ein Pferd», sagte der Vater, wenn er ihn in die Arme nahm, und das freute ihn, denn gab es Köstlicheres als den Duft von warmen Pferdeleibern? Kein Frauenhaar verströmt so viel Geborgenheit wie die Mähne eines Pferdes. Keine menschliche Hand, nicht einmal der Mund, ist so weich und gefühlvoll wie die Nüstern der Fohlen. Sie weckten erotische Gefühle in ihm, lange bevor er ahnte, daß es Frauen gab.

Aber Pferde waren nicht nur feinfühlige Gefährten.

Gab es kraftvollere Geschöpfe als sie? Mit dampfenden Leibern zogen sie Wagenladungen so schwer, wie hundert Männer sie nicht geschafft hätten. Ohne Pferde gab es keine Feldbestellung und keinen Handel, keine Burgen und Städte, denn wer sollte dann den Steinmetzen und den Zimmerleuten die schweren Steine und Balken herankarren?

Mehr noch als ihre körperliche Kraft bewunderte er ihre spirituelle Überlegenheit. Erst durch sie wurde der Gemeine zum Edlen. Ein Ritter war immer ein Reiter. Ein König war so mächtig wie sein Heer, und das Heer war so schnell und so stark wie seine Reiterei. Es lag bei den Pferden, ob ein Reich blühte oder stürzte.

Es gab eine Zeit, da war er fest davon überzeugt, daß Pferde in den Himmel kämen. Eine unsterbliche Seele hatten sie ganz gewiß. Sie standen hoch über allem anderen Vieh, das man schlachten und essen konnte. Kamen nicht selbst Frauen in den Himmel? Ein Roß aber – davon war er überzeugt – war für die Ehre eines Mannes wichtiger als ein Weib.

So hatte sich Orlando für die Pferde und Adrian für das Schwert entschieden.

Sie hatten ihr Gelübde abgelegt, Keuschheit, Armut und Gehorsam geschworen. Wichtigstes Gebot war der bedingungslose Gehorsam bis in den Tod. Am häufigsten gebrochen wurde das Gebot der Keuschheit. Konnte nicht selbst ein verheirateter Ritter Templer werden, wenn er die Hälfte seines Besitzes dem Orden vermachte?

Das Gelöbnis der Armut galt nur für den einzelnen Templer, nicht aber für den Orden, dessen Reichtum als unvergleichlich galt. Auch Adrian und Orlando hatten ihr väterliches Erbe in den Orden eingebracht.

«Wir sind reicher als alle Könige, Kalifen und Päpste», pflegte Adrian lachend zu sagen, wenn sie in ihren kratzigen Wollhemden ungesüßten Hirsebrei aus hölzernen Schalen löffelten. Am Tag seiner Abreise hatte er gespottet: «Ich zähle die rauhen Tage bis al-Iskenderun.» Denn den Templern war es im Orient erlaubt, sich arabisch zu kleiden und arabisch zu speisen.

Zwei Wochen währte die Windstille. Dann endlich am Abend vor Johannistag erwachte das Meer. Es begann damit, daß sich seine Oberfläche an einigen Stellen kräuselte. Das von der Brise berührte Blauschwarz verwandelte sich in leuchtendes Silber. Aufgeregt klatschten kleine Wellen gegen den Bug, größere folgten. Wogen rollten heran, Vorboten des Windes. Bis auf ein winziges Steuersegel auf Halbmast wurden alle Segel rasch gerefft. Beängstigende Stille lag über dem Wasser. Die Ruhe vor dem Sturm. Wie ein Faustschlag traf die erste Bö das Schiff. Die Wogen erhoben sich wie Berge, brachen sich mit Schaumkronen, erhoben sich erneut, schneebedeckte Gebirge, Lawinen. Der Sturm brüllte, und das Meer tobte. Der Teufel war in die Flut gefahren. Wie ein Blatt wurde das Boot hin und her geschleudert. Donnernde Wasserfälle ergossen sich über seinen Planken. Die Nacht war so dunkel, daß man mit ausgestrecktem Arm nicht die Hand zu erkennen vermochte. Die Verzweiflung der Verdammten überfiel die Menschen an Bord. Die meisten von ihnen waren davon überzeugt, daß sie dem Leben Lebewohl sagen müßten. In völliger Finsternis wurden sie im Bauch des Bootes umhergeschleudert. Erbrochenes vermischte sich mit Blut, Wehklagen mit dem Heulen des Windes.

Lang, unendlich lang war diese Nacht.

Als endlich der Morgen anbrach und die Wut des Windes nachließ, erkannten sie mit Schrecken linker Hand die Küste. Der Orkan hatte sie zurückgeworfen. Steuerlos ohne Segel trieben sie auf die tosende Steilküste zu. Im Angesicht des Todes begannen viele laut zu klagen. Die Orientalen ergaben sich in ihr Schicksal. Juden und Christen, gewohnt, mit ihrem Gott zu handeln, schickten Gelübde zum Himmel, versprachen Opfer und Umkehr. Gebete mischten sich mit Flüchen.

Die beiden Templer hatten ihre Obergewänder abgelegt und die Waffen über den Rücken gegurtet, um die Hände zum Schwimmen frei zu haben.

«Die Wolfsfalle wird dir das Genick brechen!» rief Zacharias.

Orlando antwortete: «Dum spiro spero! So lange ich atme, hoffe ich.»

Dann schlugen die Wellen über ihnen zusammen.

LS ORLANDO ERWACHTE, lag er auf einer Bahre. Männer trugen ihn. Sie redeten in einer Sprache, die er nicht verstand. Orlando wollte sich aufrichten. Sein Körper gehorchte ihm nicht. Er vermochte nicht einmal den Kopf zu bewegen. Tot! Ich bin tot! Sie tragen mich zum Leichenacker. Grabeskälte griff nach seinem Herz. Er zitterte am ganzen Leib. Klappernd schlugen seine Zähne aufeinander. Mors est frigus aeternum! Der Tod ist eine ewige Kälte.

Sie trugen ihn in einen Raum, in dem ein Feuer brannte. Es roch nach Fisch und ranzigem Fett. Ein Gesicht beugte sich über ihn. Eine Frau. Ihr Haar berührte seine Wangen. Angelus mortis, der Todesengel. Die Augen geschlossen, spürte er, wie sie ihm die nassen Kleider vom Leib zogen. Die Kälte schüttelte ihn wie im Todeskampf. Waren das seine Arme, die so wild um sich schlugen, daß viele Hände sie halten mußten?

Felle, die nach warmen Schafsleibern rochen, wurden über ihn geworfen, aber sie vermochten nichts wider die eisige Qual, die von jeder Faser seines Körpers Besitz ergriffen hatte. O mein Gott, wie kalt war das Sterben. Hölle, wo bleibt dein Feuer!

War das bereits der Leibhaftige? Irgendwer war zu ihm unter die Felldecke geglitten, ein Leib, lebendig und warm. Hände suchten ihn, betasteten sein Fleisch. Ein nackter Leib legte sich auf ihn. Ein atmender Bauch bedrängte ihn. Da waren Augen, große dunkle Augen, direkt vor seinem Gesicht. Lippen öffneten sich, um ihn zu verschlingen. Finger glitten besitzergreifend über seine Brust, tasteten sich tiefer hinab, schoben sich zwischen seine Schenkel. Eine Zunge berührte sein Ohr, fremdartige schmeichelnde Laute wie Lockrufe, Liebkosungen, keuchender Atem. Komm!

Er fühlte sich wie ein fast erloschenes Feuer, dessen letzte Glut noch einmal zur Flamme angefacht wird. Wie wenn in ein stehendes Gewässer ein Stein fällt und die Wellen sich kreisförmig von der Mitte her ausbreiten, so erwachte sein Lebenswille.

Wohlige Wärme durchströmte seinen Schoß. Fleisch entzündete sich an Fleisch.

«Du hast einen tüchtigen Schutzpatron, Bruder. Als wir dich fanden, hingst du an einem zerbrochenen Mast. Deine Falle hatte sich in dem laufenden Gut der Takelage verhakt. Du mußt dort sehr lange gehangen haben. Du warst ohne Bewußtsein und kalt wie ein toter Fisch.»

«Wo sind die anderen?» fragte Orlando.

«Es gibt keine anderen. Wir haben nur dich aus der See gezogen. Es herrscht eine mächtige Strömung in der Straße von Bonifatius. Wen die Wellen hier nicht an Land werfen, der wird aufs offene Meer hinausgespült. Die Fische hier sind fetter als an allen anderen Küsten.»

Der Mann, der mit Orlando sprach, war alt, zahnlos und faltig wie eine Kröte. Er stand so breitbeinig im Raum wie jemand, der einen großen Teil seines Lebens auf schwankenden Schiffsplanken verbracht hat. Mit neugierigen Blicken beäugte er Orlando, der unter einem Berg von Felldecken steckte und sich kraftlos wie ein Kind fühlte.

«Wo bin ich? Wer bist du?» fragte er.

«Wir sind sardische Fischer. Ich heiße Luigi.»

«Wie kommt es, daß du meine Sprache sprichst?»

«Ich habe viele Jahre auf dem Festland verbracht. Wir Sarden sind wie die Lachse, die am Ende immer zu ihren Laichplätzen zurückkehren. Und wer bist du?»

«Ich bin ein Templer.»

«Ein Templer? Er ist ein Mönchsritter. O heiliger Bonifaz von Bastia, das darf nicht wahr sein.»

Seine von Bartstoppeln überwucherten Lippen verschoben sich zu einem häßlichen Grinsen: «Ein Pfaffe mit einer Wolfsfalle.»

«Du findest das zum Lachen?»

«Nun, du hast Talente, die ich bei einem Templer nicht vermutet hätte.»

«Du sprichst in Rätseln.»

«Ein Mann, der lange im Meer gelegen hat, braucht nichts nötiger als Wärme. Man kann Schiffbrüchige in warmes Wasser legen, sie mit Branntwein abreiben und mit heißen Getränken vollpumpen, und dennoch werden nur wenige überleben. Wir Sarden... du weißt, wie wir Sarden es machen. Nein? Nun, du solltest es wissen, du hast es am eigenen Leib erfahren. Wenn wir einen Mann aus dem Meer fischen, legen wir ihn einem Weib ins Bett.»

«Einem Weib ins Bett?»

«Niemand vermag ein verlöschendes Feuer von außen zu erwärmen. Die nur noch schwach glimmende Glut muß sich aus eigener Kraft zur Flamme erheben, wenn sie Nahrung erhält. Beim Menschen ist es nicht anders. Wo entflammt der Lebenswille eines Mannes lebendiger als im Schoß einer erfahrenen Frau? Wer sich hier nicht erhebt, bewegt, erwärmt, dem ist mit keinem anderen Mittel mehr zu helfen.»

«Du meinst, ich hätte...»

«Du hast, mein Sohn... und zwar erstaunlich kundig und kraftvoll für einen, der ein Keuschheitsgelübde abgelegt hat...»

«O mein Gott!»

«Wir sollten Gott dankbar sein.»

«Wieso wir?»

«Wir bitten ihn täglich um reiche Ernte und danken ihm für jedes Schiff, das er auf unserem Strand zerschellen läßt. Alle Güter werden unter den Männern geteilt. Die Überlebenden aber gehören den Frauen. Sie entscheiden, wer in unserer Gemeinschaft aufgenommen wird.»

«Und was geschieht mit den anderen?»

Der Alte zuckte mit den Schultern.

«Ihr tötet sie?»

«Sie sterben von alleine.»

«Und die Geretteten?»

«Wie gesagt, sie gehören den Witwen, von denen es auf allen

Inseln viel zu viele gibt. Die See ist ein Witwenmacher. Junge Männer sind hier so selten wie gute Hengste. Die meisten bleiben für immer. Adelige werden oft von ihren Familien freigekauft. Einige Undankbare versuchen zu fliehen. Wieder eingefangen, legen wir sie an die dunkle Leine.»

«...an die Leine?»

«Wir stechen ihnen die Augen aus. So verhindern wir ihre Flucht und erhalten ihnen und uns ihre Kraft.»

«Ich bin ein Templer. Ihr wißt, daß mein Orden sich nicht erpressen läßt. Noch niemals wurde für einen von uns Lösegeld gezahlt.»

«Wie schön für uns. Dann bleibst du uns erhalten.»

«Ich warne Euch: Wer sich an einem Tempelherrn vergreift, vergreift sich an Rom und an der Gemeinschaft der Heiligen. Ich bin ein Mönchsritter.»

«Für einen Mönch fickst du verdammt gut. Wenn du deine Arme so kräftig zu bewegen weißt wie deinen Arsch, so wird es dir an nichts fehlen.»

Der Alte sagte einen Satz auf sardisch. Eine lachende Frauenstimme antwortete ihm. Orlando drehte sich zur Seite und gewahrte eine Frau, die beim Herd auf dem Boden hockte. Sie lachte mit offenem Mund. Ihr kraftvolles Gebiß erinnerte Orlando an einen Luchs, den er einmal erlegt hatte. Ihre Augen lachten lauter als ihr Mund. Sie trug ihr Haar offen. Beine und Arme waren nackt. Ihre Brüste, schwer und fleischig, bewegten sich unter dem dünnen Stoff wie Quallen in prall gefüllten Fischnetzen.

«Mit ihr?» fragte Orlando. «Ist sie dein Weib?»

«Kein Sarde teilt sein Weib mit einem anderen. Wiederbelebung ist Witwensache. Sie hat ihren Mann ans Meer verloren, so wie sie dich dem Meer entrissen hat. Du verdankst ihr dein Leben.»

«Ich danke ihr.»

«Sag es ihr.»

«Ich spreche nicht ihre Sprache.»

«Du sprichst sie. Die Sprache des Fleisches ist allen gemeinsam, sogar dem Vieh und den Vögeln. Sie hat dich mit Leben erfüllt. Nun bist du dran.»

«Aber das ist unmoralisch!»

«Unmoralisch? Unsere Gesetze sind strenger als eure. Verkehr zwischen Unverheirateten bestrafen wir mit dem Tod. Keine Sardin würde sich einem Mann hingeben, dem sie nicht gehört.»

«Gehört sie mir?»

«Du gehörst ihr. Strandgut gehört dem, der es findet. So lautet das Gesetz, und keiner bricht es ungestraft.»

Der Alte gab ihm die Hand. Orlando hörte, wie die Tür ins Schloß fiel. Fast gleichzeitig streifte die Frau ihr Gewand ab. Sie warf es von sich und schlüpfte ins Bett. Mit schlangenartigen Bewegungen schmiegte sie sich um ihr Opfer. Orlando wollte sich wehren. Am Ende umklammerte er sie wie ein Ertrinkender.

Ganz allmählich gewann Orlando seine gewohnte Kraft zurück. Nur einmal hatte er es gewagt, sie von sich zu stoßen, sich zu verweigern. Zwei Männer aus dem Dorf kamen. Sie banden ihm die Hände auf den Rücken, legten ihm Fußknebel an, mit denen er nur trippelartige kleine Schritte vollführen konnte. Sie betastete ihn wie ein Kind, das mit einer Puppe spielt. Sie fütterte ihn mit Fischsuppe, Feigenmus und fettem Speck, stopfte ihn voll mit Honigfladen, flößte ihm warme Milch und Wein ein. Sie wusch ihn und sang monotone Lieder, wie man sie Wiegenkindern singt. Hilflos war er ihr ausgeliefert, ihrem Fleisch und ihren Lippen, mit denen sie sein Glied aufrichtete, um ihn wie ein Maultier zu besteigen. Gnadenlos bearbeiteten ihn ihre fleischigen Backen, schoben sich vor und zurück, hoben und senkten sich wie Wellenschlag an steiler Küste. Die Augen geschlossen, den Mund geöffnet – Speichel floß über ihre Lippen – sie suchten die seinen. Ihre Zunge drang in ihn ein. So muß einer Maus zumute sein, wenn sie von einer Schlange verschlungen wird. Mulier, nomen tuum verum serpens est. Weib, dein wahrer Name ist Schlange!

In der Nacht träumte Orlando von Adrian.

Sie waren Kinder und fütterten ihre gefangenen Ringelnattern. Die Frösche waren riesig, und dennoch wurden sie lebend und in einem Stück verschlungen. Ein grausiges Schauspiel! Orlando fragte angewidert:

«Ob die Schlange wohl Freude beim Fressen empfindet? Oder ist sie nur Sklavin ihrer biologischen Notdurft?»

«Sie ist wie der Frosch ein Opfer, ein Opfer ihrer Natur.»

«Nicht anders empfinde ich die fleischliche Vereinigung», sagte Orlando. «Wie kann ein Mann durch ein Weib in Versuchung geführt werden, seine Seele zu verlieren? Wie kann er Lust empfinden an ihrem Fleisch, blutig gekratzt, von Flohstichen entstellt, klebrig von Speichel, Schweiß und Scheidensekret? Ich weiß jetzt, wie der Schlange zumute ist, wenn der Hunger sie zwingt, die Kröte zu schlucken. Liegt es an mir, oder ist da etwas mit der Schöpfung verkehrt: Ich würde mich lieber mit einem Pferd als mit einer Frau paaren.»

Zwei Tage und zwei Nächte verbrachte er so hilflos. Nachts liefen ihm die Fliegen und die Küchenschaben übers Gesicht. Die Glieder schmerzten. Der Hanfstrick schnitt tief ins Fleisch. Am Morgen des dritten Tages nahm sie ihm die Fesseln ab. Er küßte ihr vor Erleichterung die Hände.

Sie sprach mit ihm, wie man mit Tieren und Kindern spricht, langsam, jedes Wort betonend, so als habe sie Angst, er könnte ihr nicht folgen, dabei klang das Sardisch, das sie sprach, fast wie klassisches Latein.

Sie kniete vor dem Herd, nackt. Das lange Haar umfloß sie wie eine Pferdemähne. Sie blies in die fast erloschene Glut, zärtlich bemüht, sie mit Kienspan und Stroh wieder zu beleben. Sie lockte, fächerte und fingerte, bis sich die Flammen flackernd erhoben. Ihre Augen lachten. Sie weiß, wie man Feuer entfacht, dachte Orlando. Er beobachtete sie. Nie war er einem Weib, einem nackten, so nah gewesen. Wie hatte der Priester gesagt: Gallina non est avis, uxor non est homo. Das Huhn ist kein Vogel; das Weib ist kein Mensch. Wie recht er hatte!

Wenn der fast ständig wehende Sturm der Nordinsel für ein paar Stunden aussetzte, trug sie die beiden Holzschemel vor die Hütte. «Schau», sagte sie und zeigte auf eine Gottesanbeterin, «eine Mantis. Sie preist ihren Schöpfer.»

«Sie hat die Hände nicht erhoben, um zu beten, sondern um zu morden», sagte Orlando. «Sie verschlingt alles, was sich ihr nähert, sogar ihr Männchen, noch während der Paarung.»

«Davon verstehst du nichts», unterbrach sie ihn. «Sie betet.»

Ihre Hütte am Rande der Siedlung lag höher als die anderen. Orlando zählte achtzehn Dächer. Der Ausblick reichte weit über karges Land. Steine, so weit man sehen konnte, Felsen in allen Farben: Rot wie geronnenes Blut, Moosgrün, Violett, Brandschwarz, fleckiges Silber und alle nur denkbaren Grautöne. Das Dorf wirkte verlassen. Die Männer waren auf dem Meer oder bei ihren Herden im Gebirge. Die zurückgebliebenen Alten und Frauen betrachteten ihn feindselig. Die Kinder warfen mit Steinen nach ihm.

«Chi venit da'e su mare furat», sagte Luigi, der als einziger Interesse an ihm zeigte. «Wer über das Meer kommt, ist ein Dieb. So war das immer bei uns. Alle, die hier gelandet sind, wollten uns ausplündern: Phönizier, Römer, Byzantiner, Sarazenen. Jetzt sind es die Pisaner und Genuesen.»

«Habt ihr euch nie gewehrt?» fragte Orlando.

«Oft, aber es ging immer daneben. Hast du je von Hamspicora gehört? Er war einer von uns. Als Hannibal vor den Toren Roms stand, nutzte er die Schwäche des Imperiums und griff nach der Freiheit. Der römische Feldherr Manlius Torquatus schlug die schlecht bewaffneten sardischen Hirten nicht weit weg von hier am Fuß des Monte Ferru. Beim Anblick des leichenübersäten Schlachtfeldes stürzte sich Hamspicora in sein Schwert. Zwei Generationen später versuchten es die Hirtenstämme der Balari und Iliensi noch einmal. Rom schickte den Feldherrn Sempronius Gracchus. Der ließ alles, was ihm in die Hände fiel, in die Sklaverei entführen. Die Sklavenmärkte wurden so mit Sarden überschwemmt, daß es zu einem Preisverfall kam. *Sardi vernales*, spottbillige Sarden, wurde zur stehenden Redewendung. Reg dich also nicht auf, Templer, wenn wir dich in unsere Dienste nehmen. So gut wie du haben es die Sardes vernales nicht gehabt. Der Sarde ist fremdenfeindlich. Fremd ist hier jeder, der nicht aus dem gleichen Ort stammt. Hier führt jedes Dorf Krieg mit dem Nachbardorf, Krieg um Weideland, um Wasserlöcher, um Wegerecht, um entführte Schafe und Mädchen. Die Vendetta fordert mehr Opfer als das Meer. Die Menschen sind mißtrauisch. Sie schotten sich voneinander ab. Weißt du, daß es im Inneren Sardiniens Dörfer gibt, deren Bewohner nichts vom Meer wissen, sich nicht vorstellen können, auf einer Insel zu leben? Sie haben das Meer nie gesehen. Es interessiert sie nicht. Ihre Ziegen und Schafe versorgen sie mit Kleidung und Nahrung. Wein, Oliven und Honig gibt es in Fülle. Was braucht der Mensch mehr für sein Glück? Alles, was von außen kommt, ist von Übel. Das gilt auch für dich.»

Der Garten hinter dem Ziegenstall, wo Brennessel, Brombeeren, Disteln und Wildkräuter wucherten, war ein lebendiges Universum von Seltsamkeiten. Hier summten alle Arten von Insekten umher: Hummeln, Wespen, Mauerbienen, Sandbienen, Pelzbienen, Hornbienen, Orlando vermochte sie alle zu unterscheiden. Seine Lieblinge waren die Spinnen. Er erkannte sie schon an ihren Netzen: die Kreuzspinnen, geschultert mit dem Ordenskreuz, die flinke Jagdspinne, die behäbige Winkelspinne, die langbeinigen Weberknechte. Ihre kleine vertraute Welt, der Geruch des Lavendels, der nie abreißende Gesang der

Zikaden, das Blöken der Schafe erfüllten ihn mit Heimweh nach den Feldern von Jisur.

Einmal beobachtete er bei einem tiefer liegenden Gehöft zwei Männer, die einen Esel hielten, dem ein Dritter ein Schlachtermesser in den Kopf stieß, mehrmals. Der Esel, noch jung und auffallend mager, schrie, daß sich Orlando die Ohren zuhielt. Mein Gott, warum gaben sie ihm nicht endlich den Gnadenstoß! Statt dessen zerrten sie die gemarterte Kreatur vom Hof, ohne sie geschlachtet zu haben.

«Warum tun sie so etwas?» fragte Orlando Luigi.

«Hast du nie die Maultiere gesehen, die auf unseren Feldern an den Bewässerungsgräben arbeiten? Sie laufen im Kreis, ihr ganzes Leben lang immer im Kreis herum. Kein Geschöpf hält das aus, nicht einmal ein Esel. Deshalb werden sie an die dunkle Leine gelegt.»

S IE HATTEN DIE NETZE auf einem Hügel zwischen zwei Korkeichen ausgespannt. Eine Amsel diente ihnen als Lockvogel. Orlando und Luigi hielten sich in einem Oleanderbusch verborgen. Sie hockten auf einem umgehackten Baumstamm, kauten Pinienkerne und warteten. Tief unten glitzerte das Meer in der Morgensonne. Die Luft war erfüllt vom Duft der Macchia und vom Zirpen der Zikaden.

«Wie fühlst du dich?» fragte Luigi.

«Elend wie die Amsel dort.»

«Ihr fehlt nichts.»

«Doch, die Freiheit.»

«Die Schlinge um den Fuß trägt sie zu ihrem eigenen Wohl. Ich fand sie mit gebrochenem Flügel. Sie wäre längst des Todes.»

«So wie ich», dachte Orlando. Er fragte: «Warum hast du mich mitgenommen? Ich bin dir keine große Hilfe.»

«Es ist nicht gut für einen Mann, daß er den ganzen Tag am Herd hockt. Zum Fischen und zur Eberjagd bist du noch zu schwach. Das Fieber hat deine Lungen verbrannt. Aber du bist jung. Mit Marucellas Hilfe bist du bald wieder bei Kräften.»

«Marucella? Seltsam, ich habe mich noch nicht ein einziges Mal gefragt, wie sie heißt.»

«Mit den Frauen ist es wie mit dem Vieh. Niemand käme auf die Idee, einen Fisch oder einen Vogel beim Namen zu rufen. Sie sind austauschbar wie Reittiere. Niemand hält sich ein Roß, um mit ihm zu reden. Pferde wollen geritten, Weiber geschwängert werden.»

«Meinst du, Marucella will ein Kind?»

«Wer will das nicht? Wie kann man einen Boden beackern, ohne ernten zu wollen? Hier auf den Inseln wird ein Mann, der ohne Nachkommen stirbt, mit einer Ratte zwischen den Beinen beerdigt. Menschen müssen sterben, aber es ist eine Tragödie, wenn ein ganzes Geschlecht erlischt, wenn die Kette der Ahnen und der Ungeborenen abreißt, unwiderruflich, für alle Zeit.»

«Vielleicht ist sie schon schwanger», sagte Orlando.

«So schnell geht das nicht», belehrte ihn Luigi. «Menschen sind keine Kaninchen. Wir sind mehr wie Bäume, die eine Menge Samen produzieren müssen, ehe ein Keim aufgeht.»

Eine Schar Amseln überflog kreischend die Korkeichen. Ihre gefangene Artgenossin antwortete ihnen, aufgeregt mit den Flügeln schlagend. Flatternd stießen sie herab, wirbelten wieder empor, eine Wolke von zappelhafter Lebendigkeit. Sie schreckten davon, kehrten wieder, kamen näher, zögerten, zogen sich zurück, so als ahnten sie die Gefahr. Am Ende war die Neugier stärker als die Angst. Wie der Westwind in die Topsegel, so fuhren sie in die schlaffen Netze, blähten und füllten sie mit ihren federwirbelnden Leibern.

«Avanti», schrie Luigi, «avanti!» Sie rannten zu den Eichen und rissen die oberen Fangleinen. Wie Fische zappelten die Vögel im Netz. Schreiend und flügelschlagend versuchten sie sich zu befreien. Nur wenigen gelang die Flucht. Wie ein Unwetter war Luigi über ihnen. Ein Hagelsturm von Stockschlägen zerhackte ihre zerbrechlichen Glieder. Mit blutigem Gefieder wurden sie heruntergeschlagen, abgepflückt und aufgeklaubt wie Eßkastanien. Der Lockvogel kam als letzter in den ledernen Beutesack. Er lebte noch. Luigi drehte ihm lachend den Hals um. Orlando erinnerte sich an einen Satz aus der Edda: Doch wer beim Töten lacht, den mache nieder!

In diesem Augenblick beschloß er zu fliehen.

Seit dem Schiffbruch waren zwei Monde vergangen, Zeit genug für einen ausgezehrten Leib, um neue Kraft zu sammeln.

In der Nacht, als alle schliefen, voll von frischem Amselfleisch und rotem Wein, ging er in die Hütte des Dorfältesten, um die Wolfsfalle zu holen. Sie hing über Luigis Bett, als habe sie schon immer dort gehangen. Als Orlando sie an sich nehmen wollte, erwachte Luigi: «Was willst du?»

«Ich komme, um mir mein Eigentum zu holen.»

«Dein Eigentum? Du besitzt nicht einmal dich selbst. Häng die Falle zurück an die Wand! Was willst du mit einem Wolfs-eisen mitten in der Nacht?»

«Ich gehe.»

«Du wirst nicht weit kommen. Wir werden dich an die dunkle Leine legen, Templer. Denk an den jungen Esel.»

Da schlug Orlando mit der Falle zu, nur ein einziges Mal. Dann ging er, ohne sich umzusehen.

Als er das Meer erreichte, bellten hoch über ihm im Dorf die Hunde. Ob sie seine Flucht bereits bemerkt hatten? Er zog eine Dau mit arabischem Dreieckssegel in die Brandung. Mit der eisernen Falle zerschlug er die Planken der übrigen Schiffe, die wie große tote Fische mit dem Bauch nach oben auf dem Strand lagen. Es würde mehrere Tage dauern, um sie wieder seetüchtig zu machen – genug Vorsprung, um seinen Verfolgern zu entkommen. «Herr, du brauchst mir nicht beizustehen», betete er, «aber bitte hilf auch meinen Feinden nicht.» Er segelte die ganze Nacht mit günstigem Südwestwind. Am Abend des anderen Tages erreichte er Maddalena.

Zu seiner großen Freude lagen zwei Dutzend große Schiffe im Hafenbecken. Mit einem von ihnen würde er seine Reise fortsetzen. Aber er mußte auf der Hut sein. Natürlich würden sie zuerst in den Häfen nach ihm suchen. Und wehe, wenn er ihnen in die Hände fiele.

Er dankte seinem Schutzengel, als er auf der Reede zwei Templer erblickte, die das Verladen von Tuchballen überwachten. Als er näher kam, hörte er, daß sie deutsch miteinander sprachen.

Er ging zu ihnen, hob die linke Hand zum Gruß, wobei er den Daumen quer über den Handteller legte. Dazu sagte er: «Non nobis, domine...»

«...non nobis, sed nomini tuo da gloriam», vollendeten die beiden Templer den Satz. Nicht uns, Herr, nicht uns, sondern Deinem Namen gib die Ehre.

Ohne ein weiteres Wort miteinander zu wechseln, stiegen die drei Männer über eine Strickleiter an Bord des Frachters. Erst in der Obhut des Schiffsleibes befahl ihm der ältere der beiden: «Monstra te esse frater. Zeige uns, daß du ein Bruder bist!»

Orlando neigte den Kopf vor ihnen. Sie betrachteten sein Baphomet-Brandmal, drei Finger breit hinter dem linken Ohr. «Weiß Gott, Bruder, du schaust nicht aus wie ein Tempelherr», lachten sie. «Du trägst eine Löwenmähne, und deine Kleider spotten jeder Beschreibung.»

Orlando antwortete: «Cucullus non facit monachum. Nicht die Kutte macht den Mönch.»

«Aber Kleider machen Leute», neckten sie ihn.

Später bei Schafskäse und rotem Wein erzählte er ihnen von seiner Mission und dem Schiffbruch.

«Gott ist mit dir. In drei Tagen geht dieser korsische Kahn im Auftrag unseres Ordens nach Askalon. Er wird dich in Alexandria absetzen. Bleib bis dahin an Bord. Wir werden dir beschaffen, was du benötigst. Hast du einen besonderen Wunsch?»

«Ja», sagte Orlando, «ich brauche einen Hammer.»

IE SANTA LUISA hatte Leder und Dörrfisch geladen. Schon nach einer Tagesreise hatte Orlando das Gefühl, er sei selber ein Fisch. Der Geruch hatte alle Fasern seiner Kleidung durchdrungen. Selbst Haut und Haar stanken nach getrockneten Sardinen. Die Mannschaft bestand aus einem alten Bootsmann und seinen vier Söhnen. Der gichtknotige Alte klemmte Tag und Nacht in einem geflickten Korbstuhl bei der Ruderbank, während seine Söhne wie eine Bande Affen in der Takelage umherkletterten. Dabei beschimpfte er sie mit rauhem Seehundsgebell, das selbst die Zugvögel verschreckte, die sich immer wieder auf den Rahen ausruhten.

Orlando verbrachte den größten Teil der Reise in einer Hängematte, die er am hinteren Mast aufgehängt hatte, um dem Fischgestank zu entfliehen. Außer ihm gab es noch zwei zahlende Passagiere an Bord: einen römischen Theologen und einen Albigenser aus Toulouse, gegensätzliche Gesellschaft, wie sie so dicht nebeneinander wohl nur auf einem Schiff zu existieren vermag. Es war, als habe man eine Schlange und ein Stachelschwein in einen Käfig gesperrt. «Was bist du eigentlich?» fragte der Theologe. «Ein Tier oder ein Vieh? Ein Christenmensch kannst du nicht sein, wenn du Christus verleugnest. Wie könnt ihr Katharer und Albigenser behaupten, Jesus habe nicht gelebt? Kennt ihr nicht das Neue Testament?»

«Ich kenne es so gut wie du. Aber ich habe auch die Geschichtsschreibung studiert. Wenn Jesus wirklich gelebt hat, warum gibt es dann keinen Historiker seiner Zeit, der von ihm berichtet? Warum weiß das ganze 1. Jahrhundert – das Jahrhun-

dert Christi – nichts von ihm? Nicht ein einziger Geschichts-
schreiber nahm Notiz von ihm, weder in Rom noch in Palästina.
Der große Philon von Alexandria, der die angebliche Kreuzigung Christi um mindestens zwei Jahrzehnte überlebt hat, war
ein hervorragender Kenner des Judentums. Er kannte ihre heiligen Schriften und Sekten. Er schrieb über die Essener und über
Pilatus, aber kein Wort über Jesus.»

«Und was ist mit dem Neuen Testament?»

«Paulus, der älteste neutestamentliche Zeuge, weiß so gut wie
nichts über Jesus.»

«Und die Evangelisten? Wagst du es, an ihnen zu zweifeln?»

«Aber ja, gewiß doch. Die Evangelien sind liebevolle Phanta-
sieprodukte der späteren Gemeinden, die sich wünschten, es
wäre alles so wunderbar und märchenhaft verlaufen.»

«Kein Buch der Erde ist mit solcher Sorgfalt überliefert worden wie die Heilige Schrift», ereiferte sich der Theologe.

«Das Christentum wird mehr von Männern verteidigt, die ihr
Brot mit ihm verdienen, als von solchen, die von der Wahrheit
seiner Lehre überzeugt sind», erwiderte der alte Albigenser.
«Die Evangelien sind schon deshalb nicht mit außergewöhnli-
cher Wahrheitsliebe überliefert worden, weil sie viele Generationen lang weder als unantastbar noch gar als heilig galten. Erst
am Ende des 2. Jahrhunderts, als die mündliche Überlieferung
immer phantastischere Formen annahm, wurden die Evangelien
schriftlich festgelegt. Die vier Evangelisten berichten jeder etwas völlig anderes. Welch eine Kette von Widersprüchen vom
Stammbaum Christi bis zur Auferstehung! Die Widersprüche
sind so zahlreich, daß sich mit diesen Zeugenaussagen vor
keinem Gericht der Welt ein Prozeß gewinnen ließe. Das einzige
Wunder an der ganzen Jesusfabel ist die Tatsache, daß diese
unglaubwürdigen Phantastereien einen so mächtigen Glauben
hervorgebracht haben.»

«Canis a non canendo», sagte der Theologe. «Ein Hund sollte
die Schnauze halten. Du gehörst ins Feuer.»

Der Albigenser antwortete lachend: «Cogitationis poenam nemo patitur. Niemand soll wegen seiner Gedanken bestraft werden. Das wußten schon die Römer. Ich sage dir, es gibt keine größere Tyrannei als die der Kirche. Denn es ist dasselbe, ob man einem Menschen sagt: Du darfst nicht frei sein! oder: Du darfst nur auf diese und auf keine andere Art frei sein!»

Der Streit begann im ersten Morgenlicht und endete erst in der Nacht. Mehrmals hatte der Theologe den Versuch unternommen, Orlando als Zeugen anzurufen, ihn gewissermaßen als Waffenbruder zu verpflichten. Orlando hatte geantwortet: «Laßt mich schlafen. Ich fühle mich nicht wohl», womit er nicht einmal log, denn der Fischgestank und das Glaubensgezänk zehrten an seinem Mark. So ließen sie ihn in Ruhe. Gemeinsame Mahlzeiten gab es nicht. In einem eisernen Kessel brodelte ständig eine dicke Suppe aus Pökelfleisch und Bohnen. Wer hungrig war, griff nach dem Holzlöffel, der neben der Feuerstelle an einem rostigen Haken hing. Orlando ernährte sich von Rosinen und Mandeln, die ihm die Templer in Leinenbeutel eingenäht hatten.

Für die vierhundert Seemeilen zwischen Sardinien und Sizilien benötigten sie sechs Tage. Unendlich lang erschien die sizilianische Küste! Eine ganze Woche lang nagelte sie die Windstille vor einer verlassenen Bucht fest. Nachts sahen sie den feurigen Schein über dem Vulkan, dessen schneebedeckter Gipfel bis über die Wolken emporragte.

Der Kirchenlehrer bemühte sich vergeblich, den Ketzer zu bekehren: «Wie könnt ihr Albigenser und Waldenser euren Kindern die Taufe verweigern? Der erste Schrei des Neugeborenen ist keine Wehklage, sondern ein Schrei nach dem Taufwasser. Erst mit der Taufe erhält der Mensch eine unsterbliche Seele.»

«Wie kann ein Wasserspritzer darüber entscheiden, ob ein Mensch eine Seele hat oder nicht?» entrüstete sich der Albigenser. «Glaubt ihr wirklich an solch heidnische Hexerei? Wie kann einfaches Wasser...»

«Einfaches Wasser? Was meint Ihr mit einfachem Wasser?» rief der Römer. «Nur Aqua vera darf für die heilige Taufe verwendet werden. Die Kirche unterscheidet zwischen materia valida, materia dubia und materia certe invalida. Zur erlaubten Materie gehört alles natürliche Wasser aus Flüssen, Mooren, Brunnen und aus dem Meer. Als ungültige Materie gelten alle organischen Ausscheidungen wie Schweiß, Speichel, Tränen, Milch, Urin und Blut, auch alle Pflanzensäfte, einschließlich Wein. Materia dubia, zweifelhafte Materie, das ist Wasser, welches mit anderen Stoffen verunreinigt worden ist, wie Waschwasser, dünne Suppen oder Säuren. Diese dürfen nur bei Todesgefahr verwendet werden. Aqua vera darf nur am Tag vor Karfreitag geweiht werden. Form und Materie der Aufbewahrungsgefäße und Taufbecken unterliegen einem strengen Kanon.

Das Sakrament der Taufe ist eine sehr ernst zu nehmende Wissenschaft, vor allem, wenn es sich um komplizierte Sonderfälle handelt, um die Taufe von ungeborenem oder mißgestaltetem Leben. Hat eine Mißgeburt mit zwei Köpfen zwei unsterbliche Seelen oder nur eine? Eine schwerwiegende Entscheidung, die nur der Priester zu treffen vermag. Ist eine Frühgeburt von der Größe eines Frosches schon ein Mensch? Wie hat die Taufe zu erfolgen, wenn nur eine Hand eines sterbenden Ungeborenen aus dem Schoß der Gebärenden heraushängt? Wie erfolgt eine Taufe in utero, im Leib der Mutter? Und falls es sich um Zwillinge handelt – was sich erst später herausstellt –, wie läßt sich zweifelsfrei feststellen, welcher der beiden bereits getauft ist und welcher nicht? Entscheidungen, weit wichtiger als Tod oder Leben. Hier geht es um das höchste, das ein Mensch zu verlieren hat, um die Unsterblichkeit seiner Seele, eine Angelegenheit, die dich nicht zu bekümmern braucht, da du sie längst verloren hast.»

Nach neunzehn Tagen sichteten sie Kreta. Auf der Insel, die dem Herrscher von Konstantinopel unterstand, nahmen sie Wasser,

Fladenbrot und Früchte an Bord. Bis nach al-Iskenderia, wie die Ungläubigen Alexandrien nannten, waren es jetzt noch sechshundert Seemeilen über das offene Meer. Ein kräftiger Nordwind schob sie vor sich her. Nach vier Tagen tauchte die afrikanische Küste aus dem Meer, die Barr al-Gharb, das sagenhafte Land des Westens. Sie segelten nun immer in Sichtweite des Kontinents nach Osten bis zu einer malerischen Insel namens Dschazair al-haram, wo der Wind wieder einschlief.

Die Stille ist die Sprache der Ewigkeit. Nirgendwo steht die Zeit so still und lastet das Schweigen so allmächtig auf uns wie in der Windstille des Meeres. Nicht das geringste Plätschern einer Welle war vernehmbar, kein Wantenschlag, kein Vogelschrei. Wie versteinert hingen die Segel an den Rahen. Obwohl die Sonne erst den mittäglichen Zenit überschritten hatte, lagen alle in tiefem Schlaf, Orlando in seiner Hängematte, der Kapitän und seine Söhne unter Deck auf den Ballen von weichem Ziegenleder. Nur der Römer und der Albigenser hatten nichts von ihrem konträren Eifer eingebüßt.

«Die Mönche von Montecassino hielten eine Maus für heilig, die eine Hostie gefressen hatte und somit zu einem gut Teil ihres Gewichtes aus dem wahren Leib und Blut Christi bestand.»

«Du lästerst Gott!» rief der Römer.

«Euer aus Weizenmehl gebackener Gott wird mir vergeben», erwiderte der Albigenser. «Aber lassen wir das Abendmahl. Dieser kannibalische Aberglaube ist bei aller Ekelhaftigkeit vor allem ein lächerliches Schelmenstück für Narren. Anders verhält es sich mit der Beichte. Was die Dogmen für den Verstand, das ist sie für den ganzen Menschen: ein Kerker ohnegleichen. Bis in die geheimsten Winkel seiner Gefühle, bis unter die Bettdecke wird der Christ überwacht und versklavt, indem man ihm einhämmert, er sei verloren im Sumpf der Sünde. Es gibt nur einen einzigen Weg des Heiles, und der wird von der alleinseligmachenden Kirche verwaltet. Die Sünde ist das Fundament eurer Macht. Je mehr Sünden ihr euren Schafen einredet, um so fester habt ihr sie im Griff. Doch wie erreicht man das? Die Menschen stehlen und morden nur selten. Nun, man braucht nur den stärksten Trieb des Menschen zu verteufeln. Die Sexualität ist der Kirche liebste Sünde! Da nach Augustinus schon der Säugling von sexuellen Gelüsten verführt wird, ist die gesamte Menschheit dem Teufel verfallen. So wie man Hengste und Stiere kastriert, damit sie sich willig vor den Karren spannen lassen, so werden die Menschen durch sexuelle Unterdrückung in totaler Hörigkeit gehalten.»

«Dir wird man am Tag des Jüngsten Gerichtes die Eier und die Zunge mit glühenden Zangen herausreißen», sagte der Römer.

«Tu es Satanas. Aus dir lästert der leibhaftige Antichrist. Fahr zur Hölle! Usque ad finem!»

NACH ZWEITÄGIGER ZWANGSPAUSE wurden sie mitten in der Nacht von orkanartigen Böen geweckt. Mit eilig gerefften Segeln bei hohem Seegang erblickten sie endlich in der Nacht vor Michaelis die Lichter des Leuchtturmes von Alexandria. Gegen Mittag warfen sie im großen Hafenbecken vor der Seifensiederei die rostigen Anker. Die Beamten des Sultanats kamen an Bord. Sie trugen Turbane und Krummsäbel zum Zeichen ihrer Amtsgewalt. Sie begutachteten die Fracht. Die Namen der Reisenden und ihrer Herkunftsländer wurden schriftlich festgehalten. Jeder Reisende wurde gefragt, was er an Waren und Münzen mit sich führe, damit die Zakat, die Almosensteuer, daraus errechnet werden konnte.

Für die Händler aus dem Abendland hatte Sultan Saladin Handelshäuser, sogenannte Funduks, errichten lassen, hinter deren hohen Mauern Christen und Juden fast so etwas wie exterritorialen Schutz genossen. Im Funduk von Alexandria gab es Unterkünfte für Mensch und Tier, eine eigene Bäckerei und eine Schlachtbank, Warenlager, Stapelplätze, Keller, Büros und Wechselstuben, sogar ein Dampfbad und eine kleine Kapelle, die der heiligen Cäcilie geweiht war. Hier, und nur hier, konnte der Kaufmann aus Venedig, Nürnberg oder Narbonne sich einquartieren. Seine Waren durfte er nur im Funduk verkaufen. Das alles geschah unter strenger Aufsicht des Sensals, des amtlichen Sachverständigen für alle Einfuhrgüter. Der Erlös aus dem Verkauf mußte umgehend wieder in einheimische Ware angelegt werden, in arabische Gewürze, Waffen und Baumwolle, in Pfeffer, Seide und Sandelholz.

Nach außen wirkte der fast fensterlose Funduk abweisend wie eine Festung oder ein Gefängnis. Ein Tor aus Zedernholz, beschlagen mit Bronzenägeln, versperrte den Einblick von der Straße. Um so überraschter war Orlando, als er nach längerem Klopfen eingelassen wurde. Hinter einer tunnelartigen Durchfahrt leuchtete ein Innenhof, umrankt von schattenspendendem Blattwerk, von Oleander, Limonen und Hibiskus. Aus dem geöffneten Rachen eines steinernen Löwen plätscherte kühles Wasser in spiegelnde Marmorbecken. Kein Laut des Hafenlärms drang bis hierher.

Geleitet wurde diese Oase von einem alten Böhmen, der bei der Belagerung von Akkon seinen linken Arm verloren hatte. «Ein Schlachtroß vor einem Marktkarren», wie er sich selbst titulierte. Er begrüßte Orlando wie einen Bekannten: «Willkommen, Bruder. Wie schön, dich wiederzusehen. Dein Name ist mir entfallen. Gedächtnis und Alter vertragen sich wie Eis und Feuer. Wo das eine ist, kann das andere nicht sein. Laß mich nachdenken: A...a...»

«Adrian», sagte Orlando.

«Ja, richtig: Adrian. Wie konnte ich das nur vergessen! Dabei erinnere ich mich sehr genau an dich und an deine Worte beim Abschied. Du sagtest: Merke dir mein Gesicht. Ich werde wiederkommen. Verwahre dieses Schreiben für mich und gib es keinem anderen als nur mir.»

«Hast du es verwahrt?» fragte Orlando.

«Wie kannst du fragen?»

Der Alte hinkte davon. Als er endlich zurückkehrte, hielt er einen Brief in der Hand. Orlando erkannte Adrians Siegel. In seinem Zimmer betrachtete er das Pergament von allen Seiten, wog es in den Händen. Eine unbeschreibliche Scheu hinderte ihn daran, das Siegel aufzubrechen. Wie hieß das vierte Gebot der Templer: Sensu amisso fit idem, quasi natus non esset omnino. Wer die Wahrheit nicht verträgt, ist es nicht wert, geboren zu werden.

Da öffnete er das Schreiben und las:

Lieber Bruder,

ich weiß, Du wirst kommen und diesen Brief lesen. Sind wir nicht immer denselben Weg gegangen? Ich weiß, Du wirst kommen, denn wir Menschen haben niemals wirklich die Wahl zwischen zwei Wegen. In Wahrheit gibt es immer nur eine Möglichkeit, und das ist die, für die Du Dich entscheidest oder bereits entschieden hast. Denn die wichtigen Dinge unseres Lebens verlaufen ohne erkennbare Anfänge. Nur beim Schach hast Du die Zeit, den ersten Zug zu überlegen. Plötzlich befindest Du Dich in der Mitte der Ereignisse. Deine Handlungen haben sich längst selbständig gemacht, so wie Dein Atem, den Du zwar zurückstauen, aber niemals aufhalten kannst. Geh unseren Weg! Unglaubliche Dinge erwarten Dich. Leb wohl. Lebe!

Adrian.

Darunter stand in arabischen Schriftzeichen:

Mararti fi hulmi alfi chairin bi-tiwali alfi amin wa jaa yawmu mawmu mawlidiki: tauq al-hamama.

Tausend Jahre gehst Du durch die Träume von tausend Dichtern, und dann plötzlich wirst Du geboren, erblickst das Licht der Welt: Das Halsband der Taube.

Orlando las den Brief immer wieder, ohne zu finden, wonach er suchte. Was wollte Adrian ihm mitteilen? Warum sprach er in Rätseln? *Tausend Jahre gehst Du durch die Träume von tausend Dichtern, und dann plötzlich erblickst Du das Licht der Welt.* Mehr denn je war Orlando davon überzeugt, daß Adrian lebte. Weitere Briefe würden folgen. *Fang den Fuchs!* Als Kinder hatten sie dieses Spiel geliebt. Einer von ihnen legte die Fährte, der andere nahm sie auf. Am Ende triumphierte immer der Jäger über den Gejagten. *Wie vermag die linke Hand die rechte zu täuschen? Wie kann ein Fuß dem anderen davonlaufen?*

PETER VON MONTAIGU, der Großmeister zu Paris, saß auf einer steinernen Bank im Kreuzgang beim Brunnen. Vor ihm standen der Admiral und Bruder Yves, der Bretone. Aus der Ordenskirche wehte wie von weit her Messegesang.

«Ich habe Botschaft von Bruder Benedict», sagte der Großmeister. «Er schreibt, er habe von dem früheren Sekretär Hermann von Salzas erfahren, daß Kaiser Friedrich berechtigten Groll gegen unseren Orden hegt.»

«Wieso berechtigt?» fragte der Admiral.

«Benedict fand heraus, daß der Ordensgeneral der Templer zu Jerusalem an einem päpstlichen Mordkomplott gegen den Kaiser beteiligt war.»

«Donnerwetter», entfuhr es dem Admiral. «Habt Ihr davon gewußt?»

«Nein, aber als Großmeister hätte ich davon wissen müssen.»

«Vermutlich wieder einer von Gregors Geheimaufträgen. Und dennoch, wenn es stimmt, hätte der Ordensgeneral Euch informieren müssen. Wer sind wir denn? Sind wir die Assassinen des Alten von Rom? Die Arroganz der Templer von Jerusalem...»

«Hütet Eure Zunge», unterbrach ihn der Großmeister. «Fratris mores noveris, non oderis. Du darfst das Verhalten deines Ordensbruders sehen, hassen darfst du es nicht. Ich brauche nicht Euer Urteil über Ereignisse von gestern. Ich will Euren Rat für den nächsten Schritt.»

Bruder Yves fragte: «Welche Rolle spielen wir Templer in diesem Mordplan?»

«Über den Ordensgeneral der Templer zu Jerusalem ließ Papst Gregor den Ungläubigen die Nachricht übermitteln, der Kaiser werde zu bestimmter Stunde zur Taufstätte an den Jordan pilgern, es gäbe keine bessere Gelegenheit, den Kaiser zu erschlagen.»

«Und wie entdeckte der Kaiser das Attentat gegen ihn?»

«Sultan al-Kamil schickte den Brief an Friedrich, mit der Bemerkung» – der Großmeister suchte die Stelle in Benedicts Mitteilung: «Angewidert von so niederträchtigem Verrat der Ritter Eures Kalifen in Rom, übergebe ich Euch das mörderische Pergament. Es trägt das Siegel des Ordensmeisters der Templer. Möget Ihr daraus entnehmen, daß Ihr von Euren Feinden weniger zu befürchten habt als von Euren eigenen Leuten.»

«O mein Gott!» stöhnte der General.

«Atque adimit merito tempus in omne fidem. Und auf ewige Zeit und mit Recht raubt die Schandtat das Vertrauen», zitierte Bruder Yves aus den Metamorphosen des Ovid.

«Und wie reagierte Kaiser Friedrich?»

«Er soll gesagt haben: ‹Das werde ich den Templern nicht vergessen.›»

«Die Angelegenheit liegt mehr als drei Jahre zurück», sagte der Admiral. «Glaubt Ihr, der Tod des Gemini sei ein Racheakt des Kaisers? Warum erst nach so langer Zeit? Warum gerade der Gemini, ein kleines unbedeutendes Mosaiksteinchen im großen Bauwerk unseres Ordens? Und warum in drei Teufels Namen mußte der Herzog von Kelheim sterben?»

«Lauter Fragen, die der Lösung bedürfen», sagte der Großmeister. «Nihil tam difficile est, quin querendo investigari possit. Nichts ist so schwierig, daß es nicht erforscht werden könnte. Es kann kein Zweifel bestehen: Kaiser Friedrich ist in dieser für uns so wichtigen Angelegenheit verwickelt. Wir sollten Bruder Benedict nach Sizilien an den kaiserlichen Hof schicken, natürlich nicht als Templer, sondern als Neffen Hagen von Halberstedts, versehen mit dessen Empfehlungsschreiben.»

Bruder Yves erwiderte: «Kaiser Friedrich wird noch in diesem Monat den Hoftag nach Ravenna berufen, um mit den rebellischen Mailändern zu einer Einigung zu gelangen. Eingeladen sind die Herzöge von Österreich und alle Fürsten der deutschen Lande. Hier in den Fremdenquartieren des Hoftages wird es wesentlich leichter sein, an die richtigen Leute heranzukommen, als das bei Hof mit seinem starren apulischen Zeremoniell möglich wäre.»

Der Admiral stimmte zu.

Es wurde beschlossen, Bruder Benedict nach Ravenna zu schicken.

Am Tag vor Mariä Himmelfahrt hielt Kaiser Friedrich Einzug in Ravenna. Bruder Benedict stand vor dem großen Stadttor, wo die Bürgerschaft sich versammelt hatte, um ihren Herren gebührend zu empfangen. Viele warteten schon seit den frühen Morgenstunden. Sie sollten nicht enttäuscht werden. Der Kaiser kam mit großem prächtigen Gefolge: goldene Kaleschen, gepanzerte Reiter, Waffenträger aller Hautfarben. Fahnen flatterten, Fanfaren und Flöten bliesen. Die Trommeln dröhnten, daß die Pferde scheuten. Am meisten beeindruckt war Benedict von den exotischen Tieren, die der kaiserlichen Sänfte folgten, Geschöpfe, die er noch nie gesehen hatte: Elefanten, Löwen, Leoparden, Panther, eine Giraffe, höher als das große Tor, Kamele, Meerkatzen und ein Affe, so groß wie ein Mensch, der auf einem schwarz-weiß gestreiften Maultier ritt. Dem Kaiser wurden auf schwarzem Samtkissen die Schlüssel der Stadttore überreicht, die er dankend annahm und mit den Worten zurückgab: Bewahrt sie. Ich wüßte keine würdigeren Verweser als Euch. Der Klerus segnete den Kaiser. Weihwasser wurde verspritzt, Myrrhe verbrannt. Gebete und Chorgesang stiegen zum wolkenverhangenen Novemberhimmel empor. Die schönsten Töchter der Patrizier standen Spalier. Die Wangen vor Aufregung gerötet, das hochgesteckte Haar mit Blumen bekränzt, die jungen Leiber von fast durchsichtigen Kleidern umweht, waren sie fürwahr eine Augenweide.

Die Bürgerwehren begleiteten den Zug bis zum Domplatz. Hier wurden Geschenke überreicht und angenommen, Lobreden gehalten und erwidert. Fast vier Stunden dauerte das Zeremoniell. Dann wurden die hohen Gäste in ihre Stadtquartiere geleitet. Für das vielhundertköpfige Gefolge aus Kriegsknechten, Garköchen und Stallburschen hatte man außerhalb der Mauern beim Galgenhügel eine Zeltstadt errichtet.

Den Templern gehörte ein steinernes Lagerhaus am Kornmarkt, dessen obere Geschosse durchreisenden Ordensbrüdern als Quartier dienten. Benedict hatte veranlaßt, daß bis auf eine Kammer alle Wohnungen den hochwohlgeborenen Hoftagsteilnehmern zur Verfügung standen, ein Angebot, das bei den beschränkten Unterkunftsverhältnissen gern angenommen wurde. Durch diese Einquartierung erhoffte sich Benedict Kontakte zur kaiserlichen Umgebung.

Seit er den Kaiser – wenn auch nur von ferne – mit eigenen Augen gesehen hatte, war in ihm das Jagdfieber erwacht, das ihn jedesmal befiel, wenn er mit der Observation einer Person beauftragt wurde. Aber was waren all die anderen Fälle gegen diesen hier! Er mußte ein verschlossenes Geheimnis enthüllen, dessen Schlüssel beim höchsten Herrscher aller irdischen Macht lag. Benedict wußte, er würde keine Gelegenheit erhalten, den Kaiser zu befragen, und dennoch würde er die Wahrheit herausfinden. Hatte nicht auch Thales von Milet die Höhe eines Turmes ermittelt, ohne ihn bestiegen zu haben? Nicht einmal berührt hatte er ihn! Er vermochte das, weil ihm ein paar wichtige Dinge im Umfeld des Turmes bekannt waren: der Betrachtungswinkel, die Distanz und vor allem die Fähigkeit, mit diesen gegebenen Größen zu rechnen.

Genauso würde auch er vorgehen. Zunächst einmal mußte er Fakten sammeln. Immer wieder las er die Personenbeschreibung des Kaisers, die zwei Ordensbrüder angefertigt hatten, die mit Friedrich in Jerusalem gewesen waren und ihn aus eigener Anschauung kannten:

«Er ist nicht groß, eher gedrungen. Sein weizenfarbenes Haar hat einen rötlichen Schimmer. Kinn und Wangen sind glatt rasiert. Die blaugrauen Augen sind ein wenig zu groß. Sie verraten einen außerordentlich wachen Verstand, Bildung und Willensstärke. Er beherrscht das Arabische so gut wie sein Latein, spricht Italienisch, Deutsch, Französisch und Griechisch. Seine Begabungen sind allseitiger Natur. Er ist ein Fachmann in allen mechanischen Künsten, befaßt sich mit wissenschaftlichen und philosophischen Fragen. Am meisten erfreut ihn die Falkenjagd. Er hat ein Buch darüber verfaßt: De arte venandi cum avibus (Über die Kunst, mit Vögeln zu jagen). Gegen die, die es verdienen, ist er freigebig, ohne verschwenderisch zu sein, obwohl er über mehr Schätze verfügt als irgendein anderer Herrscher. Feinden gegenüber zeigt er wenig Milde. Wer seine Freundschaft gewonnen hat, besitzt sie für immer. Nur wenige Fürsten haben Treuebruch und Verrat ihrer Freunde so großzügig verziehen wie er. Er ist ein außerordentlicher Liebhaber weiblicher Reize und hält sich nach Art der Mohammedaner ganze Scharen schöner Frauen. Mehrmals vom Papst exkommuniziert, umgeben von muselmanischen Leibwachen und Gelehrten, gilt Friedrich als gottlos.»

Es folgte eine Aufzählung seiner Leibgerichte, Vorlieben und Gewohnheiten. Als gebürtiger Straßburger erfreute Benedict ganz besonders der Satz: Unter allen Städten seines Reiches sind ihm die im Elsaß am liebsten.

Am Schluß des Steckbriefs stand der Vermerk: «Es erhob sich mehrfach das Gerücht, Kaiser Friedrich sei nicht wirklich der Sohn Kaiser Heinrichs und der Kaiserin Constanze, da diese bei ihrer Heirat bereits über fünfzig Jahre zählte. Sie habe die Schwangerschaft nur vorgetäuscht und ein neugeborenes Knäblein rauben lassen, um der Krone einen Erben zu schenken. Dagegen spricht jedoch die eidesstattliche Erklärung des Abtes Joachim da Fiori, der bezeugt, die Kaiserin habe, um jeden Verdacht auszulöschen, ein Zelt auf dem Marktplatz von Jesi aufschlagen lassen, in welches sie sich zur Stunde der Geburt begab. Und sie habe alle Adeligen, Männer und Frauen, aufgefordert herbeizukommen, um sie gebären zu sehen, damit jeder bezeugen könne, daß es ihr Kind sei.»

Benedict hatte die kaiserliche Biographie schon unzählige Male gelesen, und dennoch erschien ihm der Beschriebene immer fremder. Welch ein Mensch! Ein deutscher Kaiser, der auf Sizilien wie ein Sultan residiert, reicher und erfolgreicher als alle seine Vorgänger, gebildet wie ein Gelehrter, gottlos wie ein Ketzer. Aber war er auch für den Mord in Kelheim verantwortlich? Und falls wirklich, wer außer Gott hatte die Macht, ihn dafür zu richten? Ließen nicht selbst die Stellvertreter Christi ihre unliebsamen Gegner erschlagen und vergiften? Die Frage lautete nicht: War Friedrich schuldig?, sondern: Welche Absicht steckte hinter diesem aberwitzigen Attentat? Wie war es möglich, daß einer ihrer besten Männer zum Werkzeug der Meuchelmörder werden konnte?

Wo aber war der Anfang in diesem verworrenen Knäuel?

ITTEN IM HERZEN der Stadt lag der große Souk von Alexandria, ein wogendes Meer von Farben und Düften. Orlandos Hände betasteten Tuche, so flauschig und schmiegsam wie feinster Krönungshermelin. Fast alle Stoffe waren selbst im Abendland nur unter ihren arabischen Namen bekannt: Mohair, Musselin, Kaschmir, Kattun, Damast, Satin und Taft, Atlas, Brokat, bestickt mit gläsernen Perlen aus Tyrus, die wie Tautropfen glänzten, spinnwebenzarter Chiffon, Seide, leichter als Libellenflügel. Teppiche, so bunt wie Blumenbeete, safranfarben, karmesin und indigo bis hin zum leuchtenden Azur. Edle Gewänder, wie sie im Abendland nur Könige trugen. Schals aus Kairuan, Schuhe von Schlangenhaut mit goldenen Schnallen und Schließen.

Am wundervollsten aber waren die Waffen! Klingen aus Damaskus, biegsam wie Weidengerten. «Der noch glühende Stahl wird in den Leib einer lebenden Ziege gestoßen. Erst das Blut verleiht ihm die lebendige Elastizität. Blut will zu Blut», so pries der Händler die überlegene Kampfkraft seiner Ware. Orlando bewunderte Bogen und Pfeile aus dem Steppenland der Goldenen Horde, Kampfschilde von Elefantenleder, Speerspitzen in Obsidian, Äxte aus dem Reich der Chasaren vom Kaspischen Meer, Säbel bedeckt mit kostbaren Gravuren, gefaßt in Elfenbein und übersät mit Edelsteinen. Da gab es Dolche mit haarfeinen Giftkanälen, tödlich wie Schlangenzähne.

Orlando aß von exotischen Früchten, die allesamt arabische Namen trugen: Aprikosen, Bananen, Melonen, Orangen, Zitronen und Zuckerrohr. Da gab es eßbare Blumen und Blätter, die die Händler Artischocken und Spinat nannten. Eine Frucht war so groß, daß zwei Männer sie nur mit Mühe davontragen konnten. «Welch ein Kürbis!» lachten die Umstehenden.

Orlando dachte an die bäuerlichen Märkte seiner Heimat, die sich mit Grobgewebtem und Hausgetöpfertem begnügten, mit Korbwaren, Kohl und Käse, wo neben ungerupften Hühnern und Hirsekorn auch Holzlöffel und Leinenhemden feilgeboten wurden. Gewiß, auf den Märkten von Paris wuchs die Auswahl der Spezereien von Jahr zu Jahr, aber lag das nicht vor allem an dem Handel mit dem Morgenland?

Auf dem Basar der Gewürze berauschte er sich an den erlesensten Ingredienzen: Kardamom, Muskat, Safran, bernsteinfarbene Zuckerkristalle, die mit Silber aufgewogen wurden, Zimt, Ingwer, Gewürznelken, Weihrauch, Opperment und Drachenblut, Myrrhe, Pomicar und viele andere Essenzen, deren Namen er nicht kannte. Orlando lief über den Souk der Goldschmiede, geblendet vom Feuerwerk des funkelnden Geschmeides. Er trank mit den Perlenhändlern von Bahrain geräucherten Tee und bewunderte den warmen Glanz ihrer wertvollen Ware. Wasserpfeifen-Mundstücke aus Meerschaum wurden ihm angeboten, Korallen vom Roten Meer, armenisches Silber, indische Rubine.

Schwindelig vom Schauen schloß er bisweilen die Augen, oder er kniff sich in den Arm, sich selbst nicht sicher, ob er das alles nur träume.

Der Markt der exotischen Tiere war eine Messe des Niegeschauten. Da gab es ellenlange Echsen, die sie Dhab nannten, alle Arten von Affen mit feuerroten Gesäßen und blauen Bakkenbärten, Jagdleoparden, sprechende Papageien, Emus und Eichkater. Persische Fasanenvögel spreizten ihre Schwanzfedern zu schillernden Regenbogen. Kampfhunde mit blutunterlaufenen Augen und triefenden Lefzen neben milchfarbenen Frettchen.

Orlando suchte vergeblich die Pferde.

«Der Roßmarkt», so belehrte ihn ein Beduine, «findet gemeinsam mit dem Kamelmarkt zweimal jährlich vor dem Tor Sultan-Achmad statt.»

Am besten besucht war der Sklavenmarkt gleich hinter der großen Freitagsmoschee, wo nach dem Mittagsgebet die Menschenhändler ihre kostbare Fracht ausstellten: kastanienfarbene

Mohren aus Abessinien und Nubien, bärtige Frankenkrieger, sechs Fuß hoch und belastbar wie Packkamele, Lustknaben aus Byzanz, Eunuchen vom oberen Nil, Tänzerinnen aus Tiflis mit blauschwarzem Haar auf olivfarbener Haut, Magyaren-Mädchen, antilopenäugig, langbeinig, Tscherkessinnen mit Brüsten, die beim Laufen federten wie die Kämme von erregten Kampfhähnen, mondhäutige Normannen-Mädchen mit goldenem Haar und Augen so blau wie der Himmel über den Bergen. Daumendicke Taue trennten die zum Kauf Angebotenen von der neugierigen Masse der Herbeigelaufenen. Auf erhöhten Podesten wurden sie von Meistbietenden ersteigert, nachdem diese sich zuvor von der Frische der Ware überzeugt hatten. Wichtig waren bei den weiblichen Sklaven gesunde Zähne, elastische Brüste und heile Hymen. Darüber hinaus gab es wie bei den Pferden gewisse Rassemerkmale, die hoch im Kurs standen. Dazu gehörten schlanke Fesseln, lange Beine und Hälse, hoch angesetzte feste Hinterbacken und helle Haut. Besondere Befähigungen, wie Bauchtanz und Gitarrenspiel, wurden ebenfalls angerechnet. Die Männer wurden vor allem nach ihrer Muskelkraft bewertet. Aber die höchsten Preise wurden für hellhäutige Eunuchen erzielt.

Die Reichen der Stadt, die für gewöhnlich ihre Dienstboten zum Markt schickten, erschienen auf dem Sklavenmarkt in eigener Person. Wer überläßt schon den Ankauf einer Geliebten oder eines Leibwächters seiner Dienerschaft? Damit aber wurde der Menschenmarkt zu einer Art Parade der Reichen. Nirgendwo sonst traf man so viele Mächtige wie hier hinter der großen Freitagsmoschee.

An dem Mittag, an dem Orlando hier weilte, drängten sich die Menschen um einen Mann. Eine Schar von Wächtern schützte ihn vor der Zudringlichkeit der Schaulustigen.

Orlando erfuhr, daß es sich um al-Mansur handelte, um den mächtigen Amir al-umara, den Oberbefehlshaber der Truppen. Obwohl der Mann nicht groß war, schien er alle anderen zu überragen. Er war es gewohnt zu befehlen. Widerspruch war seinem Wesen so fremd wie Frost dem Feuer.

Er trug schwarze Kleidung nach Art der Abbasiden, eine Burda, darüber einen Tailasan, einen schwarzen Schal, der über den Turban geworfen wird, wobei ein Ende unter dem Kinn, das andere über der linken Schulter liegt. Auch der Turban war von schwarzem Stoff. Ein silberner Dolch an der Hüfte war sein einziger Schmuck. Al-Mansur wollte gerade den zeltartig verhängten Marktstand des Sklavenhändlers Nasir betreten, der dafür berühmt war, daß er die schönsten Mädchen und Knaben im ganzen Kalifat verkaufte, als sich etwas Entsetzliches ereignete.

Ein junger Mann, der sich durch die Menge einen Weg gebahnt hatte, sprang auf ein umgestürztes Faß und schrie:

«Hasan-i Sabbah, der Herr von Alamut, schickt mich. Koste vom Kelch meines Dolches die Trunkenheit des Todes!»

Bei der Nennung des Namens Hasan-i Sabbah erstarrten die Umstehenden wie das Opfer einer Schlange im Angesicht des unausweichlichen Todes. Die Menge teilte sich vor dem Fedawi wie seinerzeit das Rote Meer vor Moses. Ohne Hast durchschritt er die Gasse aus Menschenleibern, den gezogenen Krummdolch in der Faust, die Augen fest auf sein Opfer gerichtet. Mansur erwiderte den Blick, furchtlos, verächtlich. Die Wachen verharrten wie verunsicherte Hunde, bereit zu Angriff und Flucht, gefährlich und feige zugleich.

Orlando erlebte das alles aus unmittelbarer Nähe.

Nur wenige Schritte trennten ihn von al-Mansur, als der Assassine zum Todessprung ansetzte. Die Sehnen auf seinen nackten Armen traten hervor wie gespannter Kupferdraht.

Ein fiebriges Feuer brannte in seinen Augen: Tollwut, Triumph, Trunkenheit des Todes. Orlando erschauerte vor dem Sendungsbewußtsein des Opferbereiten, den nichts und niemand mehr aufzuhalten vermochte. Für den Bruchteil eines Lidschlages berührten sich ihre Blicke. Wie von einem Peit-

schenschlag getroffen, erstarrte der Assassine, so als sei er zu
Tode erschrocken. Alle Spannung schien von ihm abgefallen.
Unbegreifliches Erstaunen lag auf seinem Gesicht, so als vermochte er das Gesehene nicht zu fassen. Aber da waren die
Wachen schon über ihm. Unter einem Hagel von fürchterlichen
Hieben beendete er sein Leben. Was die Säbel der Leibwächter
von dem Assassinen übriggelassen hatten, fiel den Stockschlägen und den Steinwürfen der empörten Masse zum Opfer, denn
gegen niemand empfinden die Menschen so gnadenlosen Zorn
wie gegen den, der ihnen Todesangst einflößt.

In diesem aufgewühlten Meer der Wut wurde Orlando um-
hergeworfen wie Treibgut. Ohne es zu wollen, stand er plötzlich
am Rande des Menschenkraters, der sich um den erschlagenen
Assassinen gebildet hatte. Noch immer lag ein Ausdruck tiefen
Erstaunens auf seinem Gesicht. Grauen ergriff Orlando, nicht
vor dem zerhackten Leib, sondern vor den beseelten, seidigen
Wimpern, vor dem fast noch lebendigen Lidschlag der gebro-
chenen Augen. Vergeblich versuchte Orlando, dem Strom der
Nachdrängenden zu entfliehen. Als es ihm endlich gelang, ver-
stellten drei Männer seinen Weg:

«Al-Mansur will dich sprechen.» Ihre Fäuste am Schwert-
knauf machten ihm unmißverständlich klar, daß es sich um
einen Befehl ohne Aufschub handelte.

AS HAUS AL-MANSURS lag auf einer steinigen Halbinsel,
die sich wie eine Knochenhand ins Meer krallte. Die
Mauern des burgartigen Gebäudes stürzten an drei Seiten steil in
die schäumende See. Die dem Land zugewandte Fassade war mit
hohen Palmen verstellt. Vor dem Tor wachten nubische Krieger
mit Lanze und Schwert. Über breite Treppen wurde Orlando in
einen Raum gebracht, der von mehreren kleinen Kuppeln über-

spannt wurde. Wände und Decken waren mit farbigen Fayencen übersponnen, überwiegend in frischem Blaugrün, der Lieblingsfarbe des Propheten. In einer Maqsura, einer niedrigen Seitennische, lagerten mehrere Männer auf einem Diwan. Orlando erkannte al-Mansur, jetzt ganz in Weiß gekleidet.

Als dieser Orlando sah, eilte er herbei.

«Willkommen in meinem Haus. Verzeih mir, aber ich bin mitten in einer wichtigen Besprechung. Mach mir die Freude und sei mein Gast, so lange du in al-Iskenderia weilst. Ich stehe tief in deiner Schuld. Meine Diener werden dir deine Räume zeigen. Wir sehen uns später. Mach es dir bequem.»

Am Abend saßen sie auf dem Dach des Palastes unter einem zeltartigen Baldachin. Die Steine waren noch warm von der Glut des Tages. Ein frischer Wind wehte vom Meer. Unten in der Stadt flammten die ersten Lichter auf.

Sie lagerten auf Seidenkissen. In geschliffenen Glasschalen schimmerten Früchte und purpurfarbener Wein. Zwei zahme Geparden balgten sich zu ihren Füßen um eine gebratene Taube. Mansur sagte: «Bei euch ist es Brauch, auf das Wohl des Gastes zu trinken. Unter uns Gläubigen schickt sich dergleichen nicht, weil der Prophet gelehrt hat, der Genuß von Wein sei Allah nicht genehm. Wir erzählen unseren Gästen zu Ehren Märchen, ohne dabei auf den Wein zu verzichten.» Er goß ihre Gläser voll und begann:

«Vor noch gar nicht allzu langer Zeit an einem Abend wie dem heutigen im Monat Muharram – der Muezzin hatte längst zum letzten Gebet gerufen – stürzte der Großwesir Harun al-Raschids in das Arbeitszimmer seines Herrn und stammelte kreidebleich: Helft mir, o Herr, helft mir... der Tod... er steht im Garten. Er wartet auf mich. Ihr müßt mir helfen. Harun al-Raschid besänftigte den Unglücklichen, so gut er es vermochte. Er riet ihm: Eile durch diese geheime Hintertür. Steige hinab zu den Ställen. Nimm mein schnellstes Pferd und flieh. Morgen bei Tagesanbruch bist du in Kerbela. Dann ging der Kalif hinaus in den Garten. Dort sah er eine Gestalt, das Gesicht nach Art der arabischen Nomaden verhüllt.

Wer bist du? fragte Harun al-Raschid.

Ich bin der, der alle Liebenden trennt, der den Müttern die Kinder entreißt, dem Bruder die Schwester nimmt und dem Gatten die Gattin. Ich bin der, der die Gräber füllt ohne Rücksicht auf Macht und auf Stand. Ich bin der, der keinen vergißt.

Was willst du von mir?

Und der Tod antwortete: Ich will nichts von dir, aber morgen bei Tagesanbruch habe ich eine Verabredung in Kerbela.»

Sie leerten ihre Gläser.

«Eine traurige Geschichte», sagte Orlando.

«So ist das Leben», lachte Mansur. «Niemand entgeht seinem Schicksal. Der Großwesir, dieser arme Narr, reitet die ganze Nacht hindurch, nur um seine Verabredung mit dem Tod nicht zu verpassen. Er hätte besser daran getan, die letzte Nacht seines Lebens in den Armen seiner Lieblingsfrau zu verbringen. Zeit und Freunde, davon besitzt der Mensch weniger, als er glaubt.»

Al-Mansurs Augen ruhten auf Orlando: «Die Beduinen sagen: Bewirte einen Gast eine Nacht lang, ehe du ihm Fragen stellst. Wer bist du? Welche Kraft geht von deinen Augen aus? Welches Erstaunen, nein, welches Entsetzen hast du dem Assassinen eingeflößt! Bei Allah dem Allmächtigen, wie ist das möglich? Wenn ich es nicht mit meinen eigenen Augen gesehen hätte, ich würde es nicht glauben.»

Orlando antwortete: «Wie ein Brot schmeckt, hängt vom Hunger ab. Was Hilfe wert ist, hängt von der Bedrohung ab. Ihr wart in Lebensgefahr und überbewertet die Dinge.»

Al-Mansur verwarf den Einwand mit einer Handbewegung: «Ich habe noch niemals eine Angelegenheit überbewertet. Halten wir uns an die Gesetze der Algebra, an die gegebenen Größen und an die Regeln der Logik. Fest steht: Dein Anblick hat dem Assassinen lähmendes Entsetzen eingeflößt. Warum? Du hast nichts Erschreckendes an dir. Und dennoch, was weder ich noch meine bewaffneten Wächter vermocht hätten, hast du erreicht, ohne ein Wort, ohne eine Bewegung, allein durch deine Anwesenheit. Dafür gibt es nur eine einzige realistische Erklärung: Der Mann kannte dich.»

«Und wieso sollte ihn das erschrecken?»

«Er war nicht darauf gefaßt, dich hier zu sehen. Er hielt es für unmöglich, daß du da sein könntest. Du warst für ihn ein Ifrit, ein Geist aus dem Grab.»

«Vielleicht hat er mich mit einem anderen verwechselt.»

«In der Welt, aus der dieser Assassine kommt, gibt es keine Männer wie dich, mit blauen Augen und blondem Haar. Nein, ich bin davon überzeugt, er kannte dich.»

«Dann müßte auch ich ihn kennen», sagte Orlando.

«So ist es», erwiderte al-Mansur.

«Ich schwöre, ich bin ihm nie begegnet.»

Mansur trank schweigend, ohne die Augen von seinem Gast zu lassen. Er bewegte die Lippen, als spräche er zu sich selbst. Orlando verstand nur einzelne Wörter:

«Mitten ins Herz ist mir der Wind gefahren, der heiße Wind der Wüste... al-Hima, al-Battil, am Fuße der Berge von Quana... Wo bin ich dir begegnet?... Tausend Jahre gehst du durch die Träume von tausend Dichtern, und dann plötzlich erblickst du das Licht der Welt... begegnest du mir, deinem Tod.»

«Wer hat das geschrieben?» fragte Orlando.

«Quays Majnoun, der Verrückte vom Stamm der Banou Amir. Eine alte arabische Legende, die Tragödie einer tödlichen Begegnung.»

Al-Mansur füllte die Gläser: «Verzeih mir, daß ich dich mit Fragen belästige. Ich bin ein schlechter Gastgeber. Du schuldest mir ein Märchen.»

Orlando erhob sein Glas: «Erlaubt mir, daß ich Euer Märchen mit einer Fabel erwidere: Ein junger Bauer fand einen Wolf, der in einer Falle beide Beine verloren hatte. Das gibt einen guten

117

Pelz, sagte er sich und lief eilig davon, um Axt und Messer zu holen. Er war noch nicht weit gekommen, da sah er einen Fuchs, der dem Wolf die Reste seiner Beute brachte. Neugierig, wie das wohl weitergehen würde, schlich sich der Bauer nun jeden Tag herbei, und jeden Tag kam der Fuchs und versorgte den Wolf mit frischem Fleisch. Gottes Güte ist allgegenwärtig und unerschöpflich, sprach der Priester, dem der Bauer davon berichtete.

Wenn das so ist, sagte sich der Bauer, so will auch ich mich nicht länger abmühen. Der Herr wird für mich sorgen. Er legte sich auf eine Waldwiese und genoß das Nichtstun. Viele Tage lag er dort, wartete auf Gottes Güte. Schon war er so schwach, daß er sich nicht mehr zu erheben vermochte, da vernahm er eine Stimme: Du hast die falsche Wahl getroffen, Bauer. Nicht der Wolf, der Fuchs war dein Karma.

Wie kann einer Hilfe erbitten, der stark genug ist, für sich und andere zu sorgen?»

Al-Mansur kraulte seinen Geparden und erwiderte: «Ich liebe die Fabeln der Antike. Xenophanes hat geschrieben: Wenn sich die Tiere Götter erfänden, so erfänden sie solche, die so wären wie sie selbst, um dann später zu behaupten, sie seien Gottes Ebenbild.»

«In der Bibel bei den Weisheiten des Salomo steht der Satz: Unusquisque sibi deum fingit, ein jeder macht sich seinen eigenen Gott.»

«Salomo war einer von uns», sagte al-Mansur, «ein Mann des Morgenlandes, mächtig und weise.»

Wieder lag sein Blick lange und forschend auf Orlando, bevor er fragte: «Und wer bist du? Nein, sag nichts. Laß mich raten. Geboren in Andaluz, von ritterlichem Adel mit arabischem Blut in den Adern.»

«Ihr seid ein Menschenkenner», lachte Orlando.

Al-Mansur überhörte den Einwurf. «Doch was treibt dich nach Alexandria?» fragte er, als führe er ein Selbstgespräch.

«Kreuzfahrer und Gesandte reisen nicht allein, und ein Kaufmann bist du nicht?»

«Ich bin ein Templer», sagte Orlando.

«Bei Allah, ein Templer! Du bist ein Templer.» Erstaunen und
Anerkennung lag in der Art, wie al-Mansur diese Feststellung
traf. «Ein Templer, der einen Assassinen erschreckt.»

W IE GLÜHENDE LAVA leuchtete der Nil im ersten Licht
des Tages. Nur der Hufschlag und das Schnauben ihrer
Pferde war vernehmbar. Sie waren sieben Reiter, Orlando, al-
Mansur, sein syrischer Koch, der Fährtenleser und drei bärtige
Leibwächter mit persischen Bogen und bunt bewimpelten Spee-
ren. Vorweg in schwerelosen Sprüngen die beiden jungen Jagd-
geparden, die Orlando schon am ersten Abend zu bewundern
Gelegenheit hatte. Vor dem Mittagsgebet erreichten sie ein
tafelbergartiges Hochplateau am Rande der großen Wüste.
Zelte wurden aufgeschlagen, Getränke verteilt. Mensch und
Tier suchten Schutz vor der sengenden Sonne. Am späten Nach-
mittag begann die eigentliche Jagd. In einem ausgetrockneten
Wadi hatte der Schwarze die frische Fährte von Gazellen aufgenommen. Die Geparden wurden an lange Lederleinen gelegt. Al-
Mansur reichte Orlando einen Bogen aus afrikanischem Eisen-
holz mit vier Pfeilen: «Du hast den ersten Schuß. Viel Glück!»

Der Fährtensucher, nur mit einem Lendenschurz bekleidet,
lief barfuß voraus. Seine blauschwarze Haut war faltig und
rissig wie die Haut eines Elefanten. Mit trippelnden Schritten
und ruckartigen Kopfbewegungen huschte er umher wie ein
aufgescheuchter Hühnervogel. Bisweilen kniete er nieder, berührte mit der Nase den Boden, schnalzte mit der Zunge und
verdrehte die Augen, daß das Weiß seiner Augäpfel aufleuch-
tete. Vor einem Berg von herabgestürztem Gestein, der den Blick

durch das enge Tal verstellte, blieb er witternd stehen. Mansur stieg von seinem Pferd. Die anderen folgten seinem Beispiel. Vorsichtig über die Felsen spähend erblickte Orlando in einer Entfernung von vierhundert Schritten eine Herde von elf Antilopen.

«Dorcas», sagte al-Mansur, «Ghazala Dorca.»

Er befahl den Männern zurückzureiten, das tief eingeschnittene Tal zu umgehen und hinter den Gazellen die Geparden loszulassen.

Die Dorca-Gazellen grasten in der Nähe eines Wassers, das von Tamarisken und Jujuben gesäumt war. Die Böcke waren größer als Damhirsche, wirkten aber dennoch viel zierlicher, edle Geschöpfe von feiner zerbrechlicher Grazie. Weniger als eine halbe Stunde verging, als die Tiere von nervöser Unruhe befallen wurden. War es Ahnung oder bereits Witterung? Mit bebenden Flanken hoben sie die Nüstern in die Richtung der anderen Talseite. Erregt stampften ihre Hufe den Boden. Und dann plötzlich und unerwartet wie angreifende Falken flogen die beiden Geparden heran. Gleichzeitig, in einem riesigen Satz, erhob sich die Herde. In panikartiger Flucht schoß sie heran. Orlando fand kaum Zeit, den Bogen zu spannen, da waren sie bereits bei ihnen. Mit durchbohrter Brust wälzte sich ein Bock im Sand. Ein anderer, von einem Pfeil im Hinterlauf getroffen, versuchte vergeblich zu fliehen. Der farbige Federschaft, der in halber Pfeillänge aus der Wunde hervorragte, wippte bei jedem Sprung wie die Zopfschleife eines hüpfenden Mädchens. Der Bock versuchte sie abzuschütteln, aber da waren auch schon die beiden Geparden über ihm.

Später saßen sie unter freiem Himmel um ein Feuer. Die gebratenen Gazellen dufteten verführerisch. Orlando als Ehrengast erhielt die Hoden.

«Ich brauche diese Nächte in der Wüste», sagte al-Mansur. «Die Landschaft, in der wir leben, ist nicht nur Umgebung. So wie der Mensch in der Landschaft lebt, so lebt sie auch in ihm und macht ihn zu dem, was er ist. Viele Menschen glauben, die Wüste sei etwas Totes, Ödes. Es gibt im Arabischen hundert Namen für die Wüste, aber es gibt nicht einen darunter, der Verlassenheit oder Öde ausdrückt. Wir nennen sie al-Mataha, Landschaft ohne Wege, oder al-Mafaze, der Ort, an dem man siegt, oder Amyal, der Sand, in dem man versinkt. So tot, wie die Wüste äußerlich erscheint, so lebendig und schöpferisch ist die geheimnisvolle Ausstrahlung, die von ihr ausgeht. Die arabische Wüste ist so etwas wie eine Keimzelle. Der Einfluß dieser Wüste auf unsere Geschichte ist gewaltiger als der aller Meere. In ihrem Strahlungsbereich entstanden die Kulturen der Assyrer, Babylonier, Phönizier, Minäer, Israeliten und Ägypter. Drei Weltreligionen wurden in dieser Wüste geboren: die jüdische Religion, das Christentum und der Islam. Der Berg Sinai, wo Moses die Zehn Gebote empfing, der Berg der Versuchung, wo Jesus vierzig Tage fastete, und der Berg Hira, wo Allah mit Mohammed sprach, sie alle liegen in dieser Wüste.

Diese Landschaft ist wie keine andere dazu geeignet, die Idee des einen Gottes zu gebären, der nichts neben sich gelten läßt als seine eigenen unerbittlichen Gebote. Die Wüste hat ihre eigenen Gesetze wie das Meer und das Hochgebirge. Diese Gesetze sind von absoluter Allmacht. Ein Wüstchen ist ebenso undenkbar wie ein Meerlein. Es geht um alles oder nichts, um Tod und Leben.»

Orlando fragte: «Fürchtet Ihr hier draußen nicht die Wut der Assassinen?»

«Nein», erwiderte al-Mansur, «in der al-Mafaze fühle ich mich sicherer als in meinem Palast. Und außerdem erinnere dich an das Märchen: Niemand vermag seinem Schicksal zu entrinnen.»

«Warum habt Ihr dann Wachen aufgestellt?» fragte Orlando.

«Der Prophet hat geschrieben: Vertrau auf Allah, aber fessle deinem Kamel die Knie!»

«Warum trachten Euch die Assassinen nach dem Leben?»

«Das ist eine lange und verwickelte Geschichte, über die ich nicht sprechen möchte. Sie betrifft nicht so sehr meine Person als vielmehr mein Amt.»

«Erzählt mir von den Assassinen», sagte Orlando. «Was wißt Ihr über sie?»

«Das ist eine noch viel längere Geschichte.»

Al-Mansur legte Holz ins Feuer, wickelte sich in eine Kamelhaardecke und schaute hinauf zu den Sternen:

«Polarstern des Glaubens, so nennt er sich, Hasan-i Sabbah, der Alte vom Berge, Gründer und Herr des Mörderordens. Seine Feinde nennen ihn Bestie, Blutsäufer, Teufel.

Für seine Anhänger ist er der Quaim, der Messias, der geniale Führer einer verfolgten Minderheit. Er kam aus Ghom, der heiligen Stadt der Schiiten am Rande der Wüste. Seine Vorväter waren gläubige Zwölfer-Schiiten. Er selber bekennt sich zu den Ismaeliten. Den größten Teil seines Lebens verbrachte er im Widerstand gegen die Übermacht der Sunniten, gegen den allgewaltigen Seldschuken-Sultan Melikschah, dessen Reich sich von Syrien bis nach Ostturkestan erstreckt. Immer in der Minderheit, kräftemäßig weit unterlegen, entwickelte Hasan-i Sabbah eine Kriegstaktik, wie sie es wohl nie zuvor gegeben hat.»

«Erzählt mir mehr von diesem Messias.»

«Während seines Studiums in Nischapur – er studierte Rechtswissenschaften – schloß er in enger Freundschaft mit zwei Studenten einen ungewöhnlichen Pakt. Er lautete: Wen immer das Glück begünstigt, der wird die beiden anderen am Aufstieg beteiligen.

Der älteste der drei Freunde wurde ein großer Staatsmann im Dienste der Seldschuken. Er erhielt den Ehrentitel Nizzamulmulk, der Reichskanzler, und wurde unter zwei Sultanen berühmt und reich.

Der andere, Omar Chajjam, machte sich einen Namen als Dichter und Gelehrter. Nizzamulmulk ernannte ihn zum Leiter der Sternwarte. Omar verbesserte im Auftrag des Sultans den Kalender, verfaßte wissenschaftliche Werke und schrieb berauschend schöne Gedichte: Was soll der Schlaf, wenn Rosen blühn, Geliebte.

Auch Hasan erinnerte Nizzamulmulk an die Einhaltung seines Versprechens. Er wurde bei Hof eingeführt und mit hochbezahlten Ämtern versorgt. Aber Hasan hatte andere Ziele. Hinter der Maske rechtschaffener Strebsamkeit studierte er seine zukünftigen Feinde aus nächster Nähe. Dabei führte er derart aufrührerische Reden, daß der Freund ihn warnte: Du spielst mit deinem Leben. Hasan soll ihm geantwortet haben: Ich brauche nur zwei treuergebene Anhänger, die den Tod nicht fürchten, und die Tage dieses türkischen Hundesohnes sind gezählt.

Hasan ging nach Kairo in die Hochburg der Ismaeliten, deren Glauben er angenommen hatte. Drei Jahre blieb er hier im Herrschaftsbereich des Kalifen Mustansir. Das Fatimidenkalifat ismaelitischen Ursprungs war für ihn die Heimat des wahren Glaubens, der Brückenkopf gegen die Fremdherrschaft der türkischen Seldschuken und gegen das verhaßte sunnitische Kalifat der Abbasiden in Bagdad. Nur hier in Kairo gab es noch den unverfälschten Islam, der in direkter Erbfolge bis zum Propheten zurückreichte. Wie wichtig Hasan die orthodoxe Erbfolge war, offenbarte sich in dem Streit um das Kalifat. Dieser spaltete die Ismaeliten in zwei Lager. Hasan stellte sich auf die Seite des älteren, rechtmäßigen Prinzen Nizar und wurde damit zum Anführer der Nizaris, besser bekannt als die Assassinen.»

Al-Mansur machte eine längere Pause. Er trank sein Glas leer. Unten im Wadi heulte ein wilder Hund.

«Und wie ging es weiter?» fragte Orlando.

«Hasan warb im ganzen Kalifat um Anhänger, die er um sich versammelte, um sie nach seinem Bild zu formen. Seine charismatische Überlegenheit soll ganz außerordentlich sein. Von glühendem Sendungsbewußtsein durchdrungen, schickte er seine Agenten bis in die entlegensten Dörfer, um dort neue Mitstreiter zu gewinnen. So wuchs die Sekte der Nizaris schneller als Bambusrohr im Regen. Hasans Ziel war es, Nizar auf den Thron zu heben und mit seiner Hilfe zu regieren. Natürlich blieben diese Aktivitäten auch Hasans Feinden nicht verborgen. Die Seldschuken, allen voran Nizzamulmulk, begannen einen erbarmungslosen Kampf gegen die Nizaris. Auf Hasan-i Sabbah wurde ein Kopfgeld ausgesetzt. Die Freunde wurden zu Feinden. Ständig auf der Flucht, versteckt von seinen Anhängern, zog sich Hasan in die abseits gelegene Provinz Dailam zurück. Hier, südwestlich vom Kaspischen Meer, suchte der alte Fuchs – er war inzwischen mindestens fünfzig Jahre alt – nach einem sicheren Bau. Er fand ihn in der Bergfestung Alamut, unzugänglich und uneinnehmbar wie ein Adlernest.

Nachdem seine Gefolgsleute einige der Burgbewohner bekehrt hatten, ließ sich Hasan von ihnen in die Festung einschleusen. Unter falschem Namen gewann er den Rest der Besatzung für die Sache der Nizaris. Als er sich schließlich zu erkennen gab, gehörte ihm die Burg, ohne daß ein Tropfen Blut vergossen worden war. Der Festungskommandant Ali Attok weigerte sich, den neuen Herrn anzuerkennen, denn für ihn gab es keinen anderen geistlichen Führer als den Abbasiden-Kalifen in Bagdad und keinen anderen weltlichen Herrscher als Sultan Melikschah vom Stamme der Seldschuken. Attok war bereit, für seinen Treueeid zu sterben. Hasan-i Sabbah hätte ihn töten oder zum Teufel jagen können, statt dessen stellte er ihm eine Anweisung aus, gerichtet an den Gouverneur von Girdkuh und Damergan. Darauf stand: Ali, Sohn des Attok, bekommt 3000 Dinar ausgezahlt als Bezahlung für die Burg Alamut. Heil dem Propheten und seiner Familie.

Der Kommandant wollte die Anweisung nicht annehmen. Er fühlte sich verhöhnt: Der Gouverneur ist ein treuer Gefolgsmann des Sultans. Er wird mir den Kopf vom Hals trennen, wenn ich ihm diesen unverschämten Wisch vorlege.

Hasan-i Sabbah antwortete: Ich bürge für dein Leben. Du erhältst dein Geld.»

Al-Mansur füllte ihre Gläser. Orlando fragte: «Hat er sein Geld bekommen?»

«Du wirst es nicht glauben: Er hat es bekommen. Der Gouverneur las die Anweisung mehrmals laut – Ali Attok fürchtete schon das schlimmste – dann küßte er das Pergament und sagte: Allah ist unsere Zuversicht. Diese Nachricht ist mehr als 3000 Dinar wert. Zahlt ihm das Doppelte.

Was Ali Attok nicht wissen konnte, der Gouverneur gehörte seit langem zu den heimlichen Anhängern des Hasan-i Sabbah. Und Alamut war wirklich sein Geld wert. Mit der Einnahme der Burg erlebten die nizarischen Ismaeliten einen Machtzuwachs von gewaltiger Größe. Mit Alamut begann die eigentliche Geschichte der Assassinen. Eine Burg nach der anderen fiel in ihre Hände. Der Kampf gegen die orthodoxen Sunniten und vor allem gegen die Fremdherrschaft der Seldschuken konnte beginnen.

Die Assassinen lehrten die Welt das Fürchten. Ihr erstes Opfer war... na, was glaubst du: Wer war es? Es war Nizzamulmulk, einstmals der beste Freund des Alten vom Berge, wie sie Hasan-i Sabbah nach der Einnahme von Alamut nannten. Der Sultan und Nizzamulmulk befanden sich mit dem üblichen großen Gefolge auf der Reise von Isfahan nach Bagdad. Als in der Nähe von Nahawand der Zug Rast einlegte, trat ein als Bettelmönch verkleideter Assassine an den Kanzler heran. Ein Dolch blitzte auf. Nizzamulmulk starb mit durchstoßener Kehle. Der Attentäter machte nicht einmal den Versuch zu fliehen. Er wurde von der Leibwache des Sultans in Stücke gehauen. Der Assassine hätte auch Sultan Melikschah töten können. Es ist bezeichnend für den Alten vom Berge, daß sein Freund der erste war, den er beseitigen ließ. Der Sultan überlebte seinen Kanzler nur um wenige Tage. Er starb auf einem Jagdausflug inmitten seiner Leibwächter am Fieber. Für diesen türkischen Hundesohn sei der Dolch zu schade, lautete der Kommentar des Alten vom Berge, der sich zu der Hinrichtung bekannte, und er fügte hinzu: So wird es allen ergehen, die es wagen, sich der wahren Lehre zu widersetzen. Denn wie heißt es im Koran, in der zweiten Sure, im 194. Vers: Macht sie nieder, bis sie aufgeben und Allahs wahre Lehre gesiegt hat.»

Orlando fragte: «Wart Ihr mal in Alamut?»

«Ich? In Alamut? Was für eine Frage! Warst du mal in der Hölle? Ich kenne keinen Menschen, der sich freiwillig dorthin begeben würde. Sie nennen ihn nicht ohne Grund as-Saffah, den Blutvergießer.»

Orlando fragte: «Wie schafft er es, daß sich seine Leute so furchtlos für ihn opfern?»

«Dieses Geheimnis hat schon viele beschäftigt. Es heißt, er sei mit dem Teufel im Bund.»

«Und was glaubt Ihr?»

«Vielleicht ist es eine Droge?»

«Wieso eine Droge?»

«Weißt du, woher sich das Wort Assassine ableitet? Von Haschschaschin, das bedeutet Haschischtrinker. Man sagt, sie erledigen ihre Mordaufträge im Haschischrausch. Denn nur wenige Menschen vermögen sich vorzustellen, daß jemand bei vollem Verstand sein Leben so leichtfertig fortwirft. So viel todesmutiger Idealismus verängstigt die Menschen. Ihnen wäre es gewiß lieber, der Alte würde seine Todesengel mit einem teuflischen Elixier verführen.»

«Sind sie Haschischtrinker? Was glaubt Ihr?»

«Haschisch dämpft die Aggressivität, verringert das Reaktionsvermögen, Eigenschaften, die ein Attentäter mehr als jeder andere braucht, um seinen Auftrag zu erledigen. Die Assassinen sind auf gar keinen Fall Hanfsüchtige. Doch es gibt Drogen, Mischungen aus mehreren Rauschgiften, die unsere Sinne und Kräfte zu übermenschlicher Leistung zu steigern vermögen.»

«Kennt Ihr solch eine Droge?» fragte Orlando.

«Kimija as-sa ada, das Elixier der Glückseligkeit.»

«Ich möchte es kennenlernen.»

«Dein Wunsch sei dir erfüllt.»

SIE LAGEN IN EINEM dunklen Raum, nur von einer Öl-flamme beleuchtet. Flackerndes Licht fiel durch eine Art Lampenschirm aus Hunderten von Bernsteintropfen. Die Luft war gewürzt mit Sandelholz, Moschus und Myrrhe. Ein Diener hatte ein gläsernes Gefäß hereingebracht. Zwei Schläuche mündeten in den oberen Teil wie die großen Adern eines Herzens. Auf dem Flaschenhals glühte in einem irdenen Pfeifenkopf ein nußgroßes Stück Holzkohle. Al-Mansur entnahm einer goldenen Dose ein erbsengroßes Kügelchen und legte es in die Glut. Er führte einen der Schläuche an die Lippen. Sein Brustkorb hob sich, als atme er tief ein. Die Flüssigkeit in dem gläsernen Gefäß brodelte wie kochendes Wasser. Al-Mansur reichte Orlando den anderen Schlauch: «Tief einatmen. Keine Angst, der beißende Rauch der Holzkohle wird von dem Wasser herausgefiltert. Nur der weiße Wind des Vergessens erreicht deine Brust.»

Orlando sog an dem Schlauch. Bittere Süße strömte über seine Zunge.

«Schmeckst du es?» fragte al-Mansur.

«Ist es der Geschmack des Haschisch?»

«Es ist der Geschmack der verbotenen Frucht aus dem Garten Eden: Kimija as-sa ada, das Elixier der Glückseligkeit.»

«Und woraus besteht es?»

«Man sagt, es enthält Haschisch, Bilsenkraut und Tollkirsche, aber auch Wasserschierling, Schlangengift und schwarze Krallenwurz aus der Nefut. Wenn du dich für al-Chemie interessierst, die Rezeptur findest du im Kitab as-saidana, dem Drogenbuch der Himyari. Hasan-i Sabbah ist ein Himyari. Sein voller

Name lautet: Hasan, Sohn des Ali, Sohn des Mohammed, Sohn des Jafar, Sohn des Husain, Sohn des Sabbah vom Stamme der Himyari. Die Himyari sind Meister im Mischen von Drogen.»

Orlando fühlte sich von wohliger Wärme durchflutet.

Schweigend tranken sie vom weißen Wind des Vergessens.

Ihre Leiber wurden leicht wie Vogelfedern.

Al-Mansur sagte: «Die Frucht vom Baum der Erkenntnis ist wie ein Spiegel. So wie du hineinschaust, so wirst du reflektiert, vielfach gesteigert, aber nicht verändert. Trinkt ein Betrübter den Atem der Assassinen, wird er noch trauriger. Den Mutigen macht er tollkühn, den Verzagten zum Feigling. Du glaubst mir nicht? Ich werde es dir beweisen.»

Al-Mansur löschte das Licht und öffnete einen schmalen Vorhang. Sie lagen jetzt in einer dunklen Nische und blickten in einen von Kerzen erleuchteten Raum. Auf einem breiten Bett schimmerten seidige Kissen.

«Was soll das?» fragte Orlando.

«Warte! Wir haben Zeit.»

Eine Tür wurde geöffnet. Eine verschleierte Frau schlüpfte herein, geschmeidig wie ein junges Tier. Sie entledigte sich rasch ihrer Kleider, mehr Frau als Mädchen, mit fleischigen festen Rundungen, verlockend wie eine reife Frucht. Bauchnabel und Brustwarzen hatte sie sich mit Henna gefärbt, so wie es Brauch ist beim Brautlager auf der Jazirat al-Arab. Blutrot wie die Blüten der Tamarisken brannten die Knospen ihrer Brüste. Die Frau hatte ihren Schleier anbehalten. Die verschämte Verhüllung ihres Gesichtes ließ ihren Leib noch nackter erscheinen. Ein junger Afrikaner erschien in der Tür, ebenfalls nackt und sichtlich erregt. Schwer atmend betasteten sie sich mit Blicken, schamlos und gierig. Mit jedem Atemzug wuchs die Erregung. Es war die Frau, die den Bann brach. Ohne den Mann aus den Augen zu lassen, bewegte sie sich rückwärts auf das hinter ihr stehende Lager zu, sank darauf nieder, öffnete ihre Schenkel. Das feuchte Fleisch ihres Schoßes: Venusfalle, Schlangenschlund. Ein schwarzer Schatten fiel über ihren Leib. Ohne ein Wort, ohne Berührung oder Vorspiel, drang der Afrikaner in sie ein. Sie umschlang ihn mit Armen und Beinen. Schwimmende Schlangen gleiten so gleichmäßig in wellenförmigen Stößen. Die Bewegungen des Mannes wurden immer heftiger und rascher. Die Frau dankte es ihm durch zärtliche Schreie, die immer kurzatmiger wurden und Roß und Reiter in höchste Ekstase hetzten. Wie ein gepeitschtes Gespann jagten sie gemeinsam dem Ziel entgegen.

Al-Mansur schloß den Vorhang und nahm einen Zug aus der Wasserpfeife: «Der Prophet lehrt, es sei Sünde, Liebende zu belauschen, wenn ihnen Allahs höchste Gnade des Genusses zuteil wird.»

«Wer ist die Frau?» fragte Orlando.

«Sie ist vom Markt.»

«Von welchem Markt?»

«In unserer Gesellschaftsordnung üben Frauen keine Berufe aus, es sei denn, sie sind ohne männliche Verwandtschaft. Dann arbeiten sie auf dem Basar. Von dem Geld, das sie dort verdienen, können sie sich ernähren. Aber ein junges Weib braucht nicht nur Fleisch für die Küche, und die moralischen Vorschriften der Scharia nehmen keine Rücksicht auf die Nöte junger Witwen. Ich gewähre ihnen eine Art von Zuflucht. In meinen Mauern sind sie vor Verdächtigung und Überraschung sicher. Sie bleiben unter ihrem Schleier anonym. Sie toben sich hier aus und führen in ihrer Straße das ehrenwerte Leben, das die Gemeinschaft der Gläubigen von ihnen erwartet. Meine nubischen Leibwächter erledigen diese Akte der praktischen Nächstenliebe mit viel Hingabe, und ich hole mir hier den Appetit für die Nacht. Nichts macht uns so hungrig wie der Futterneid. Nichts macht uns von Kindheit an so neidisch wie ein Spielzeug, das einem anderen Freude bereitet. Wie denkst du darüber?»

Und als Orlando schwieg, sagte al-Mansur: «Mein Harem

gehört dir. Meine Mädchen und die Elixiere der Glückseligkeit werden dir die Pforten des Paradieses öffnen.»

Al-Mansur fügte hinzu: »Kein Fremder darf ein Frauengemach betreten. Sollte ihm aber diese so seltene Gunst gewährt werden, so wäre ihre Ablehnung eine Beleidigung ohnegleichen. Der Ehrenkodex Arabiens läßt dir gar keine Wahl, und wie ich sehe, hat das Kimija as-sa ada und die Geilheit des Weibes das Feuer deiner Lenden bereits mächtig entfacht. Selbst deine weitgeschnittenen Beinkleider vermögen die Aufrichtung deiner Männlichkeit nicht zu verbergen. Drei Dinge kann man nicht wieder zurückholen: den Pfeil, der vom Bogen schnellte, das unbedacht gesprochene Wort und die verpaßte Gelegenheit.»

Orlando war schon längst nicht mehr Orlando. Hätte man ihm einen Spiegel vorgehalten, er wäre einem Fremden begegnet. Wie ein Zuschauer, der die Vorgänge auf der Bühne von weitem verfolgt, so erlebte er sich selbst aus der Distanz des Betrachters. Erregt von dem Gesehenen, hundertfach gesteigert durch Haschisch und Bilsenkraut, vibrierten seine Sinne wie die Saiten einer Teufelsgeige.

In jener Nacht erlebte Orlando noch einmal alle Wunder der Weihe: Wasser und Feuer, Himmelfahrt und Höllensturz, Zeugung, Geburt und Tod. Er war eine Raupe, die ihre Wurmnatur abstreift, um in farbiger Faltergestalt neu zu erstehen, leicht, unendlich leicht, von Licht und Lebenslust durchströmt. Schmetterlingen muß so zumute sein, wenn sie an warmen Sommerabenden von Blüte zu Blüte taumeln, trunkene willenlose Werkzeuge der Liebe.

Seine Wollust war geweckt.

«Herr, vergib mir», betete er zur Nacht, «wenn ich mein Keuschheitsgelübde gebrochen habe. Aber wie kann ich den Auftrag meines Ordens ausführen, wenn ich nicht weiß, wie sie denken und empfinden? Non nobis, domine, non nobis, sed nomini tuo da gloriam.»

Zwei Nächte und zwei Tage verbrachte Orlando im Harem von al-Mansur. Als er am Ende aus totenähnlichem Schlaf erwachte, dachte er: So muß Adam zumute gewesen sein, als er vom Baum der Erkenntnis gegessen hatte. Zu al-Mansur sagte er: «Es war die längste und abenteuerlichste Reise meines Lebens.»

Mansur antwortete: «Du hast recht. Eine Reise durch meinen Harem ist eine Reise durch die Welt. Wenn ich die Wahl hätte, einen Monat lang durch ein Land zu reisen oder einen Monat lang von einem Mädchen dieses Landes geliebt zu werden, ich würde mich ohne zu zögern für das Mädchen entscheiden.»

Orlando antwortete: «Ihr wißt, daß ich einem Orden angehöre, dessen Brüder Keuschheit geloben. Ein Templer, der mit einem Weib...»

«Mit einem Weib?» unterbrach ihn al-Mansur. «Du sprichst von Weibern? Willst du mich beleidigen? Mein Harem beherbergt Träume, überirdische Engelwesen aus dem Garten Eden, wie Allah sie den Guten und Gerechten zum Lohn verheißen hat. Weiber!!! Du sprichst von Kunstwerken, kostbarer und zerbrechlicher als punisches Glas und chinesisches Porzellan. Schätze aus edelstem Material, von Meisterhand geformt! Das Berbermädchen, in dessen Armen du heute mittag erwacht bist, ist eine erlesene Rarität.

Die ideale Geliebte ist ein Berbermädchen, das drei Jahre in Medina und vier Jahre in Mekka verbracht hat, um mit vierzehn im Irak den letzten Schliff seiner Bildung zu erhalten. Sie vereinigt dann in sich die Vorzüge ihrer Rasse, die edle Erscheinung der Medenserin, die Anmut der Mekkanerin und die Kultiviertheit der Irakerin. Wenn sie dann noch gelenkig wie eine Schlange ist...»

«Wieso das?» fragte Orlando.

Al-Mansur lächelte genießerisch: «Du mußt noch viel lernen. Gelenkigkeit ist bei einer Geliebten alles. Der Rücken einer Dschawari sollte so biegsam sein, daß sie dir die Lippen und Schamlippen gleichzeitig zum Kuß bieten kann.

Diese Erkenntnis stammt übrigens von Omar Chajjam, dem Dichterfreund und Bundesgenossen des jungen Hasan-i Sabbah.»

«Kein christlicher Dichter dürfte dergleichen verfassen. Erlaubt Euch Eure Religion so freie Rede?»

«Im Koran steht: Die Weiber sind eure Äcker. Es ist eure Sache, wie ihr sie bestellt. Im übrigen bin ich einer Meinung mit einem unserer größten Dichter, der geschrieben hat: Wenn du eine Sünde begehst, so mache das Böse wenigstens gut. Wenn du Wein trinkst, laß es den besten sein. Wenn du die Ehe brichst, mach es mit dem besten Partner, den du kriegen kannst. So bist du im Himmel vielleicht ein Sünder, aber auf Erden wenigstens kein Narr.»

«Der Satz gefällt mir», lachte Orlando, «aber sagt, wie steht Euer Prophet zu...» Er suchte nach dem richtigen Wort.

«Asch-schahawaat», half ihm al-Mansur, «den Lüsten des Liebeslagers. Der junge Mohammed wirkte so verklemmt, daß die scharfzüngigen Mekkaner ihn einen Mann ohne Schwanz nannten. Das änderte sich jedoch rasch. Unter Anleitung der älteren, erfahrenen Chadidschah entwickelte er sich zu einem so stürmischen Liebhaber, daß er in kürzester Zeit acht Kinder zeugte. Es hieß, Allah müsse Mohammed mit dem Samen von dreißig Männern ausgestattet haben. Überliefert sind seine Worte: Von dieser Welt sind mir die Weiber und die Wohlgerüche am liebsten.

Wie es sich für einen Propheten gehört, fügte er allerdings hinzu – vielleicht waren es auch seine späteren Biographen: Mein wahrer Augentrost aber ist das Gebet.»

IE TAGE VERBRACHTE Orlando auf den Märkten der Stadt. Auf dem Fischmarkt wurden die Früchte des Meeres feilgeboten: fliegende Fische mit Flossen, schillernder als Schmetterlingsflügel; goldfarbene Brassen, schleimige Seeschlangen mit nadelspitzen Zähnen, Riesenkrebse und Muscheln wie aus Marmor geschlagen, gefesselte Schildkröten mit Panzern so groß wie keltische Kampfschilde.

Der Basar der Wollfärber war so bunt wie ein Garten voller blühender Beete. Orlando war vor einem Stand stehengeblieben, der einer Verschleierten gehörte. Weibliche Händlerinnen auf dem Souk waren ungewöhnlich. Ihre Augen in dem Sehschlitz leuchteten wie Edelsteine, moosgrüne Augen in milchblasser Haut, feurig, lebhaft erregt. Sie hielten ihn drei Atemzüge lang. Dann drehte sich die schwarz Verschleierte um und ergriff die Flucht wie ein verängstigtes Kind. Orlando blickte sich um, aber da war niemand außer ihm. Er dachte: Ob sie vor mir flüchtet? Warum sollte sie? Habe ich etwas falsch gemacht? Wer versteht schon die Frauen? Welche Geheimnisse bargen diese Gesichter, Labyrinthe voller Leidenschaft? Verhüllte Welt der Illusion, der Märchen und der Träume. Wieviel Sinnlichkeit verbarg sich hinter der Verschleierung: Mysterium der Verführung, der Wollust.

Zwei Männer unterbrachen seinen Gedankengang:

«Wir haben ein paar Fragen an dich zu richten. Folge uns!»

«Wer seid ihr?»

«Tschubdaran, die Stockträger der Ordnung.»

Sie nahmen Orlando in ihre Mitte und führten ihn in das Haus des Amir haras, des Kerkervogts. Ehe er sich versah, wurde er in eine Zelle gestoßen und an ein Wandeisen gefesselt. Nach dem Mittagsgebet wurde Orlando dem Gaziyan, dem Untersuchungsrichter, vorgeführt. Mit ihm war ein Schreiber, die Verschleierte vom Markt der Wollfärber und noch eine andere Frau. Sie betrachteten ihn, ohne das Wort an ihn zu richten. Der

Gaziyan fragte die Frauen: «Ist er es? Seht ihn euch gut an. Wenn ihr den geringsten Zweifel hegt, so ladet ihr schwere Schuld auf euch. Deshalb frage ich euch ein zweites Mal, wie das Gesetz es verlangt: Ist er es?«

«Wallah! Bei Allah, so ist es!»

Später kam der Amir haras in seine Zelle und fragte: «Hast du Freunde in der Stadt, die dich mit Nahrung versorgen können? Bis zum Urteilsspruch werden einige Tage vergehen.»

«Was wirft man mir vor?»

«Mord, Doppelmord.»

«An wem?»

«Bis zur Verhandlung darf über die Tat nicht gesprochen werden. Wen kennst du in al-Iskenderia?»

«Al-Mansur, Amir al-umara, den Oberbefehlshaber der Truppen.»

«Den Bruder des Sultan? Du scherzt?»

«Mir ist nicht nach scherzen zumute.»

«Was bist du für ein Todesengel?» fragte al-Mansur. «Du erschrickst einen Assassinen zu Tode und begehst Doppelmorde.»

«Ich bin kein Mörder.»

«Zwei Augenzeugen beschwören im Namen des Allmächtigen, daß du die Bluttat begangen hast. Ohne mein Eingreifen hätten sie dir am Freitag vor der großen Moschee den Kopf abgeschlagen.»

«Ich verdanke Euch mein Leben.»

«Und ich verdanke dir das meinige», sagte al-Mansur. «Wir würden beide ohne den anderen nicht mehr leben. Wir sind Blutsbrüder. Ich habe die Huris meines Harems mit dir geteilt. Ist engere Freundschaft unter Männern denkbar? Ich meine, ich hätte dein Vertrauen verdient. Welch todbringendes Geheimnis umgibt dich?»

Da erzählte Orlando dem Freund von dem Mord auf der

Brücke in Kelheim, von seinem Auftrag und seinem Ziel. Als er geendet hatte, sagte al-Mansur: «Du reitest in deinen Tod. Wenn dich die Berge von Dailam nicht töten, dann töten dich die Männer von Dailam. Und wenn die dich nicht erschlagen, dann erledigen das die Assassinen. Ich sage dir: Geh nicht! Aber ich weiß: Einen abgeschossenen Pfeil vermag niemand aufzuhalten. Ihr Templer seid wie die Assassinen.

Ich werde dir Vollmachten ausstellen lassen, die dich als Wakili chas, als Sonderbevollmächtigten des Sultanats, ausweisen und dich unter diplomatischen Schutz stellen. Mit ihrer Hilfe wirst du Dailam erreichen. Dann vermag nur noch Allah dir zu helfen.»

Er füllte ihre Gläser mit rotem Wein und sagte:

«Ich habe Nachforschungen anstellen lassen wegen der Bluttat im Viertel der Wollfärber. Ein Mann, der so aussah wie du, hat dort einen Hakim und seinen Famulus erschlagen.»

«Einen Arzt im Quartier der Wollfärber?»

«Die Arbeit der Färber ist nicht gerade die angenehmste. Es stinkt dort wie bei den Gerbern und Schindern. Kein Mensch begibt sich freiwillig zu ihnen. Deshalb hat sich dort so manches lichtscheue Gesindel angesiedelt.»

«Ein Arzt... lichtscheues Gewerbe?»

«Die Erschlagenen waren bad-mazhab wa bad-kasch, ungläubige Verstümmler. Sie kastrierten Knaben und vor allem Mädchen.»

«Mädchen?»

«Dorcas. Hast du nie davon gehört? Geschmeidig schön und stumm wie Dorca-Gazellen, so heißt es in einem Gedicht von Omar Chajjam. Die Mädchen werden stumm gemacht.»

«Stumm?»

«Ihre Lippen werden versiegelt. Die Verschneidung der Stimmbänder und Zungen erfordert mehr Kunstfertigkeit als das Hodenschneiden. Der Doktor war ein Meister auf dem Gebiet. Er war ein Jude. Den Rechtgläubigen ist das Verschneiden untersagt. Der Doktor war ein reicher Mann. Aber der Mord geschah nicht aus Habsucht. Es wurde nichts geraubt, obwohl die Geldtruhe offenstand. Die Tschubdaran, die den Fall untersuchten, nahmen an, der Mörder sei gestört worden und wäre Hals über Kopf geflohen. Dagegen steht die Aussage zweier Frauen, die berichteten, der Mann habe das Haus gefaßt und in aller Ruhe verlassen, so als habe er seinen Auftrag erledigt oder als habe er Rache genommen.»

«Wie geschah der Mord?»

«Er hat ihnen ein Stilett durch die Kehle gestoßen.»

Mein Gott, dachte Orlando, er starb wie der Herzog von Kelheim!

NTER DEN GÄSTEN im Templerhaus von Ravenna war Abt Albert von Stade in jeder Hinsicht der gewichtigste. Nicht nur, daß er über zweihundert lombardische Pfund auf die Waage brachte, auch sein Wort hatte Gewicht im Kreis der deutschen Fürsten, die beim Hoftag die Mehrheit stellten. Es war Benedict nicht schwergefallen, den Abt für sich zu gewinnen.

Ein Faß Lacrimae Christi von den Hängen des Vesuvs wirkte auf Abt Alberts Mundwerk so belebend wie Wasser auf das Mahlwerk einer Mühle. Gleich am ersten Abend ihrer Begegnung zeigte es sich, daß Benedict seinen Beinamen Mus microtus, die Wühlmaus, zu recht trug. Sein untrüglicher Spürsinn hatte ihn auf die richtige Fährte geführt. Sie saßen im Keller des Templerhauses am Kornmarkt und hatten ihr erstes Glas noch nicht geleert, als der Abt das Gespräch auf den unglücklichen Kreuzzug von Damiette brachte. Er redete mit geröteten Wangen und genoß das kriegerische Thema wie alle Männer, die eine Schlacht überlebt haben. Er leerte sein Glas und sagte: «Ihr seid ein Templer? Der Herr segne Euch und Euren Orden! Seit dem Kreuzzug von Damiette empfinde ich große Hochachtung für die Tempelherren. In der Nacht, die dem Fest des heiligen Johannes vorausgeht, schifften wir uns ein. Wir, das waren Templer, Hospitaliter, einige Fürsten aus deutschen Landen und das Heer der Kreuzfahrer. Kennt Ihr Damiette? Eine prächtige Stadt der Sarazenen, sechs Tagesmärsche von Alexandria, an einem Nilarm gelegen, durch Wasser und hohe Mauern gesichert, ein sehr bedeutender Hafen für alle Waren, die vom Roten Meer kommen, aus Ägypten, Arabien, Persien, Palästina und sogar aus Indien. Die Ungläubigen hatten mitten im Fluß einen steinernen Turm errichtet. Von dort spannte sich eine eiserne Kette quer über das Wasser. Sie versperrte uns den Weg. Wir zerbrachen sie nach zähem Kampf. Aber an dem Turm voller Bogenschützen kam kein Boot vorbei. So errichteten wir auf Flößen einen hölzernen Turm von dreißig Fuß Höhe. Die Arbeit dauerte drei Wochen. Dann weihten die Tapfersten aus unseren Reihen ihr Leben dem Tod. Sie legten die Beichte ab, empfingen die Sakramente und verschanzten sich in der schwimmenden Burg, die wir neben den Turm der Sarazenen ruderten. Mitten in erbittertem Kampfe lösten sich die Flöße auf, unser Turm stürzte ein. Alle unsere Männer ertranken in den Fluten des Nils. Unter ihnen befanden sich viele Templer, der edle Herr Alban von Aue aus Lothringen, der Ordensoberst Antonio Ebulo und viele andere Helden. Ein Schrei der Verzweiflung ging durch die Reihen der Kreuzfahrer. Es war schrecklich!»

Der Abt leerte sein Glas in einem Zug. Der Wein hatte die Erinnerung entfacht und seine Zunge gelöst.

«Wir bauten einen zweiten Turm. Was sonst hätten wir tun können? Es gab keinen anderen Weg. Und wieder meldeten sich mehr Freiwillige, als in dem schwimmenden Gerüst Platz hatten. Mit dem Ruf: Gott will es! attackierten wir zum zweitenmal den Turm der Sarazenen. Und dieses Mal nahmen wir ihn im Sturm. Unsere Schiffe landeten im Hafen. Es begann ein fürchterliches Gemetzel: Mann gegen Mann. Mit welchem Todesmut gekämpft wurde, mag Euch das folgende Beispiel zeigen: Eines unserer Boote wurde von der Strömung des Flusses gegen die Mauer der Stadt getrieben. Die Sarazenen ließen sich an langen Leinen herunter. Wie die Heuschrecken fielen sie herab, hundertfach überlegen. Als die Unsrigen erkannten, daß aller Widerstand vergeblich sein würde, zerschlugen sie die Schiffsplanken, so daß das Boot voll Wasser lief und Christen wie Sarazenen ertranken. Endlich, nach langen opfervollen Kämpfen, war die Stadt vom Lande und zu Wasser von der Umgebung abgeriegelt. Die Nachricht von der Umzingelung der Stadt verbreitete sich rasch. Das christliche Heer wuchs täglich. Alle eilten herbei, um bei der Eroberung dabei zu sein. Als der Sultan erkannte, daß Damiette der Übermacht auf Dauer nicht gewachsen war, schickte er Unterhändler, um über eine friedliche Lösung zu verhandeln. Wenn die Christen die Belagerung aufgäben, wolle er ihnen die Stadt Jerusalem zurückgeben. Diesen Vorschlag lehnte der Reichsverweser des Kaisers Ludwig der Kelheimer ab. Die Templer und die meisten Führer des christlichen Heeres schlossen sich ihm an. Sie wollten alles oder nichts.

Die Belagerung war wie erwartet langwierig. Die Eingeschlossenen litten entsetzlich unter Hunger und Seuchen. Friedhofsstille lastete auf der Stadt. Wie ausgestorben lag sie da. Eine riesige Muschel, die in ihrer gepanzerten Schale eine kostbare Perle barg. Nachts warfen sie ihre Seuchentoten über die Stadtmauer. Schon begann der Atem der Verwesung unsere Leute zu vergiften, da faßten ein paar beherzte Friesen den Plan, heimlich bei Nacht die Mauer zu ersteigen. Beim ersten Dämmerschein des Tages, als die Wachen noch schliefen, legten sie an mehreren Stellen Leitern an, und als sie auf der Mauerkrone angelangt waren, schlugen sie die Sturmtrommeln so laut, daß es in der schlafenden Stadt dröhnte, als wären sie zu Hunderten. Die List gelang. Die Eingeschlossenen gerieten in Panik. Die Tore wurden geöffnet. Es gab ein entsetzliches Blutbad. Es wurden so viele Männer, Frauen und Kinder erschlagen, daß selbst die Christen aufrechter Gesinnung von Schmerz und Mitleid ergriffen wurden. Die wenigen Überlebenden wurden vertrieben. Damiette wurde als Bollwerk der Christen ausgebaut. Es war ein großer Triumph für Herzog Ludwig. Ihr kennt den Mann?»

«Ich bin ihm mehrmals begegnet», log Benedict.

«Nun, dann wißt Ihr ja, was für ein Heißsporn er war. Es war seine Idee, von Damiette aus Kairo zu erobern. Ihr kennt das Ergebnis.»

«Ich weiß, wie es ausging, aber ich kenne nicht die Details. Wart Ihr dabei? Erzählt!»

Der Abt füllte seinen Becher mit Wein und blickte in die funkelnde Flüssigkeit, als sähe er in dem rubinroten Kristall die Ereignisse, die er mit Worten beschwor:

«Unser Heer lag an einem Platz zwischen zwei Flüssen, gut gesichert gegen feindliche Angriffe. Als der Sultan erfuhr, daß wir gegen Kairo zogen und daß sich viele Fürsten beim Heer befanden, ließ er die Wasser des einen Flusses, der aus den arabischen Bergen kam, in einem Tal aufstauen, wo sie zu mächtiger Flut anschwollen. Dann rückte der Sultan mit seinem sehr viel kleineren Heer heran und schlug sein Lager bei einem Hügel auf. Am Morgen der Schlacht ließ er die Wasser des Bergstromes los. Als die Christen erwachten, fanden sich Mensch und Roß in tiefem, reißendem Wasser.

Wehrlos, umzingelt von den Sarazenen, nicht einmal zur Flucht fähig, baten sie in höchster Todesnot um Schonung.

Der Sultan schenkte uns das Leben unter der Bedingung, daß er Damiette zurückerhielt. Außerdem mußte jeder einfache Mann einen Silbersterling an ihn entrichten. Die Lösegelder für die Fürsten aber waren astronomisch hoch. Für den Reichsverweser des Kaisers verlangte er zehntausend Goldgulden, und der Kaiser zahlte diesen unglaublichen Betrag. Habt Ihr je gehört, daß für einen Menschen so viel Gold entrichtet wurde? So hoch stand der Kelheimer in der Gunst des Kaisers. Und das, obgleich er für die Niederlage des Heeres verantwortlich war. Durch seinen falschen Rat und unter seiner Führung gingen Damiette und das Heilige Land verloren.»

Benedict füllte die Gläser nach und fragte: «Glaubt Ihr, daß der Kaiser den Kelheimer töten ließ?»

«Nie», eiferte sich der Abt, «niemals! Dafür würde ich meine Hand auf glühendes Eisen legen. Friedrich liebte ihn wie einen leibhaftigen Bruder. Nur zwei Jahre nach Damiette bestellte er den Bayernherzog zum Berater seines unmündigen Sohnes in allen politischen und persönlichen Dingen. Die Bestellungsurkunde endete mit dem Satz: Ich vertraue Euch meinen Sohn an. Macht einen König aus ihm!»

«Was für ein Mensch ist der kaiserliche Prinz? Kennt Ihr ihn?»

«Er besitzt nicht das Format seines Vaters, weder seinen Verstand noch seine Tatkraft. Zu jung zum König gekrönt, dient er den deutschen Fürsten als Marionette der Macht.»

Mit dem Instinkt der Wühlmaus ahnte Benedict, daß er auf der rechten Spur war. In der Umgebung des Prinzen würde er Antwort auf seine Fragen erhalten. Er irrte sich nur selten. Wer war dieser Erstgeborene des Kaisers? Was er von ihm wußte, war wenig genug.

Geboren auf Sizilien. Achtjährig in Aachen zum König gekrönt. Bis zur Mannesreife unter Vormundschaft des Bayernherzogs Ludwig. Schon früh mit der Regierung in den deutschen Landen betraut. Durch seine städtefreundliche Politik in ständigem Konflikt mit den Fürsten. Nach der Empörung gegen seinen Vater unter Hausarrest. Zur Zeit in Nürnberg auf der Festung.

ALS ORLANDO DIE schneebedeckten Gipfel des Elburs erblickte, war er schon tief eingetaucht in die fremde Welt des Orients. Von Alexandria aus war er über das Meer nach Tarabulus gesegelt, hatte mit Kamelkarawanen Hama und Haleb erreicht. Er hatte mörderische Wüsten durchquert, die Quawa und die Tanahi, glühende Ozeane aus Wellen von Sand. Zelte hatten ihn beherbergt, erdfarbene Hütten in Oasen, deren Namen er vergessen hatte. Er hatte den Euphrat auf einem Floß überwunden und den Tigris über die steinerne Brücke von al-Mawsil. Den Ebenen Mesopotamiens war das Bergmassiv von Zagros gefolgt. Mehr als tausend Meilen breit versperrte es den Weg nach Norden.

Mit ihren Packpferden waren sie durch Schluchten geklettert, auf deren Grund nie ein Sonnenstrahl fiel. In reißende Flüsse waren sie gestiegen, deren eiskaltes Wasser bis an die Schultern reichte. Einige Male war Orlando erkrankt. Vom Fieber geschüttelt, vom Durchfall geschwächt, verbrannt von der Sonne und gepeinigt vom Durst hatte er mit Ohnmacht und Tod gerungen. Oft hatte er an die Worte des alten Magisters Musnier denken müssen: «Jede Reise in die Fremde ist wie eine gefährliche Krankheit, die nur wenige überleben.»

Am siebzehnten Tag des Monats Muharram – die christliche Kalenderzeit lag weit hinter ihm – erreichte er den Fluß Fut, der die Grenze zwischen den Provinzen Gilan und Masenderan bildete. Drei Wochen lang war er in der Begleitung kurdischer Kauffahrer gereist. Ihr Anführer sagte beim Anblick der Schneeberge: «Dort drüben liegt das Hochland von Dailam. Seine Bewohner sind feindseliger als alle anderen Bergvölker der Region. Weder die Perser noch die Sassaniden vermochten sie zu unterwerfen. Als die arabischen Eroberer Dailam erreichten, legte ihr Anführer al-Haddschadsch den dailamitischen Unterhändlern eine Landkarte vor, auf der alle Wege, Pässe und Befestigungen markiert waren. Ergebt euch, sagte er, wir haben euer Land erkundet und kennen es wie unsere heimatlichen Kamelpfade. Ihr habt keine Chance gegen unsere Übermacht. Die Männer von Dailam warfen einen Blick auf die Karte und antworteten: Ihr seid gut informiert über unser Land. Ihr kennt alle Pässe, aber ihr wißt nichts über die Männer, die diese Pässe verteidigen. Ihr werdet sie kennenlernen.

Dailam wurde nie erobert. Seine Bewohner übernahmen den Glauben des Propheten aus eigenem Willen und als letzte in der ganzen Region. Aus den trotzigsten Gegnern wurden die treuesten Anhänger, erbarmungslose Fanatiker der wahren Lehre, unerbittliche Feinde der Sunniten und Seldschuken, die Elite des Alten vom Berge. Assassinen sind sie alle. Wir Kauffahrer machen einen großen Bogen um Dailam. Ich kannte einen Kurden – Allah sei ihm gnädig –, dem sie die Ohren abgeschnitten haben, nur weil er keinen Bart trug. Ein Bartloser ist in ihren Augen ein Ungläubiger.»

«Was wißt ihr über Alamut?» fragte Orlando. «Kennt ihr den Weg? Ich muß dorthin.»

«Nach Alamut? Du willst nach Alamut?»

Sie betrachteten ihn wie einen zum Tode Verurteilten. Als sie erkannten, daß Orlando es ernst meinte und sich nicht von seinem Vorhaben abbringen ließ, berichteten sie ihm: «Erbaut auf einem hohen Felsen mit fast senkrechten Wänden hängt die Festung wie ein Stern am Himmel. Sie überblickt ein grünes Tal, einen Tagesritt lang, allseitig vom Gebirge umgeben, abgeschlossener als der Harem des Kalifen. Um zu jenem Tal zu gelangen, mußt du durch die Schlucht des Alamutflusses. Sie wird von überhängenden Steilwänden eingeschnürt und ist so eng, daß keine zwei Reiter nebeneinander Platz haben. Am Ende jener Teufelsschlucht nach unzähligen Wegwindungen beginnt der Aufstieg, denn die Burg ist nur über einen schmalen Pfad auf einem steil abfallenden Grat zu erreichen. Kein Feind vermag bis hierher vorzudringen.

Man sagt, ein König von Dailam habe lange vor Beginn

unserer Zeitrechnung die Burg errichten lassen. Während einer Jagd soll sich ein abgerichteter Adler dort niedergelassen haben. Der Vogel sei von der Lage so fasziniert gewesen, daß er seine Zähmung vergaß und mit dem Bau eines Horstes begann. Der König sah in dem Vorfall einen Fingerzeig der Götter. Beeindruckt von der uneinnehmbaren Lage des Ortes befahl er den Bau einer Burg, die er Alamut nannte: das Adlernest.»

«Du scheinst dich gut auszukennen. Warst du jemals dort?» fragte Orlando.

«Kein Gold der Welt brächte mich dorthin», entsetzte sich der Kurde.

«Woher weißt du dann, wie man nach Alamut gelangt?»

«Es ist wie mit dem Paradies», lachten die Kurden. «Keiner von uns war dort, aber jeder weiß, wie man dorthin gelangt und was ihn erwartet.»

Zum erstenmal während seiner ganzen Reise ritt Orlando allein. Sein kurzbeiniges, stämmiges Pferd bewegte sich in dem bergigen Gelände nur mühsam vorwärts. Bisweilen versperrten entwurzelte Bäume oder herabgestürzte Felsen den Weg. Verkrüppelte Kiefern reckten ihre knochigen Äste zum Himmel. Ein Land von trauriger Pracht und barbarischer Schönheit. Witternd wie ein scheues Wild verharrte Orlando im Sichtschutz der Bäume, bevor er offenes Gelände betrat.

Obwohl die Nächte eiskalt waren, verzichtete er auf ein Feuer und ernährte sich von Datteln und Dörrfleisch.

Einmal entdeckte er die erkaltete Asche eines Feuers, ein anderes Mal das Skelett eines Esels.

Am Morgen des zweiten Tages begann es zu regnen. Triefnaß lief er neben dem Pferd, um seine erstarrten Muskeln durch Bewegung zu erwärmen. Er dachte an Ermanus, den sie den Schinder nannten und der für ihren Drill verantwortlich war. Wenn sie glaubten, am Ende ihrer Kräfte zu sein, dann sagte er: «Die letzten Schritte vor dem Ziel sind immer die schwersten.

Nirgendwo wird so viel in die Hosen geschissen wie auf der Schwelle zum Abtritt.»

Der Wind, der von den schneebedeckten Gipfeln wehte, war eiskalt. Mühselig quälte sich das Pferd über steinige Geröllhalden. Die Südhänge des Elbursgebirges waren karstig und nur spärlich bewachsen. Um so überraschter war Orlando, als er gegen Mittag ein grünes Tal erreichte, durch das sich ein Bach schlängelte. Eukalyptusbäume umsäumten ihn, Weiden und Erlengehölz. Bambus und Schilf wucherten am Wasser. Farne und Schlinggewächse bedeckten den Boden. Fleischfarbene Blüten lockten an dornigem Gestrüpp. Fauliger Geruch von vermodertem Holz lag in der Luft. Schmetterlinge taumelten vorüber. Totenstille lastete auf der kleinen Oase. Keine Vogelstimme, nicht einmal eine Zikade störte die grüne Ruhe. Nichts deutete auf die Anwesenheit von Menschen.

In einer engen Schlaufe des Baches entdeckte Orlando eine kleine Lichtung, auf der dichtes, grünes Gras wuchs. Er ließ das Pferd äsen, nahm ein Bad und legte sich im Windschatten der Bäume nackt in die Sonne. Seine Kleider hängte er in den Wind. Der Stein war warm wie ein Backofen. Die Sonne tat gut. Hoch oben am Himmel kreiste ein Adler. Es roch nach Kiefernnadeln und Pinienharz. Der Atem der Bäume weckte Erinnerungen an daheim, an die Wälder und Gärten von Jisur, an den alten Alban, den Gärtner von Jisur. Er hatte ihnen die Vogeluhr gezeigt: Wer sich auskennt, weiß immer, wie spät es ist. Jede Art hat ihre eigene Uhr, die seit Schöpfungsbeginn zuverlässig funktioniert. Zwei Stunden nach Mitternacht beginnt die Nachtigall zu schlagen, obwohl sie abends als letzte ihr Lied beendet. Um drei fällt die Feldlerche ein. Bald darauf kräht der Hahn zum erstenmal. Und wieder eine halbe Stunde später ruft der Kukkuck. Ihm folgen in genau festgelegten Abständen Amseln und Meisen, Grasmücke, Grauammer und Girlitz.

Das letzte, was Orlando wahrnahm, war das Krächzen einer Krähe.

RLANDO ERWACHTE VON einem Geräusch. Oder war es eine innere Stimme, die ihm Gefahr signalisierte? Er öffnete die Augen und blickte auf die Füße eines Mannes. Orlando wollte aufspringen. Eine Speerspitze an der Kehle hinderte ihn schmerzhaft daran.

«Liegenbleiben!» befahl eine Stimme.

Orlando drehte den Kopf zur Seite. Da sah er die Männer. Sie waren zu dritt. Zwei von ihnen hielten Jagdbogen in den Händen, die ledernen Pfeilköcher quer über die Rücken geschnallt. Der dritte, der ihn niederhielt, war mit Speer und Säbel bewaffnet. Sie blickten auf ihn hinab wie auf eine erlegte Beute.

«Schaut euch seinen Schwanz an», sagte der Speerträger.

«Der Hundesohn ist unbeschnitten. Ein Schweinefleischfresser. Was suchst du hier?»

«Ich will zu Hasan-i Sabbah.»

«Der Herr der Herren empfängt keine Ratten.»

«Kennt ihr den Weg nach Alamut?»

«Wir kennen ihn.»

«Zeigt ihn mir. Ich werde dort erwartet. Man wird euch reich belohnen.»

«Wir arbeiten nicht für Lohn. Wir nehmen uns, was wir brauchen. Einer wie du bringt auf dem Sklavenmarkt acht Goldstücke, das Pferd nicht mitgerechnet.»

«Kastriert verdoppelt sich der Preis», sagte der ältere der beiden Bogenschützen. Die anderen lachten.

«Und wenn er nun wirklich im Adlernest erwartet wird?» fragte der Speerträger.

«Einer wie der? Einer, der nur mit Hammer und Falle bewaffnet durch die Fremde reitet und sich einsammeln läßt wie ein nacktes Vögelchen im Nest?»

Sie banden seine Hände und legten ihm Fesseln um die Knöchel, so wie man es zur Nacht mit den Kamelen macht, damit sie zwar laufen, aber nicht fortlaufen können. Orlando bat um

145

seine Kleider. «Du bleibst, wie du bist. Ein gerupftes Huhn läuft nicht davon.»

Dann gingen sie lachend zum Fluß, um sich für das Nachmittagsgebet zu waschen. Orlando ließen sie zurück wie ein angeleintes Schaf. Seine Schuhe und Kleider nahmen sie zur Vorsicht mit. Würde er fliehen, so könnten sie ihn leicht wieder einfangen. Sie waren in der Überzahl und bewaffnet. Orlando wartete, bis sie außer Sichtweite waren. Dann stieß er dem Pferd die Handfesseln ins Maul. Angewidert von dem scharfen Geschmack des Hanfseiles versuchte das Tier den Fremdkörper zu zerbeißen. Speichel rann ihm aus dem Maul. Aufgeweicht und zerkaut ließ sich die Fessel an einem scharfen Felsvorsprung leicht zerreiben. Mit befreiten Fingern löste Orlando die Fußknebel. Barfuß und unbekleidet machte er sich auf den Weg. Nur Hammer und Wolfsfalle nahm er mit. Die Gräser schlugen über ihm zusammen. Dornen zerrissen seine Fußsohlen. Nesseln verbrannten seine nackte Haut. Er spürte sie nicht. Eine Meile unterhalb der Lichtung stieg er in den Bach. Er folgte seinem Lauf, knickte absichtlich Binsenhalme und herabhängendes Geäst, machte kehrt und floh gegen die Strömung. Er fand einen Felsen mitten im Fluß, hoch wie ein Scheunentor. Er erklomm ihn und legte sich bäuchlings in Deckung. Es würde eine Weile dauern, bis sie dahinterkamen, daß er sie hereingelegt hatte. Er mußte Zeit gewinnen. Vor allem mußte er erreichen, daß sie sich aufteilten. Mit dem Pferd konnten sie nicht den Fluß hinaufsteigen. Nur zwei von den drei Männern würden ihm folgen, denn sie durften das Pferd nicht unbewacht zurücklassen.

Orlando brauchte nicht lange zu warten. Sie waren zu zweit. Sie kamen den Fluß herauf, den Pfeil schußbereit auf der Sehne. Ihre Augen funkelten vor Jagdfieber. Bei seinem Stein verharrten sie eine Weile. Er sah sie nicht, aber er hörte sie miteinander flüstern. Endlich eilten sie weiter, verschwanden hinter der nächsten Windung des Baches. Orlando wartete noch eine Weile. Dann glitt er den Stein hinab und watete in entgegengesetzter

Richtung davon. Die Strömung schob ihn rasch vor sich her. Je näher er der Lichtung kam, auf der sie ihn im Schlaf überrascht hatten, um so vorsichtiger bewegte er sich. War da nicht Hufscharren?

Jetzt hörte er es ganz deutlich: das Schnauben eines Pferdes. Er glitt durch das Sumpfgras wie eine Schlange, ängstlich bemüht, nicht auf einen trockenen Zweig zu treten. Zum Glück wurden die hohen Halme von böigem Wind geschüttelt. Urplötzlich standen sie sich gegenüber, die Augen voller Angst und Haß, wissend, daß es um Tod oder Leben ging. Die Faust des Fremden faßte den Speer. Orlando stieß ihm die Wolfsfalle in die Magengrube. Schmerzgelähmt und schreckerstarrt erwartete der Getroffene seine Hinrichtung, beide Hände auf den Leib gepreßt. Mit einem einzigen fürchterlichen Hieb spaltete ihm Orlando den Schädel. Die blutige Falle wusch er im Fluß. Er entkleidete den Toten und glitt in dessen noch warme Hemden und Schuhe. An den Füßen zog er ihn hinab zum Fluß. Bäuchlings mit angewinkelten Knien lag er dort wie jemand, der im Uferschilf kauert, um zu lauschen. Orlando stieg in den Bach. Er suchte die Stelle, von der aus die zurückkehrenden Männer den Toten entdecken würden. Er fand sie bei zwei mannshohen Felsen im Bach. Sie lagen so dicht beieinander, daß sie nur eine schmale Passage freigaben. Aus einer Entfernung von fünfundzwanzig Schritten war die Täuschung perfekt. Der nackte Rükken, tief ins Schilf gedrückt, wirkte sehr lebendig. Dicht hinter den Steinen stellte Orlando die Wolfsfalle auf. Im seichten Schlamm war sie kaum zu erkennen. Orlando legte sich im nahen Schilf auf die Lauer. Die Mücken quälten ihn. Eine Ewigkeit verging. Endlich hörte er sie. Sie gaben sich nicht die geringste Mühe, ihre Anwesenheit zu verbergen. Jetzt erreichten sie die Steine, kletterten durch den Spalt. Orlando sah, wie sie erstarrten, die Pfeile aus den Köchern hoben, die Bogen spannten. Geduckt wie jagende Wildkatzen schlichen sie sich näher. Da! Der Schlag traf den ersten der beiden Schützen völlig unvorbereitet. Beide Arme in die Luft werfend, den Bogen weit von sich schleudernd, wälzte er sich mit markerschütterndem Geschrei im flachen Wasser. Sein Begleiter schien nicht weniger erschrocken. Der Pfeil fuhr ihm von der gespannten Sehne. Fast gleichzeitig flog Orlando aus seinem Versteck. Die Überraschung war perfekt. Sie starrten ihn an, als sei er ein Geist. Wieso trug er ihre Kleider? Wer war der Nackte, in dessen Rücken sie fast ihre Pfeile gebohrt hatten? Orlando flog heran, den Schmiedehammer zum tödlichen Schlag ausgeholt. Nur noch zwei Sätze trennten ihn von seinem Gegner... da trat er auf den glatten Flußkiesel, verlor das Gleichgewicht, stürzte. Als er sich das Wasser aus den Augen wischte, sah er, wie der andere den Bogen spannte. Wie ein Gewitter war er über ihm. Bevor er zuschlug, spürte er den harten Schlag gegen die linke Schulter. Es war, als habe ihn ein Stein getroffen. Er nahm den Schmerz kaum wahr, denn das Töten erforderte seine ganze Aufmerksamkeit. Mit dem Hammer erschlug er den Bogenschützen. Der Mann in der Falle versuchte zu fliehen, erst hüpfend auf einem Bein, dann auf allen vieren. Die eisernen Zähne der Falle steckten tief in seinem zerschmetterten Knöchel. Jede Bewegung verursachte ihm höllische Pein. Die Kette des Tellereisens hatte sich im Wurzelwerk des Ufers verfangen. Der Mann riß daran, keuchend, mit schmerzverzerrtem Gesicht. Orlando beobachtete ihn: eine gefangene Ratte. Als er ihm den Fuß ins Genick setzte und sein Gesicht unter Wasser drückte, starb er ohne allen Widerstand. Jetzt erst bemerkte Orlando den abgebrochenen Pfeilschaft in seiner Schulter. Drei Finger breit über der Achselhöhle steckte er tief im Fleisch.

Den Nachmittag verbrachte er mit vergeblichen Versuchen, die Pfeilspitze zu entfernen. Sie brannte in der offenen Wunde wie glühendes Eisen. Als die Nacht anbrach, hatte er viel Blut verloren. Er war am Ende seiner Kräfte, wehrte sich gegen Müdigkeit und Ohnmacht. Sie sollten ihn nicht noch einmal im Schlaf überwältigen. Wie hatte er nur so leichtsinnig sein können! Mehrmals wusch er die Wunde im kalten Quellwasser, wechselte die Verbände, die er aus den Gewändern der Erschlagenen geschnitten hatte. Dann kauerte er auf dem Boden, starrte in den Sternenhimmel, zählte die Herzschläge in dem zerrissenen Fleisch seiner Schulter. Mit dem Hammer in der Faust schlief er ein.

Fliegen weckten ihn. In Scharen umschwirrten sie ihn. Der Geruch des geronnenen Blutes hatte sie herbeigelockt. Die Sonne stand schon hoch am Himmel. Er versuchte den Arm zu bewegen. Die Schmerzen waren schlimm. Mit zusammengebissenen Zähnen sattelte er das Pferd und lenkte es gen Norden den Gipfeln entgegen, hinter denen Alamut lag.

Die Sonne brannte vom Himmel. Orlando fror. Die Geier kreisten über ihm. Er sah sie nicht. Der Hammer glitt ihm aus der Hand. Er nahm es nicht mehr wahr. Weit nach vorn gebeugt, die Augen fest auf einen Punkt gerichtet, hing er im Sattel. Aus dem Dunst der Ferne, immer größer werdend, löste sich ein Reiter. Lautlos wie auf Vogelschwingen flog er herbei. War das nicht...? Ja, jetzt erkannte er ihn. Er war es! Orlando gab seinem Pferd die Sporen. Mit ausgebreiteten Armen galoppierte er ihm entgegen: Adrian! Adrian!

Es war Adrian.

Er hatte ihn gefunden.

DAS ADLERNEST

A LASTU BI-RABBIKUM

Bin ich nicht euer Herr?

Sura 7, 172

ALS MAN DEM ALTEN vom Berge die Nachricht überbrachte, konnte er es nicht fassen: «Der Adscham, der
Nichtaraber, er ist zurückgekehrt? Ihr müßt euch irren. Ich will
ihn sehen! Bringt ihn her!»

«Herr, er ist schwer verletzt, frisch operiert, vom Fieber
verbrannt, mehr tot als lebendig...»

«Bringt mich zu ihm!»

Spät in der Nacht beim flackernden Schein einer Fackel stieg
der Alte herab von seinem Turm, den er seit Wochen nicht
verlassen hatte. Gefolgt von vier Assassinen, die ihren Herrn mit
gezücktem Dolch wie Schatten begleiteten, eilte er durch die
verwinkelten Gassen der Oberstadt. Warmer Wind wehte in
böigen Stößen vom Kaspischen Meer. Zerfetzte Wolken verhüllten den Mond wie wehende Schleier. Sie hatten Orlando auf ein
leinenbezogenes Lager gelegt. Der Arzt, der ihm die Pfeilspitze
aus der Wunde geschnitten hatte, war noch bei ihm. Orlando
war schweißgebadet. Auf seinen geschlossenen Lidern lag der
Schatten des Todes. Der Alte vom Berge betrachtete ihn lange.

Bevor er den Raum verließ, sagte er zu dem Wundarzt: «Ich
will, daß er lebt. Du bürgst mir dafür.»

Noch in derselben Nacht wurde Hazim zum Alten gerufen.
Der Alte vom Berge oder der Quaim – wie er auf Alamut
genannt wurde –, lief in der großen Turmstube auf und ab wie
ein Tier im Käfig. Er war so tief in Gedanken versunken, daß er
den Eintritt seines Vertrauten nicht wahrzunehmen schien. Hazim wagte nicht, ihn anzusprechen.

«Wieso ist er wiedergekommen? Was sucht er hier?»

Der Alte sprach zu sich selbst.

«Ist er es wirklich?» fragte Hazim.

«Er ist es. Ich habe mich mit meinen eigenen Augen davon überzeugt.»

«Irgend etwas stimmt da nicht.»

«Finde es heraus!»

Am achten Tag öffnete Orlando die Augen: «Wo bin ich?»

«Auf Alamut», sagte der Arzt, der an seinem Bett wachte. «Da nimm, trink!»

Orlando spürte den Becher an seinen Lippen. Der kalte Tee tat gut. «Adrian», flüsterte er, «Adrian», dann versank er wieder in tiefe Ohnmacht.

In der darauffolgenden Nacht erwachte Orlando.

Er lag in einem dunklen Raum. Eine fast heruntergebrannte Kerze flackerte auf einem niedrigen Tisch. Ein Mann saß daran. Das bärtige Kinn war ihm auf die Brust gesunken. Ein Wächter? Orlandos Augen suchten nach Waffen. Er wollte sich aufrichten. Schmerz durchfuhr ihn. Ohne den Kopf zu bewegen, erkannte er den Schulterverband. Die Erinnerung erwachte in blutigen Bildern: der Fluß... die Männer... der Kampf... der Pfeil in der Schulter. Aber dann? Wie ging es weiter? Bin ich ihnen zum zweitenmal in die Hände gefallen? Wo bin ich?

Er hatte laut gesprochen. Der Mann am Tisch erwachte: «Oh, du bist wach», sagte er, «verzeih mir meinen Schlaf. Seit neun Nächten wache ich an deinem Krankenlager. Was hast du gesagt?»

«Wo bin ich?»

«Auf Alamut.»

«Ich habe Durst», sagte Orlando. Während er trank, dachte er: «Ich muß Zeit gewinnen, viel Zeit. Sie kennen mich, und ich weiß nichts über sie.»

In den nächsten Tagen kamen Menschen an sein Bett, die ihn wie Freunde begrüßten. Wenn sie von früher erzählten, merkte er sich sorgfältig, worüber sie sprachen. Wenn sie verfängliche Fragen stellten, verschanzte er sich hinter seiner Schwäche, schloß erschöpft die Augen oder tastete nach seinem Verband. Was hätte er nur gemacht, wenn er Alamut unverletzt erreicht hätte? Bisweilen besuchte ihn ein weißhaariger Greis, den sie Hazim nannten und mit Ehrfurcht empfingen. Orlando wußte wohl, daß im Arabischen der Ehrentitel Hazim nur wenigen zuteil wird. Die Weisheit des Hazim ist sprichwörtlich. Sein Wort gilt als masum, unfehlbar. Er sprach nur wenig. Er betrachtete Orlando, als wollte er ihm ins Herz blicken. Als sein jüngerer Begleiter versuchte, Orlando auszufragen, schnitt ihm der Hazim das Wort ab: «Ich fragte einmal einen Knaben mit einer brennenden Kerze: Woher kommt das Licht? Das Kind blies die Flamme aus und erwiderte: Wohin ist das Licht gegangen?»

Am Abend des Tages, an dem Orlando zum erstenmal ohne Fieber war, kam al-Hadi, ein hagerer Mensch, dunkelhäutig und kraushaarig. Die Hakennase beherrschte das Gesicht. Er besaß die überlegene Besonnenheit eines Karawanenführers. Er sagte: «Nur wenige Opferbereite kehren zurück.» Er machte kein Hehl daraus, daß er für überlebende Assassinen Verachtung empfand.

Zum Quaim, dem er anschließend Bericht erstattete, sagte er: «Was sollen wir mit einer Kreatur wie ihn anfangen? Ein ungläubiger Assassine auf Alamut!»

«Er ist kein Assassine. Unsere Opferbereiten – der Name sagt es – suchen den Tod, um des Paradieses teilhaftig zu werden. So wie er handelt kein Todgeweihter. Seine Rückkehr offenbart Mut, Verstand und eiserne Willenskraft. Männer wie er sind so selten wie weiße Kamele. Aber warum, warum ist er zurückgekehrt? Was zieht ihn hierher?»

«Chizuran?»

«Du meinst das Mädchen?»

«Gibt es etwas, was die Liebe nicht vermag?»

Schon bald fühlte sich Orlando kräftig genug, das Bett zu verlassen. Abu Nadschah, der Arzt, überwachte seine ersten Schritte, erst im Zimmer und dann bei immer ausgedehnteren Rundgängen. Orlando war überrascht von der Größe der Festung. Mehr Stadt als Burg, war sie allseitig von steilen Abgründen umgeben, eine Insel unter den Wolken auf der Spitze einer Nadel. Die Häuser aus grauem Felsgestein lagen auf unterschiedlichen Ebenen, alle miteinander verbunden durch verwinkelte Treppen, Leitern und Rampen. Hoch über allem wachte der Turm, in dem der Alte vom Berge lebte: Tadsch al-Alam, die Krone der Welt. Orlandos Quartier lag auf der untersten Ebene gegenüber dem großen und einzigen Tor der Burg, dem Madinat as-Salam, dem Ort des Friedens – so genannt, wie der Doktor lachend erklärte, weil die Verschleierten seine Schwelle nicht überschreiten durften. Die Weiber und Kinder der verheirateten Burgbewohner lebten in den umliegenden Bergdörfern.

Alamut bot Raum für fast vierhundert Nizaris, von denen die meisten im Auftrag des Alten fast ständig unterwegs waren. Beim Madinat as-Salam lagen die Werkstätten der Steinmetze, Schmiede und Zimmerleute, getrennt von denen der Bäcker und Fleischhauer. Hier waren auch die Marställe für die Pferde und Esel, die auf ihren Rücken den Lastverkehr bewältigten. Schon vor Sonnenaufgang waren die Gassen erfüllt vom Geklapper ihrer Hufe. In allen Straßen begegnete man Ziegen und Schafen. Als Orlando von einem seiner Rundgänge zurückkehrte, erwarteten ihn zwei Nizaris. Sie brachten ihn in die Oberstadt in ein weißgekalktes Haus, vor dem Agaven und Kakteen wucherten. Er wurde in einen abgedunkelten Raum geführt, dessen Boden wie in einem Gebetshaus dicht mit Teppichen belegt war. Auf ihnen saßen in einem Halbkreis zwölf Männer. Orlando erkannte al-Hadi und Hazim. Sie sprachen die Sure der Nizaris: «Was Himmel und Erde und Berge nicht wagen, Entscheidung aus dem Glauben zu tragen, wir boten es ihnen...»

Al-Hadi sagte: «Wir erwarten deinen Bericht.»

Zwölf Augenpaare waren auf Orlando gerichtet. Es war die Stunde der Bewährung.

Herr, hilf mir, daß ich mich nicht durch eine Unachtsamkeit verrate!

Orlando begann bei der Brücke von Kelheim. Er schilderte die Hinrichtung des Bayernherzogs. Nur durch einen Sprung von der Brücke in die reißende Donau sei er seinen Rächern entkommen. Er berichtete von seiner Reise, wobei er sich sehr genau an die wirklich erlebten Ereignisse hielt. Als er von dem mißlungenen Anschlag auf al-Mansur in Alexandria erzählte, ging ein Raunen der Erregung durch den Kreis der Männer: «Du warst dabei? O Allah, du hast es mitangesehen! Ali war dein Freund.»

«Er war mein Freund», wiederholte Orlando.

Mein Freund, dachte er. Das also war der Grund, weshalb ich dem Assassinen auf dem Sklavenmarkt von Alexandria so tödlichen Schrecken eingejagt habe.

«Wenn du Ali nicht helfen konntest, warum hast du ihn nicht gerächt? Warum hast du diesen al-Mansur nicht erledigt? Du hattest reichlich Gelegenheit dazu.»

«Laßt ihn», unterbrach Hazim die Zwischenrufer. «Er hat recht gehandelt. War er beauftragt, diesen al-Mansur zu töten? Nein. Wo kämen wir hin, wenn sich unsere Pfeile aus eigenem Ermessen ihre Ziele suchten?»

Bei der Schilderung seines letzten Kampfes rügte ihn einer der Weisen: «Mußtest du sie töten, alle? War das nötig?» Die Männer von Dailam waren rechtgläubige Nizaris, Brüder.

Orlando erwiderte: «Sie haben ihren Tod selbst verschuldet.»

Noch am gleichen Abend nach dem letzten Gebet wurde Hazim im Tadsch al-Alam, im Turm des Alten, erwartet. Der Quaim nahm seinen Bericht schweigend zur Kenntnis. Am Ende fragte er: «Spricht er die Wahrheit?»

Hazim sagte: «Der Herzog von Kelheim wurde erdolcht und begraben. Sein Sohn hat bereits die Nachfolge angetreten. Daran gibt es keinen Zweifel.»

«Warum hat man uns berichtet, die Ritter des Herzogs hätten den Attentäter in Stücke zerhauen?»

«Wie viele Ritter werden den Herzog begleitet haben, vier oder fünf? Wer läßt sich schon bei einem Spaziergang durch seine eigene Residenz von einem Heer von Leibwächtern beschützen? Es gibt also nur wenige Augenzeugen der Tat, treue Vasallen, die gewiß alles beschwören, was die Ehre ihres Hauses fordert. Schlimm genug, daß sie die Hinrichtung ihres Herrn nicht verhindert haben. Aber völlig ehrlos wären sie gewesen, wenn ihnen der Attentäter auch noch entkommen wäre. So erfanden sie seine gerechte Strafe durch ihre Hand. Auch für die fehlende Leiche hatten sie eine Notlüge parat. Sie hätten sie zerhackt und in den Fluß geworfen. Das wäre schon erklärbar.»

Der Alte erhob sich und lief im Zimmer auf und ab, wie er es immer tat, wenn er mit einer Entscheidung rang. Er blieb vor Hazim stehen und fragte: «Was treibt diesen Franken zu uns? Unsere Fedawis suchen den Opfertod, um in den Garten der Glückseligkeit zurückzukehren. Sie haben das Paradies mit jeder Faser ihres Leibes erlebt und sind ihm verfallen. Ihnen gilt das Martyrium mehr als der Auftrag. Sie wollen sterben. Nur Feiglinge überleben die Tat. Dieser Adscham aber ist kein Feigling. Ich weiß nicht, wie gut die Ritter des Bayernherzogs sind, aber ich kenne die Krieger von Dailam. Einer gegen drei! Er hat sie alle erschlagen, um zu überleben. Dieser Mann sucht nicht das Martyrium. Der Auftrag bedeutet ihm mehr als der Tod. Was bewegt diesen Adscham? Wir müssen es herausfinden!»

«Wir werden es herausfinden!»

ALD WAR ORLANDO mit dem Tagesablauf so vertraut, als hätte er schon früher hier gelebt. Entsprechend dem rituellen Gebet war der Tag in fünf ungleich lange Abschnitte eingeteilt. Er begann mit dem Ruf des Muezzin zum ersten Morgengebet vor Sonnenaufgang. Die Laienbrüder nahmen ihre Arbeit auf. Die Brüder der sieben inneren Zirkel Rukn addin, der Stütze des Glaubens, versammelten sich in ihren Maharis zur Unterweisung. Das Mittagsgebet beendete den ersten Tagesabschnitt. Der zweite diente dem Mittagessen und der Ruhe während der größten Hitze des Tages. Die Zeitspanne zwischen dem Nachmittagsgebet und dem frühen Abendgebet war dem Drill und dem Kampf vorbehalten.

Da die Enge der Burg keine größeren Übungsfelder zuließ und ebene Flächen außerhalb der Festung weit entfernt lagen, mußte sich das Training auf engsten Raum beschränken. Eine gerade Straße in der Unterstadt diente als Schießstand für die Bogenschützen. An den Burgmauern wurden alle Verteidigungstechniken gelehrt, vom Pechgießen bis zum Leiterumstoßen.

Die Arena, in der der Nahkampf geübt wurde, lag im Schatten der großen Mauer. Ein Sandfeld zehn mal zehn Schritte bildete den Mittelpunkt.

Sie waren achtzehn Männer, verwegene Gestalten aus den umliegenden Tälern. «Du», sagte al-Hadi zu einem Bärtigen, der sich einen hellen Stoffetzen um die Stirn geschlungen hatte. Die wettergegerbte Haut unter dem weißen Tuch wirkte fast schwarz. Eine Narbe lief quer über seine Nase. Die oberen Schneidezähne fehlten. «Du wirst gegen mich kämpfen.» Al-Hadi warf ihm einen der Holzdolche zu, mit denen sie übten. Der Bärtige verneigte sich gen Mekka in stummem Gebet. Seine Augen funkelten vor Kampfbereitschaft. «Komm, du zahnlose Giftschlange, zeig uns, ob du noch beißen kannst.»

Die Männer lachten. Der Nizari, al-Hadi an Körpergröße überlegen, griff ohne zu zögern an. In zwei, drei Sprüngen flog er heran. Al-Hadi erwartete ihn aufrecht, duckte sich blitzschnell, warf ihn über die Schultern in den Sand und kniete auf ihm, bevor der andere wußte, wie ihm geschah.

«Nicht meine Kraft, sondern die Wucht deines Angriffes hat dich zu Fall gebracht», sagte al-Hadi. «Vergiß meine beleidigenden Worte. Auch Hohn und Spott sind Waffen. Wer eine Schlange fangen will, muß sie reizen. Nichts macht so blind wie Haß, denn Haß trübt den Blick, Zorn schärft ihn. Und laß das Beten vor dem Kampf. Wenn du nicht kämpfen kannst, hilft dir auch das Beten nichts. Wenn du vor deinen Feind trittst, sprich zu dir selbst: Ich will nicht mit dir kämpfen; ich will dich töten.»

Er zeigte den Nizaris, wie man dem Gegner Sand in die Augen schleudert, wieviel wirkungsvoller Fußtritte als Faustschläge sind, wie ein einfacher Stock zur tödlichen Waffe wird. Er sagte: «Es gibt keine stärkeren Gifte als die Gifte der Natur. Es gibt keine besseren Waffen als die Waffen der Natur. Hat ein Marder ein Messer? Nein, aber er hat drei Dutzend dolchartiger Zähne, und die hat er immer griffbereit. Richtiges Zubeißen will gelernt sein wie richtiges Zustoßen. Schlag einen Feind mit der Faust, so fest du kannst, es wird ihn nicht sonderlich schrecken. Er rechnet damit. Beiß ihm ein Ohr ab, die Brustwarze oder einen Finger, und der Schock wird ihn lähmen.»

Ein anderes Mal forderte er einen Nizari zu einem Kampf ohne Waffen auf. Der Mann war ein gewandter Ringer. Al-Hadi lag nach wenigen Griffen auf dem Rücken. Der Nizari war schwer. Seine Arme umspannten ihn wie Schraubstöcke. Ihre schweißglänzenden Gesichter waren nur eine Handspanne voneinander entfernt. Al-Hadi spuckte ihm mitten auf den Mund. Angewidert drehte der andere den Kopf zur Seite. Al-Hadi stieß mit der Stirn zu. Er traf die Schläfe mit voller Wucht. Es bedurfte mehrerer kalter Wassergüsse, um den Mann aus seiner Ohnmacht wieder aufzuwecken.

«Vergib mir», sagte al-Hadi, «das war nicht fair. Aber wir müssen siegen, ganz gleich wie. Die Ritter des Kaisers und des

Kalifen tragen ihre Gefechte nach altehrwürdigen Traditionen aus. Die Züge sind festgelegt wie beim Schach. Wer sich über diese Regeln hinwegsetzt, die Figuren nach eigenem Ermessen vom Brett fegt, der ist unschlagbar. Dieses Verfahren ist barbarisch, aber es ist äußerst wirksam, denn seine Unberechenbarkeit erfüllt den Feind mit Furcht. Tue nie, was man von dir erwartet! Wenn dein Gegner kämpfen will, weiche ihm aus! Wenn er ruhen will, setz ihm zu! Wiege ihn in Sicherheit, und erschrecke ihn mit tödlichem Terror! Vor allem aber sei wachsam! Ein Mann, der sich erhebt, wenn sein Feind noch schläft, der steht bereits aufrecht, wenn sein Feind erwacht.»

Orlando verfolgte diese Kämpfe mit größter Aufmerksamkeit. Waren sie der Schlüssel zum Geheimnis der Assassinen? Basierte ihre Überlegenheit auf besonderer Kampfmoral?

Nach dem Training gingen sie gemeinsam hinüber zum Brunnenhof hinter der großen Moschee. Die Männer entledigten sich ihrer schweißnassen Gewänder. Kühles Naß rann über erhitzte Haut. Das Fleisch genoß die Frische. Muskeln entspannten sich wohlig. Wasser perlte über behaarte Brüste und Beine. Da war Lachen, Prusten und Planschen wie in einem Kinderbad. Um so erschreckender wirkte die plötzliche Stille.

Tief über ein Becken gebeugt war Orlando damit beschäftigt, mit beiden Händen Wasser zu schöpfen, um es sich über die Schultern zu schütten. Als er sich aufrichtete, spürte er alle Blicke auf sich gerichtet. Erstaunen lag in ihren Augen, Erschrecken. Orlandos erster Gedanke war: Ich habe einen Fehler gemacht! Irgend etwas hat mich verraten! Al-Hadi trat zu ihm. Er faßte Orlando bei den Schultern und drehte ihn um. Die anderen rückten näher heran. Sie betasteten seinen Rücken, rieben die Haut, als wollten sie etwas fortwischen. «Hatam annabijjin», sagte al-Hadi. Es klang ehrfurchtsvoll. «Das Siegel des Propheten! Wahrhaftig! Er trägt das Siegel des Propheten! Hatam an-nabijjin! Wie ist das möglich?»

«Du hast es mit eigenen Augen gesehen?» fragte der Quaim.

«Allah ist mein Zeuge», erwiderte al-Hadi. «Er trägt das Siegel des Propheten.»

«Es gibt seltsame Zufälle», sagte der Alte.

«Ein Muttermal von solch ungewöhnlicher Gestalt genau an der richtigen Stelle, das ist kein Zufall. Das ist ein Zeichen der Vorsehung.»

«Selbst wenn es so wäre», sagte der Alte, «warum sehen wir dieses Zeichen erst jetzt? Acht Monde hat er auf Alamut gelebt. Das sind mehr als zweihundert Tage, und niemand hat es bemerkt. Was habt ihr sonst noch übersehen? Seid ihr blind?»

«Du hast recht», sagte al-Hadi, «wie konnten wir das Siegel übersehen? Wie ist das möglich? Es kann nicht sein, es sei denn...»

«...es sei denn was?»

«Es sei denn, er hätte es damals noch nicht gehabt. Kann man sich solch ein Mal zuziehen wie eine Narbe oder eine Warze?»

«Mohammed und die Propheten der alten Schriften – so wird berichtet – hatten ihre Prophetensiegel von Geburt an. Wer von den Fedawis kennt ihn besonders gut?»

«Ali war sein Freund. Er starb in al-Iskenderia.»

«Hat nicht Sajida seine Wunden nach dem Jagdunfall versorgt?»

«Richtig, der Unfall. Der Adscham trägt Narben. Sajida soll sie sich ansehen!»

«Wie sollen wir ihm erklären, daß sie ihn untersuchen wird?»

«Euch wird schon etwas einfallen.»

Auf Alamut gab es zwei Ärzte: den bärtigen Abu Nadschah und als einzige Frau Sajida, eine gute Fee in der rauhen Welt der Krieger. Obwohl sie ihr fünftes Lebensjahrzehnt erreicht hatte, wirkte sie noch verführerisch fraulich. Eine Aura von natürlichem Adel umgab sie. Sie trug ihren Namen zu Recht: Sajida, die weibliche Form von Sajid, Herr und Gebieter.

«Eine Frau auf Alamut?» verwunderte sich Orlando. «Ich

dachte, das Madinat as-Salam heißt Ort des Friedens, weil die Verschleierten seine Schwelle nicht übertreten dürfen.»

«Sajida ist keine Verschleierte», belehrte ihn Abu Nadschah. «Sie ist eine al-Hurra, eine Freie von Adel. In der Sprache unserer Dichter wird der Adler oft al-Hurr genannt. Von dieser Art ist Sajida.»

«Und warum ist sie keine Verschleierte?»

«Sie hat den Schleier abgelegt.»

«Abgelegt?» staunte Orlando.

«Die Stämme der Arabischen Halbinsel machen keinen Unterschied zwischen den Geschlechtern. Knaben und Mädchen wachsen gemeinsam heran, spielen die gleichen Spiele. Erst durch das Einsetzen der monatlichen Blutung wird die Freie zur Verschleierten. Diese streng behütete Absonderung geschieht allein aus der Verantwortung für ihre Fruchtbarkeit. Denn wenn der monatliche Zyklus erlischt, hat die Frau das Recht, den Schleier abzulegen und in den Kreis der Männer zurückzukehren. Die meisten tun das nicht, sei es aus Gewohnheit oder aus Eitelkeit, um nicht vor aller Welt zu zeigen, daß sie keine vollwertigen Weiber mehr sind ... seltsam ...»

«Was ist seltsam?» fragte Orlando.

«... daß ich dir erklären muß, wer Sajida ist. Bist du ihr nie begegnet?»

«Ich habe es vergessen.»

«Wie kann man eine Frau wie sie vergessen?»

Orlando traf Sajida in den Stallungen beim großen Tor. Zwei Pferdeknechte hatten den jungen Hengst zu Boden geworfen. Sajida sprach mit sanfter, beruhigender Stimme auf ihn ein, berührte ihn mit ihrer Stirn. Orlando beobachtete mit Erstaunen, wie der Hengst alle Angst verlor. Widerstandslos ließ er sie gewähren. Er zuckte selbst dann nicht zusammen, als sie mit schnellem Schnitt die Eiterbeule in der Achselhöhle öffnete. Sie wusch die Wunde und versorgte sie mit Schwefelpuder.

«Sie ist mehr Viehdoktor als Menschenarzt», stellte Abu Nadschah sie vor. «Man sagt, sie könne mit den Tieren sprechen. Erst neulich hat sie einen halbtoten Luchs zu neuem Leben erweckt.»

Sajida erhob sich. Sie gab Orlando die Hand und sagte: «Zu den Tieren gehen heißt, sich heimbegeben.»

Es war Sympathie auf den ersten Blick.

AM TAG MUHARRAM wurde Orlando in das weiße Haus gerufen. Und wieder erwarteten ihn die Zwölf der al-Kaschf al-Akbar, die Weisen der letzten Wahrheit. Hazim hieß Orlando willkommen. Er sagte: «Der Zugang zur Geheimlehre der sieben hohen Bücher steht dir offen. Der Dolch, den deine Hand erfolgreich führte, werde zur Waffe des Geistes.»

Orlando erhielt das weiße Gewand der Ihwan as-safa, der Brüder der Reinheit. Der christliche Taufname Adrian wurde zum arabischen Adnan. Es dauerte nur wenige Minuten. Orlando dachte an das unendlich lange, feierliche Zeremoniell der Templerweihe. Die Urenkel des Propheten waren Männer des wachen Verstandes. Wunder waren ihrem Wesen fremd.

Orlando wurde ein Schüler des dritten Buches. Die Brüder des dritten Grades hießen Refik, die Brüder des vierten Dai. Darüber gab es als fünfte Klasse die Dailkebir. Den sechsten Grad erreichten nur wenige Auserwählte, der siebte war dem Quaim vorbehalten.

Die Ihwan as-safa waren vom Waffendienst ausgeschlossen. Bis auf eine gemeinsame Mahlzeit und das rituelle Gebet waren sie von den übrigen Bewohnern der Burg getrennt. Auch untereinander hielten sie auf Distanz.

Orlando bezog in der Oberstadt ein neues Quartier. Die Bauten, die wie Bienenwaben aneinanderklebten, trugen arabische Sternennamen. Das Aldebaran war ein zweigeschossiges Haus mit einem Innenhof. Orlando wohnte im Obergeschoß. Die Räume waren klein, aber sauber und hell. Schaffelle bedeckten die Dielen. Wandnischen dienten als Borde und Schränke. Eine Tischplatte auf niedrigen Füßen und ein Holzkohlebecken – beide aus Kupfer – waren das einzige Mobiliar. Die Fenster, mit geöltem Pergament bespannt, blickten weit über das Tal. Das Wasser aus der Zisterne im Hof war kühl und klar. Im Badhaus neben der Moschee wuschen sich die Männer fünfmal täglich vor dem Gebet. Gegessen wurde gemeinsam in einem saalartigen Refektorium. Die Hauptmahlzeit wurde nach dem letzten Gebet kurz nach Sonnenuntergang ausgegeben. An ihr nahmen bis auf den Quaim alle Männer der Burg teil. Das Essen war gut, wenn auch nicht sehr abwechslungsreich. Es gab täglich gekochtes Fleisch von Schafen und Ziegen, gelegentlich auch Wild: Schneehuhn und Murmeltier. Heißes Fladenbrot und getrocknete Datteln gehörten zu jeder Mahlzeit. Der bucklige Pergamentschneider der Bibliothek erzählte ihnen während des Essens Geschichten, die er mit ausdrucksstarker Mimik vortrug. Mal spielte er den Riesen auf Zehenspitzen, dann wieder tiefgeduckt, krumm und ungelenk war er Zwerg oder Frosch. Er rollte mit den Augen, ruderte mit den Armen, brüllte wie ein Löwe. Am umwerfendsten war er, wenn er in die Rolle der schönen Geliebten schlüpfte. «Kennt ihr das Dorf der Lästerer? Ihr kennt es nicht? Wer Augen hat zu sehen, der sehe!

Als Harun al-Raschid das Reich seines Vaters bereiste, kam er in ein Tal, das nur von Blinden bewohnt war. Ihre Kinder kamen bereits blind auf die Welt. As-Sabbabun, die Lästerer, wurden sie genannt. Es hieß, sie hätten ihr Augenlicht verloren, weil ihre Väter Gott gelästert hätten. Sie ertrugen die Last der ewigen Finsternis mit maultierhafter Ergebenheit. Sie galten als redlich, fromm und fleißig. Als sie vernahmen, welch hoher Gast in ihrem Dorf weilte, kamen sie von den Feldern herbeigeeilt, um Harun al-Raschid zu hören. Seine Stimme war für sie so bildhaft, daß sie ihn zu sehen glaubten. Harun al-Raschid führte in seinem Zug einen Kriegselefanten mit sich. Und da niemand von ihnen je einem solchen Tier begegnet war, wollten sie es mit ihren Fingern erforschen. Alle eilten herbei, um das Wunder zu ertasten. Es gab ein wildes Gedränge.

Der Elefant erschrak und stieß einen trompetenartigen Warnschrei aus. Die Menge stob auseinander und verharrte lauschend in respektvollem Abstand. Jeder von ihnen hatte für einen Augenblick den Riesen berührt. Diejenigen, die seinen Bauch berührt hatten, sagten: Der Elefant ist ein massiges Tier mit weicher Haut. Wer seinen Zahn gehalten hatte, beschwor das Gegenteil: Er ist zartgliedrig und steinhart. Wer am Rüssel gestanden hatte, hielt ihn für eine Art Riesenschlange. Andere, die seine Beine betastet hatten, sprachen von Baumstämmen mit rissiger Rinde.

Es erhob sich ein Streit, der nie beigelegt wurde. Das Dorf der Blinden zerfiel in viele Parteien, denn jeder glaubte, nein wußte sich im Recht. Hatte er sich nicht mit seinen eigenen Händen davon überzeugt?

Ihr lacht, Freunde.

Ihr lacht über die Blindheit der Einfältigen?

Was wissen wir von den Dingen, die wir mit unseren beschränkten Sinnen wahrnehmen? Erkennen wir wirklich das Ganze?

Unser Prophet, der Segen Allahs und sein Friede seien mit ihm, sagte: Wer nicht an den wahren Traum glaubt, der glaubt nicht an Allah und an den Jüngsten Tag.

Doch woran erkennt man den wahren Traum?

Dem Sultan Sandschar – der Herr erbarme sich seiner! – erschien im Schlaf eine Schlange, die sein Glied samt Hodensack verschlang. Sandschar ließ seinen Hofastrologen rufen, der den Traum seines Gebieters so auslegte: Oh, ehrwürdiger Beherrscher der Gläubigen, ich habe dir Unheil zu verkünden: Du wirst alle deine Angehörigen verlieren. Allah steh dir bei!

Der Sultan verfiel in tiefe Traurigkeit. Er ließ einen anderen Traumdeuter kommen, einen Armenier vom Berg Ararat. Der ließ sich den Traum erzählen und rief: Allah sei gelobt, ich habe dir große Freude zu verkünden, du wirst alle Verwandten und Freunde überleben.

Der Sultan dankte ihm für die frohe Botschaft mit hundert Silbertalern, während sein Vorgänger leer ausging. Und das zu Recht, denn wichtig wie der Inhalt ist die Form.»

DIE KÖRPERLICHE ERTÜCHTIGUNG war nur ein Teil ihrer Ausbildung. Die meiste Zeit war den mentalen Exerzitien gewidmet, vor allem dem Fasten. Darunter verstanden die Männer von Alamut nicht nur den Verzicht auf Nahrung.

«Es gibt eine Vielzahl von verschiedenem Fasten», sagte Hazim, «Schlafentzug, sexuelle Abstinenz, Sprechverbot.»

«Welche Fastenübung erfordert das höchste Opfer?» wollte Orlando wissen.

«Das Versiegeln der Augen und Ohren. In absoluter Stille und tiefster Finsternis ist der Mensch so einsam wie kein Geschöpf unter der Sonne. Nach zwei Tagen glaubst du, dem Wahnsinn zu verfallen. Das Pochen des Herzens dröhnt wie Trommelschlag, droht den Schädel zu sprengen. Das Blut wird zur rauschenden Flut. Wahnbilder steigen aus der Tiefe empor wie brodelnde Lava. Wehrlos bist du dir selbst ausgeliefert. In dieser Phase muß man die Männer fesseln, damit sie sich nicht den Kopf einrennen oder sich in die Tiefe stürzen. Am Abend des dritten Tages kommt die große Ruhe über sie, die Erleuchtung Allahs. Ein Lächeln der Verklärung liegt auf ihren Gesichtern. Wer diese Schwelle überschritten hat, ist nicht mehr der, der er einmal war.

Die Metamorphose der Falter hat ihn verändert, hat der Raupe Flügel verliehen.

Alle Geschöpfe neigen von Natur aus zu Faulheit und Völlerei. Erst die Entbehrung verleiht ihnen Kraft. Das ist das Geheimnis der Wüste.

Nirgendwo sonst spricht Gott so deutlich zu den Menschen wie hier, denn die Wüste ist die Manifestation der Entbehrung, wo die grausamste Gefährdung des Lebens, der Durst zur Selbstzucht zwingt. Alles Göttliche offenbart sich am reinsten im Verzicht. Das ist das Mysterium der Märtyrer und der Fedawis.»

Drei Nächte und zwei Tage dauerte das Schlaffasten, mit dem der Ramadan eingeleitet wurde. Sie saßen in Reihen hintereinander im Schneidersitz auf dem Boden, vier Männer in einer Zeile, schweigend, die Hände auf den Knien. Vor ihnen auf erhöhtem Podium saß der «Imam des Schlafes». Er hielt ein Bambusrohr in der Rechten. Mit ihm schlug er den Männern auf die Schultern, wenn ihr Kopf vornüberfiel. Unterbrochen wurde das Wachen nur durch die fünf Gebete des Tages. Am Ende war der Durst nach Schlaf und Vergessen so groß, daß sie den Tod herbeisehnten, um der gnadenlosen Glut des Wachseins zu entfliehen. Manche vernahmen die Stimme Allahs, andere fühlten sich fortgetragen von den Engeln der letzten Verheißung. Orlando spürte Adrian so nah, als säße er neben ihm. Die Empfindung war so stark, daß sie ihn wach hielt.

Er schloß die Augen und sah den Bruder. Wie traurig und verloren er war! Blaß wie ein Leichnam!

«Was ist mit dir geschehen? Bist du tot?»

«Wenn man dir sagt, ich sei tot, glaube es nicht. Ich bin der Wind in den Bäumen, der Regen und das Feuer. Ich lebe, so wahr du lebst.»

«Ich liebe dich», sagte Orlando. «Ich liebe dich mehr als irgendeinen Menschen. Ich brauche dich. Wo bist du?»

«Sei nicht traurig», lächelte Adrian. «Ich bin bei dir.»

Beim ersten gemeinsamen Festessen am Ende der Fastenzeit waren nur wenige Männer anwesend.

«Wo sind sie alle geblieben?» verwunderte sich Orlando.

«Sind sie nicht hungrig?»

«Sie wohnen ihren Weibern bei», belehrte ihn Hazim. «Denn wie heißt es in der Sure Der Tisch: Der Mensch braucht den Beischlaf wie Nahrung. Schon von Ibn Omar heißt es, er habe vor dem letzten Abendgebet am Ende des Ramadan drei seiner Haremsfrauen bestiegen, bevor er sich zum Essen niederließ. Die Kraft des Fastens wird nur überboten von der Macht der Sexualität.»

«Der Sexualität?» fragte Orlando, als habe er nicht recht verstanden. «Ihr meint gewiß die Enthaltsamkeit?»

«Nein, ich meine die Sexualität.»

«Das müßt Ihr mir erklären.»

«Der Körper birgt Botschaften in sich, die der Verstand nicht wahrzunehmen vermag. Höre auf die Stimme deines Leibes! Erfühle dich selbst. Empfinde die Mitteilungen von dir an dich! Leib und Seele sind nicht zweierlei: Die Seele wohnt nicht in deinem Körper, sie *ist* dein Körper – so wie der Dampf nicht im Wasser wohnt, sondern Wasser ist.

Im Leben der meisten Menschen gibt es eine verhängnisvolle Kluft, die die Seele vom Körper trennt. Diese Trennung ist die wahre Vertreibung aus dem Paradies. Das Paradies steht nur dem offen, dem es gelingt, Körper und Seele wieder miteinander zu vereinigen. Der Schlüssel dazu ist die Sexualität. Der Orgasmus ist die magische Mitte im Leben aller Kreatur. Die gesamte Schöpfung strebt dem paradiesischen Urzustand zu. Wie arm wäre sie ohne Blüten, ohne das farbige Gefieder der Vögel. Hirschgeweih, Löwenmähne, Nachtigallengesang, Falterflug, sie alle dienen nur dem einen: der Sexualität.

Sexualität, welch erbärmliche Umschreibung für die schöpferischste, göttlichste Kraft der belebten Natur! Je allumfassender etwas ist, um so weniger läßt es sich in Worte fassen.

Der Sinn, der sich aussprechen läßt,
ist nicht der wahre Sinn.
Der Name, der sich nennen läßt,
ist nicht der wirkliche Name.»

Orlando fragte: «Ihr glaubt, daß die Liebe...»

«Nein, nicht die Liebe», unterbrach ihn Hazim. «Liebe ist eine Erfindung der dekadenten Oberschicht. Ich spreche vom kraftvollen Urgrund der Schöpfung, von der Sexualität. In ihr lebt alle spirituelle Kraft. Es ist kein geringerer als Salomo, der in seinem Hohen Lied des Alten Testamentes die Spiritualität der sexuellen Liebe preist. Er nennt sie einen Teil der göttlichen, und er wußte, wovon er sprach, denn sein Harem umfaßte mehr als siebenhundert Frauen. Mohammed war der gleichen Meinung. Er sagte: ‹Der beste meiner Gemeinde ist der mit den meisten Frauen.›»

«Denkt Ihr auch so?» fragte Orlando.

«Ich empfinde wie Rumi, den ich für den größten unserer Dichter halte. Von ihm stammt die Ermahnung: ‹Wo immer du bist, strebe danach, ein Liebender zu sein, ein wahrhaft leidenschaftlich Liebender. Ein Tag ohne Beischlaf ist wie eine Nacht ohne Mondschein.›»

SAJIDA KNIETE AUF DEM von Unkraut überwucherten Boden hinter der Krankenstation. Sie schien etwas einzusammeln. «Du kannst mir helfen», sagte sie. «Ich brauche diese roten Ameisen.»

«Ameisen? Wozu soll das gut sein?»

«Es gibt nichts Besseres gegen Gicht und Rheumatismus. Die Chirurgen in Bagdad, vor allem die Augenärzte, verwenden sie sogar zum Schließen feinster Operationsnähte. Sie setzen die großen Waldameisen an die Wundränder, stimulieren sie so, daß die Tiere sich dort verbeißen, und schneiden ihnen dann den Körper ab. Keine Nadel arbeitet so fein und steril wie die Beißzange einer Ameise.»

«Ameisen als Ärzte.»

«Ja, erstaunliche Geschöpfe. Sie werden an gemeinstaatlicher Geschicklichkeit nur von den Bienen übertroffen.»

«Nicht von den Menschen?»

«Bei weitem nicht.»

«Du übertreibst», sagte Orlando. «Der Mensch ist vielseitig begabt. Die Imme ist nur auf eine bestimmte Tätigkeit spezialisiert, nur ein Ziegelstein in einer Mauer.»

«Glaubst du, du wärst mehr?» lachte Sajida. «Außerdem stimmt das nicht. Im Laufe ihres Lebens erledigt eine Biene alle im Stock anfallenden Arbeiten. Als Jungbiene pflegt sie zunächst die Bienenmaden aus den Eiern der Königin. Sie ernährt sie mit ihrem Speichel. Wenn die Speicheldrüsen verkümmern, treten die Drüsen in Funktion, die das Wachs produzieren. Die Amme wird zum Baumeister. Wenn der Wachsfluß versiegt, übernimmt sie die Wache am Flugloch. Und schließlich am Ende ihres Lebens, als alte erfahrene Imme, wird sie zur Sammlerin, die den Honig heimholt, so wie diese alte Dame hier.»

Sie bewegte ihren Finger zu einer Distelblüte und zeigte auf eine Biene, schwer beladen mit Pollenstaub.

«Wenn du glaubst, die Erledigung dieser so verschiedenen Aufgaben sei nur biologisch bedingt, sei nur die Folge von Drüsenfunktionen, so irrst du. Wenn man im Bienenstock alle älteren Tiere entfernt, so wird von den flugunfähigen Ammen zunächst aller Futtervorrat verzehrt. Es kommt zu Hungersnot und Kannibalismus. Doch bevor der Stock zugrunde geht, schwärmen einige der Jungbienen aus. Sie schaffen Honig herbei, obwohl sie kaum fliegen können. Nicht irgendwelche körperlichen Zwänge, sondern ein höherer Gemeinschaftsgeist bestimmt ihre Handlungsweise. Das gleiche geschieht, wenn man einem Bienenvolk alle Ammen oder Baumeister nimmt. Dann erwachen längst erloschene Fähigkeiten zu neuer Aktivität, getreu der Losung: Du bist, weil wir sind. Weil wir sind, bist du.»

«Ein verschworener Orden von Assassinen», sagte Orlando.

«Nein», sagte Sajida. «Erst mit höherer Bewußtwerdung enthüllt sich den Lebewesen der Tod. Die Biene kennt weder Angst noch Schmerz.»

«Woher willst du das wissen?» fragte Orlando.

Sajida holte aus den Falten ihres Kleides ein Federmesser hervor. «Paß auf!» Sie schnitt einer Honig saugenden Biene den Hinterleib ab. Das kleine Insekt saugte unbeirrt weiter, als wäre nichts geschehen.

«Verhält sich so ein Geschöpf, das Schmerz empfindet?»

Sajidas Garten wurde überragt vom Taubenhaus. Bunt bemalt, auf hohen Bambusstelzen stand es da wie ein Spielzeug. Hier waren die Brieftauben der Festung untergebracht, deren Betreuung Sajida übernommen hatte. Die Vögel waren so zahm, daß sie ihrer Herrin die Körner aus den Händen pickten. Bei der morgendlichen Fütterung war Sajida von so vielen Tauben umflattert, daß Orlando lachend feststellte: «Du siehst aus wie ein blühender Magnolienbaum, in den der Sturm gefahren ist. Wozu sollen so viele Brieftauben gut sein?»

«Das sind nicht einmal alle», erwiderte Sajida. «Ein Teil von ihnen befindet sich ständig auf Reisen. Keiner unserer Männer verläßt Alamut, ohne ein paar Tauben mitgenommen zu haben. Die Vögel bewältigen an einem Tag eine Strecke, für die ein Reiter mehrere Wochen benötigt.»

Orlando beobachtete, wie ein Täuberich mit aufgeblähter Brust eine junge Taube bedrängte, sie bestieg und sich dabei mit seinem Schnabel so fest in ihrem Nacken verbiß, daß das Blut vom Hals der Taube tropfte.

«Wer immer die Taube zum Symbol des Friedens erkoren hat, versteht nichts von Tauben.»

«Liebe kann sehr grausam sein», sagte Sajida. Sie hob die blutende Taube auf, fuhr ihr mit dem Finger über das schneeweiße Gefieder:

> «In den Tälern von Dailam
> findet man im Frühling
> tote Taubenvögel,
> so weiß wie der Schnee.
> Es heißt, sie töten
> einander aus Liebe.
> Um den Hals tragen sie
> leuchtendrot
> eine Kette von Blutstropfen:
> Tauq al-hamama,
> das Halsband der Taube.»

Wann immer sich Gelegenheit bot, besuchte Orlando Sajida. Als er an jenem Nachmittag zu ihr kam, war sie damit beschäftigt, eine Kröte zu zerschneiden.

«Sieh dir das an», sagte sie. «Es gibt unten am Fluß eine Fliegenart, die benutzt diese Erdkröten als ihre Kinderstube. Sie kriecht den schwerfälligen Unken in die aufgeblähten Nasenlöcher und legt dort ihre Eier ab. Die ausgeschlüpften Maden zerfressen ihrem Wirt bei lebendigem Leibe das Naseninnere. Da alle Lurche von Natur aus äußerst zäh sind, überlebt die Kröte den verheerenden Madenfraß, der sich immer weiter in ihrem Schädel ausbreitet. Erst wenn sie alle Angst, allen Schmerz der Kreatur durchlitten hat, wird sie qualvoll zugrunde gehen. Diese Kröte hier hätte keine zwei Tage mehr gelebt. Das vordere Gehirn und die Augen sind bereits angefressen. Die Maden sind dabei, sich zu verpuppen. Sie brauchen die Kröte nicht mehr. Ihr Opfer wäre im richtigen Augenblick verendet.»

Angeekelt betrachtete Orlando die Würmer, die aus dem zerschnittenen Schädel hervorquollen.

«Welch ein teuflischer Tod!»

«Und das alles aus reiner Liebe, aus Mutterliebe.»

«Ob die Kröte sehr leidet?»

«Ja, sie durchlebt alle Qualen der Hölle, denn ihre Art ist zwar zäh, aber auch sensibel. Hast du mal die Liebesraserei der Frösche erlebt? Es ist wirklich die reinste Raserei. Sie zerfetzen bei der Begattung oft nicht nur ihr Weibchen, sondern auch andere Männchen und sogar Fische, die sie vor lauter Liebeslust so fest umklammern, daß sie ihnen die Kiemen zudrücken. Während der Paarungszeit verlieren die sonst so ängstlichen Unken alle Scheu. Es kann passieren, daß du ein Pärchen in der Begattung mit der Hand fängst und daß dann eine davonhüpft. Du freust dich, wenigstens eine erwischt zu haben. Und wenn du genau hinschaust, hast du noch drei in der Hand. Sie feiern wahre Orgien. Ihre Liebesklage ist viel gefühlvoller als der Gesang der Vögel, und ihre Liebesspiele sind viel leidenschaftlicher als die der Menschen.»

«Ich weiß nicht», sagte Orlando.

«Was weißt du nicht?»

«Ich weiß nichts über die Liebe der Frösche und nichts über die Liebe der Menschen. Wie soll ein Mann sein Weib lieben?»

«Eine Frage, auf die es hundert verschiedene Antworten gibt», lachte Sajida. «Der Prophet hat gelehrt: Liebt euch jede vierte Nacht so innig, als würdet ihr beten.» Und mit ironischem Unterton fügte sie hinzu: «Der eigentliche Sinn der Sexualität liegt darin, daß der Fromme durch die orgasmischen Genüsse eine Vorahnung auf die ewigen Freuden des Paradieses bekommt.»

«Was hältst du für das Wichtigste in der Liebe zwischen Mann und Frau?»

«Die Sehnsucht.»

«Nicht die Erfüllung?»

«Aber nein. Mit der Erfüllung erlischt die Sehnsucht. Nichts verdirbt den Appetit so gründlich wie Sättigung. Die leidenschaftlichste Liebe ist die unerfüllte.

Es gibt nur verlorene oder unerreichbare Paradiese.

Der Garten Eden als Dauerzustand wäre ein nie endender Orgasmus, die Hölle. Alle Erotik lebt vom freiwilligen Verzicht, vom Hinauszögern und Verbergen. Einer unserer Dichter hat gesagt: Wenn sie doch nur ihre Gesichter bedecken würden, welches Feuer der Leidenschaft könnten ihre Körper erwecken!»

Und nach einer Pause nachdenklichen Schweigens fügte sie hinzu: «Menschen sind wie Musikinstrumente. Ihre Resonanz hängt davon ab, wer sie berührt.»

Orlando fragte: «Woran erkennt man, ob man einen Menschen wirklich liebt?»

«Das Maß der Liebe ist, was man bereit ist, dafür aufzugeben.»

«Gibt es Schöneres, als geliebt zu werden?»

«Ja, zu lieben. Lieben, ohne geliebt zu werden, entfacht ungeheure Leidenschaft. Geliebt zu werden, ohne selbst zu lieben, ist eine freudlose Last. Alle Liebe lebt von der Sehnsucht.»

Orlando erwiderte: «Alle Sehnsucht hat doch nur Sinn, wenn sie die Erfüllung zum Ziel hat.»

«Der Weg ist wichtiger als das Ziel», sagte Sajida.

«Nicht die erlegte Antilope verschafft uns Glück, sondern das Fieber der Jagd. Denn der Mensch liebt von Natur aus Unrast, Taten und Bewegung. Deshalb ist der Kerker eine so schreckliche Strafe. Deshalb sind Lähmung und Alter so schwer zu ertragen.»

«Gibt es die große Liebe wirklich?» fragte Orlando.

«Nichts findet man so selten und nichts verliert man schneller.»

«Hast du sie erlebt?»

Sie blickte ihm offen ins Gesicht. Ein feines Lächeln umspielte ihre Lippen. «Mit der großen Liebe ist es wie mit dem Teufel», sagte sie. «Alle reden von ihm, aber niemand hat ihn gesehen.»

AM SONNTAG TRINITATIS wurde im Konvent der Templer zu Verona eine Epistula des Großmeisters von Paris verlesen, in der die Ordensbrüder aufgefordert wurden, Bruder Benedict in aller Offenheit, sine restrictio mentalis, ohne Rücksicht auf das Beichtgeheimnis, bei der Suche nach der Wahrheit zu unterstützen.

Frater Giuliano da Volterra, ein Beichtvater der lombardischen Ordenssektion, berichtete Benedict unter vier Augen, daß ein Franke, der mit Prinz Heinrich in der Verbannung gewesen war, ihm gebeichtet hatte, geheime Briefe an die persischen Sarazenen weitergeleitet zu haben. Die Schriftstücke mit dem Siegel des kaiserlichen Erstgeborenen müssen von großer Wichtigkeit gewesen sein, denn er sei für diesen Dienst fürstlich belohnt worden, so fürstlich, daß er fürchte, sich an einer Schandtat beteiligt zu haben.

Obwohl es keine weiteren Hinweise gab, beschloß Benedict, die Spur zu verfolgen. Vielleicht verbargen sich hinter den persischen Sarazenen die Assassinen des Alten vom Berge? Was hatte der Prinz mit ihnen zu schaffen?

Sein untrüglicher Jagdinstinkt sagte ihm, daß er auf der richtigen Fährte war.

Zwei Tage danach verließ er Verona. Die Etsch war sein Wegweiser. Flußaufwärts folgte er ihrem Lauf den Schneegipfeln der Dolomiten entgegen.

Bozen erreichte er bei Regen.

Benedict war naß wie ein Biber. Ihn fror.

Kurz vor der abendlichen Verriegelung der Stadttore kam er dort an, verfolgt von Kühen, Schafen und schreienden Gänsen, die hinter ihm stadteinwärts getrieben wurden. Innerhalb der Mauern geriet er in ein Gewimmel, wie er noch keines gesehen hatte. Eine gespenstische Prozession von johlenden Menschen wälzte sich durch die Gassen, in ihrer Mitte, von einem Esel gezogen, ein zweirädriger Schinderkarren. Darauf stand wie ein siegreich heimkehrender Triumphator der Henker im blutfarbenen Kittel. Die Scharfrichtermaske war ihm wie eine Mönchskapuze ins Genick gerutscht. Im Arm hielt er ein Mädchen von auffallender Schönheit, bekleidet mit dem rauhen Leinenhemd der armen Sünder auf ihrem Weg zur Schädelstätte. Eigenartigerweise lag ein Brautkranz von weißen Blüten und Bändern auf ihrem Haar. Die Schleifen flatterten im Wind. «Es lebe die Henkersbraut!» rief die Menge. «Ein Hoch dem Scharfrichter!»

«Hoffentlich ist er auch im Bett scharf», kreischte eine Frauenstimme. «Verdreh ihr den Kopf, aber laß ihn dran! Mach ihr viele kleine Henkerlein!» Lautes Lachen.

«Ob er vom Ficken so viel versteht wie vom Foltern?»

«Er hat so viele gehängt. Hoffentlich hat er nicht selber einen hängen.» Grölendes Gelächter.

Ein paar Burschen sangen zu einer choralartigen Melodie:

> Macht hoch die Tür,
> das Tor macht weit!
> Es kommt die Braut
> voll Herrlichkeit.
> Sie hat gehurt,
> sie hat geklaut,
> Streut Blumen
> für des Henkers Braut!

Dazu kratzte eine verstimmte Geige, begleitet von einer Flöte und dem Händeklatschen der Menge.

«Was hat sie verbrochen?» fragte Benedict einen Burschen.

«Sie hat den Henker zum Gatten genommen. Komm mit! Es gibt Tanz und Wein.»

Benedict verzichtete. Ihn fror. Er brauchte ein Bett.

«Es gibt drei Elendszustände: Krankheit, Gefangenschaft und Reisen.» Der so sprach, hatte die besten Jahre seines Lebens hinter sich. Benedict teilte die Stube mit ihm, denn die Gasthöfe der Stadt waren wegen der bevorstehenden Messe alle überfüllt.

«Man nennt mich Samuel. Ich handle mit Bernstein.»

«Ihr seht nicht aus wie ein Jude», erwiderte Benedict.

«Besser ein jüdisches Herz und einen goischen Kopf als ein goisches Herz und einen jüdischen Kopf», lachte der Alte, und er fügte hinzu: «Entschuldigt den Scherz, aber ich sehe Euren Augen an, daß Ihr Witz vertragen könnt. Einen Narren erkennt man am Gesicht, den Klugen an den Augen.»

«Ihr seid wie alle Juden ein geschickter Schmeichler.»

«Fürwahr ein schreckliches Volk», stimmte Samuel zu. «Selbst Moses hatte ständig Probleme mit den Juden.»

Und nun lachten sie beide. Sie mochten einander.

«Habt Ihr heute den seltsamen Hochzeitszug gesehen?» fragte Samuel. «Wie kann eine so hübsche Maid den Knochenbrecher freien? Gibt es Widerwärtigeres als die Berührung des Henkers? Warum sonst wohnt er getrennt von allen anderen Bürgern im Schinderhaus bei den Gerbergruben? Gibt es nicht in der Kirche eine eigene Pforte für ihn? Aus welch anderem Grund darf er weder Bad noch Gaststube betreten? Nicht einmal auf dem Totenacker ist Platz für ihn. Heißt es nicht, lieber dem Tod als dem Henker vermählt?»

«Wahrscheinlich war der Tod ihr Bräutigam», sagte Benedict.

«Ihr meint, sie wurde zum Richtplatz gekarrt?»

«Wohin sonst?»

«Die Ärmste! So jung und schon dem Tod bestimmt.»

«Es gibt Schlimmeres.»

«Schlimmeres? Was soll das sein?»

«Die Folter.»

Müde von der Reise versank Benedict nach kurzem Gebet in tiefen Schlaf. Ratten bedrohten ihn, huschende Schatten nur, unzählige, überall. Immer wieder schnellten sie hervor. Ihre Bisse schmerzten. Er schlug um sich, wehrte sich, so gut er konnte. Eine Waffe! Er brauchte eine Waffe. Suchend griff er um sich. Eine Flasche! Er faßte sie mit beiden Händen und schlug zu. Die Getroffene schrie so entsetzlich, daß Benedict aus dem Schlaf schreckte. Das Schreien hörte nicht auf.

«Bei meiner Seel, was ist das?»

Samuel war ebenfalls aus dem Schlaf gefahren.

«Ein Weib! Sie foltern ein Weib. Die Henkersbraut!»

Er hielt sich die Ohren zu. Benedict war zum Fenster geeilt, riß es auf, hörte hinaus und begann laut zu lachen.

Samuel verfolgte sein Lachen mit so fassungslosem Erstaunen, daß Benedict noch lauter lachen mußte: «Es ist bloß ein Schwein! Sie schlachten eine Sau!»

«Ich bin schon oft vom Hahn geweckt worden», sagte der alte Jude, «aber noch nie von einem Schwein. Warum schreit es so?»

«Das Abstechen eines Schweines ist viel mehr als eine Schlachtung», sagte Benedict. «Es ist eine festliche Marter.»

«Ein Fest?»

«Gänse, Hühner und Tauben werden ohne viel Federlesens getötet. Selbst Ziegen, Schafe und Kühe werden aus dem Leben befördert, wie man Bäume fällt, unfeierlich und ohne Ritual. Schweineschlachten aber ist ein Fest, zu dem alle herbeiströmen wie zu einer Hochzeit, selbst die Hunde und Fliegen, angelockt vom Blutgeruch und Kochfleischdunst. In meiner Heimat nennt man das zu schlachtende Schwein ‹le monsieur›. Es wird mit frischem Grün bekränzt wie eine Braut. Aber zu seiner Schlachtung gehört, daß das Opfer laut und lange durchs Dorf schreit. Je länger der Todeskampf, um so besser der Speck, sagen die Leute. Ein Kult mit vorangehender Marter.»

Das Schwein schrie jetzt mit so hoher, schriller Stimme, daß sich beide Männer die Ohren zuhielten.

Dann war es ganz still.

Samuel sagte: «Widerwärtig wie das Tier ist seine Stimme.

Es heißt, die Römer hätten die Kriegselefanten des Königs Pyrrhus mit Schweinen in die Flucht geschlagen, denn vor nichts graust es dem Elefanten mehr als vor Schweinen. Ich empfinde wie die Elefanten.»

«Säue sind äußerst nützliche Tiere», lachte Benedict. «Die Franken streuen nach dem Regen Samenkörner auf ihre Äcker. Dann treiben sie die Schweine darüber, die Aussaat in den Boden zu stampfen. Nach der Ernte kommt das geschnittene Getreide auf die Tenne und wird von den Füßen der Rüsseltiere gedroschen. So versorgen die Säue ihre Bauern nicht nur mit Schinken, sondern auch mit Brot. Für ein gutes Trüffelschwein, das mit seinem Rüssel das schwarze Gold im Waldboden aufspürt, wird mehr geboten als für einen Jagdhund.»

«Wie kann man etwas essen, das ein Schwein berührt hat, mit der Schnauze!»

«Es gibt nichts Besseres als geschmelzte Schweineschnauze», sagte Benedict, «außer...»

«Außer was?»

«Die Geschlechtsorgane des Schweines.»

«Macht keine Scherze.»

Der Alte schaute so entsetzt, daß Benedict erneut lachen mußte.

«Wenn Ihr die antiken Schriften studiert habt – Ihr habt vorhin von den Elefanten des Königs Pyrrhus gesprochen –, so solltet Ihr mal Plutarch lesen: Vulva porci nihil dulcius ampla. Es gibt nichts Lieblicheres als die Vulva des Schweines.

In allen Schlemmerkreisen bei Hof und in den Klöstern gelten die Fortpflanzungsorgane als ganz besondere Delikatesse. Dazu gehören die Zitzen, Eierstöcke, Gebärmutter und Vagina der Sauen, vor allem jedoch die Hoden der Eber zur Stärkung der eigenen sexuellen Potenz.»

«Im Namen des Allmächtigen, hört auf!»

«Ihr übertreibt. Eßt Ihr nicht auch Hühnereier und Wurst im Darm?»

«Aber nicht vom Schwein.»

«Was habt Ihr gegen das Schwein? Die Inder essen keine

Kühe, die Franken keine Pferde und die Juden und Moslems keine Säue. Das ist der ganze Unterschied. Ich kenne keinen Menschen, keine Stadt, die nach einem Pferd benannt wäre, aber viele, die das Schwein zum Paten haben.»

«Ihr treibt üble Scherze mit mir.»

«Nein, keineswegs. Unzählige Pflanzen verdanken ihren Namen dem Schwein: die Saubohne, das Ferkelkraut, die Eberesche, Eberwurz und Eberraute, Schweinsohr und Schweinerübe und wie sie alle heißen. Mit den Städten ist es nicht anders, von Eberswalde bis Schweinfurt. Sogar Menschen benennen sich nach dem Schwein, sowohl in Vornamen, wie Eberhard, als auch in Familiennamen. Die römischen Adelsgeschlechter der Sulier und Porcier haben ihre Bezeichnung vom Schwein.

Das Schwein hat sogar einen eigenen Schutzpatron.»

«Einen Heiligen für ein Schwein?»

«So ist es. Es ist der heilige Antonius, der wegen seiner asketischen Lebensweise als Vater der Mönche gilt. Sein Wappentier ist das Schwein unter dem Antoniuskreuz. In Tirol heißt der heilige Antonius ‹Ferkeltoni›, in den Schweizer Landen ‹Schweinetoni›. So gilt denn auch das Antoniuskraut als das beste Heilmittel bei der Schweinepest.»

«Wenn man Euch so reden hört, so könnte man meinen, das Schwein sei der König der Tiere», sagte der Jude.

«Wehrhaft wie der Löwe ist es auf jeden Fall. Adonis wurde von einem Eber getötet, und Herakles wurde als Held gefeiert, weil es ihm gelang, einen wilden Eber zu überwinden.»

«Ihr solltet einen Handel eröffnen», lachte Samuel. «Wem es gelingt, aus einer Sau einen Löwen zu machen, der weiß auch, wie man Tand in Gold verwandelt.»

Beim Satteln ihrer Pferde sahen sie das tote Schwein. Seiner Eingeweide beraubt, hing es mit dem Kopf nach unten an einer Leiter. Die Hinterbeine waren gespreizt wie die Arme des Gekreuzigten. Blase und Därme hingen zum Trocknen auf der Leine. Ein Mann war damit beschäftigt, dem Schwein die Ohren abzuschneiden.

«Das erinnert mich an eine schöne Geschichte», lachte Benedict.

«Soso», sagte Samuel, nichts Gutes ahnend.

«Die Mönche des Klosters Lehnin bei Brandenburg wurden eines Tages im Frühjahr von der Nachricht überrascht, der Kaiser wolle ihnen auf der Durchreise einen Besuch abstatten. Das ganze Kloster geriet in Aufregung, denn man hatte alle Fisch- und Fleischvorräte während des strengen Winters aufgebraucht. Das letzte Huhn hatte der Fuchs geholt, und der Schweinebestand war durch Rotlauf so stark dezimiert, daß man die überlebenden Säue für die Aufzucht benötigte. Wie aber sollte man den hohen Herrn und sein Gefolge standesgemäß bewirten?

Der Bruder Küchenmeister des Klosters weichte Erbsen ein, versah sie reichlich mit teurem Pfeffer und begab sich in den Schweinestall, aus dem bald lautes Quieken erscholl.

Als die Suppe aufgetragen wurde, stieg den an der Tafel Versammelten ein köstlicher Fleischduft in die Nase. Der Kaiser lobte das leckere Mahl. Der Abt warf dem Koch einen strafenden Blick zu. Er fuhr ihn an, kaum daß die Gäste den Raum verlassen hatten: Wie konntest du nur eine von den unersetzlichen Säuen opfern?

Der Küchenmeister lud alle in den Stall ein. Er zählte die Schweine, und siehe: Es fehlte nicht eins.

Ein Wunder! Wie hast du das bewerkstelligt?

Fällt Euch nichts auf? fragte der Koch.

Und nun sahen sie es alle: Den Schweinen fehlten die Ohren. Sie lachten und lobten ihren Bruder Küchenmeister. Der Abt spendierte ein paar Kannen Bier. Seitdem gehört die Erbsensuppe mit Schweineohren zur beliebten Spezialität in Brandenburg und Umgebung.»

«Ihr seid ein Schelm», lachte Samuel. Sein Lachen klang gequält. «Gebt acht, daß man euch nicht eines Tages die Ohren vom Kopf nimmt!»

SIE WAREN NACH DEM zweiten Gebet aufgebrochen. Nun grasten ihre Pferde am Shah-rud, dem wilden Fluß, der sich träge wie ein altes Packtier durch das Tal quälte.

«Du solltest ihn im Frühling sehen», sagte Hazim zu Orlando. «Wenn die Schneehänge auf dem Elburs schmelzen, verwandelt er sich in einen rasenden Riesen, der Bäume entwurzelt, Brücken zerschlägt, Menschen und Tiere mit sich reißt.»

Orlando und Hazim liefen den sandigen Ufersaum entlang. Über den Gipfeln schimmerte schon die blasse Sichel des Safarmondes. Sie bogen um einen Felsvorsprung. «Seht nur!» rief Orlando. Über dem Nebel, der aus dem Fluß stieg, schwebte hoch oben am Himmel Alamut. «Eine Burg über den Wolken, eine Fata Morgana! Welch phantastisches Bild!»

«Du hast recht: Welch ein Anblick! Seinetwegen bin ich mit dir hierhergeritten. Aber da ist noch etwas, das ich dir zeigen will.»

Sie waren bei einer Reihe von umgestürzten und zerbrochenen Säulen angelangt. Eine Eidechse glitt über den knochenfarbenen Stein. Hazim zeigte auf eine Marmorplatte, die in Augenhöhe in einer dicken Mauer eingelassen war.

«Betrachte diesen Stein. Er stammt aus latinischer Zeit. Was siehst du?»

«Ich sehe Menschen.»

«Nur Menschen? Beschreibe sie mir!»

«Es sind Männer. Sie tragen Waffen.»

«Gut. Was sagen dir diese Krieger?»

«Was sollen sie mir sagen? Sie sind seit Jahrhunderten tot. Tote sind stumm, so stumm wie Steine.»

«Nein, sie sprechen zu uns. In jedem Detail steckt eine Botschaft, zum Beispiel in der Art, wie sie ihre Waffen tragen.

Nimm diese Bärtigen hier. Sie tragen ein Langschwert an der linken Hüfte. Stell dir vor, du hast solch eine Waffe im Gürtel. Wenn du sie ziehst, hältst du sie in der Hand wie einen Schlagstock. Doch dieser Stock wiegt mindestens einen halben Quintar (1 Quintar = 38 kg). Wer mit solch einem Schwert kämpft, braucht sehr viel Kraft. Er muß mit beiden Beinen fest auf dem Boden stehen. Mit wuchtigen Hieben wird er sich den Feind vom Leib halten. Er kämpft auf Distanz. Menschen, die solche Waffen tragen, sind schwerfällig, aber stark wie Bären. Die Nordmänner sind aus solchem Holz geschnitzt, ihwan al-kadar, keltische Barbaren.

Ganz anders dieser Krieger hier. Er trägt ein dolchartiges Kurzschwert rechts am Gürtel. Wenn er danach greift, um es aus der Scheide zu ziehen – rasch und ohne viel zu überlegen, denn im Ernstfall kann es nicht schnell genug gehen –, so ragt der Dolch unten aus der Faust beim kleinen Finger heraus.» Hazim hob den Arm, als wollte er zustechen. «Männer, die solch eine Waffe bevorzugen, müssen bestens ausgebildet sein. Sie müssen schnell, wendig und vor allem mutig sein. Sie sind Nahkämpfer, Draufgänger, Berufssoldaten. Und das waren Roms Legionäre.

Und nun schau dir hier am Ende des Triumphzuges diese glatt rasierten Jünglinge an. Auch sie tragen Kurzschwerter, aber sie tragen sie nicht wie die Römer an der rechten Seite, sondern links. Wenn du mit deiner Rechten nach dieser Waffe greifst, um sie aus der Scheide zu reißen, so weist der Daumen nach unten. Das gezogene Schwert steckt so in deiner Faust, daß es nach oben zeigend beim Daumen herausragt. Mit solch einer Stichwaffe kann man nur von unten nach oben zustoßen. Wer so kämpft, lauert heimtückisch wie die Schlange auf den Augenblick, in dem der andere sich eine Blöße gibt. Diese Männer sind Griechen. Von einem ihrer Helden heißt es bei Homer: Im Täuschen übertrafen ihn nur die Götter. Wenn wir nichts über diese Nordmänner, Römer und Griechen wüßten, wenn wir nichts weiter von ihnen besäßen als diese Steintafel, so könnten wir allein aus der Art, wie diese Unbekannten ihre Waffen tragen, sehr genaue Rückschlüsse auf ihr Wesen ziehen. Dabei sind die Waffen nur eine von vielen Botschaften, die dieses Relief für uns bereithält. Und dieser Stein ist nur ein Sandkorn unter unzähligen Zeugnissen, von denen wir umgeben sind. Die Welt ist ein offenes Buch für alle, die darin zu lesen vermögen.

Kinder glauben, Erwachsene denken, Wissende erkennen. Eingeweihte sind Seher. Alle Erkenntnis beruht auf Wahrnehmung. Mohammed hielt Dummheit für eine Sünde. Er hat gelehrt: Wer lernt, betet. Aber wie so häufig haben die Menschen den Propheten mißverstanden. Sie verwechseln Lernen mit Auswendiglernen. Im Islam wird einer, der den Koran auswendig aufsagen kann, wie ein Heiliger verehrt. Er erhält den Ehrentitel Hafis und gilt als weise. Wie dumm! Mohammed meinte nicht, wer auswendig lernt, betet. Zwiesprache mit Gott hält nur der, der versucht zu erkennen. Wer lernt, eignet sich die Gedanken anderer an. Dazu gehört Fleiß. Begreifen ist mehr. Begreifen ist ein schöpferischer Akt. Dazu benötigst du die seltene Gabe des Sehens.»

«Ist das Sehen wirklich eine so seltene Gabe?» fragte Orlando.

«Bitte einen Menschen, er möge dir den Türgriff beschreiben, den er täglich in die Hand nimmt, oder das Muster eines Teppichs, auf dem er täglich sitzt, er wird es nicht fertigbringen. Die Menschen gehen mit offenen Augen blind durchs Leben. Dabei vermögen unsere Augen mehr Erkenntnis aufzunehmen als alle Bücher dieser Welt. Den Zehn Geboten fehlt das Wichtigste: Öffne deine Augen. Nimm die Welt wahr. Nur so begegnest du deinem Schöpfer. Nur so erkennst du dich selbst. Der wichtigste Rat für alle, die nach Erkenntnis streben, lautet: Schau!!! Sehen ist wichtiger als denken. Ein Gelehrter, der sich den Kopf über Kamelknochen zerbricht, wird vor lauter Grübeln blind. Falls ihm eines Tages ein lebendes Kamel über den Weg läuft, so wird er es vor lauter Detailwissen nicht erkennen.

Ich habe dir heute den Weg zum dritten Grad der Geheimlehre gewiesen. Es ist ein weiter Weg vom ersten Buch Amma bis zum al-Kaschf al-Akbar, dem Buch der Erleuchtung, die nur wenigen zuteil wird: Ahd maschur, die höchste Weihe. Merke dir die Worte des sechsten Imam der Schiiten: Unser Ziel ist das Geheimnis eines Geheimnisses, das durch ein Geheimnis verschlossen bleibt.

Noch am gleichen Abend suchte Hazim Sajida auf. Er sagte: «Du hast die Wunden des Franken nach dem Jagdunfall versorgt. Der Quaim will, daß du sie dir noch einmal ansiehst.»

«Warum soll ich das tun?»

«Du sollst bestätigen, daß er die Narben trägt, die du vernäht hast.»

«Bestehen Zweifel an seiner Person?» lachte Sajida. «Ich bin ihm damals zwar nur zwei- oder dreimal begegnet, aber das sieht doch jeder, der Augen im Kopf hat, daß er unser Mann ist. Wie kann es da Zweifel geben?»

«Ich frage dich als Ärztin», sagte Hazim, «existieren Muttermale von Geburt an, oder können sie sich auch noch später bilden, bei einem Erwachsenen?»

«Sie bilden sich im Mutterleib.»

«Deine Antwort bestätigt unsere Zweifel. Ich werde ihn in den nächsten Tagen zu dir bringen. Schau ihn dir gut an!»

DIE BIBLIOTHEK BEFAND sich an der steil abfallenden Außenmauer der Oberstadt in einem fast fensterlosen Festungsbau. Meterdicke Wände schützten die in Buchstaben gefaßten Gedanken wie ein Schädeldach.

Herr dieser Unterwelt war Usman al-muschrifan. Ihm unterstanden mehrere ägyptische Schreiber und ein buckliger Buchbinder und Pergamentschneider. Der Lesesaal lag über den Gewölben, in denen die Bücher verwahrt wurden. Durch Schießscharten sickerte spärliches Nordlicht herein. In jeder Fensternische stand ein Lesepult. Darüber hing eine irdene Ölleuchte. Grabesartige Kühle herrschte in allen Räumen. Kein lebendiger Laut drang hier herab. Um so lauter hallte jedes Wort, selbst das Rascheln der Pergamente. «Willkommen, Bruder Adnan. Allah, der Allwissende, sei mit dir», begrüßte ihn Usman al-Muschrifan. «Trinkst du Tee mit mir?»

Auf einem zwei Fuß hohen Podest, dicht mit Teppichen belegt, leuchtete Glut in kupfernem Becken. In ihrem wärmenden Kreis ließen sich die Männer nieder. Aus dem Samowar stieg feiner Dampf. Der Duft von frisch gebrühten Teeblättern stach Orlando in die Nase. Usman hob seine Schale an die Lippen und fragte: «Wonach verlangt deine Seele nach so langer literarischer Abstinenz? Laß mich raten. Oder besser: Darf ich dir etwas empfehlen?»

«Wenn es so gut ist wie dein Tee.»

«Wie wäre es mit Pelagius, seinem Kommentar zu den dreizehn Episteln des Apostel Paulus?»

«Wie kommst du gerade darauf?» fragte Orlando mit ehrlichem Erstaunen.

«Nun, es ist das einzige Buch, das du damals mehrmals mitgenommen hast, um es in deiner Stube gründlich zu studieren. Obwohl es, wie du weißt, gegen alle Vorschrift verstößt, Schriften aus der Bibliothek zu entfernen. Ist es der Pelagius?»

«Du hast es erraten!» rief Orlando. «Seinetwegen bin ich hier.»

«Ist es ein gutes Buch?» fragte Usman.

«Warum liest du es nicht?»

«Wie kann ich? Es ist in deiner Sprache verfaßt.»

Er brachte aus einem Nebenraum ein ledergebundenes Buch,

berührte es mit den Lippen und reichte es Orlando: «Ein Buch ist wie ein Garten, den man in der Tasche trägt. Harun al-Raschid pflegte seine Bücher zu küssen, bevor er sie las. Als sich seine Frauen darüber lustig machten, daß er tote Gegenstände mit den Lippen verwöhnte, erwiderte er: Man küßt das Buch aus Achtung vor seinem Inhalt.»

In jener Nacht brannte hinter Orlandos Fenster lange das Licht.

Am nächsten Morgen sattelte er sein Pferd und ritt hinab ins Alamuttal, um Abstand zu gewinnen. In Gedanken versunken ließ er dem Pferd freien Lauf. Es trug ihn zu den römischen Ruinen. Orlando betrachtete den Stein mit den waffentragenden Kriegern. Im Morgennebel wirkten sie geheimnisvoll fremd. Hazim hatte gesagt: «Die Welt ist ein offenes Buch für alle, die darin zu lesen vermögen ... Öffne deine Augen! Schau! In jedem Detail steckt eine Botschaft.»

Welche Botschaft steckte in diesem Buch?

In der darauffolgenden Nacht saß Orlando wieder über dem Pelagius, fieberhaft bemüht, jedes Wort so tiefgründig zu erfassen wie die Konturen der Tafel im Alamuttal. Im vierten Jahrhundert geboren, in York erzogen, war dieser Pelagius kaum zwanzigjährig nach Rom gekommen, der Hauptstadt des Reiches und der Kirche, ja aller Kultur. Gemeinsam mit Augustinus hatte er Vorlesungen gehalten. Ein glänzender Jurist, ausgestattet mit temperamentvoller Rednergabe und aufrechtem Charakter, den selbst seine Feinde, trotz aller Kritik an seiner Lehre, niemals in Frage stellten. Und das waren die ketzerischen Thesen des «Alpenhundes, aus dem der Teufel bellt»:

«Es stimmt nicht, daß der Sündenfall Adams sich als Erbsünde auf alle Menschen vererbt hat. Adam hat zwar als erster gesündigt. Wie aber kann seine Sünde eine universelle Schuld für alle Menschen nach sich ziehen? Wie kann das Kind, das heute geboren wird, die Last einer Sünde tragen, die es nicht kennt und nie begangen hat? Der gottgeschaffene Mensch ist frei von aller Sünde, wenn er das Licht der Welt erblickt. Die Sünde ist keine Substanz, sie ist eine Wahlmöglichkeit. Ein jeder verfügt über die Freiheit, sich zwischen Gut und Böse zu entscheiden.»

Orlando erschauerte bei dem kühnen Gedanken. Was dieser Pelagius hier vertrat, erschütterte die Kirche bis in die Fundamente. Ohne die Erbsünde wäre der Kreuzestod Christi sinnlos, durch den die Menschheit von der Erbsünde erlöst werden sollte. Vor allem aber wäre die Kirche überflüssig, denn auch ohne ihre Gnadenmittel stünde dem Menschen der Himmel offen.

Dieser Britannier war ein Ketzer.

Wieso hatte Adrian Gefallen an diesem Buch gefunden? Warum hatte er sich zu diesem Pelagius so hingezogen gefühlt, daß er dessen Buch allen anderen vorzog? War es die Person des Pelagius? Auch dieser war aus dem Norden gekommen, der Mann vom Meer, griechisch Pelagius. Auffallend groß war er gewesen, blond und von trotzigem Mannesmut, von stolzem Selbstvertrauen erfüllt. Das klang wie eine Beschreibung Adrians. War das ein Hinweis? Nein, da war noch etwas anderes. Er spürte es. Dieses Buch ... Wie hatte Usman gefragt: Ist es ein gutes Buch? Er hatte erwidert: Warum liest du es nicht? Und Usmans Antwort hatte gelautet: Wie kann ich? Es ist in deiner Sprache verfaßt.

Ja, das war es. Unter all den arabischen Büchern gab es gewiß nur sehr wenige in fremden Sprachen. Wer von den Nizaris würde in einen Band schauen, der in fränkischer Sprache mit römischen Buchstaben niedergeschrieben worden war? Enthielt das Buch eine Botschaft?

Orlando entzündete eine Kerze auf seinem Tisch. Das aufgeschlagene Buch stellte er senkrecht daneben. Seite für Seite hielt er gegen den heißen Schein des Lichtes. Er brauchte nicht lange zu blättern. Bereits am Ende des ersten Kapitels auf einer Seite, die nur zur Hälfte mit Schrift bedeckt war, fand er, wonach er suchte. Blaß und durchscheinend erst, dann immer kräftiger werdend, traten rostbraune Linien in Erscheinung:

Geliebter Bruder,

Gold prüft man mit Feuer, Frauen mit Gold und Männer mit Frauen.

Viel Glück

Adrian

Darunter stand noch: «Finger vermögen zu sprechen; Haut vermag zu hören!»

Capta vulpium! Fang den Fuchs! Es war das alte Spiel, ihr Spiel. Verrate nur das Nötigste! Die Spur ist gelegt. Na, komm schon, alter Junge: Such!

Gold prüft man mit Feuer, Frauen mit Gold und Männer mit Frauen... Welche Mitteilung verbarg sich in diesem Satz? Und was sollte der Hinweis auf die Finger und die Haut? Ob es wohl noch mehr solcher Botschaften auf Alamut gab? Hatte Adrian noch andere Fährten gelegt? Es gab eine ganze Reihe von Geheimtinten, mit denen sie schon als Knaben herumexperimentiert hatten: Aqua iunipera, Limonensaft und Wolfsmilch. Diese Nachricht hier war mit Urin geschrieben worden. Getrocknet verschwand die Schrift und trat erst bei starker Erhitzung wieder hervor. Mit kaltem, leicht gesäuertem Wasser ließ sie sich danach wieder entfernen.

Am darauffolgenden Tag regnete es in Strömen.

Umhüllt von waberndem Wolkengewebe hing Alamut in den Bergen wie ein Insekt eingesponnen in einem riesigen Spinnennetz. Alles Leben schien erloschen. Selbst die unermüdlich in den Gassen umherhuschenden Ratten hatten sich in ihre Schlupflöcher verkrochen. Wie ferner Gewitterdonner wehte das wilde Tosen des Shah-rud aus dem nebelverhangenen Tal herauf. Weh dem, der sich jetzt in der Klamm befand! Er wäre verloren. Die Wucht des Wassers würde ihn zermalmen. Orlando lag in seiner Zelle und lauschte dem strömenden Wasser. Es erinnerte ihn an die Bäche ihrer Kindheit, in denen sie Forellen gefangen hatten. Der Wald rauschte so, der Abendwind in den Bäumen. Bilder der Vergangenheit stiegen in ihm auf, weit zurückliegende Ereignisse, zeitlose Spiegelbilder der Seele, ihrer Seelen: Adrian und Orlando. Noch dem Traum verwoben und doch schon das Diesseits ahnend, genoß er den Zustand der Schwebe, unbewußt wissend, daß die Bilder verschwinden, wenn die Kräfte des Verstandes erwachen. Durch diese Bilder lief ein Mädchen in leuchtendem Glanz. Orlando wußte erwachend, daß er ihr begegnen würde. Wer war sie?

AM ABEND HATTEN sie Orlando Najiuba in den Tee gegeben. Obwohl selbst farblos, war die Wurzel der Najiubabeere dafür bekannt, daß sie bei Verzehr den Urin verfärbte.

«Rot?» fragte Sajida.

«Ja, so rot wie Blut.»

«Seit wann hast du das?»

«Ich bemerkte es heute morgen auf dem Abtritt. Was kann das sein?» Orlando war wie die meisten Männer nicht wehleidig, wenn es sich um äußere Verletzungen handelte. Innere Unregelmäßigkeiten aber erfüllten ihn mit Furcht. Man sah es ihm an.

«Hast du Schmerzen?» fragte Sajida.

«Nein.»

«Zieh dich aus. Ich werde dich untersuchen.»

«Alles?»

«Ja, alles. Leg dich auf den Bauch!»

Sie klopfte seinen Rücken ab, betrachtete das Siegel des Propheten: «Ein typisches Geburtsmal.»

Ihre Finger glitten seinen Rücken hinab: «Du hast Schultern wie ein Schmied. Dreh dich auf den Rücken!»

Sie betastete Brust und Bauch, untersuchte die Haut der Unterarme so gründlich, als suche sie etwas, das sie nicht fand und von dem sie erwartete, daß es eigentlich da sein müßte. Das gleiche tat sie mit seinen Oberschenkeln. Ihre Finger streiften wie zufällig sein Skrotum. Die Berührung traf ihn wie ein elektrischer Schlag. Sein Fleisch begann sich zu regen, zu schwellen, aufzurichten.

«Allah, la qutib al-hamama! Mein Gott, welch ein Taubenvogel», lachte sie.

«Wie nennst du ihn?» fragte er.

«Hamama, die Wildtaube. Und du, wie nennst du dein bestes Stück?»

«Es hat keinen Namen.»

«Keinen Namen? Du scherzt. Das kann nicht sein! Das erste, das Allah erschuf, als er Adam machte, war sein Geschlecht. So heißt es bei Amr Ibn al-As, dem angesehensten Mitstreiter des Propheten. Neunundneunzig Namen kennt die arabische Sprache für das erste Fleisch der Menschheit. Und du hast nicht mal einen. Armer Adrian!»

Sie betrachtete ihn mit spöttischem Vergnügen. Orlando verbarg seine Scham mit den Händen: «Ich mag es nicht, wenn man sich lustig über mich macht.»

«Ich lache dich nicht aus. Ich bewundere dich. Du bist schön.»

Ihre Blicke begegneten sich. Orlando spürte ihre Sympathie, oder war es mehr?

Zu al-Hadi sagte sie wenige Stunden später: «Ich habe ihn untersucht. Ganz ohne Zweifel: Er ist es.» Und sie erschrak vor ihrer eigenen Lüge.

«Deine Medizin war gut», lachte Orlando, als er sie am Abend aufsuchte. «Ich bin wieder der alte. Du hast mir das Leben gerettet.»

«Ja, ich habe dir das Leben gerettet», sagte Sajida. Es klang ernsthaft.

«Stand es so schlimm um mich? Wie kann ich dir danken?»

«Leiste mir Gesellschaft. Trink mit mir. Erzähl mir von dir.»
Sie holte aus einem Nebenzimmer Gläser und Wein.

«Als einziger Nichtmann bin ich bisweilen sehr einsam.»

«Was wird geschehen, wenn mich jemand aus deinem Haus kommen sieht, mitten in der Nacht?»

«Was soll schon geschehen? Nichts.»

«Ein Mann und eine Frau...»

«Für sie bin ich keine Frau mehr. Ihre Moral gilt nur für Gebärfähige. In ihren Augen bin ich ein Mann.»

«Nicht für mich», sagte Orlando. «Du bist die ungewöhnlichste Frau, die mir begegnet ist.»

«Auch du bist anders als die Männer, die ich kenne. Der arabische Mann fürchtet sich vor der Überlegenheit der Frau. Das ist der Grund, weshalb sie uns einsperren, weshalb die Kindfrau ihr Ideal ist. Je älter und kraftloser unsere Männer werden, um so mehr zieht es sie zu jungfräulichen Mädchen, um dem Vergleich mit anderen jungen Männern zu entgehen. Beispielhaft wie in allem ist hierfür der Prophet.»

«Wieso der Prophet?»

«Als junger Mann liebte er eine Frau, die fünfzehn Jahre älter war als er. Als er um ihre Hand anhielt, war er fünfundzwanzig. Sie war vierzig und bereits zweimal verheiratet gewesen. Chadidschah war Mohammeds erste Frau, und so lange sie lebte, begehrte er keine andere. Sie gebar ihm alle seine Kinder außer Ibrahim. Ein Vierteljahrhundert lang liebte er nur sie. Erst mit ihrem Tod entdeckte er die Leidenschaft für die jungen Weiber, von denen er bald einen ganzen Harem sein eigen nannte, und sie wurden immer jünger, je älter er wurde.»

«Erzähl mir von Chadidschah», sagte Orlando.

«Nach allem, was wir über den Propheten wissen, verband ihn eine große Liebe mit ihr. Er war fasziniert von ihrer Großmut und ihrem reifen Geist. Gewiß suchte und fand er auch die Mutter in ihr, die er viel zu früh verloren hatte. Obwohl es wenig wahrscheinlich ist, daß er bei ihr die gleiche sinnliche Leidenschaft empfand, die ihm später die jungen Frauen seines Harems einflößten, vergaß er sie doch nie. Noch kurz vor seinem Tode nannte er sie ‹das edelste Geschöpf, das je auf Erden gelebt hat›. Sie lehrte ihn alles, was ein Mann über die Liebe wissen sollte.»

«Ich würde dich gerne Chadidschah nennen», sagte Orlando. Er legte seine Arme um Sajida und wollte sie küssen.

«Bitte nicht! Hast du vergessen, was ich dir über die Liebe erzählt habe?»

«Die leidenschaftlichste Liebe ist die unerfüllte?»

«Richtig. Es gibt nur verlorene oder unerreichbare Paradiese.»

«Nicht die erlegte Antilope verschafft uns Glück, sondern das Fieber der Jagd.»

«Du hast gut aufgepaßt», lachte sie, «also laß uns jagen!»

Es war der Beginn einer aufregenden Jagd.

Alle Erotik lebt vom freiwilligen Verzicht, vom Hinauszögern, Verweigern und Verbergen. Sajida war eine Meisterin dieser Disziplin, im Aufbau erotischer Spannung, im Spiel mit dem Feuer, im Jagen, ohne zu erlegen.

Orlando erlernte die neunundneunzig Namen für das erste Fleisch Adams: el kamera, des Knaben Spielzeug; el heurmak, der Unbezähmbare; el zoddame, der Einbrecher; abou laaba, der Spucker; el motela, der Durchwühler; abou rokba, der mit dem dicken Hals; abou guetaia, der im Wald steht, und den schönsten von allen: el hamama, der Taubenvogel.

«Hat dein Schoß auch so viele Namen?»

«O ja», erwiderte Sajida, «viele und schön schlimm wie diese: el hezzaz, die sich Hin- und Herbewegende; el meussass, die Saugende; el harr, die Heiße; abou belaoum, die Gefräßige; abou cheufrine, die mit zwei Lippen; el ladid, die Köstliche; el sakouti, die Verschwiegene, und noch viele mehr. Die Namen für den Kelch Evas sind so zahlreich wie die Blüten im Wadi nach dem ersten Frühlingsregen.»

«Und wie heißt dein Kelch?»

«El tauq, das Halsband.»

«Das klingt schön«, sagte Orlando.

«Noch schöner klingt die Vereinigung unserer beiden Geschlechter: Tauq al-hamama, das Halsband der Taube.»

SAMUEL RITT EINEN FALBEN, isabellenfarben, sagte er, benannt nach der Herzogin Isabella, die einen heiligen Eid abgelegt hatte, ihr Hemd erst zu wechseln, wenn der Gatte vom Kreuzzug heimgekehrt sei. Samuel fügte lachend hinzu: «Der Herzog war vier Jahre fort.»

Überhaupt verstand der Alte viel von Pferden. Bevor er zum Bernstein übergewechselt war, hatte er mit Rössern gehandelt, erst in Genua, dann im Heiligen Land.

«Welch ein Geschäft!» seufzte er. «Ich habe den Kreuzfahrern die Pferde verkauft. Die Sarazenen haben sie ihnen weggenommen und zu mir gebracht. Ich habe ihnen die Beute abgekauft, um sie ein paar Tage später anderen Kreuzrittern anzubieten. Reklamationen gab es nie. Nur selten überlebte ein Reiter sein Pferd. Das waren die blutigen Tage von Akkon. Leider verendeten auch viele Pferde im Pfeilregen der Sarazenen und unter den Schwerthieben der christlichen Heere. Habt Ihr jemals ein Schlachtfeld voller sterbender Pferde gesehen? Die Leiber aufgeschlitzt, die Hufe gen Himmel gereckt? Die Augäpfel aus den Höhlen gequollen, vor Qual und Entsetzen. Mein Mitgefühl hat nicht den Männern gegolten. Sie haben den Kampf gewollt und ihn gesucht. Aber die Pferde! Wie kann Gott das zulassen? Was haben die Tiere mit diesem Wahnsinn zu schaffen?

Die Menschen werden begraben. Die Pferde bleiben in der sengenden Sonne liegen, wo die Verwesung sie auftreibt wie aufgeblasene Dudelsäcke, prall bis zum Zerreißen. Die Kadaver explodieren mit solcher Gewalt, daß es die darauf hockenden Aasgeier zerreißt. Der Gestank ist unbeschreiblich.»

«Ihr zahlt es mir heim für die Schweine, wie?» fragte Benedict.

«Aber nein, ganz und gar nicht», sagte Samuel.

«Wart Ihr mit dem Kaiser im Heiligen Land?»

«Ich bin ihm nie begegnet, kenne aber seinen Erstgeborenen von Angesicht zu Angesicht.»

«Prinz Heinrich?»

«Warum nennt Ihr ihn Prinz? Wurde er nicht in Aachen achtjährig zum deutschen König gekrönt?»

«Was für ein Mensch ist dieser König?»

«Nun, er ist eitel wie alle großen Herren, liebt Gold und Geschmeide, vor allem den honigfarbenen Bernstein. Er hat mir alle Steine abgekauft, die ich mit mir führte. Mehr als das friesische Gold, so sagt man, liebt er die jungen Weiber, für die er ein Vermögen vergeudet.»

«Habt Ihr ihm auch Mädchen verkauft?» hänselte ihn Benedict.

«Mit Menschen würde ich niemals Handel treiben», sagte Samuel. «Es gibt kein größeres Unrecht. Wart Ihr jemals auf dem Sklavenmarkt? Dort werden Familien auseinandergerissen wie Bananenstauden. Das schlimmste dieser Art habe ich vor den Mauern von Damiette erlebt.»

Und dann erzählte er:

«Das Heer der Kreuzfahrer hatte seine Zelte in der Ebene vor Damiette aufgeschlagen. Auf dem Lager lag die tödliche Langeweile endloser Belagerung. Krankheit und Entbehrung quälten die Männer. Schon flammten die ersten blutigen Ehrenhändel zwischen den christlichen Verbündeten auf, da geschah etwas Unerhörtes. Ein paar Friesen von der Emsmündung hatten auf ihren Raubzügen in die nähere Umgebung die Einwohner eines Fellachendorfes erschlagen und Mädchen erbeutet.

Die Nachricht ging wie ein Lauffeuer durchs Lager: Mädchen! Wo? Jeder wollte sie sehen. Zu Hunderten strömten die

Männer herbei. Es waren acht Mädchen, vierzehn, höchstens fünfzehn Jahre alt. Barfüßig, das Haar zu Zöpfen geflochten, verängstigt und dicht aneinandergedrängt wie Kinder, die sich verlaufen haben. Erschrocken blickten sie auf die fremden Krieger, die sie mit ihren Augen zu verschlingen schienen. Es war wie in einer Löwengrube vor der Fütterung. Focko von der krummen Horn, der Anführer der Friesen, warnte die Herbeigelaufenen mit der Streitaxt in der Hand: ‹Die Beute gehört dem, der sie sich erkämpft hat, so lautet das Gesetz des Krieges. Die Mädchen gehören uns. Aber wenn meine Männer sie gehabt haben, so könnt auch ihr sie haben.›»

Samuel wischte sich eine Träne aus den Augen: «Sie wurden von Mann zu Mann gereicht. Einer verkaufte sie dem nächsten. Noch vor Mitternacht waren sie alle zu Tode geschändet. Aber selbst da gab es noch welche, die bereit waren, für das tote Mädchenfleisch zu zahlen. Solch ein Vieh ist der Mensch!»

«Ja, der Krieg ist ein Moloch. Er verschlingt alles, was ihm in die Quere kommt», sagte Benedict. «Mir scheint, Ihr habt viel von der Welt gesehen. Wo seid Ihr zu Hause?»

«Wo ist ein Jud zu Hause? Überall und nirgends, wie die Vögel unter dem Himmel. Das ist unser Leid und unsere Größe.»

«Größe?» fragte Benedict, als habe er sich verhört.

«Im Talmud im Traktat Berachot heißt es: An dem Tag, an dem der Tempel in Jerusalem zerstört wurde, ist eine eiserne Mauer eingestürzt, die zwischen Gott und Israel stand.»

«Wie meint Ihr das?» fragte Benedict.

«Wir Juden sind unserem Wesen nach Nomaden. Die Wüste ist unsere Heimat. Hier wurzelt unsere Religion. Noch nach dem Auszug aus Ägypten sind wir viele Generationen lang durch die Wüste gezogen.»

«In der Bibel steht vierzig Jahre.»

«Richtig, arba im schanim, das kann vierzig heißen oder ganz, ganz viele. Über große Zeiträume wurden die Stämme Israel zu einem Volk zusammengeschweißt. Als Nomaden zogen sie von

Wasserstelle zu Wasserstelle, ohne Bindung an Land. Zusammenlegbare Zelte waren ihre Häuser, eine transportable Lade ihr Heiligtum. Wir sind wie der Wind. Unsere Kraft ist unsere Beweglichkeit. Sollten wir aber jemals – Jehova möge das verhüten! – in eigenem Land ein seßhaftes Volk werden, so werden wir aufhören, das auserwählte Volk zu sein.»

«Ihr habt es in eurer langen Geschichte nicht leicht gehabt», sagte Benedict, «und habt trotzdem überlebt.»

«Völker gehen nicht unter, weil sie schwach sind, sondern weil sie sich für zu stark halten.»

«Ihr versteht es, euren Verstand einzusetzen.»

«Wen Gott bestrafen will, dem gibt er Verstand», sagte Samuel. «Wichtiger als Verstand ist Witz. Ein jiddisches Sprichwort lautet: Hat einer ein Geschwür, so fehlt ihm die Zwiebel zum Drauflegen. Hat er eine Zwiebel, so hat er kein Geschwür. Man kann nicht alles haben. Es geht mir gut. In einer Gesellschaft, in der Schauspieler, Musikanten, Huren, Henker, Schäfer und Zigeuner als fahrende Leut kaum Rechte besitzen und als ehrlos gelten, obwohl sie Christenmenschen sind, haben wir Juden als Finanziers und Großhändler einflußreiche Stellungen erworben. Kein größeres Geschäft im Reich ohne uns.»

«Und dennoch trennt uns der dunkle Schleier der Religion.»

«Es ist nicht die Religion», sagte Samuel. «Christen und Juden leben in verschiedenen Welten. Sie leben nach verschiedenen Kalendern, reden eigene Sprachen. Ihre Kinder besuchen verschiedene Schulen. Wir Juden haben eigene Brunnen, Bäder, Barbiere, Matzenbäcker und koschere Schlachtereien. Und das alles innerhalb ein und derselben Stadt. Was die Christen essen, wird von den Juden verabscheut und umgekehrt. Wenn die einen fasten, feiern die anderen. Was die einen verehren, wird von den anderen verteufelt. Eheliche Bindungen untereinander werden von beiden Seiten unter Strafe gestellt. Die Juden halten die Christen für so unrein, daß sie glauben, die Reinigungskraft

ihres Ritualbades ginge verloren, wenn sich ihm ein Schweinefleischfresser nur nähere. Die Christen trauen ihren jüdischen
Mitbürgern zu, sie würden Brunnen vergiften und Hostien
schänden. Die Welt ist ein Narrenhaus. Das Leben ist nicht mehr
als ein Traum.» Er fügte augenzwinkernd hinzu: «Aber bitte,
weckt mich nicht auf!»

An einer Wegkreuzung schieden sie als Freunde.

Samuels letzte Worte waren: «Wenn ein Mädchen nicht tan-
zen kann, sagt es: ‹Die Musiker können nicht spielen.› Es liegt an
uns, daß die Welt so ist, wie sie ist.»

Benedict hatte ihm einen Beutel mit Bernsteinen abgekauft.
Sie würden ihm zu gegebener Zeit den Vorwand liefern, sich
dem kaiserlichen Prinzen zu nähern.

E S REGNETE SEIT TAGEN. In den Kasematten der Burg
brannten bereits zu Mittag die Öllampen.
Hazim, der wie der Alte am liebsten im Gehen lehrte, war mit
Orlando hinabgestiegen in den unterirdischen Teil der Festung.
Aus dem Fels geschlagene Tunnel bildeten ein höhlenartiges
Labyrinth aus verwinkelten Gängen und Gassen.

«Mit Alamut verhält es sich wie mit den meisten Produkten
der Schöpfung», sagte Hazim. «Wichtiger als die sichtbare
Oberfläche ist der verborgene Teil. Der lebenspendende Bauch
der Burg befindet sich hier unten im Berg. Ohne die Zisternen
und kühlen Vorratskeller wäre die Festung trotz ihrer uneinn-
nehmbaren Lage nach kurzer Belagerung verloren. Unser aller
Überleben hängt von den Vorräten ab.»

Sie betraten einen Raum, der auf den ersten Blick einer
Schwimmhalle glich. Der größte Teil der Grundfläche bestand
aus einem tief eingelassenen Becken, gefüllt mit flüssigem Gold.

«Honig», sagte Hazim.

Da gab es Räume voller Reis. In hölzernen Regalen lagerten getrocknete Datteln und Bohnenkerne, Öl in Tonamphoren und Salz in Fässern, Heu für die Pferde, Waffenarsenale, Belagerungspech.

«Hast du je dergleichen gesehen?»

«Nein, nie», staunte Orlando. «Eine Hamsterhöhle ohne Beispiel.»

«Vor ein paar Jahren ist ein junger Dailamese hier eingebrochen. Die Taschen voller Datteln fiel er in das große Becken. Er starb wie eine Fliege im Honigtopf. Man fand ihn erst nach Wochen, und dennoch wirkte er so frisch, als sei er eben erst hineingefallen. Er war kandiert wie eine Mangofrucht.»

Sie waren am Ende der unterirdischen Gewölbe angelangt. Vor ihnen öffnete sich ein runder moscheeartiger Raum, von einer Kuppel überwölbt. Durch ein Loch in ihrem Scheitelpunkt fiel Tageslicht. Darunter lag auf einem Altartisch ein goldenes Buch. Erstaunt blieb Orlando stehen: «Welch eine Halle für ein einziges Buch!»

«Kitab al-ibar, das Buch der leuchtenden Vorbilder», sagte Hazim. Orlando schlug es auf und las: «Husam al-Sana.»

Er blätterte weiter: «Altum ben Kara.»

«Husam al-Sana tötete Quizil Arslan», belehrte ihn Hazim, «Altum ben Kara erledigte den Chef der Milizen von Aleppo. Hier findest du die Namen aller Fedawis, die sich für den wahren Glauben geopfert haben. Ein Heldengesang ohnegleichen. Ein Gedächtnis in Buchstaben, niedergeschrieben mit Märtyrerblut. Hier auf der letzten Seite als letzte Eintragung: der Name Alis. Davor hätte fast der deinige gestanden.»

«Was bedeutet die Zahl hinter den Namen?»

«Die Jahreszahl der islamischen Zeitrechnung. Sieh hier: 513 Abu Tamin. Sein Name leuchte bis zum Jüngsten Gericht! Er tötete den Abbasiden-Kalifen Mustarschid. Mitten im Heerlager machte er den Verräter nieder. Er fand sogar noch Zeit, ihm die

Ohren abzuschneiden, bevor ihn die Säbel der Wachen ins Paradies schickten.»

«Hier stehen acht Namen nebeneinander», staunte Orlando.

«Aksonkor Bursuki, Fürst von Mossul. Am vierten Freitag des Jahres 504 wurde er in der großen Moschee beim Gebet niedergemacht. Mit dem Ruf: Wir sind die Opfertiere unseres Herrn! fielen acht Assassinen über den Fürsten her, der von seiner nubischen Leibgarde gedeckt wurde. Zwölf Wächter und sieben Assassinen hauchten ihr Leben aus. Der Fürst verblutete als letzter. Ein Assassine überlebte das Gemetzel, ein Knabe noch, kaum fünfzehn Jahre alt. Er entkam. Es heißt, seine Mutter habe sich zunächst aus Freude über die gelungene Tat mit Henna geschminkt. Als sie jedoch erfuhr, ihr Sohn sei als einziger zurückgekehrt, habe sie ihr Haupt mit Asche bestreut und die Frucht ihres Leibes verflucht.»

«Ist es eine Schande zu überleben? Seid Ihr auch der Meinung?» fragte Orlando.

«Ein Assassine, der überlebt, ist wie ein Feld ohne Früchte, ein Vogel ohne Flügel. Er hat seine Bestimmung verfehlt. Ein Fedawi ist kein Kämpfer. Er ist ein Opferbereiter, einer, der tötet, um getötet zu werden. Er nimmt den Tod nicht als Risiko in Kauf, er sucht ihn, um das Paradies zu gewinnen. Sein eigener Tod ist das eigentliche Ziel. Wäre es anders, so würden wir unsere Gegner nicht mit dem Dolch zur Hölle schicken, sondern mit Gift oder Pfeilen, die dem Attentäter die Flucht ermöglichen. Unsere Todesbereitschaft ist unsere Überlegenheit. Nichts flößt unseren Feinden so viel Furcht ein wie unsere Furchtlosigkeit. Nicht der Tod, sondern die Angst vor dem sicheren Tod macht unsere Gegner gefügig. Es gibt keine wirkungsvollere Waffe als den Terror.»

«Wurde Alamut jemals belagert?»

«Nicht nur einmal. Das erstemal schon acht Jahre nach unserer Übernahme. Sultan Malikschah gab den Befehl, Hasan-i Sabbah und seine Anhänger aus ihren Festungen zu vertreiben, so wie man Ratten aus ihren Löchern verjagt. Er beauftragte den Emir Arslantasch mit dem Oberbefehl. Der Emir erschien im Monat Dschuma mit einer tausendköpfigen Streitmacht vor Alamut. Der Alte vom Berge verfügte zu diesem Zeitpunkt nur über sechzig Männer und sehr geringe Vorräte. An einem zweihundert Fuß langen Lederseil ließ er sich in einer mondlosen Nacht von den Zinnen hinab, um in den umliegenden Bergdörfern für seine Sache zu werben. Dreihundert Männer gewann er. Mit ihrer Hilfe schlug er die Armee des Sultans in die Flucht. Die Verluste auf beiden Seiten waren sehr hoch.

Beim Anblick der Erschlagenen rief der Quaim die Überlebenden zusammen. Er fragte: ‹Wer von euch ist willens, die Erde von dem Teufel zu befreien, der für dieses Blutbad verantwortlich ist? Sein Tod wird dem Täter das Tor zur höchsten Glückseligkeit öffnen.›

Ein Mann namens Bu Tahir Arrani – sein Name sei gelobt bis in alle Ewigkeit! – legte seine Hand aufs Herz zum Zeichen, daß er bereit sei, den Pfad der Fedawis zu gehen.

In der Nacht zum Freitag, dem 12. Ramadan, bei dem Ort Sahna im Distrikt von Nihawand, näherte er sich als Suffi verkleidet der Sänfte Nizzamulmulks, dem Reichskanzler des Sultans. Noch während er zustieß, erlitt er das Martyrium.

Er wurde erschlagen. Sein Name steht wie der von Adam ganz am Anfang.»

Zu seinem eigenen Erstaunen hörte Orlando sich fragen:

«Geschieht es öfter, daß ein Nizari die Hand aufs Herz legt zum Zeichen seiner Opferbereitschaft?»

«Seltsam, daß du das fragst», sagte Hazim. «Bist du nicht damals selbst hervorgetreten und hast die Hand aufs Herz gelegt, als der Quaim fragte: Wer von euch will seinen Dolch in den Herzog von Kelheim stoßen?»

«Ich?»

«Ja, du. Weißt du nicht mehr, was du tust? Was ist los mit dir?» verwunderte sich Hazim.

«Dieser Ort hier, das goldene Buch der Assassinen ... Ist es ein Wunder, wenn ich verwirrt bin?» log Orlando. «Bitte erzählt mir mehr davon!»

«Nizzamulmulk war das erste Opfer der Assassinen. Es war die Geburtsstunde einer völlig neuen Kriegsführung mit der unscheinbarsten aller Waffen, dem Dolch. Nie wurden Bogen, Armbrust oder Gift eingesetzt, Waffen, die dem Assassinen die Möglichkeit zur Flucht eingeräumt hätten. Allein die Opferbereitschaft macht den Mörder zum Märtyrer. Unser Zeichen ist die Biene, die stirbt, wenn sie zusticht.

Niemand entgeht unserer Strafe: Fürsten, Gouverneure, oberste Richter und Generäle. Selbst hohe Theologen der ismaelitischen Lehre haben ihr Leben verwirkt, wenn sie es wagen, sich gegen uns zu stellen, so wie jener Chatiban, jener Korangelehrte, der gepredigt hatte: Das Blut eines Assassinen zu vergießen ist verdienstvoller als die Tötung von siebzig byzantinischen Ungläubigen. Unreiner als räudige Hunde sind sie. Es ist die Pflicht aller Gerechten, die Erdoberfläche von diesem Schmutz zu reinigen.

Vierzig Tage nach dieser Predigt fand man seinen erdolchten Leib mit einer Hundeleine um den Hals.»

«Und Alamut? Ihr sagtet, es wurde mehr als einmal belagert.»

«Alamut im Angriff zu nehmen, ist völlig unmöglich. Daher wählte der Sultan – der Teufel möge ihn entmannen! – eine andere Kriegstaktik. Acht aufeinanderfolgende Jahre kamen seine Truppen nach Rudbar und in die anderen Täler, zerstörten die Ernten und die Dörfer. Als die Vorräte immer knapper wurden, legten sie Belagerungsringe um unsere Burgen, beschossen sie mit Steinschleudern und brennendem Pech. Die Dinge standen schlecht für uns. Im Monat Dhul-hidschdscha waren wir am Ende. Abgemagert bis auf die Knochen ernährten wir uns von Eidechsen und Würmern. Dann – Allah sei gelobt – traf die Nachricht ein, der Sultan sei in Isfahan gestorben. Seine Truppen zerstreuten sich fluchtartig. Es war Rettung in höchster Not. Manche behaupten, der Sultan sei aus Angst um sein Leben gestorben. Sogar im Harem trug er einen eisernen Harnisch. Denn selbst während der Belagerung unserer Burgen blieben die Assassinen nicht untätig. Im ersten Jahr töteten sie Ubaid Allah al-Chatib, Kadi in Isfahan und Erzgegner der Ismaeliten. Der Kadi wußte, daß er auf unserer Todesliste stand. Er verdreifachte seine Leibwache und bewegte sich so vorsichtig wie eine gejagte Zibetkatze – vergeblich. Während des Freitagsgebets in der Moschee von Hamadan wurde er von einem Assassinen erstochen.

Nur wenig später wurde der Kadi von Nischapur während der Feiern zum Ramadanende zur Hölle geschickt.

Ein ganz besonders hartnäckiger Feind war der seldschukische Gouverneur Abbas Daud, der in seiner Provinz Türme aus Ismaelitenschädeln errichten ließ. Um ihn zu beseitigen, bedienten wir uns der ältesten List der Menschheit.»

«Und das wäre?» fragte Orlando.

«Wer erschlug den Abel?»

«Sein Bruder Kain.»

«Du sagst es: sein Bruder. Wir verbündeten uns mit dem treuesten Weggefährten des Abbas, mit Sultan Sandschar. Der ließ ihn während eines Besuches in Bagdad enthaupten. Sein Kopf wurde nach Chorasan geschickt. Er kostete uns ein Vermögen. Aber er war es wert.» Hazim machte eine Pause und wischte sich den Schweiß von der Stirn.

«Nur ein Jahr später fiel der Großwesir des Sultan Sandschar einem Attentat zum Opfer. Er hatte den Zorn des Quaim herausgefordert und wußte, daß er auf unserer Liste stand. Seine Angst vor einem Anschlag war so groß, daß seine Diener sich ihm nur nackt nähern durften. Als er eines Tages sein Pferd besteigen wollte und der Hengst scheute, streichelte der nackte Stallknecht, der den Steigbügel hielt, dem Tier beruhigend den Hals. Dabei zog er den in der Mähne versteckten Dolch hervor und stieß ihn dem Verurteilten in die Kehle. Der Stallknecht wurde öffentlich enthauptet, nachdem man ihm die rechte Hand abgehackt hatte. Es war kein anderer als der Junge, der seiner Mutter Schande gemacht hatte.

Nach der Hinrichtung des Großwesirs im Pferdestall ließ Sultan Sandschar seine Palastwache verdoppeln. Es gelang unseren Agenten, einen Sklaven des Sultans anzuwerben. Dieser stieß in der Nacht, als Sandschar fest schlief, einen Dolch so fest durch das Kopfkissen, daß er im Holz des Bettes steckenblieb. Als der Sultan erwachte und die tödliche Klinge dicht neben seinem Hals entdeckte, war es um seine Ruhe geschehen. Am Tag darauf überbrachte ihm ein Bote aus Alamut ein Schreiben, darin standen die Worte: Wären wir dir nicht gewogen, so hätte die Klinge nicht in deinem Kissen, sondern in deiner Kehle gesteckt.

Sandschar schloß einen Vertrag mit den Assassinen, obwohl er erst im Jahr zuvor Alamut hatte belagern lassen. Im Volk ging das Gerücht um, Sandschar zahle dem Alten vom Berge Tribut, um sein Leben zu retten, was natürlich nicht stimmte, aber unsere Überlegenheit vor aller Welt dokumentierte.»

Orlando sagte: «Ein Assassine, der seinen Opfergang überlebt, ist eine Schande. Warum habt Ihr mich in den Kreis der Eingeweihten aufgenommen?»

«Ein Kopf ist ein Kopf, und eine Hand ist eine Hand. Wer mit dem Kopf Holz spalten will oder mit der Hand zu denken versucht, darf sich nicht wundern, wenn seine Anstrengung mißlingt. Du bist kein Fedawi; du bist ein Ihwan as-safa. Der Fehler lag bei uns.»

In der Nacht lag Orlando lange wach.

Adrian hatte sich freiwillig gemeldet!!! Was hatte ihn dazu veranlaßt?

Später, im Schlaf verbunden mit seinem anderen Ich, wiederholte er die Frage. Adrian legte ihm schweigend den Arm um die

Schulter, so wie er es immer tat, wenn er den großen Bruder spielte. Laß mich nur machen! hieß die Geste. Davon verstehst du nichts.

ORLANDO WEILTE SCHON seit vier Monden auf Alamut. Aber nie war er dem Alten vom Berge begegnet.

Manchmal kamen Männer mitten in der Nacht. Mit ihren Säbeln schlugen sie gegen das große Tor. Dann bellten Befehle durch das stille Tal. Die rostigen Angeln des Tores kreischten. Pferdehufe klapperten über Pflastersteine.

Wer waren diese nächtlichen Besucher? Waren es Boten oder Opferbereite? Vergeblich versuchte Orlando, sie zu belauschen. Schweigend eilten sie vorüber. Nur einmal fing er einzelne Wortfetzen auf: Quasr al-bahr, Palast des großen Wassers... Kahf az-zulumat, Tunnel des Todes... Was hatte das zu bedeuten?

Einmal war eine Abordnung aus dem algerischen Maghreb zu Gast. Die Gesandten und ihre Sekretäre waren in der Bordsch al-ahmar, der roten Burg, untergebracht, einem von der übrigen Stadt streng abgeteilten Bezirk. Mit den Gesandten verhandelte der Quaim persönlich. Boten und Mannschaften hatten keinen Zugang zum Tadsch al-Alam. Nur Hazim und al-Hadi durften den Turm unaufgefordert betreten. Um so überraschter war Orlando, als Hazim ihm am Ende der Unterweisung mitteilte: «Der Quaim erwartet dich morgen nach dem letzten Gebet des Tages. Ich werde dich zu ihm bringen.»

«Wie muß ich mich verhalten?» fragte Orlando. «Gibt es besondere Regeln, die ich beachten muß?»

«Bist du so vergeßlich?» lachte Hazim. «Mach alles so wie beim letztenmal.»

Orlando zählte einhundertundzwölf Stufen. Dann erreichten

sie einen Vorraum mit mehreren Türen. Hazim schlug einen Gong. Sie verweilten ein paar Atemzüge und betraten dann einen halbkreisförmigen Raum mit einem Durchmesser von mindestens zwanzig Doppelschritten. An der geraden Innenwand brannte ein offenes Kaminfeuer. Davor saß auf einem hohen Diwan ein Mann. Er saß mit dem Rücken zum Feuer. Das Gesicht in tiefem Schatten, während Orlando und Hazim dem hellen Licht der Flammen ausgesetzt waren. Der Alte gab Hazim ein Zeichen, sich zurückzuziehen. Der verneigte sich und sprach: «Der Friede und die Barmherzigkeit Allahs sei mit dir.»

«Komm», sagte der Quaim. Sie gingen hinaus auf die Dachterrasse. Von den Zinnen stürzten die Mauern senkrecht ins Bodenlose. Das Mondlicht war so hell, daß ihre Körper scharfkantige Schatten warfen. Das hagere Gesicht des Alten wirkte in dem fahlen Schein der Nacht wie aus Granit gemeißelt. Die tiefliegenden Augen! Orlando erschauerte vor ihrer hypnotischen Bannkraft.

«Du sprichst Arabisch, als wäre es deine Muttersprache.»

«Sie ist es. Meine Mutter sprach arabisch. In ihren Adern floß Omaijadenblut.»

«War es die Stimme des Blutes, die dich bewogen hat, zu uns zu kommen?»

«Was hat Mohammed bewogen, nach Medina zu gehen? War es die Stimme Gottes oder die des Blutes? Haben wir wirklich die Wahl? Sind unsere Wege nicht vorgezeichnet? Wäre es mir bestimmt gewesen, so hätten mich die Ritter des Bayernherzogs zerhackt, die korsischen Strandräuber oder die Krieger von Dailam. Warum hat mich nicht die Flut des Meeres verschluckt? Warum hat mich weder die Glut der Wüste noch die des Fiebers verbrannt? Darauf gibt es nur eine Antwort: Allah wollte es so. Deshalb bin ich hier.»

«Es gibt keinen anderen Grund?» fragte der Quaim. Es klang spöttisch. «Willst du sie wiedersehen?»

Orlando wußte nicht, was er antworten sollte.

«Bist du ihretwegen zurückgekommen?»

«Nein», sagte Orlando wahrheitsgemäß.

«Aber du würdest dich freuen, sie wiederzusehen?»

«Ja», sagte Orlando, «ich würde mich freuen.»

Sie gingen eine Weile schweigend nebeneinander her. Dann fragte der Alte: «Du hast Ali geliebt?»

«Er war mein Freund.»

«Sie haben ihn vor deinen Augen erschlagen wie einen Hund. Vollende sein Werk! Geh nach al-Iskenderia und schick diesen Teufel Mansur zur Hölle! Mein ist die Rache, spricht der Herr.»

Orlando konnte sich anderen Tages nicht mehr entsinnen, wie er in seine Wohnung im Aldebaran zurückgekehrt war. In seiner Erinnerung war nur der Quaim. Die hypnotische Bannkraft seiner Augen hatte alles andere verdrängt. Dafür erinnerte er sich um so deutlicher an die Worte des Alten. Wie eingemeißelt war ihm jeder Satz im Gedächtnis haftengeblieben. Was für ein Mensch!

Welch prophetisches Sendungsbewußtsein! So hatte er sich als Kind den lieben Gott vorgestellt – oder war es der Teufel?

Nachts träumte Orlando von al-Mansur.

Sie jagten gemeinsam Gazellen im Wadi Hanifa.

«Du hast den ersten Schuß», sagte Mansur.

Orlando zielte auf den Freund und erwachte schweißgebadet. Dann lagen sie auf dem Dach, die Geparden zu ihren Füßen. Der Wein war so rot wie Blut. Mansur erzählte sein Märchen: «Dann ging der Kalif hinaus in den Garten. Dort sah er eine Gestalt.

‹Wer bist du?› fragte Harun al-Raschid.

‹Ich bin der Tod.›

‹Was willst du von mir?›

Und der Tod antwortete: ‹Morgen bei Tagesanbruch habe ich eine Verabredung in al-Iskenderia.›»

Grauenhafte Bilder schreckten Orlando in den folgenden

Nächten aus dem Schlaf. Es war nicht das Töten. Es ist leicht, einen Feind zu erledigen. Ja, es ist sogar ein erregend schönes Gefühl, im Zweikampf zu triumphieren. Aber wie kann man einen Menschen erdolchen, der nichts Übles will und ahnt, dessen Gast und Freund man ist? Ihm schauderte bei dem Gedanken.

Und dennoch. Er würde es tun.

Er war hier, um einen Auftrag auszuführen.

In diesen Nächten fand er die Antwort auf die Frage: Wie konnte Adrian seinen Dolch in einen ahnungslosen friedfertigen Fremden stoßen?

ENEDICT WURDE VON lachenden Stimmen geweckt. Da war ein Schwätzen und Schreien unter seinem Fenster wie auf dem Jahrmarkt. Er eilte zum Fenster. Aber was war das? Träumte er? Er wischte sich den Schlaf aus den Augen. Doch vergeblich. Das Bild blieb, eine Szene wie beim Jüngsten Gericht: Männer und Frauen, jung und alt, die meisten fast nackt. Was hatte das zu bedeuten?

Benedict kleidete sich rasch an und hastete die Stiege hinab. Vor der Herberge stieß er mit dem Wirt zusammen, der einer dicken Frau die nackten Hinterbacken tätschelte.

«Welch ein Gebirge von Appetitlichkeit!»

«Hände weg», lachte die Frau, «faß dich an den eigenen Arsch!»

«Mein Gott, was soll das?» stammelte Benedict.

«Die Bader haben zum Bad geblasen. Wenn Ihr noch warmes Wasser wollt, so müßt Ihr Euch beeilen. Und laßt besser Hosen, Wams und Schuhe hier. Langfinger gibt es überall. Was Euch die Beutelschneider nicht nehmen, das holen sich die hungrigen Flöhe der Marktweiber. So manch einer, der mit zwei Stiefeln und einer Laus zum Badhaus ging, kam barfuß mit einer ganzen Wallfahrt von Läusen zurück.»

Eine Gruppe junger Burschen zog vorüber, unbekleidet bis auf ihre Lederschürzen, die Brust und Bauch bedeckten. Von hinten betrachtet wirkten sie völlig nackt. Ihre Hinterteile unter den schwarzspeckigen Schürzenbändern waren weiß wie Fischbein.

«Das sind die Steinmetzen von Sankt Jakob», sagte der Wirt. «Sie bekommen jeden Freitag einen Badpfennig vom Rat der Stadt, um den Staub vom Leib zu spülen. Ihre Kehlen spülen sie bei mir in der Schenke.»

«Ihr meint, diese Leute wollen alle gewaschen werden?» wunderte sich Benedict.

«Nun, nicht nur gewaschen, sie wollen zum Baden.»

«Ist das nicht das gleiche?»

«Nicht ganz. Waschen ist wie alle Reinigung lästige Pflicht. Baden aber ist ein Vergnügen, eine himmlische Hatz.»

Da Benedict seit Tagen nicht gebadet hatte, beschloß er, sich anzuschließen, zumal er von Natur aus neugierig war.

Das Badhaus – ein schiefwinkliges Fachwerk – wirkte innen wie eine bäuerliche Tenne. In einer hohen halbdunklen Halle standen aneinandergedrängt wie verängstigte Schafe dampfende Holzzuber. Darinnen hockten Männlein und Weiblein, allein oder zu zweit in einer Wanne, alt und jung, fett, faltig und feingliedrig, alle splitterfasernackt. Während sich einige wirklich wuschen, waren die meisten damit beschäftigt, Gebratenes und Geselchtes in sich hineinzustopfen. Bier schäumte in Steinkrügen. Es roch nach Schmalzkrapfen, Rettich und geräuchertem Fisch. Jeder schien mit jedem zu reden. Da war Schreien, Prusten, lautes Lachen. Dazu fiedelten drei Musikanten auf einer Empore, die in halber Höhe den Raum umlief. Auf ihr hatten sich die Halbwüchsigen und alle, die keinen Badpfennig hatten, versammelt, um sich an dem Spektakel zu ergötzen.

Eine Badertochter kippte zwei Ledereimer heißes und drei Ledereimer kaltes Wasser in eine leere Wanne. Benedict entledigte sich seiner Kleidung. Eintauchend stellte er fest, daß viele der anwesenden nackten Männer harte Erektionen hatten. Die ungewohnte Entblößung hatte ihr Fleisch zum Schwellen gebracht, sehr zur Belustigung der schaulustigen Jugend und der mitbadenden Frauen, die unter niedergeschlagenen Lidern aufregende Vergleiche anstellten, wie ihre geröteten Wangen verrieten.

Halb verborgen vom Dampf, der aus dem heißen Wasser stieg, observierte Benedict seine Umgebung. In der Wanne neben ihm hockte ein hagerer Alter. Die Füße voller Frostbeulen hingen über den Bottichrand hinaus. Auf der anderen Seite schäkerte ein Paar miteinander, ein bärtiger Mann und eine Frau von erschreckender Blässe. Sie erinnerte Benedict an ein aufgeschlitztes Schwein, dem die Gedärme hervorquellen, bleich und wabbelig. Überhaupt hatten die meisten Nackten etwas Schweinernes an sich: die schüttere farblose Körperbehaarung, darunter die Haut von der Farbe fetten Speckes. Selbst die gierig verbogenen Pimmel erinnerten Benedict an Schweineschwänze. Angewidert wandte er sich ab.

Wie abstoßend diese Nacktheit war! Von verführerischer Entblößung keine Spur. Wie konnte ein Christenmensch angesichts dieser Widerwärtigkeit in Versuchung geführt werden?

All diese Arme und Beine, Bäuche und Ärsche, von Gicht, Alter und Unmaß aus der Form gebracht, von Narben, Flohstichen und Pickeln gezeichnet, wären verdeckt unter teurem Tuch gewiß erträglicher anzuschauen als im Zustand gnadenloser Bloßstellung. Ein Glück, dachte Benedict, daß der Raum nur spärlich beleuchtet ist, daß Dampf und Rauch die Details verwischen. Welch ein madenfarbener Friedhofsspuk wäre das Ganze im grellen Licht der Sonne!

Benedict ließ seinen Blick wandern. Nur eine Armeslänge von ihm entfernt setzte der Bader einer Frau Schröpfköpfe auf den Rücken. Die Haut unter dem Glas aasgrün, schrumpelig gewellt wie zu lange gelagerte Äpfel.

Benedict war damit beschäftigt, seine Füße zu bürsten, als das Schnattern der Badenden jäh abbrach, so wie das Gequake der Frösche, wenn die Störche beim Weiher landen.

Die plötzliche Stille wirkte bedrohlich wie die Ruhe vor dem Sturm. Die Ursache war ein Mädchen, das so ganz und gar nicht hierherzugehören schien. Eine Schönheit, langbeinig und zartgliedrig wie ein Reh. Rehfarben war auch seine Haut unter blauschwarzem Haar. Es stand nackt in seiner Wanne und schöpfte sich warmes Wasser über Brust und Bauch, rieb sich Schenkel, Po und Rücken, so unbefangen, als befände es sich allein und unbeobachtet in seiner Kammer.

Benedict dachte: Mein Gott, welch eine Frau! Entweder ist sie noch ein Kind oder eine Hexe.

Sie kam ihm bekannt vor. Wo hatte er ihr Gesicht gesehen?

Alle Augen lagen auf ihr, erstaunt, neidisch, feindselig. Eine Stimme rief: «Was hat diese Metze in unserem Bad zu schaffen? Werft sie raus!» «Ja, werft sie raus!» ereiferten sich andere Frauenstimmen. Verwundert hob das Mädchen sein Gesicht. Bin ich gemeint? fragten seine Augen.

Eine Handvoll Nüsse prasselte hernieder. Benedict hielt schützend die Hände vors Gesicht. Eine Sandale traf ihn in den Rücken. Ein Holzscheit kam geflogen, verfehlte ihn nur knapp, traf das Mädchen. Er sprang aus seiner Wanne, stürzte sie um, hielt sie über sich wie einen Schild. Das Mädchen floh zu ihm unter das schützende Dach. Geduckt wie eine Schildkröte suchten sie ihren Peinigern zu entkommen. Die Menge im Badhaus tobte vor Vergnügen.

In der angrenzenden Stube des Baders huschten die beiden Bedrängten in ihre Kleider, flohen durch eine Hintertür. Als sie sich heftig atmend auf der Straße gegenüberstanden, waren sie sich fremd und vertraut wie zwei Komplizen, die nur mit knapper Not ihrem letzten Stündlein entgangen waren.

«Warum habt Ihr das für mich getan?» fragte sie mit erstaunten Kinderaugen.

«Was getan?»

«Ihr habt mich beschützt.»

«Ich habe versucht, meine eigene Haut zu retten.»

«Die Wurfgeschosse galten mir.»

«Aber sie trafen auch mich.»

«Das tut mir leid», sagte sie, und es klang so, als täte es ihr wirklich leid.

Erst jetzt merkten sie, daß es regnete.

«Hier können wir nicht bleiben», sagte Benedict.

«Ich kenne eine Schankstube im Gerberviertel. Habt Ihr Geld?»

«Genug für uns beide.»

«Kommt, laufen wir!»

Sie nahm ihn bei der Hand und rannte los.

«Die Goldene Schelle» war ein Loch mit so niedriger Decke, daß Benedict sich die Stirn stieß.

Bei heißer Blutwurst und Bier, an einem Tisch so schmal, daß ihre Knie sich berührten, kamen sie ins Gespräch.

«Man ruft mich Magdalena. Und wer seid Ihr, Herr?»

«Nenn mich nicht Herr. Ich bin Benedict.»

«Du gefällst mir», lachte sie. «Du hast ein ehrliches Gesicht und schöne Hände.»

Sie ergriff seine Rechte und betrachtete die geöffnete Handfläche so ernsthaft wie jemand, der ein Buch studiert.

«Was liest du in meinen Lebenslinien?» lachte Benedict. «Los, rede! Spann mich nicht auf die Folter.»

«Langsam, langsam, nicht so hastig. Es hat zweiunddreißig Jahre gebraucht, um diese Schicksalsfalten zu zeichnen. Welch ein Flußbett, vom Strom des Lebens geprägt!»

«Zweiunddreißig Jahre? Donnerwetter, woher kennst du mein Alter?» staunte Benedict.

«Unterbrich mich bitte nicht. Ich muß mich konzentrieren.»

Sie legte ihre schöne Stirn in krause Falten. Irgend etwas schien ihr zu mißfallen.

«Stimmt etwas nicht?» fragte Benedict.

«Seltsam, du hast Hände wie ein Ordensbruder.»

«Ich bin ein Ordensbruder», entfuhr es Benedict.

«Du? Ein Mönch? Wie kann das sein? Was macht einer wie du im Badhaus? Bist du dem Kloster entflohen?»

«Ich bin ein Templer.»

«Ein Tempelherr, ein Ordensritter!»

Sie zog sich den Rocksaum über die nackten Knie.

«Ich bin kein Mönch in Klausur. Ich reise im Auftrag des Ordens, gehöre mehr zum fahrenden Volk als zu den Heiligen. Komm, mach weiter! Was steht sonst noch in meiner Hand?»

«Jetzt brauch ich erst einen Kirsch.»

Sie stürzte ihn hinunter. Benedict hielt ihr die Hand hin. Sie hielt ihre Linke daneben wie zum Vergleich.

«Wir werden gemeinsam ein Stück des Weges gehen, eine schicksalhafte Strecke. Da ist Licht und Finsternis, Erfolg und...»

«Und...?»

«Und der Tod. Aber ist der nicht überall?»

Sie lachte, ein wenig zu laut, und Benedict bestellte ihr eine Kanne mit frischem Bier. Er betrachtete sie, während sie trank, und dachte: Woher kenne ich sie? Irgendwann bin ich ihr begegnet, aber wo?

«Komm, iß und trink und erzähl mir von dir.»

MAGDALENA NAHM EINEN Schluck aus dem Krug und begann:

«Wir waren fünf, eine Handvoll fahrendes Volk, drei Männer und zwei Frauen. Die alte Afra las den Herbeigelaufenen aus den Händen. Den Burschen versprach sie Erfolg im Bett und beim Spiel, den Weibern gesegnete Schöße und das ewige Leben. Ich als die Jüngste schlug das Tamburin, tanzte Tarantella, sammelte im Hut die Heller ein. Glaub mir, niemand ist so geizig wie die Bauern. Sie kleben an ihrem Geld wie Fliegen auf Mus.

Die Männer verbogen mit den Muskeln ihrer Arme Eisen, verschluckten Schwerter, spien Feuer und bauten mit ihren halbentblößten Leibern einen Turm, einer auf den Schultern des anderen.

Es hatte seit Tagen geregnet. Geldkatze und Magen waren so leer wie die abgeernteten Äcker. Wir kampierten am Waldrand zwischen Schlehdorn und Farn, ernährten uns armselig von Hagebutten, Wildwurz und Holdermark. Die Männer hatten Schlingen gelegt, um einen Hasen oder ein Rebhuhn zu fangen. Spät am Abend kehrten sie zurück. Ein Igel war ihre ganze Beute. Ein Igel für fünf hungrige Mägen! Sie haben ihn mit Tonerde umhüllt und in die Glut gelegt. Als wir ihn aufbrachen, war die äußere Schale so hart gebrannt wie Mauerziegel. Die Stachel staken im Ton. Sein Fleisch war für einen zu wenig. Er entfachte unseren Appetit wie der Wind das Feuer.

Die Männer berichteten von einem einsamen Gehöft gleich hinter dem nächsten Hügel. Dort gäbe es neben der Blockhütte eine gemauerte Räucherkammer, mehr Turm als Haus, mit einem Schornstein und zwei Lüftungsluken im Giebel, zu eng für diebische Zweibeiner und zu hoch gelegen für räuberische Vierbeiner. Adam, unser Anführer, sagte: ‹Wenn wir Männer mit unseren Leibern einen Turm bauen, so müßte es Magdalena gelingen, sich durch die Luke zu zwängen.›

Im Schutz der mondlosen Nacht erreichten wir den Hof. Die Männer bauten ihren Turm. Ich wurde nach oben gehoben. Sie hatten mir ein Hanfseil um den Leib geschlungen. Der Mauerschlitz war eng. ‹Zieh dein Kleid aus!› sagte Adam. Mit dem Kopf vorweg zwängte ich mich durch den Spalt. Schwärzeste Finsternis umgab mich. Aber da war ein Duft, so verlockend, daß ich alle Angst vergaß. Wie pralle Ammenbrüste hingen die Schinken von der Decke herab. Das fette Rauchfleisch berührte meine nackte Haut. Ich erschauerte vor Glück und Gier. Würste baumelten so dicht vor meinem Gesicht, daß ich sie mit den Zähnen fassen konnte. Und ich hing dazwischen. Mit marderhafter Gier fraß ich das fette Fleisch in mich hinein. Es war wie im Schlaraffenland.

Ich durchbiß die Schnüre, an denen der Speck hing, und knüpfte sie an das Seil, das mich hielt, hängte mir eine Kette Leberwürste um den Hals, klemmte mir Rauchfleisch zwischen die Schenkel... Da ertönte Hundegebell, Rufen, Flüche, zorniges Geschrei. Ich fiel herab. Eine Tür wurde aufgestoßen. Licht blendete mich. Die Hände vors Gesicht geschlagen, so stand ich da im grellen Licht ihrer Fackeln. Männerstimmen ertönten: ‹Haltet die Hunde zurück! Ein Mädchen. Mein Gott! Was machen wir mit ihm?› Lachen. Was macht man mit einem nackten Mädchen?

Sie waren zu dritt. Sie haben mich mit Gewalt genommen.

Ich weiß nicht, wie oft. Sie waren grob. Ich verlor das Bewußtsein; als ich zu mir kam, lag ich bekleidet mit einem rauhen Hemd auf schmutzigem Stroh. Tageslicht fiel durch ein vergittertes Fenster. Noch am gleichen Tag wurde ich dem Dorfschulzen vorgeführt. Er fragte:

‹Du weißt, wessen man dich anklagt?›

‹Ich weiß es.›

‹Du gibst deine Schuld zu.›

‹Wie kann ich sie leugnen?›

‹Na, wenigstens ist sie geständig›, sagte der Schreiber. ‹Das erspart uns die Tortur.›

‹Diebstahl ist ein schweres Verbrechen›, sagte der Dorfschulze. ‹Diebe werden gehängt. So will es das Gesetz. Doch du bist ein Weib. Frauenfleisch taugt nicht für Galgenholz. Wir werden dich ersäufen, gleich morgen nach dem letzten Läuten. Ruft den Priester und sorgt dafür, daß sie die Gnadenmittel der Letzten Ölung erhält.›

‹Das könnt ihr nicht tun!› rief ich. ‹Es ist wahr, ich habe von dem Fleisch gegessen. Ich war hungrig, aber ich habe dafür mit meinem Fleisch bezahlt.›

‹Du hast was?› fragte der Richter.

‹Sie haben mich vergewaltigt, zu dritt.›

‹Und das nennst du bezahlen?› lachte der Richter. ‹Weißt du, was unsere Stadthuren für eine Samenentleerung erhalten? Einen Pfennig. Und weißt du, was ein fetter Schinken kostet? Dafür mußt du deinen Schinken viele Wochen bewegen.›

Noch vor Sonnenaufgang wurde ich auf den Schandkarren gehoben. Ein Esel zog ihn. Viel Volk war herbeigelaufen. Grölend und lachend gaben sie mir das letzte Geleit zum Fluß.

Am Ufer wartete der Henker. Das Gesicht hinter feuerroter Maske verborgen, sah er aus wie der Leibhaftige. Die Augen hinter den Sehschlitzen bewegten sich gespenstisch. In den Händen hielt er ein Tau. Ich kniete nieder, faltete die Hände zum letzten Gebet, erwartete den Tod.

‹Hört mich an!› rief eine Männerstimme dicht neben mir. ‹Hört mich an.› Ich öffnete die Augen. Der Henker hatte die Maske abgenommen. Sein Gesicht war blaß und pockennarbig. Sein Kopf war kahl. ‹Hört mich an! Es gibt einen durch Tradition geheiligten Brauch bei uns, wonach der Scharfrichter das Recht hat, eine zum Tode verurteilte Jungfrau zu freien. Nimmt sie die Werbung an, so ist das Urteil null und nichtig.›

‹Wer will dich schon?› kreischte eine Alte. ›Eher nähme ich den Tod zum Buhlen als einen wie dich. Der Fluß ist wärmer als dein Bett.›

Die Menge lachte.

‹Willst du mich zum Gatten?› fragte der Henker.

Ich blickte auf den Fluß, auf den Strick und den Sack.

Als Kind habe ich mitangesehen, wie ein Wurf junger Katzen ertränkt worden war. Entsetzlich lange währt das Sterben. Mein Überlebenswille sagte: Ja.

‹Lauter, Diebin, wir können dich nicht hören!› rief das Volk.

‹Ja›, rief ich, ‹ich will leben.›

‹Lang lebe die Henkersbraut!›

‹Legt sie dem Scharfrichter ins Bett!›»

Benedict sagte: «Jetzt weiß ich, wo ich dir begegnet bin.»

«Du warst dabei? Mein Gott, ich hatte recht, als ich dir aus der Hand gelesen habe. Unsere Schicksalslinien laufen nebeneinanderher wie die Kufen eines Schlittens im Schnee.»

«Du wirst mir helfen?» fragte Benedict.

«Ich muß dir helfen.»

«Ich benötige deine Dienste und würde dafür gut bezahlen, sehr gut sogar. Du weißt, mein Orden ist nicht arm.»

«Was erwartet Ihr von mir?» Ihre Augen glänzten.

Benedict blickte sich um. Niemand belauschte sie. Die Zecher an den anderen Tischen waren lärmend mit sich selbst beschäftigt.

«Ich bin an gewisser Auskunft interessiert.»

«Spitzeldienst?»

«So kann man es nennen.»

«Warum gerade ich?»

«Du bist schön, verführerisch schön. Ich hatte Gelegenheit, dich in puris naturalibus zu betrachten.»

«In was?»

Benedict überhörte die Frage.

«Du bist genau der Köder, den ich brauche.»

«Köder für wen?» fragte sie.

«Prinz Heinrich.»

«Ihr meint ... der Sohn Kaiser Friedrichs?»

«Du sagst es.»

«Ich und Prinz Heinrich», sagte sie. Es klang amüsiert. «Wie stellt Ihr Euch das vor? Ich habe keinen Zugang zu seinen Kreisen.»

«Plerumque gratae principibus vices.»

«Was sagt Ihr?»

«Veränderungen sind den Fürsten fast immer willkommen.»

AM ENDE DES RAMADAN wurde Orlando in den Tadsch al-Alam gebracht. Mit dem Rücken zum Feuer erwarteten ihn die Zwölf Weisen der letzten Wahrheit. Unbeweglich wie aus Holz geschnitzt blickten sie ihm entgegen. Orlando stand im Schein der Flammen. Etwas Bedeutungsvolles lag in der Luft. Orlando schwante Unheil.

«Wir haben dich gerufen», sagte Hazim, «weil wir dich mit einer wichtigen Mission beauftragen wollen. Du wirst als Abgesandter nach Akkon gehen, um den Großmeister der Templer von Jerusalem zu treffen, der, wie du weißt, die höchste Autorität des Ordens im Orient verkörpert. Er weilt den ganzen Sommer über auf der Festung Krak des Chevaliers. Du sollst ihm eine Botschaft überbringen und eine größere Summe Geldes in Empfang nehmen. Dabei wirst du für mehrere Tage in den Mauern der Templer weilen. Du sprichst ihre Sprache, kennst ihre Gepflogenheiten und weißt, wie sie denken. Wir brauchen einen Bericht über alles, was dort vor sich geht.

Gibt es irgendwelche Bedenken? Besteht die Gefahr, daß dich irgendwer dort wiedererkennen könnte?»

«Es ist sehr unwahrscheinlich, daß ich dort einen treffe, der mich kennt, und falls es dennoch so sein sollte, so wird er mich für einen anderen halten. Ich bin ohne Bart, trage langes Haar und arabische Gewänder.»

«Du bist bereit?»

«Ich bin bereit.»

«Wir reisen morgen bei Sonnenaufgang.»

Als Orlando gegangen war, trat der Quaim durch eine Nebentür zum Rat der Weisen. Er sagte: «Die Mission ist wichtig. Behaltet ihn im Auge. Sollte ich mich in ihm getäuscht haben, so wird er sterben. Wenn er diese Feuerprobe besteht, so habe ich Großes mit ihm vor.»

Zu Hazim sagte er: «Du wirst mit ihm reiten. Ein Ordensritter von arabischer Abstammung, der unsere und ihre Sprache spricht, ein Templer, mir so treu ergeben wie ein Assassine, intelligent und vom Glück begünstigt. Zu allem Überfluß trägt er auch noch das Siegel des Propheten. Was solch ein universeller Geist vermag, seht ihr an Kaiser Friedrich, dem es gelang, Jerusalem ohne einen einzigen Schwertstreich zu erobern.»

Sie waren sieben Reiter: Orlando, Hazim und fünf Nizaris. Als sie durch das große Tor von Alamut trabten, boten sie in ihrem weißen Ornat mit roten Leibbinden ein prächtiges Bild. Die Silberbeschläge der Dolche blitzten in der Sonne. Sie ritten Rappen, die das Weiß ihrer Gewänder noch heller leuchten ließen. Zwei Maultiere am Ende des kleinen Trupps schleppten Proviant für Mensch und Tier, Wäsche zum Wechseln, Gastgeschenke und was man braucht, wenn man fast drei Wochen unterwegs ist. In Orlandos Satteltasche steckte die Botschaft für den Großmeister von Jerusalem. Die wichtigste Fracht befand sich in einem lichtdurchlässigen Korb: drei Brieftauben.

«Geht vorsichtig mit ihnen um», hatte Sajida zum Abschied gesagt, «damit wenigstens eine von ihnen die Strapazen des Rittes überlebt.»

Bis zur Ebene von Mesopotamien schlängelte sich der Weg durch wildes Hochgebirge.

Die Stunden im Sattel vergingen wie im Flug. Das lag allein an der Gesellschaft Hazims. Wie alle guten Lehrer verstand er es immer wieder, ihre Neugier zu wecken.

So warf er gleich am ersten Tag der Reise die Frage auf: «Warum vertauscht ein Spiegel nur die rechten und die linken Seiten der gespiegelten Gegenstände, nicht aber unten und oben? Nimm einen quadratischen Spiegel mit gleich großen Seitenlängen. Die linken und rechten Kanten unterscheiden sich in keiner Weise von den oberen und unteren. Wenn der Spiegel die rechte Seite deines Körpers mit der linken vertauscht, warum macht er das nicht auch mit Kopf und Füßen? Du drehst den seitlichen Spiegelrand nach oben, der Spiegel aber vertauscht wiederum nur links und rechts. Du legst dich waagrecht vor den Spiegel. Dein Kopf liegt jetzt links, deine Beine sind rechts. Was geschieht? Vertauscht er wie erwartet das linke Gesicht mit den rechten Füßen? Nein, er macht die linke Seite deines Körpers zur rechten und die rechte zur linken, obwohl links und rechts jetzt oben und unten liegen. Woher kommt diese seltsame Sucht, die Seiten zu verdrehen, aber niemals etwas auf den Kopf zu stellen?»

Nach dem Mittagsgebet fragte er sie: »Ist Allah allmächtig?»

«Wie kannst du an der Allmacht Allahs zweifeln?» entrüsteten sich die Nizaris. Hazim antwortete:

«Wenn Allah allmächtig ist, so gibt es nichts, das er nicht vollbringen könnte. Ist es so?»

«Du sagst es.»

«Dann muß er auch einen Stein erschaffen können, der so schwer ist, daß niemand – auch er selbst nicht – ihn aufheben kann. Und wenn er ihn nicht heben kann, wo bleibt dann seine Allmacht?»

Bisweilen stellte er auch Rätselfragen oder Rechenaufgaben, an deren Lösung sich alle beteiligten.

«Ein Emir hatte elf edle Pferde. Auf dem Totenbett bestimmte er, daß sein einziger Sohn die Hälfte der Pferde bekommen sollte, seine Lieblingsfrau ein Viertel und sein alter Leibdiener ein Sechstel.

Dann starb er, und niemand vermochte die Erbschaft aufzuteilen.»

«Das geht auch nicht«, lachte Orlando, «es sei denn, man zerschneidet die Tiere.»

«Das glaubten die Erben auch. Sie baten einen Weisen um Rat. Der nahm sein eigenes Pferd und stellte es zu den elfen dazu. Nun waren es zwölf. Die Hälfte von zwölf ist sechs. Die bekam der Sohn. Ein Viertel von zwölf ist drei. Die bekam sein Weib. Ein Sechstel von zwölf sind zwei für den Diener. Sechs und drei und zwei sind elf. Zwölf Pferde hatten im Hof gestanden. Es blieb also eins übrig, nämlich das Pferd des Weisen. Er bestieg es und trabte davon.»

Nach achttägigem Ritt erreichten sie den Fluß Diyala.

«Wenn wir seinem Lauf folgen», sagte Hazim, «werden wir morgen abend in Bagdad sein.»

BAGDAD! Welch eine Stadt!

Den Reitern, die sich der Stadt von der Ebene her näherten, erschien sie von Ferne wie ein Ozean, auf dem die goldenen Kuppeln der Paläste und Moscheen wie Halbmonde schwammen. Ein Wald von Schiffsmasten, ein Heer von Speerträgern, so stachen die Türme und Minarette zum Himmel. Näher gekommen, am Fuß der großen Mauer, fühlte sich Orlando wie eine Ameise.

«Hier gibt es dreißigtausend Moscheen», sagte Hazim, «achtzehn Universitäten und zahllose Schulen, zu denen jedermann Zugang hat. Die Bibliotheken von Bagdad beherbergen mehr Bücher als alle Bibliotheken der restlichen Welt zusammen. Die Straßen sind alle gepflastert. Zweimal täglich werden sie mit Wasser gereinigt. Müllabfuhr und unterirdische Kanalisation halten die Stadt sauber.»

Als sie am späten Abend durch das Große Tigris-Tor ritten, wurden Tausende von Öllaternen angezündet, die die nächtlichen Straßen beleuchteten. Von allen Minaretten riefen die Muezzine zum Abendgebet. Welch eine Hymne des Glaubens!

Ihr Quartier lag im östlichen Teil der Stadt, nicht weit entfernt von der Kalifenmoschee. Das Haus, das einem dailamesischen Reishändler gehörte, diente allen durchreisenden Nizaris als Herberge. Auf dem Weg dorthin begegnete ihnen eine zauberhafte Prozession. Von zwei weißen Kamelen getragen in einer

Kuppelsänfte saß eine verschleierte Frau mit goldenem Stirnschmuck. Ihr voraus ritt ein Trupp Bewaffneter, ebenfalls auf Kamelen. Den Schluß bildeten Dienerinnen in langen wehenden Gewändern und flatternden Kopfbändern, eine Wolke von Anmut.

«Prinzessin Mas-udi», sagten die Umstehenden. «Allah gewähre ihr dauerndes Glück und allumfassende Gunst!»

«Ihr kommt gerade recht!» begrüßte sie der Reishändler. «In zwei Tagen feiern wir die Hochzeit meiner Jüngsten. Gebt mir die Ehre und nehmt daran teil.»

Orlando war fasziniert von der geheimnisvollen Welt der arabischen Häuser. Die verwirrende Verschachtelung der Räume, völlig abgeschieden von der Außenwelt. Da ist kein Fenster, das hinausschaut auf die Straße. Alle Öffnungen enden in Höfen: Lichtbrunnen, Augen zum Himmel: wasat ad-dar. Ein dünner Wasserstrahl fällt in ein Brunnenbecken: köstlicher Klang. Blumen, Kräuter, blühendes Rankengewächs. Davor ein gefangener Vogel in einem Käfig. Kacheln schimmern leuchtend blau. Da ist das Klappern von Kupfergeschirr, ein summender Teekessel. Eine Mädchenstimme aus dem verbotenen Teil des Hauses, der nur den Frauen gehört und der von keinem Fremden betreten werden darf. Fein geschnitzte Holzgitter vor den Fenstern versperren den Einblick. Vor allem die Dachterrassen sind den Frauen vorbehalten. Hier werden die Hausarbeiten erledigt, hier wird mit der Nachbarin geschwätzt.

Nur wenige Räume sind den Männern erlaubt. Das arabische Haus gehört der Frau. Der Mann ist nur Gast. Sein Leben vollzieht sich draußen auf dem Markt, in Kaffeehäusern, bei der Arbeit, im Gespräch mit anderen Männern.

Mitten in der Nacht wurde Orlando von wildem Kreischen geweckt, hell und schrill, auf und abschwellend. Ein Kind? Ein Vogel oder eine Katze? Er zog sich die Decke über den Kopf. Müde vom langen Ritt versank er in traumlose Tiefe.

«Habt Ihr gut geschlafen unter meinem Dach?» begrüßte sie der Gastgeber am Morgen. «Ich hoffe, das zaffat al-hamam hat nicht Eure Ruhe gestört.»

«Zaffat al-hamam?» fragte Orlando.

«Ja, das vor der Hochzeit stattfindende Badefest der Frauen.»

«Es hörte sich eher wie eine Schlachtung an», lachte Orlando.

«Hühner schreien nun mal, wenn sie gerupft werden.»

«... gerupft werden?»

«Erklär du es ihm», sagte der Hausherr zu Hazim.

«Um ein Weib richtig genießen zu können, muß es nackt sein, ganz nackt. Deshalb werden der Braut die Körperhaare ausgezupft.»

«Wer ist der Glückliche, der das gerupfte Täubchen bekommt?»

«At-Tabari, der Teppichhändler, ein vermögender Mann aus einflußreicher Familie. Sein Haus auf der anderen Seite des Tigris wird vom Volk Quasr adh-dhalab, der goldene Palast genannt.»

«Dann hat er gewiß auch einen stattlichen Harem?»

«Mit Suhela vier Frauen, wie der Koran es gebietet. Aber er verfügt über so viele erlesene Sklavinnen im goldenen Palast, daß er bisweilen die Würdenträger vom Diwan mit ihnen beschenkt. Die meisten Mädchen aus dem Gefolge der Prinzessin Mas-udi – Ihr habt sie gestern vor meinem Haus vorüberreiten sehen – stammen aus seinem Harem. An keinem anderen Ort der Erde gibt es so viele und so schöne Sklavinnen aus aller Welt wie in Bagdad.»

Als sie später am Tag im Schatten einer Dattelpalme Rast machten und den Sklaven zuschauten, die einen Lastkahn entluden, fragte Orlando: «Wie ist es möglich, daß es in der Gemeinschaft der Gläubigen Sklaven gibt?»

Hazim sagte: »Das ist eine berechtigte Frage. Zwar bestimmt die Scharia, daß kein Muslim einen anderen Muslim zum Sklaven haben darf, aber kein Gebot wird so häufig gebrochen wie dieses. Selbst der Prophet hielt sich zwei Sklavinnen in seinem Harem, die allerdings beide keine Moslems waren.

Maria war eine Koptin und Safija eine Jüdin, was sie in den Augen des Propheten jedoch keineswegs abwertete. Als Safija von den eifersüchtigen Frauen arabischer Abstammung ‹Jüdin› geschimpft wurde, riet ihr Mohammed: Sag ihnen: Isaak ist mein Vater, Abraham mein Urahn, Ismael mein Onkel und Joseph mein Bruder.»

«Woher kommen all die Sklaven?»

«Wenn ein muselmanischer Herrscher ein Land erobert, so hat er das Recht, die besiegten Männer, Frauen und Kinder als Sklaven zu nehmen. Dem Gewinner gehört die Beute. Allerdings, so hat der Prophet es festgelegt, darf er das nur, wenn zwei Bedingungen erfüllt werden: Sie müssen Ungläubige sein, und sie müssen gewaltsam unterworfen worden sein. Wer sich kampflos ergibt, entgeht der Sklaverei. Die Wirklichkeit sieht allerdings anders aus.

Der Islam, der einmal angetreten war, die Erniedrigten zu erheben, hat den Sklavenhandel zum Eckpfeiler seiner Existenz gemacht. Keine schmutzige Arbeit im ganzen Kalifat, die nicht von Sklaven gemacht wird. Vom Kameltreiber bis zum Großwesir hält sich jeder Mann Sklavinnen, Spielzeug der Lust, mit dem man nach Belieben verfahren kann.

Es gibt in unserer Geschichte sehr viele Kalifen, deren Mütter Sklavinnen waren. Nur drei Kalifen der ganzen Abbasiden-Ära waren die Söhne freier Frauen, und bei den Omajaden in Andalusien gibt es nicht einen einzigen. Die Mutter Harun al-Raschids war eine Sklavin aus dem Yemen. Die Mutter des Kalifen al-Mansur ist eine Berbersklavin.»

«Gibt es eine Erklärung für diese erstaunliche Tatsache?» fragte Orlando.

«Für alles gibt es eine Erklärung», erwiderte Hazim. «Die Harems der Großen sind voll von erlesener weiblicher Kriegsbeute. Harun al-Raschid hatte tausend Sklavinnen. Der Abbaside al-Mutawakkil soll viertausend gehabt haben. Natürlich waren es nur die schönsten und edelsten. Unter diesen Bedingungen braucht eine Frau mehr als Jugend und Schönheit, um zur Favoritin ihres Herrn aufzusteigen. Nur den Außergewöhnlichsten, Kultiviertesten, Raffiniertesten gelingt es, die Aufmerksamkeit des Kalifen zu erringen.

In diesem mörderischen Konkurrenzkampf haben es die arabischen Frauen vornehmer Herkunft nicht leicht. Sie sind gehemmt durch die strenge Moral, die ihnen ihre gute Erziehung auferlegt hat. Für die jungen Tscherkessinnen, Kurdinnen, Berberinnen, Nomadenmädchen gilt das nicht. Sie können sich hemmungslos und ungeniert der männlichen Lust widmen.»

«Das ist die gerechte Rache der Sklaven an den Freien.»

Schon früh am anderen Morgen besuchten sie gemeinsam eines der öffentlichen Bäder. «Von denen gibt es so viele», versicherte ihnen ihr Wirt, «daß niemand sie zu zählen vermag.»

«Sind die Leute hier so schmutzig?» fragte Hazim.

«Ohne seine Bäder wäre Bagdad längst ausgestorben.»

«Wieso ausgestorben?»

«Man geht ins Hamam, um Liebe zu machen. Das Bad ist der Auftakt und der Abschluß jeder geschlechtlichen Vereinigung. Es ist ein höchst erotischer Ort. Im Kanon der fünf größten Wonnen heißt es: Wonne für den Augenblick ist der Beischlaf, Wonne für einen Tag das Bad, Wonne für eine Woche die völlige Nacktheit nach Entfernung aller Körperhaare.

Die Frauen der besseren Familien verbringen den größten Teil des Tages im Bad mit Waschen, Massieren und Enthaaren der Achselhöhlen, Arme und Beine, vor allem aber der Schamhaare mittels Nura.»

«Nura, was ist das?» fragte Orlando.

«Du weißt nicht, was Nura ist? Nura ist eine Paste aus Baumharz und Bienenwachs. Sie wird flüssig aufgetragen. Nach

Erhärten lassen sich die Haare ausreißen. Übrigens benutzen in Bagdad auch die Männer Nura, nicht nur, um ihren Frauen zu gefallen, sondern wohl wissend, daß die Epilation die Potenz stärkt. Ihr solltet es probieren! Was für die Männer Medizin, ist für die Frauen Pflicht. Kein Mann würde eine Frau mit behaarter Scham anrühren. In einem seiner Spottgedichte schreibt Ibn al-Hadschadsch: Sie hatte eine Vulva so struppig wie die Visage eines Strolches.

Aber das Bad ist mehr. Was für uns Männer der Basar, das Kaffeehaus, die Straße, das ist für unsere Frauen das Hamam. Hier wird geklatscht, hier halten die Mütter heiratsfähiger Söhne Ausschau nach künftigen Schwiegertöchtern. Aber nicht nur die ehrbaren erlaubten Lüste gedeihen hier vortrefflich, sondern auch die verbotenen, die Knabenliebe, lesbische Spiele. Nicht umsonst sind das Bad und der Friedhof die einzigen Orte, an denen nicht gebetet werden darf.

Man erkennt die Bäder unter allen anderen Bauten schon von weitem an ihrer schwarzen Farbe, die wie polierter Marmor schimmert. Sie sind mit Bitumen gestrichen. Klebrig wie Honig sickert es hier überall aus warmen Quellen.»

Da waren Becken mit kaltem und warmem Wasser, eine Dampfsauna, Massageräume und eine Teestube.

«Die Bagdader sind glatt und falsch wie Schlangen», sagte der Mohr, der sie massierte. «Sie halten ihre Stadt für den Nabel der Welt. Fremde verachten sie. Alle leben über ihre Verhältnisse. Ihre Geschäfte betreiben sie mit geliehenen Dinaren. Kein Abwiegen ohne Betrug. Kein Vertrag ohne Hinterlist.»

«Gibt es auch etwas Gutes von ihnen zu berichten?» lachte Orlando.

«O ja, die Anmut ihrer Frauen. Es gibt keine schöneren unter der Sonne. Nehmt Euch in acht! Die Verführung zur Liebe ist groß und nicht ohne Gefahr, wenn man so blond ist wie Ihr.»

Am Nachmittag stiegen sie auf das Dach der größten und schönsten Moschee der Stadt, der Nizamija. Wie ein Halsband zwischen zwei Brüsten schimmerte der Tigris zwischen dem Ostteil und dem Westteil der Altstadt.

«Der Kalif al-Mansur – so sagt man – soll die Pläne für seine neue Hauptstadt eigenhändig entworfen haben. Er nannte sie Madinat as-Salam, die Stadt des Friedens.»

«Wird nicht im Koran das Paradies so genannt?»

«So ist es. Und ein Paradies sollte es werden. Mansur ließ Baumeister und Handwerker kommen, Hunderte, Tausende aus Mossul, Basra und Kufa, wo es die besten Ziegelschneider gibt. In nur vier Jahren war die runde Stadt fertiggestellt, von der mit Recht behauptet wird, weder im Abendland noch im Orient gäbe es ihresgleichen. Bagdad liegt im Herzen der islamischen Welt. Hier lebt die Begabung, die Eleganz. Die Winde wehen sanft, die Wissenschaften blühen.

Schon unter Harun al-Raschid erreichte die Einwohnerzahl Bagdads die Millionengrenze. Drei schwimmende und zwei gemauerte Brücken aus Stein verbinden die Ufer miteinander. Daneben gibt es viele kleine Brücken, denn die Stadt wird von unzähligen Kanälen durchzogen. Tausende von Lastkähnen und Barken transportieren Waren, Vieh und Menschen. Hier hat jeder ein Boot wie anderswo einen Esel. Die Lustbarken der Kalifen haben die Gestalt von Tieren, von vergoldeten Elefanten, Löwen, Drachen und Delphinen.»

«Seht Ihr den Mann dort?» unterbrach ihn Orlando.

«Welchen Mann?» verwunderte sich Hazim.

«Den Bärtigen dort mit dem braunen Burnus. Er verfolgt uns die ganze Zeit.»

«Warum sollte er? Das bildest du dir bloß ein. In diesem Gewimmel hier verfolgt einer den anderen.»

Während der Nacht lief Hazim mit seinen Nizaris durch die hell erleuchteten Straßen und Basare.

Alle Plätze waren erfüllt von lärmendem Leben.

«Schläft denn hier niemand?» fragte Orlando.

«Hier schlafen Tugend und Anstand», erwiderte Hazim.

Drei Frauen gingen vorüber, die Gesichter verschleiert, Bauch und Arme entblößt. Ihr Lachen klang lockend wie die goldenen Glöckchen, die sie um Fuß- und Handgelenke trugen. Ein Nizari sagte: »Ihr duftet gut, wie...»

«...wie Blüten, die befruchtet werden wollen», lachte ein junger Mohr, der Melonen verkaufte.

Später sahen sie den Kalifen. Er glitt in einem Boot vorüber. Er kam von seinem Palast am Ostufer des Flusses und fuhr zur Jagd. Er trug ein weißes Gewand, reich bestickt, auf dem Kopf eine Kappe von schwarzem Pelz.

«Wie jung er ist», sagte Orlando.

«Er wird fünfundzwanzig», sagte Hazim. «Die Menschen lieben ihn.»

Ein kurzer, voller Bart verdeckte sein Gesicht. Er war von knabenhafter Statur, hellhäutig und mittelgroß.

«Kein Kalif bezahlt seine Beamten großzügiger. Dafür fällt im Falle ihres Todes ihr Besitz an ihn zurück. Aus diesem Grund – so sagt man – pflegt er seinen betagten Wesiren und Kadis besonders schöne Sklavinnen zu schenken, denn gibt es eine elegantere Methode, einen alten Mann umzubringen, als ihm eine junge, heißblütige Frau ins Bett zu legen?

Er vertritt die freizügige Ansicht, jeder Freier habe das Recht, seine Braut vor der Verlobung nackt in Augenschein zu nehmen. Selbst ein Esel wird vor seinem Erwerb gründlicher begutachtet als ein Weib. Wie kann man es einem Käufer zumuten, eingewickelte Ware zu erwerben?»

«Es muß eine Lust sein, hier zu leben», sagte Orlando.

«Bagdad ist ein wunderbarer Spielplatz für die Reichen, aber für die Armen ist es ein Ort des Elends. In diesem Ameisenhaufen ist ein Armer so verloren wie ein Koran im Hause eines Gottlosen. Obwohl frei und im Rang höher als die Sklaven, lebt die Masse der kleinen Leute erbärmlicher als der niedrigste Leibeigene, der wenigstens noch einen Herrn hat, der für ihn sorgt. Badergehilfen, fliegende Händler, Lastenträger, Bettler, Diebe, Krüppel, ein schmutziger Abschaum aller Rassen und Völker, jederzeit zu jeder Schandtat bereit. Die Flut dieser Vogelfreien nimmt ständig zu. Wie ein Magnet zieht die Stadt die Menschen an. Alle hoffen, hier ihr Glück zu finden.»

«Der scheint es gefunden zu haben», sagte Orlando, als ein schwergewichtiger Mann in einer Sänfte vorübergetragen wurde. An seinen fetten Fingern glänzten goldene Ringe. Vier nubische Negersklaven schleppten ihn im Laufschritt durch die Gasse. Ihre nackten Oberkörper glänzten vor Schweiß.

«Ein Kaufmann», sagte Hazim. «Der Reichtum der Kaufleute von Bagdad ist legendär. Ihnen gehören die schönsten Häuser, die schönsten Gärten und die schönsten Sklavinnen. Sie sind so wohlhabend, daß sie dem Kalifen Geld leihen, nicht zu ihrem Nachteil, versteht sich. Dabei berufen sie sich auf den Koran. Der ehrbare Kaufmann wird im Schatten von Allahs Thron sitzen, soll der Prophet gesagt haben. Abu Bekr, der erste aller Kalifen, war ein Stoffhändler, Kalif Othmann ein Getreidekaufmann.»

«Mir gefällt die protzige Art nicht, mit der sie ihren Reichtum zur Schau stellen», sagte Orlando.

«Weißt du, was dir der Fette in der Sänfte darauf erwidern würde? Wenn Allah Reichtum schenkt, so möchte er auch, daß man ihn sieht. So steht es geschrieben. Hat nicht der Prophet gelehrt: Armut ist fast so verwerflich wie der Abfall vom rechten Glauben?

In Wahrheit sind diese Menschen vom rechten Glauben weiter entfernt als der wildeste Heide. Ihr Gott ist das Geld. Weißt du, wie sie in Dailam den Teufel nennen? Herr der Märkte! Und das zu Recht.»

Spät in der Nacht verließ Orlando das Haus, um sich nach dem üppigen Essen Bewegung zu verschaffen. Der Himmel war sternenklar, die Straßen menschenleer. Vom Tigris wehte Musik herüber. Orlando überquerte einen Platz, als er auf der anderen Seite den Bärtigen mit dem braunen Burnus erblickte. Er stand dort halb verdeckt vom Schatten einer Mauer, als habe er ihn erwartet. Orlando ging zu ihm. Ehe er ihn erreichte, flüsterte der andere: «Monstra te esse frater!»

Und während Orlando noch überlegte, ob er sich zu erkennen geben sollte, fuhr der Fremde fort:

«Von unserem Leben seht ihr
nur die äußere Schale;
doch seht ihr nicht
die ungeheure Kraft im Kern.»

Es war der Satz, mit dem die höchste Weihe der Templer eingeleitet wurde. Nur Eingeweihte kannten ihn. Der Bärtige zog ihn in den Schatten einer Toreinfahrt. Dunkelheit umgab sie. Eine Stimme dicht an Orlandos Ohr flüsterte:

«Wir haben wenig Zeit, Bruder. Hör mich an, was ich dir zu sagen haben. Du führst Brieftauben aus Alamut mit dir.»

«Ja, drei Vögel.»

«Es ist nur noch einer. Die anderen beiden haben wir an uns genommen. Wir haben sie mit zwei anderen weißen Tauben vertauscht. Niemand wird den Unterschied bemerken.»

«Was habt ihr vor?»

«Droht dir Gefahr, so werden wir dich warnen. Die Tauben sind die einzige Verbindung zu deinem Orden. Halte die Augen offen! Wenn wir dir eine Brieftaube mit einem roten Wollfaden um den Hals schicken, so laufe um dein Leben! Viel Glück!»

Dann war der Fremde verschwunden wie ein Spuk.

N DER NACHT WAREN sie aufgebrochen. Als die Sonne aufging, lag Bagdad weit hinter ihnen. Die Einsamkeit der Ebene umfing sie wie die feierliche Stille in einer Moschee. Nur der Huftritt ihrer Pferde war zu hören. Ein junger Nizari glitt aus dem Sattel.

Er pflückte eine wilde Lilie und hielt sie gegen das Licht der Morgensonne:

«Die Finger des Frühlings
haben auf hohen Halmen
Liebeslager aus Lilien errichtet.
In duftenden Blütenkelchen
locken die Lanzen der Lust.»

«Das klingt schön», sagte Orlando. «Wer hat das geschrieben?»

«Ich», lachte der Nizari.

«Du bist ein Dichter?»

«Bei uns ist jeder ein Dichter», sagte Hazim. «Keine Sprache drängt so zur Dichtung wie das Arabische. Sie ersetzt alle Künste, die es im Islam nicht gibt: Malerei, Bildhauerei. Unsere Sprache ist Musik. Ihr Klang ist wichtiger als die Aussage. Nimm zum Beispiel die Märchen aus Tausendundeiner Nacht. Keiner interessiert sich dafür, ob es wirklich so viele waren. Keiner zählt sie nach. Es sind tausendundeine, weil nur wenige Zahlen so schön klingen: Alf laila wa-laila! Welch ein Etikett für ein Märchenbuch!»

Der Nizari fügte hinzu: «Nicht zufällig hat Allah den Koran auf Arabisch diktiert. Die Anzahl der achtundzwanzig Buchstaben des arabischen Alphabets stimmt mit den achtundzwanzig Tagen der Mondphase überein.»

Und ein anderer ergänzte: «Achtundzwanzig Gelenke hat der Mensch an den Fingern seiner beiden Hände, und achtundzwanzig Zähne, die Weisheitszähne nicht mitgezählt.»

Während der Mittagsrast kam Hazim auf die Mystik der Zahl

zu sprechen. Er sagte: «Die Sieben ist die Zahl der Frau. Im Alter von zwei mal sieben Jahren beginnt der lebenspendende Quell der Monatsblutung zu fließen. Nach sieben mal sieben Jahren erlischt er. Im Alter von vier mal sieben Jahren befindet sich das Weib geistig und körperlich in vollendeter Blüte. Söhne, die in dieser Zeit gezeugt werden, sind kraftvoller als alle anderen Nachkommen. Der Prophet war ein Vier-mal-sieben-Jahres-sproß. Das gilt auch für Harun al-Raschid und für den Quaim. Vier mal sieben Tage währt der Kreislauf von Vollmond zu Vollmond. Vier mal sieben ist achtundzwanzig. Achtundzwanzig ist nur teilbar durch eins, zwei, vier, sieben und vierzehn. Addierst du diese Zahlenreihe, so ergibt sie wieder achtundzwanzig. Diese mathematische Magie lebt in keiner anderen Ziffer. Sie ist die heilige Zahl der Gezeiten, der Zeugung, des weiblichen Zaubers.»

Abends saßen sie um ein Feuer im Hof der Karawanserei und schauten hinauf zum Sternenhimmel. «Der Islam ist der Nacht zugeordnet», sagte Hazim. «Der Mond ist unser Leitgestirn. Der Tag der Christen beginnt mit Sonnenaufgang, der Tag der Moslems unmittelbar nach Sonnenuntergang, also mit der Nacht. Was den Christen das Kreuz, ist für uns der Halbmond. Der Orient ist dem Intellekt verhaftet, das Abendland dem Wunder. Das offenbart sich am deutlichsten in unseren Tempeln. Die Moschee ist kein geweihtes Gotteshaus mit Altären, auf denen sich Wunder ereignen wie in den christlichen Kirchen. Es gibt keinen Chorgesang, kein Orgelspiel, keine Heiligenbilder, keine Reliquien. Die Moschee ist kein mythischer Ort, sondern ein Versammlungsraum. Der Innenraum hat als einzigen Schmuck Wandornamente von abstrakter, mathematischer Gestalt, die nichts Gegenständliches oder gar Lebendiges darstellen.»

«Warum hat der Prophet die Abbildung von Gegenständen verboten?» fragte Orlando.

«Es gibt kein Bilderverbot des Propheten. Er hat zwar gesagt: Glücksspiel und Götzenbilder sind dem Herrn ein Greuel. Das bezieht sich aber nicht auf alle Abbildungen.

Allah ist ein Geistwesen, unkörperlich, unvorstellbar.

Da er niemals wie bei den Christen als Gottes Sohn menschliche Gestalt angenommen hat, gibt es nichts, was man von ihm darstellen könnte, keine Geburt, keine Gottesmutter, keine Wunder, keine Kreuzigung. Die Bibel besteht aus handlungsstarkem Geschehen von der Arche Noah bis zum Zug durchs Rote Meer. Der Koran ist eine Sammlung von Gesetzen, Gebeten, Belehrungen. Die Verehrung eines völlig abstrakten Gottes schließt jede Abbildung von selbst aus. Abbildung von wem? Das Wesen des Islam ist so abstrakt wie die Zahl.

Es ist kein Zufall, daß die Söhne Allahs die Grundlagen der Mathematik entwickelt haben. Das Abendland rechnet mit arabischen Ziffern. Ziffer und Algebra sind arabische Wörter, so wie Zenit, Azimut, Nadir und viele andere Begriffe aus der Astronomie. Kein Kulturvolk vor uns kannte wirklich abstrakte Zahlen. Die Pyramidenbauer am Nil machten Striche. Eine Zwölf, das waren zwölf Striche. Selbst die technisch so begabten Römer reihten nur aneinander. Die Zahl 387 schrieben sie: Hundert-hundert-hundert-fünfzig-zehn-zehn-zehn-fünf-eins-eins. Schriftliches Rechnen, selbst einfachster Art, ist bei dieser Schreibweise nicht möglich.

Das genial Neue an den arabischen Zahlen war die Einführung der Null. Ein rätselhaftes Zeichen, das eigentlich gar keine Zahl ist. Es kann sowohl gar nichts als auch unendlich viel bedeuten, wenn es in der Wiederholung hinter einer Zahl steht. In der Null lebt das Wesen des abstrakten Gottes aus der Wüste.»

In der Nacht sprach Adrian im Traum zu Orlando:

«Während sich bei uns die adlige Elite damit brüstet, nicht schreiben zu können, muß hier jeder Fellache, jeder Wasserträger die heilige Schrift lesen können, sonst kann er kein Moslem sein. Bei uns hat nur der Priester Zugang zum heiligen Buch. Keiner außer ihm kann lesen. Nur er spricht Latein. Die Bildung des Volkes ist ihm nicht nur gleichgültig, sie ist ganz und gar unerwünscht. In Bagdad gibt es Hunderte von Schulen für alle, ohne Entgelt. Und erst die Universitäten! Welch eine geistige und politische Elite wird hier herangebildet!

Weißt du, daß Mohammed geschrieben hat: Die Tinte des Schülers ist heiliger als das Blut des Märtyrers. Eine Behauptung, für die ein Christ vor ein Ketzergericht käme. Und er hat gelehrt: Alle Weisheit kommt von Allah. Drum erwirb sie, aus welcher Quelle sie auch stammen mag, sogar von den Lippen eines Ungläubigen.

Dagegen fragt der Apostel Paulus: Hat nicht Gott die Weisheit dieser Welt für Torheit erklärt? Es steht geschrieben: Ich will zunichte machen die Weisheit der Weisen, und den Verstand der Verständigen will ich verwerfen.

Manchmal empfinde ich wie der Ketzer Pelagius.»

Orlando erwachte. Hatte Adrian zu ihm gesprochen? Führte er Selbstgespräche?

Was macht es schon für einen Unterschied, ob es meine oder Adrians Worte sind? Leben wir nicht von den gleichen Empfindungen? Aber woher weiß ich schlafend Dinge, die mir wach fremd sind? Wieso kann ich Verse aus der Bibel zitieren, die ich bei Tage nicht kenne?

Vielleicht habe ich diese Stellen irgendwann einmal gelesen und in meinem Gedächtnis aufbewahrt, um sie im rechten Augenblick auszugraben, wie der Tannhäher, der Tausende von Bucheckern vergräbt und sie zur rechten Zeit wiederfindet.

IN DER HERBERGE schliefen sie in einem Zimmer, aber in getrennten Betten. Das war keineswegs selbstverständlich, denn die meisten Gäste, Männer wie Frauen, teilten sich zu mehreren ein Lager.

«Woher kommen bloß all die Flöhe?» stöhnte Magdalena, die sich ständig kratzte.

«Aus dem Schmutz», sagte Benedict. «Fliegen entstehen von ganz allein aus verwesendem Fleisch, Mücken aus Morast, Flöhe und Wanzen aus ungewaschener Wäsche.»

«Du meinst, sie haben keine Mutter?» fragte Magdalena.

«Nein. Ungeziefer entsteht ohne Befruchtung aus Unrat, auch Mäuse und Ratten. Sie bilden sich aus Vermodertem, aus fauligem Mehl im Mondlicht, mit Vorliebe in der Nähe von Friedhöfen und Galgenhügeln zur Geisterstunde. Warst du schon mal um Mitternacht auf einem Totenacker?»

«Nein«, sagte Magdalena, «aber auf dem Galgenhügel.»

«Was treibt eine wie du um diese Zeit beim Galgen?»

«Latwerge sammeln. Weißt du, was das ist?»

«Nein», sagte Benedict.

«Es gibt keine bessere Medizin als Mumienlatwerge. Dazu benötigt man den toten Körper eines jungen Menschen, der am Galgen erdrosselt oder aufs Rad geflochten worden ist. Du mußt ihn bei Neumond in daumendicke Stücke zerschneiden, mit Aloe bestreuen, in Branntwein einweichen und an der Luft aufhängen, bis er allen Gestank verliert und die Farbe von Geräuchertem annimmt. Hieraus wird mit Hilfe von Wacholdergeist eine Tinktur gewonnen, die gegen viele Leiden hilft.»

«Mir deucht, du weißt sehr viel von diesen Dingen?»

«Meine Muhme war eine Holle. Sie hat mich mancherlei gelehrt, vom Heilkraut bis zum Luziferum.»

«Luziferum?»

«Der Trank des kleinen Todes. Was glaubst du, wie ich dem Henker entkommen bin?»

«Du hast ihn vergiftet?»

«Aber nein», lachte sie, «eingeschläfert. Er fiel in tiefen Schlaf wie eine Fledermaus bei Frost.»

Als Benedict in der Nacht erwachte, war Magdalenas Bett leer. Er fand sie im Garten.

«Ist dir nicht gut?»

«Es geht schon.»

«Bist du krank? Was fehlt dir?»

«Mir fehlt nichts. Im Gegenteil: Ich habe was zu viel.»

«Zu viel?» verwunderte sich Benedict.

«Ich bin schwanger.»

«Du erwartest ein Kind?»

«Nein, ich erwarte es nicht. Das war auch der Grund, weshalb du mich im Bad angetroffen hast. Man sagt, heiße Bäder treiben die Frucht hinaus.»

«Du willst es nicht?»

«Wer will schon ein Kind vom Henker?»

«Vielleicht kann ich dir helfen», meinte Benedict. «Ich werde mit den Bernhardinern sprechen.»

«Mit wem?»

«Mit den Mönchen des heiligen Bernhard, den Zisterziensern. Zwischen ihnen und uns gibt es enge Bindungen. Ihr Abt Bernhard von Clairvaux hat den Orden der Templer mit aus der Taufe gehoben. Ihre Meisterschaft auf dem Feld der Medizin ist unbestritten. Sie werden dir helfen.»

Bruder Beringa, der Apotheker der Bernhardiner, war so hager wie eine seiner Stangen, an denen er im Kräutergarten die Leguminosen aufzog. Rot wie die Blüten der Feuerbohnen war sein Bart, struppig wie krause Minze.

«Du meinst, ich soll...?» fragte er ungläubig.

«Ich möchte, daß du dem Mädchen behilflich bist, ihre Leibesfrucht abzutreiben. Ich nehme doch an, du hast das richtige Kraut dafür.»

«Bist du sein Vater?» fragte Beringa.

«Aber nein, Gott bewahre», erwiderte Benedict. «Ich bin in geheimer Mission für meinen Orden unterwegs. Dieses Mädchen ist für mich sehr wichtig. Sie soll mir Zugang zu einer Mannsperson verschaffen. Wenn du verstehst, was ich meine?»

Bruder Beringa verstand ihn nicht. Er sagte: «Die Entscheidung liegt nicht bei mir. Wenn der Orden den Abortus gutheißt, so weiß ich dir zu helfen.»

Noch am Nachmittag des gleichen Tages rief der Abt den Notarius Alphonso zu sich, der für die Beurkundungen der Ordensgeschäfte zuständig war.

Alphonso zitierte aus dem römischen Recht, einem abgegriffenen Buch, das er wie eine Bibel stets bei sich trug:

«Anima est aer conceptus in ore, tepefactus in pulmone, fervefactus in corde, diffusus in corpus. (Die Seele ist Luft, eingeatmet durch den Mund, in der Lunge erwärmt, im Herzen erhitzt, im Körper verteilt.) Das soll heißen: Erst der erste Atemzug nach der Geburt macht den Fötus zum Menschen.»

Er schaute den Abt an. Dem war das Unverständnis ins Gesicht geschrieben. Alphonso blätterte ein paar Seiten um: «Noch deutlicher kommt das bei Papian zum Ausdruck. Hier heißt es: Partus nondum editus homo non recte fuisse dicitur. (Eine noch nicht geborene Leibesfrucht ist noch kein richtiger Mensch.) Und zur Ergänzung aus dem Corpus Juris Civilis des Kaisers Justinian aus dem sechsten nachchristlichen Jahrhundert: ‹Partus enim antequam edatur mulieris portio est vel viscerum. (Die Leibesfrucht ist, bevor sie geboren wird, ein Teil der Frau beziehungsweise ihrer Eingeweide.) Auf unseren Fall angewendet heißt das: Wenn das Weib der Operation an seinen Eingeweiden zustimmt oder, richtiger, darum bittet, so gibt es keine moralischen Einwände.»

«Das ist der Punkt», sagte der Abt.

«Anders liegen die Dinge jedoch, wenn das Weib verheiratet ist», fuhr der Rechtsgelehrte unbeirrt fort. «Denn nach dem geltenden Recht ist nicht die Abtreibung als solche strafbar, wohl aber die verwerfliche Tatsache, daß die Frau auf diese Weise ihrem Ehemann den Besitz von Kindern vorenthält. Es ist dann kein Tötungsdelikt, sondern Diebstahl.

Ungeahndet bleibt ein Abortus einer Verheirateten immer dann, wenn das Einverständnis des Gatten vorliegt oder wenn die Schwangerschaft Folge einer außerehelichen Beziehung ist.»

«Was in diesem Fall zutrifft», ergänzte der Abt, «weil diese Henkershochzeit ohne kirchliche Sakramente vollzogen wurde und damit nicht rechtsgültig ist.»

Bruder Beringa war ein blasser Mensch mit viel zu großem Adamsapfel, weil er dem Jünglingslaster frönte, wovon alle wußten, was ihn aber nicht zu stören schien. «Haben nicht selbst Blüten ein Geschlecht!» pflegte er zu sagen. Er führte Benedict nicht ohne Stolz durch die blühenden Beete des Klostergartens. Bei der Sadehecke blieb er stehen. Er pflückte ein Blatt ab, roch daran und reichte es Benedict: «Der beste Engelmacher ist der Sadebaum, auch Jungfernpalme genannt. Am Palmsonntag wird das Kreuz des Erlösers mit dem Immergrün der Sade geschmückt. Die alten Hexen und Huren sammeln die jungen geweihten Triebe, zerstoßen sie zu Pulver. Acht von zehn Abtreibungen werden so gemacht. Leider ist die wirksamste Methode auch die mörderischste. Sie endet immer mit einer Totgeburt und häufig mit dem Tod der Schwangeren durch Atemlähmung.

Schonender sind Abkochungen aus Efeu und Tausendgüldenkraut, über mehrere Tage genommen. Dazu Zäpfchen aus Artemisia, Schlangenkraut, Haselwurzdestillat und Honig samt Wabe.»

«Du kennst dich gut aus, Bruder», lachte Benedict.

«Es ist das klassische Rezept der Nonnen», sagte Beringa.

Der Schmerz traf sie wie ein Faustschlag. Sie war ins Feld gegangen, um sich zu bewegen, wie ihr Bruder Beringa geraten hatte. Die Krämpfe zwangen sie in die Knie. Unter einem Schlehdornbusch kam sie nieder. Der Abendnebel hüllte sie ein. Sie schrie. Eine Eule antwortete ihr. Magdalena lag mit dem Gesicht im Gras. In ihren blutigen Händen hielt sie den ausgetriebenen Fötus. Er war nicht viel größer als ein Frosch und starrte sie aus seelenlosen Augen an. Der Kopf viel zu groß für den winzigen Leib. In seinem gallertartigen, fast durchsichtigen Körper pulste zuckendes Leben. Seine Gliedmaßen zappelnde Kaulquappenschwänzchen. Als sie sich im nahen Bach wusch, ging der Mond über dem Wald auf. Im Totenacker hinter der Dorfkirche verscharrte sie ihren Erstgeborenen mit eigenen Händen. Der Gekreuzigte an steinernem Kruzifix schaute ihr zu.

«Deine Mutter ist eine Diebin, dein Vater der Henker.
Ein Zisterzienser und ein Templer sind deine Paten.
Ihr Taufgeschenk: die immergrüne Sadepalme.»

Eine Wolke verdunkelte den Mond. Der Totenvogel schrie. Oder war es die Seele eines Ungetauften? Die Gräber taten sich auf. Der Gekreuzigte wand sich in Qualen. Knöcherne Hände griffen nach ihr. Klappernder Totentanz, Hexenspuk. Heilige Mutter Maria, hilf! Von allen Furien der Hölle verfolgt, floh sie bebend davon. Benedict fand sie am Morgen vor der Haustür der Herberge.

LEON BROUSSARD, der Großmeister von Jerusalem, war ein bemerkenswerter Mann. Er überragte seine Begleiter um Haupteslänge. Haar und Bart waren schneeweiß und kurzgeschoren. Dichte, wildwuchernde Brauen beschatteten die Augen. Wenn er sprach, bewegte er die langen, auffallend schlanken Hände mit großer Ausdruckskraft. Er wurde begleitet von seinem Seneschall, einem finster blickenden Mann, vom lebenslangen Kriegshandwerk gezeichnet, und seinem Sekretär, einem jungen Mann von unverkennbar arabischem Einschlag.

Die Begegnung fand in einem Innenhof der Festung statt. Orlando befand sich in Begleitung von Hazim. Der Großmeister erwartete sie stehend am Ende der Säulenarkade. Orlando verneigte sich und überreichte seinen Brief.

«Willkommen im Krak des Chevaliers», sagte der Großmeister. Ihr kommt von Alamut? Ein langer Weg. Ich hoffe, Ihr hattet eine gute Reise.» Er betrachtete das Briefsiegel, bevor er es zerbrach. Es zeigte eine Biene auf der Wabe. Dann las er die Botschaft, mehrmals, wie es Orlando erschien. Am Ende faltete er das Schreiben schweigend zusammen. Der Sekretär streckte ihm die Hand entgegen, um das Pergament entgegenzunehmen. Der Großmeister übersah sie. Er steckte den Brief in den Brustausschnitt seines weiten Gewandes. «Ihr erhaltet in ein paar Tagen Antwort», sagte er. «Bis dahin seid Ihr unsere Gäste.»

«Hast du die Brieftauben freigelassen?» fragte Hazim am Abend desselben Tages.

«Aber ja, gewiß doch», erwiderte Orlando, «gleich nach unserer Ankunft, wie vereinbart.»

«Das ist gut so», sagte Hazim. «Sie werden sehnsüchtig auf Alamut erwartet.»

Die Feste Krak des Chevaliers lag auf einer Anhöhe am östlichen Hang der Ansariyaberge und überwachte die weite Ebene nach Homs. Die ursprünglich von den Arabern erbaute Festung war von den Kreuzfahrern erobert worden. Der Graf von Tripolis hatte sie den Maltesern überlassen. Jetzt diente sie den Templern als Schutzburg der Handelsstraße nach Homs. Der Blick von den Zinnen war atemberaubend. Orlando und Hazim durften sich innerhalb der Mauern frei bewegen. Die Nizaris waren beim Tor der heiligen Agnes in einer Art Karawanserei untergebracht.

Am Nachmittag des anderen Tages ließ der Großmeister Orlando wissen, daß er mit ihm zu Abend essen wolle. Er erwarte ihn nach Sonnenuntergang.

Statt einer großen Tafel gab es in dem Speiseraum des Großmeisters nur einen niedrigen Tisch. Teppiche ersetzten die Stühle. Leon Broussard forderte Orlando auf, ihm gegenüber Platz zu nehmen. Ein junger Ordensbruder trug die Schüsseln auf: gebratene Vögel, einen Fisch und Pilav. Dazu tranken sie Wasser. Eine Schale enthielt Trauben und Feigen.

«Ein zwangloses Nachtmahl ist der richtige Rahmen für ein Gespräch unter vier Augen», sagte der Großmeister. Er sprach fließend Arabisch mit andalusischem Akzent. «Der Alte vom Berge läßt mich in seinem Brief wissen, daß ich mit dir sprechen kann wie mit ihm. Das ist ein ungewöhnlicher Vertrauensbeweis für einen so jungen Mann wie dich, zumal du nicht aussiehst wie ein Nizari.»

«Ich wurde in Granada geboren und in Alexandria erzogen.»

«Und wie fandest du zu den Nizaris?»

«Allahs Wege sind verschlungen.»

«Und dennoch führen sie stets zum Ziel», ergänzte der Großmeister. «Du stehst dem Quaim sehr nahe. Schildere ihn mir! Was für ein Mensch ist er?»

«Er hat gewisse Ähnlichkeit mit Euch», sagte Orlando.

«Das wundert mich nicht», lachte der Großmeister. «Es gibt so viele offensichtliche Ähnlichkeiten zwischen unseren Orden, daß das bereits manchen Mächtigen schlaflose Nächte bereitet.»

«Wie meint Ihr das?» fragte Orlando.

«Schau dir diesen Fisch an. Er unterscheidet sich nur unwesentlich von einem Fisch deiner Heimat. Gewiß, es gibt kleinere und größere, flache und langgestreckte, aber in ihrer Grundform sind sie alle völlig gleich, obwohl die Fische eurer Teiche nie Kontakt mit den unseren hatten. Die Funktionen bestimmen die Form. Es ist kein Zufall, daß sich das Maul vorne befindet. Nur dort erfüllt es seine Aufgabe, denn vorn ist es der Beute am

242

nächsten. Der Fisch kann das Futter verschlingen, ehe es ein anderes Tier tut. Auch seine Augen können nicht hinten sitzen, denn der Fisch will sehen, wohin er schwimmt, nicht, wo er gewesen ist. Dicht am Maul erfüllen sie ihre Aufgabe am besten. Fische benötigen keine Lider, um die Augen mit Feuchtigkeit zu benetzen, keine Beine und keine Flügel. Das Wasser trägt sie, wohin sie wollen. Wie das Ruder bei einem Schiff vermag die Schwanzflosse nur hinten wirksam zu werden. Selbst die Farbe ihrer Haut ist nicht dem Zufall überlassen. Immer ist ihr Rücken dunkler als der Bauch, damit sie sich von oben her betrachtet nicht vom dunklen Grund und von unten her nicht vom hellen Himmel abheben.

Gott war bei der Erschaffung seiner Geschöpfe nicht frei. Er konnte seiner Phantasie nicht einfach freien Lauf lassen. Die lebensnotwendigen Erfordernisse diktierten ihm die Gestalt. Gleiche Funktionen ergaben zwangsläufig gleiche Formen, wenn sie ihre Aufgabe optimal erfüllen sollen.

Das ist der Grund, warum die Orden der Assassinen und Templer sich so ähnlich sehen.»

«Ist das wirklich so?» fragte Orlando erstaunt.

«Ist dir nicht aufgefallen, daß Assassinen und Templer fast die gleiche Kleidung tragen, den weißen Mantel mit rotem Emblem? Bei euch ist es der Halbmond, bei uns das Tatzenkreuz. Ich weiß nicht, ob du unsere Ordensregeln kennst? Ich kenne die euren recht gut. Sie decken sich in einer ganzen Reihe von Punkten so auffällig, daß man wohl kaum von Zufall sprechen kann. Die Macht der Assassinen basiert nach außen hin sichtbar auf Dutzenden von uneinnehmbaren Burgen, weit verstreut auf fremdem Territorium. Die Zahl der Burgen und festen Häuser meines Ordens liegt bei fast neuntausend und erstreckt sich von Irland bis nach Zypern. Wir sind Mönchsritter wie ihr, und uns droht mehr Gefahr von unseren Glaubensbrüdern als von euch. Das ist bei euch nicht anders. Bis auf wenige Ausnahmen waren alle Opfer der Assassinen Moslems, Abbasiden, Sunniten, Seldschuken. Nie ist ein Vertrag zwischen euch und uns gebrochen worden. Der Templer, der einen Boten des Alten vom Berge getötet hatte, ist von der Justiz unseres Hauses so schwer bestraft worden, als hätte er einen Glaubensbruder ermordet. Die Geheimabkommen zwischen euch und uns füllen eine ganze Truhe. Aber was erzähl ich dir. Du hast sie gerade um ein weiteres Exemplar vermehrt.»

«Ich kann Eure Worte nur unterstreichen», sagte Orlando. «Der Quaim hegt große Hochachtung vor dem Orden der Tempelherren. In den wenigen Fällen, in denen Christen durch unsere Dolche fielen, haben wir meist im Auftrag unserer christlichen Freunde gehandelt, wie bei der Ermordung Ludwig des Kelheimers. Ihr kennt den Fall?»

«Ich habe davon gehört», sagte der Großmeister. Man sah ihm an, daß er das Thema nicht mochte. «Ich hatte dich gefragt: Was für ein Mensch ist der Alte vom Berge? Ist es wahr, daß er seinen Turm auf Alamut seit einem Jahrzehnt nicht mehr verlassen hat?»

«Wann hätte je ein Gehirn sein Schädeldach verlassen? Und dennoch ist es besser informiert als alle Glieder seines Leibes.»

Am Ende ihrer Unterredung fragte der Großmeister: «Du weißt, wofür wir das Geld an euch zahlen?»

«Nein», antwortete Orlando wahrheitsgemäß.

«Aber du kennst die Höhe des Betrages?»

«Nein.»

«Mein Gott, was seid ihr nur für Menschen!» sagte der Großmeister. «Ich händige dir eine Summe in Gold aus, für die du diese ganze Festung hier kaufen könntest, und ihr behandelt diesen ungeheuren Transfer wie einen ganz gewöhnlichen Botengang. Wie viele Männer seid ihr?»

«Sieben.»

«Sieben! Habt ihr keine Angst, daß man euch beraubt?»

«Wer würde es wagen», erwiderte Orlando, «den Alten vom Berge zu berauben?»

244

Orlando hatte darum gebeten, die Pferdeställe besichtigen zu dürfen. Gleich am anderen Morgen wurde ihm die Bitte gewährt. Ein Templer führte ihn durch die Gewölbe des unteren Burghofes, wo die Pferde untergebracht waren. Ihr Anblick ließ Orlandos Herz höher schlagen: prächtige arabische Vollblüter, feingliedrig und lebhaft, mehr den großen Gazellen verwandt als den hochbeinigen massigen Rössern des Abendlandes. Bei einem jungen Wallach mit kunstvoll geflochtener Mähne blieb Orlando stehen.

«Welch edles Tier», lobte er. «Aber, aber, warum denn so nervös? Was hast du denn?»

Die Ohren senkrecht gestellt, Schaum vor den ängstlich aufgeblähten Nüstern, riß der Angesprochene an der Kette, die ihn hielt. Die Augen schienen ihm aus dem Kopf zu quellen. «Vorsicht!» warnte der Templer. Es waren die letzten Worte, die Orlando noch wahrnahm.

Als er zu sich kam, lag er auf dem Stroh. In seinem Kopf dröhnten alle Glocken der Abtei von Jisur.

«Wo bin ich?» fragte er.

Wie durch dichten Nebel sah er ein Gesicht dicht über sich. Eine Hand berührte seine Wange: «Kannst du mich hören?»

«Ja, ich höre dich.»

«Kannst du dich bewegen?»

Orlando versuchte sich aufzurichten. Es mißlang. Erst mit fremder Hilfe kam er auf die Beine. Alles um ihn herum drehte sich.

«Was ist mit mir geschehen?» fragte er.

«Der Wallach hat dich getroffen. Er wurde vor drei Tagen verschnitten und läßt keinen an sich heran. Ich hätte dich warnen müssen.»

«War ich lange bewußtlos?»

«Nur ein paar Atemzüge. Du bist mit dem Kopf an den Pfosten geschlagen. Du hast einen guten Schutzpatron. Nur eine Schramme auf der Stirn.»

Großmeister Broussard hatte den Seneschall zu sich gerufen. «Ich muß mit dir reden», sagte er. «Dieser Abgesandte des Alten vom Berge, was hältst du von ihm?»

«Ein ungewöhnlicher Assassine.»

«Du sagst es. Ist dir etwas an ihm aufgefallen?»

«Er spricht andalusisches Arabisch.»

«Es ist nicht der Dialekt», sagte der Großmeister, «es ist die Art, wie er sich bewegt, sich setzt, wie er ißt. Man könnte meinen, er sei einer von uns.»

«Einer von uns? Ihr meint... er ist...?»

«Ein Templer. Ja, das meine ich.»

«Ihr scherzt», lachte der Seneschall.

«Mir ist nicht nach Scherzen zumute.»

«Das kann nicht Euer Ernst sein. Ihr irrt Euch. Ihr müßt Euch irren.»

«Ich irre mich nur selten in einem Menschen. Zudem habe ich den Beweis für meine Behauptung.» Der Großmeister öffnete eine Tür, die in ein angrenzendes Kabinett führte, und bat einen jungen Templer herein.

«Du hast heute morgen den Abgesandten des Alten vom Berge durch die Marställe geführt. Berichte uns, was du erlebt hast.»

«Wir waren noch nicht weit gekommen, als er von einem frisch verschnittenen Wallach so unglücklich gestoßen wurde, daß er mit der Stirn gegen den Sattelpfosten schlug und das Bewußtsein verlor. Ich legte ihn rücklings aufs Stroh, um seine Platzwunde zu versorgen. Dabei untersuchte ich seinen Kopf nach weiteren Verletzungen. Dabei fand ich das Baphomet-Mal.»

«Du meinst, er trägt das geheime Brandzeichen der Templer im Nackenhaar? Das kann nicht sein. Du mußt dich irren», ereiferte sich der Seneschall.

«Ich habe es mit meinen eigenen Augen gesehen. Ich beschwöre es im Namen aller Heiligen.»

«Was hat das zu bedeuten? Ein Templer im Dienst des Alten vom Berge. Ach, was sage ich: im Dienst? In der bevorzugten Stellung eines allerengsten Vertrauten. Das ist ganz unmöglich!»

«Nichts ist unmöglich», sagte der Großmeister.

«Welch elende Kreatur muß einer sein, der seinen eigenen Orden verrät!» erboste sich der Seneschall. «Soll ich ihn zum Reden bringen?»

«Er ist ein Emissär des Alten vom Berge. Vergiß das nicht. Er genießt diplomatischen Schutz. Außerdem nutzt er uns lebend mehr als tot. Laßt ihn nicht aus den Augen!»

IM DICHTESTEN GEDRÄNGE der Gasse spürte Orlando, wie sich von hinten eine Hand an seiner Geldkatze zu schaffen machte. Er fuhr herum: Vor ihm stand Zacharias!

Zacharias starrte ihn an, als sähe er ein Gespenst. Er versuchte zu fliehen, doch da hatte Orlando ihn schon fest im Griff: «Zacharias! Bist du es wirklich?»

«Nicht, bitte. Laß mich! Du tust mir weh.»

«Aber Bruder Zacharias, kennst du mich nicht mehr?»

«Bitte, laß mich, Orlando.» Er sprach mit leiser, tieftrauriger Stimme, wie einer, der nichts mehr zu erhoffen hat.

«Komm, laß dich umarmen, Bruder. Du lebst!»

«Nein, bitte nicht!»

«Mein Gott, du lebst. Ich war fest davon überzeugt, die Wellen hätten dich verschlungen. Wie ist es dir ergangen? Wie kommst du nach Akkon?»

«Das ist eine lange Geschichte.»

Orlando drängte ihn in eine Taverne, bestellte Käse und eine Kanne Wein, nahm einen kräftigen Schluck und schob sie Zacharias über den Tisch: «Trink Bruder, auf deine Auferstehung von den Toten.»

Zacharias griff nach dem Krug und trank mit tiefen Zügen, inbrünstig und mit geschlossenen Augen wie beim Gebet, als suche er Kraft und Hoffnung in dem betäubenden Saft.

«Laß mir noch was im Becher», lachte Orlando.

«Bestell dir einen anderen», sagte Zacharias. «Du kannst nicht mit mir aus einem Krug trinken.»

«Wir haben unsere Suppe aus einem Topf gelöffelt, unter einer Decke geschlafen. Hast du denn alles vergessen?»

«Ich habe nichts vergessen. Aber es geht nicht.»

«Was ist mit dir?»

Zacharias bückte sich, knüpfte den Bundschuh auf, zog ihn mitsamt der Socke aus und hielt Orlando den Fuß hin. Er war schwarz.

«Du solltest dir mal die Füße waschen», scherzte Orlando.

«Das ist kein Schmutz, das ist Lepra.»

«Du meinst...?»

«Ja, der Aussatz.»

Dann begann er zu erzählen, und je länger er sprach, um so leidenschaftlicher und lauter wurde seine Stimme. Er nahm seine Umgebung nicht mehr wahr. Zu lange aufgestaut waren all die schrecklichen Ereignisse, die danach drängten, in Worte gefaßt zu werden.

«Als ich erwachte, lag ich auf den Planken eines Bootes. Fischer hatten mich aus dem Meer gezogen. Sie brachten mich auf eine kleine Insel vor der Südostküste von Sardinien, wo sich Frauen sehr liebevoll um mich bemühten. Meine Lungen waren vom Fieber so geschwächt, daß ich viele Tage dahindämmerte wie ein Neugeborener. Als ich endlich wieder zu Kräften gelangt war, erkannte ich die entsetzliche Wahrheit: Ich befand mich auf einer Leprainsel.

Wenn die Fischer einen fremden Schiffbrüchigen aus den Fluten ziehen, so bringen sie ihn den Frauen auf der Toteninsel, um den Elenden eine Freude zu machen, so wie man einer Trauernden Blumen bringt. Schließlich gelang mir die Flucht, aber es war bereits zu spät. Der Aussatz hatte meine Füße befallen. Drei Tage trieb ich in einem Ruderboot auf dem Meer. Dann fand mich ein venezianisches Schiff, das im Auftrag der Malteser Pferde nach Akkon brachte. Während der Seereise fand ich Zeit, über mein erbärmliches Schicksal nachzudenken. Du weißt, was die Templer mit ihren leprakranken Brüdern machen? Sie stecken sie in den Orden der Aussätzigen. In solch einem Siechenhaus wollte ich nicht enden. So nahm ich mein Leben in die eigenen Hände. Aus dem behüteten Herdentier wurde ein einsamer Wolf, ein Einzelgänger, der fern vom Rudel jagt. Du weißt jetzt, wie ich meinen Lebensunterhalt verdiene. Nicht sehr ehrenhaft, aber wer ist schon ehrenhaft? Die Ordensritter? Daß ich nicht lache. Der Aussatz hat mir die Augen geöffnet. Im Gegensatz zur Pest, die dich in drei Tagen erwürgt, ist etwas Sanftes in der Lepra. Sie ist eine Krankheit, die dir Zeit zum Sterben gibt, genügend Zeit, um das Leben mit offenen Augen zu betrachten.

Die Kreuzzugsidee war von Anfang an Wahnsinn. Und wir waren ihre Speerspitze: Tempelherren, oder richtiger: die Bruderschaft der armen Ritter Christi vom Tempel zu Jerusalem. Weißt du, was der heilige Bernhard von uns Kreuzrittern gehalten hat? Ich habe es mit meinen eigenen Augen gelesen: ‹Unter ihnen gibt es Schurken, Gottlose, Frevler, Räuber, Meineidige und Mörder. Es ist eine Erlösung für das Abendland, daß dieser Abschaum in den Orient abfließt, andererseits sind sie gut für die schmutzige Arbeit, die dort getan werden muß.› Das sagt der heilige Bernhard! Er spricht von uns, von mir und von dir: Abschaum!!!

Entwurzelte, Ausgestoßene, irre Fanatiker, die sich das Kreuzeszeichen in die Haut gebrannt hatten, mit ihnen begann der erste Kreuzzug. Er kostete zweihunderttausend Menschen das Leben. Um die Männer ist es nicht schade. Sie wollten es nicht anders. Aber die Kinder! Sie wurden auf den Weg geschickt, um das Heilige Grab allein durch ihre Unschuld von den Ungläubigen zu befreien. Wer nicht unterwegs verreckte, wurde wie Vieh

auf den Sklavenmärkten versteigert. Erlöst die heiligen Stätten!
Gott will es.

Welch ungeheure Blasphemie!

Hast du dich hier mal umgeschaut? In Akkon hat jede italienische Republik ihr eigenes Stadtviertel: Pisa, Amalfi, Genua,
Venedig. Sie alle treiben gewinnbringenden Handel mit den Ungläubigen. Sie verkaufen den Mohammedanern die Waffen, mit
denen sie uns dann erschlagen.»

Der Schankwirt füllte ihre Krüge. Zacharias trank in gierigen
Zügen. Ein wildes Fieber brannte in seinen Augen:

«Der Doge Enrico Dandolo hat für den Transport eines
einzigen Kreuzritterheeres 85 000 Silbertaler kassiert. Die Ritter, die nicht zahlen konnten, mußten ihre Überfahrt abarbeiten.
Und weißt du wie? Sie mußten Zara für Venedig erobern. Zara
aber ist – oder richtiger war – eine christliche Stadt. Sie wurde
dem Erdboden gleichgemacht. Seine Einwohner wurden erschlagen, verjagt und als Sklaven an die Ungläubigen verkauft.
Anschließend zogen sie nach Konstantinopel. Die Stadt wurde
geplündert und in Brand gesteckt. Im Namen des Kreuzes
stürzten sie das Kreuz.»

Zacharias leerte den Krug, wischte sich mit dem Ärmel den
Mund: «Weißt du, wie es bei der gottgewollten Einnahme von
Jerusalem zugegangen ist? Im Tempel Salomos, nach dem wir
Templer uns benennen, richteten die Kreuzfahrer unter den
Sarazenen, die sich hierhergeflüchtet hatten, ein solch gnadenlo-
ses Gemetzel an, daß sie bis über die Knöchel im Blut wateten, so
berichtet es Wilhelm von Tyrus, einer von uns. Aber nicht nur
die Muselmanen wurden ohne Rücksicht auf Alter und Geschlecht abgeschlachtet, auch die Synagoge voller Juden wurde
in Brand gesteckt, nachdem alle Ausgänge versperrt worden
waren. So wurden die heiligen Stätten befreit, mit dem Ruf: Gott
will es! Was für ein Gott!»

Zacharias hatte sich in wilde Wut gesteigert. Seine Augen funkelten vor Zorn. Da war nichts mehr von dem großen Jungen,

der vor einem Sommer aufgebrochen war, um die Welt zu entdecken.

«Weißt du», sagte er, «mein Glaube war mein einziger Besitz. Wir sind angetreten, um den Orient zu verändern. Doch der Orient hat uns verändert. Ich weiß heute, warum Adrian uns verlassen hat. Nichts ist mehr so, wie es war. Selbst mich gibt es nicht mehr.»

«Du bist krank», sagte Orlando.

«Glaube mir, der Aussatz ist keine gewöhnliche Krankheit. Diese Seuche ist das Strafgericht Gottes für unsere Freveltaten im Heiligen Land. Weißt du, daß es allein im fränkischen Reich über zweitausend Häuser für Aussätzige gibt? Die Kreuzfahrer haben diese Pestilenz wie ein Kainsmal eingeschleppt. Es ist ein Kainsmal. Aus welch anderem Grund gilt der von der Lepra Befallene als unrein? Er muß wie ein Verbrecher besondere, entehrende Kleidung tragen und verliert alle angestammten Rechte. Er genießt nicht mehr den Schutz der Gesetze. Jeder kann ihn ungestraft erschlagen wie einen tollwütigen Hund. Selbst die Kirche zieht sich vor ihm zurück. Wer vom Aussatz befallen ist und das nicht meldet, wird exkommuniziert. Der Verdächtige wird wie ein Angeklagter vor die Untersuchungskommission geladen. Ist er gesund, nennt man ihn unschuldig, ist er krank, wird er wie ein Verbrecher in ein vergittertes Siechenhaus gesperrt. Unauflösliche Bindungen wie Ehe und Ordenszugehörigkeit gelten als aufgelöst. Für den Leprakranken wird die Totenmesse gelesen, denn er ist ein lebender Leichnam. Ich bin tot. Welches Grab schützt mich vor meinem Gott?»

«Wir haben diesen Menschen, mit dem er sich heimlich traf, verhört», sagte der Seneschall. Er schritt neben Leon Broussard über den Kiesweg des Gartens, der die Gemächer des Großmeisters vom Zwinger trennte.

«War er gesprächig?»

«Nicht sofort. Aber Ihr wißt, am Ende reden sie immer.»

«Wer ist es?»

«Ihr werdet es nicht glauben: Auch er war ein Templer.»

«War?»

«Er hat die Befragung nicht überlebt.»

«Ihr habt einen Ordensbruder getötet?»

«Eine elende Kreatur, die ihren Lebensunterhalt mit Stehlen verdiente, verkommen und vom Aussatz zerfressen.»

«Ich denke, er war ein Templer?»

«Ja, ein Templer vom Ordenshaus Paris. Zacharias von Ratzenhofen war sein Name.»

«In welchem Verhältnis stand er zu unserem Mann?»

«Sie wurden gemeinsam nach Alamut geschickt, um Erkundigungen über die Assassinen anzustellen. Grund der Mission war der Mord an Ludwig dem Kelheimer.»

«Du meinst, es ist uns gelungen, einen geheimen Agenten ins Hauptquartier der Assassinen einzuschleusen? Mein Gott, welch phantastischer Gedanke!»

«Glaubt Ihr wirklich, daß ein so gerissener alter Fuchs wie der Quaim auf solch einen plumpen Trick hereinfallen könnte?»

«Nein, du hast recht. Das riecht nach Verrat. Wie heißt unser Mann?»

«Orlando da Padua. Ein Blaurock.»

«Ein Blaurock? Nicht zu fassen. Und was hatte dieser Zacharias hier zu schaffen?»

«Sie verloren sich durch Schiffbruch aus den Augen. Zacharias von Ratzenhofen rettete sich auf eine Leprainsel. Dort infizierte er sich mit Aussatz. Aus Angst vor der Isolation versteckte er sich in Akkon. Ihr Treffen war rein zufällig.»

«Rein zufällig? Kann man das glauben? Hat er die Wahrheit gesprochen?»

«Dafür verbürge ich mich.»

«Und dieser andere . . . wie heißt er noch?»

«Orlando da Padua.»

«Ist er einer von uns oder einer von ihnen?»

«Warum fragt Ihr ihn nicht?»

«Wie kann ich?» sagte der Großmeister. «Wenn er einer von uns wäre, müßte er sich wenigstens mir offenbaren. Warum verschweigt er uns seine wahre Natur?»

«Ihr habt recht. Er ist ein Judas.»

«Er hat den Tod verdient. Verrat ist schändlicher als Mord.»

«Mord!» Der Seneschall war stehengeblieben. «Das bringt mich auf einen Gedanken. Wir sollten Paris mitteilen, daß ihr Ordensbruder Zacharias von Ratzenhofen nicht mehr unter den Lebenden weilt. Wir fanden ihn mit einem Dolch im Rücken. Seine letzten Worte lauteten: ‹Orlando da Padua ist mein Mörder.› Wir brandmarken den Verräter mit dem Kainsmal und befreien uns von dem Verdacht, daß wir etwas mit dem Tod dieser elenden Kreatur zu schaffen haben.»

«Ein guter Schachzug, von dem ich selbstverständlich nichts weiß», sagte der Großmeister. «Ihr handelt ohne mein Einverständnis. Seht zu, daß der Brief noch heute abgefaßt wird.»

Zwei Tage später nahm Orlando eine eisenbeschlagene Truhe in Empfang.

Der Großmeister blickte Orlando bedeutungsvoll in die Augen und sagte: «Monstra te esse frater!»

Orlando hielt seinem Blick stand.

«Was sagt Ihr?» fragte er. «Ich spreche kein Latein. Es war doch Latein?»

«Schon gut», sagte Leon Broussard.

«Warum hast du dich vor deinen eigenen Brüdern verleugnet?» fragte Adrians Stimme beim Gebet am Abend.

Orlando erwiderte: «Wie kann ich einem Menschen trauen? Lauert nicht überall Verrat? Warum hat der Quaim ausgerechnet mich hierhergeschickt? Er will mich prüfen. Ich bin sicher, er hat seine Agenten im Krak des Chevaliers in höchsten Ämtern.»

«Du warst schon immer übertrieben ängstlich», sagte Adrian.

«War ich das? Warum hat mich der Großmeister aufgefordert: ‹Zeige mir, daß du ein Bruder bist!› Ich habe mich mit keinem Wort und keiner Gebärde verraten. Woher nahm er den Verdacht, ich könnte einer von ihnen sein? Wer hat ihn informiert? Paris? Wohl kaum. Alamut? Ich kann nicht vorsichtig genug sein. Ich habe einen Auftrag zu erfüllen. Respice finem!»

ACHTZEHN TAGE IM SATTEL, achtzehn Tage Sonnenglut, Staub und Durst. Am Ende eines langen Rittes im Abendnebel die Gipfel des Elburs. Und noch einmal vier Tage durch enge Schluchten, über windgepeitschte Pässe. Endlich! Wie eine Fata Morgana die Türme von Alamut! Ein Freudenschrei aus rauhen Kehlen: «Alamut! Allahhu akbar.» Orlando hatte das Gefühl, heimgekehrt zu sein. Jubelnde Freude erfüllte ihn, als sie durch das große Tor ritten. Der alte Hazim, vom Fieber verbrannt und vom Durchfall geschwächt, mußte vom Pferd gehoben werden. Sie trugen ihn ins Haus des Doktors.

Es war das erstemal, daß Orlando allein zum Quaim gerufen wurde. Der Alte kam ihm entgegen. Nahm die Schatulle mit dem Gold in Empfang, brach die Siegel und las das Antwortschreiben. Seine Miene hellte sich auf. Die buschigen Augenbrauen hoben sich. Seine Augen leuchteten. «Du hast deine Sache gut gemacht, Adnan. Ich erwarte morgen eine Gesandtschaft aus al-Iskenderia. Du wirst an den Besprechungen teilnehmen. Halte dich bereit!»

In jener Nacht schlief Orlando wie ein Toter. Er erwachte von dem heiseren Gezänk der Bergdohlen, die die Festung bevölkerten, als wären sie die Herren von Alamut. Die Sonne stand schon hoch am Himmel, als der Bote des Alten an Orlandos Tür klopfte. Er brachte Orlando zum Bordsch al-almar. Von hier aus reichte der Blick über das ganze Alamuttal bis zum ewig schneebedeckten Bergmassiv des Takht-i-Suleiman, dem Thron Salomos.

Die rote Gästeburg war wie eine Karawanserei angelegt. Doppelgeschossige Gebäude umgaben einen quadratischen Innenhof, der von Pinien beschattet wurde. Jetzt standen dort die Pferde der Gesandten.

Vor einem flachen Bauwerk mit mehreren Reihen weißgekalkter arabischer Kuppeln blieb der Bote stehen. Er öffnete ein Tor. Orlando stand in einem moscheenartigen Saal. Die gewölbte Decke wurde von einem Säulenwald getragen. Der Boden war mit rostroten Teppichen belegt. An der Stirnseite des Raumes saß ein Dutzend Männer. Mitten unter ihnen der Quaim. Ihm zur Seite ein athletischer Mensch mit Turban und einer Burda aus Seide. Orlando hörte ihn sagen:

«Allein der Glaube schützt Eigentum und Weib. Gottesdienst wird wegen Gut und Weib ausgeübt. Denn wenn Besitz und Frauen allen zugänglich wären, worin läge dann der Unterschied zum Vieh? Ohne den Glauben an Allah gäbe es auch keine Anerkennung von Eigentum und Eheweib. Das eine ist ohne das andere undenkbar.»

Der Alte vom Berge winkte Orlando herbei und stellte ihn den anderen als seinen Nazdikan vor. Es war das erste Mal, daß er Orlando so nannte. Nazdikan, die altehrwürdige Bezeichnung für die engsten Vertrauten des Herrschers. Der Turbanträger war Fahad ibn Thabit, der Großwesir des Beherrschers der Gläubigen. Sein dunkelhäutiger Sekretär, ganz offensichtlich ein Eunuch, folgte ihm wie ein Schatten, um jede seiner Äußerungen schriftlich festzuhalten.

Der Großwesir wandte sich an den Quaim: «Es würde mich interessieren, wie Ihr über diese Angelegenheit denkt?»

Der Quaim erwiderte: «Ihr meßt den Vollbusigen zu viel Bedeutung bei. Als Alexander der Große den Perserkönig Darius in die Flucht geschlagen hatte, wurde ihm berichtet, der Besiegte habe eine überaus schöne Tochter und eine jüngere Schwester von vollendeter Anmut. Überhaupt gäbe es keinen Harem unter dem Mond, der dem des Darius gleichkäme.

Alexander gab zur Antwort: «Ich habe ihre Männer besiegt. Es ist nicht nötig, daß ihre Weiber mich besiegen. Und er ging nicht in die Frauengemächer des Darius. Nun wißt Ihr, warum sie ihn den Großen nennen.»

«Was haltet Ihr für das höchste Gut?» fragte der Großwesir.

«Es gibt für den Menschen keinen wertvolleren Besitz als das Wissen. Es zählt mehr als jeder Schatz. Denn den Schatz mußt du hüten, das Wissen aber behütet dich. Es gibt keine wirksamere Waffe als die Schärfe des Geistes.»

Der Quaim war kaum wiederzuerkennen. Er war wieder der alte Hasan-i Sabbah, der allein durch seine überlegenen Geistesgaben den gefürchtetsten Orden seiner Zeit aufgebaut hatte, dessen Überredungskunst es gelungen war, eine Burg wie Alamut ohne einen Schwertstreich zu erobern.

«Wie kommt es», fragte der Großwesir, «daß Eure Burg den Namen Alamut, Adlernest, trägt und Euer Wappentier eine kleine Biene ist? Warum nicht der Adler, der König der Lüfte?»

«Wie denkst du darüber, Adnan?» fragte der Quaim.

Orlando erwiderte: «Adler, Löwe, Bär genießen beim Menschen hohes Ansehen...»

«...den Gepard nicht zu vergessen», fügte Fahad ibn Thabit hinzu, denn Fahad heißt im Arabischen Gepard. Orlando überhörte den Einwurf. «Die großen Raubtiere genießen im allgemeinen hohes Ansehen. Warum eigentlich? Löwenmut und Bärenstärke? Stimmt das? Löwen, Bären, Tiger, Wölfe und wie sie alle heißen mögen, suchen sich ausschließlich kranke, schwache und ganz junge Opfer aus. Sie machen nur Jagd auf geschädigtes, halbtotes Leben. Damit muß man sie eigentlich zu den Aasfressern zählen. Und wenn sie dennoch hin und wieder ein gesundes Tier schlagen, dann nur deshalb, weil sie um ein Vielfaches größer sind als ihre Opfer. Der Bär ist zehnmal so groß wie das Lamm, das er frißt.

Die wirklich heldenmütigen kleinen Tiere werden von uns verachtet. Die Mücke, die sich mit Todesmut auf ein Opfer stürzt, das ihr körperlich haushoch überlegen ist, bezeichnen wir als ekelhaften Blutsauger. Eine Biene, die ihren Stachel in einen Menschen stößt, handelt unvergleichlich heldenhafter als ein Adler, der einen Hasen schlägt.»

Dem Quaim gefiel die Antwort. Er sagte lachend zu Thabit: «Nun wißt Ihr es. Ihr solltet Euch den Namen eines Blutsaugers zulegen.»

Schon bald kreiste das Thema wieder um die Frauen.

Fahad ibn Thabit sagte: «Auch wenn ein Weib sein ganzes Leben in der Gesellschaft von Männern verbringt, wird es doch die Wahrheit so wenig erfassen wie der Löffel den Geschmack der Suppe.»

«Welch ein Vergleich!» sagte der Alte vom Berge.

«Es gibt nichts Köstlicheres als gebratenes Geflügel», schwärmte Thabit, «trotzdem käme ich nicht auf die absurde Idee, meine Falken oder Fasane zu fressen, nicht weil sie zu teuer und selten sind, sondern weil ich sie liebe. Genußreich konsumieren kann man nur, was man nicht liebt. Die Frauen, die ich am meisten liebe, meine Mutter, meine Schwestern, begehre ich nicht. Liebe und Sexualität sind zwei völlig verschiedene Dinge. Wenn ich eine Auster ausschlürfe oder eine Feige belecke, erwarte ich nicht, von ihr geliebt zu werden. Ich genieße ihr saftiges Fleisch, und genauso verhält es sich mit den Mädchen meines Harems. Ich empfinde wie al-Muglira, der Gouverneur von Basra und Kufa, der am Ende seines Lebens sagte: Ich habe fast hundert Frauen geheiratet, doch nicht eine einzige aus Liebe.»

Sajida mußte herzlich lachen, als Orlando Thabit zitierte. Er fragte: «Was bezwecken diese Gespräche? Kein Wort über Politik. Nichts von Gewicht.»

«Hast du jemals den Teppichhändlern auf dem Basar zugeschaut», sagte Sajida. «Sie reden mit dem Käufer über Gott und die Frauen, über Wetter, Krankheit und Politik. Das Gespräch ist ein Teil ihrer Verkaufsstrategie. Mit ihm bringen sie in Erfahrung, wie hoch sie den Preis ansetzen können.

Nicht anders macht es der Quaim.»

BEIM ABENDESSEN SAGTE Hazim zu den anwesenden Männern: «Wir erwarten zu Beginn des Monats Muharram eine Abordnung der Mongolen auf Alamut. Wie ihr wißt, gibt es derzeit auf der Erde keine militärische Macht, die es mit den Mongolen aufnehmen könnte. Ihren Vorstoß gen Westen vermag niemand aufzuhalten. Die Tage der türkischen Hunde sind gezählt. Da die Feinde meiner Feinde meine Freunde sind, sind die Mongolen unsere Freunde. Deshalb ist dieser Besuch für uns von allergrößter Wichtigkeit. Der Quaim erwartet, daß ihr euch entsprechend verhaltet.»

Orlando hatte dergleichen noch nie gesehen. Wilde, kraftvolle Barbaren. Sie waren achtzehn Männer. Trotz der Kälte – der Wind blies mit eisiger Schärfe von den hochgelegenen Schneefeldern – ritten sie mit nackten Oberkörpern, muskelbepackt wie anatolische Ringkämpfer, die Haut voller Narben, die sie wie Auszeichnungen zur Schau trugen. Das schwarze Haar ihrer Bärte und Schädel, geflochten in unzähligen Zöpfen, hing in fettigen Trotteln herab, geschmückt mit bunten Stoffetzen und erbeutetem Tand. Sie ritten ohne Sattelzeug und schienen mit ihren kurzbeinigen Pferden wie verwachsen.

Eine Pfeilschußlänge vor dem großen Tor von Alamut gaben sie ihren Tieren die Sporen. Mit gezogenen Krummsäbeln flogen sie heran. Ein Schrei aus achtzehn Kehlen. Eine eindrucksvolle Demonstration ihrer schlagkräftigen Wildheit.

In ihrer Mitte ritt ein Mensch, der sich in seiner äußeren Erscheinung so sehr von ihnen absetzte, als gehörte er nicht dazu. Er trug einen Samtmantel mit Zobelbesatz. Eine Pelzmütze, hoch wie eine Tiara, thronte auf seinem Kopf.

Als sie durch die Straßen der Unterstadt zu ihren Quartieren trabten, befand sich ganz Alamut in Alarmbereitschaft. Die Gefahr, die von diesen Kriegern der goldenen Horde ausging, war wie die Drohgebärde einer steil aufgerichteten Kobra. Der Schahna als Hauptmann der Burg empfing sie stehend im Hof der roten Burg. Zwei Mongolen bildeten mit ihren Leibern eine Art Trittleiter. Der Khan stieg wie eine Majestät im langen, wallenden Gewand herab, an seinem Handgelenk eine geflochtene Lederpeitsche. Jede seiner Bewegungen war eine Provokation. Anmaßende Arroganz umgab ihn wie eine Wand aus Eis.

«Willkommen auf Alamut», sagte der Schahna, der als einziger die Sprache der Mongolen beherrschte.

«Du redest mit unserer Zunge?» Der Khan betrachtete ihn und lächelte verächtlich: «Bist du ein Mongole?»

«Nein.»

«Warum redest du dann wie ein Mongole? Hat man je eine Maus gesehen, die wie ein Löwe brüllt?»

Die Männer lachten. Dem Schahna stieg die Zornesröte in die Schläfen.

«Bring mich zu deinem Herrn!» befahl der Khan.

«Wollt ihr nicht erst eure Quartiere sehen?»

«Wir brauchen kein Quartier. Wir schlafen im Freien. Alles, was wir brauchen, ist ein Feuer, Heu für die Pferde und Fleisch für die Männer.»

Zwei Nizaris geleiteten den Khan zum Quaim in den Tadsch al-Alam.

Schon bald brannte ein Feuer im Hof der roten Burg. Fackeln erhellten das steinerne Viereck. Vier Schafe steckten auf eisernen

Spießen. Zwei Dutzend Nizaris leisteten den Mongolen Gesellschaft, während die anderen Burgbewohner sich verborgen hielten, um im Notfall eingreifen zu können. Da die einen nicht die Sprache der anderen verstanden, gab es zwei scharf voneinander getrennte Lager. Wenn die einen in grölendes Gelächter ausbrachen, fühlten sich die anderen verhöhnt. Die Gesänge, die die Nizaris anstimmten, vermochten die Mongolen nicht zu beeindrucken. Erst als ein paar von ihnen zu den Klängen einer Flöte einen Schwerttanz aufführten, erhellten sich die Mienen der Gäste. Sie rissen ihre Krummsäbel aus der Scheide und inszenierten wilde Scheingefechte, so wild, daß schon bald einige von ihnen aus mehreren Wunden bluteten.

Einer der Mongolen – ein Narbengesicht, dem ein Auge fehlte – forderte einen jungen Nizari zum Faustkampf auf, und als der sich weigerte, verhöhnte er ihn mit Grimassen und eindeutigen Gesten.

«Laß das», sagte der Schahna. «Das Gastrecht verbietet uns, mit euch zu kämpfen.»

«Hört, hört», höhnte der Einäugige, «die Maus, die wie ein Löwe brüllt. Ob er auch wie ein Löwe kämpft?»

Die Mongolen lachten. Der Schahna erwiderte: «Lieber eine Maus als ein Loch, ein Arschloch wie du.» Nun hatte der Schahna die Lacher auf seiner Seite.

Der Einäugige erstarrte. Das hatte noch keiner gewagt. «Was hast du gesagt?»

«Hörst du so schlecht, wie du siehst?» verhöhnte ihn der Schahna. Das Maß war voll.

Wie ein Geschoß flog der Mongole heran. Scheinbar ungerührt erwartete der Schahna den Aufprall. Erst in letzter Sekunde duckte er sich blitzschnell, stieß dem anderen dicht über sich, mitten im Sprung, den Kopf in die Magengrube. Das alles ereignete sich so schnell, daß es bereits vorbei war, kaum daß es begonnen hatte. Während sich die Mongolen um den Bewußtlosen bemühten, zog der Schahna sich mit seinen Männern zurück. Er verließ den Kampfplatz als Sieger. Sein Ruf als Mongolenfresser war gefestigt.

Am darauffolgenden Tag nach dem zweiten Morgengebet wurde Orlando zum Quaim gerufen.

Als er das große Turmzimmer im Tadsch al-Alam betrat, stand der Quaim am Fenster. Der Khan lief im Zimmer auf und ab. Sein Gesicht war rot vor Erregung.

«Das könnt Ihr nicht ernsthaft fordern!» rief er. «Das hat noch keiner gewagt. Ihr werdet es bereuen. Ich warne Euch. Ihr verhandelt mit Dschingis-Khan, der Geißel Gottes. Wenn ich ihm Eure Antwort überbringe, so wird Euch das den Kopf kosten. Nehmt Vernunft an. Glaubt mir, man kann auch den Bogen überspannen. Ich warne Euch!»

Der Quaim wandte sich Orlando zu: «Begleite uns! Wir werden einen Rundgang über die Zinnen machen. Die frische Luft wird uns guttun.»

Als sie die Dachterrasse betraten, nahmen die Assassinen, die an der Tür Wache standen, Haltung an.

Der Quaim lief voraus, die Hände auf dem Rücken. Einen halben Schritt hinter ihm der Khan, gefolgt von Orlando. «Ihr müßt die letzte Forderung noch einmal überdenken», keuchte der Khan. «Eure Macht hat Grenzen. Unsere Reiterheere überschwemmen die Ebenen Asiens wie die steigende Flut. Was habt Ihr dem entgegenzusetzen? Nichts!» Sie passierten gerade den Posten der Wachen auf den Zinnen, zwei junge Assassinen, unbeweglich wie aus Zinn gegossen, als der Quaim stehenblieb. Er wandte sich an den Khan: «Was habt Ihr eben gesagt?»

«Auch Eure Macht hat Grenzen.»

«Habt ihr das gehört?» fragte der Quaim. «Was sagt ihr dazu?» Die Männer zogen ihre Dolche. Der Khan trat erschrocken einen Schritt zurück. Der Quaim blickte hinab in den Abgrund. Er winkte den Khan herbei, und als der zögerte, ermunterte er ihn: «Na kommt schon! Seht hinab. Wie tief schätzt Ihr die Schlucht? Euch graust? Mit Recht.»

Zu den beiden Assassinen sagte er: «Springt!»

Die Männer begegneten seinem Blick. Ein unbeschreibliches Feuer brannte in ihren Augen, ein freudiges Leuchten, fiebriger Glanz, letzte Erfüllung.

Und dann – der Khan sah es mit Schaudern – stürzten sie sich, ohne einen Atemzug zu zögern, in den Abgrund. Ihre weißen Gewänder flatterten wie fallende Fahnen.

Der Quaim setzte seinen Rundgang fort, als wäre nichts geschehen. Zu dem Khan gewandt, sagte er: «Da habt Ihr meine Antwort. Macht nicht den Fehler und meßt uns mit Eurem Maßstab.»

Am anderen Morgen waren die Mongolen fort. Nur eine zurückgelassene Lanze und die Asche ihrer Feuer erinnerte an ihre Anwesenheit.

«Sie ritten, als sei der Teufel hinter ihnen her», berichtete die Wache am Medinat as-salam.

ER HAT ES IHNEN BEFOHLEN, und sie sind gesprungen, tausend Fuß tief, ohne einen Augenblick zu zögern.» Orlando sprach mit Hazim. «Wie ist das möglich? Bei Allah, wie ist so etwas möglich?»

«Opferbereite. Sie brennen darauf, ins Paradies einzugehen.»

«Aber so sinnlos», sagte Orlando. «Der Fedawi, der im Kampf fällt, schlägt dem Feind Wunden. Er tötet, bevor er getötet wird. Aug um Auge. Zahn um Zahn.»

«Du irrst dich», belehrte ihn Hazim, «das Martyrium steht hoch über dem Heldentod. Das ist bei den Christen nicht anders als bei uns. Eure Heiligen sind allesamt Opfertiere ihres Herrn, deren Blut kampflos vergossen wurde. Selbst Christus ließ sich widerstandslos ans Kreuz schlagen, damit seine Lehre lebe. Die Gemeinschaft der Rechtgläubigen ist wichtiger als die Existenz des einzelnen. Eine Idee ist so stark wie die Todesbereitschaft ihrer Anhänger.

Dschingis-Khan wird unsere Vorschläge akzeptieren.

Mehr als Worte es vermögen, hat der Quaim ihnen unsere Überlegenheit demonstriert. Denn wer den Tod nicht fürchtet, ist zu allem fähig. Nichts jagt dem Menschen mehr Angst ein. Es gibt in der belebten Natur keinen stärkeren Trieb als den Willen zu leben. Alle Triebe, vom Fressen bis zur Fortpflanzung, dienen nur dem einen Ziel: Leben zu erhalten. Der Fedawi, der den Tod sucht, steht außerhalb der Schöpfung. Er wird zum Dschin, zum Dämon einer überirdischen Macht, der kein Sterblicher gewachsen ist. Unüberwindlich aber ist nicht der Fedawi, sondern die Angst vor ihm. Wollte man dieser Gewalt einen Namen geben, so müßte sie Terrorismus heißen, denn der Schrecken ist ihr eigentliches Element.»

«Terrorismus», wiederholte Orlando, «welch ein schreckliches Wort!»

Hazim sagte: «Versuche, die Menschen glücklich zu machen, sie werden es dir nicht danken. Zeige ihnen den Tod, und sie werden fasziniert sein. Nichts beeindruckt sie mehr als der gewaltsame Tod eines der Ihren. Warst du je bei einer Hinrichtung und hast der Masse ins Gesicht geschaut? In keiner Moschee findest du so viel gottesfürchtige Hingabe wie bei einer öffentlichen Enthauptung. Wenn der Kopf fällt, geht ein Schrei durch die Menge, wilder als der Schrei der jagenden Hyäne unter dem nächtlichen Himmel der Wüste.»

«Es ist die Furcht vor dem Tod, die uns Gott näher bringt», sagte Orlando.

«Du sagst es. Der zum Tode verurteilte Verbrecher steht Gott näher als sein Richter.»

Hazim dachte eine Weile nach. Dann sagte er: «Ich war einmal Zeuge einer Massenhinrichtung in Kairo, auf dem Platz vor der großen Moschee. Elf Männer, alle Angehörige einer Familie, warteten auf das Schwert der Gerechtigkeit. Sie hatten die Karawanen des Sultans überfallen und beraubt. Stolze, wilde Gesellen mit Gesichtern wie aus Eisenholz geschnitzt. Man hatte ihnen die Arme auf den Rücken gebunden. Um den Hals trugen sie einen Strick wie Schafe, die man zum Schlachthaus zerrt. Als dem Ältesten der Kopf abgeschlagen wurde, standen die zehn anderen daneben.

«Ist es wirklich nötig, daß sie mitansehen müssen, wie ihre Brüder sterben?» fragte ich den Kadi.

«Was ist daran schrecklich?» fragte der. «Sind wir nicht alle in ihrer Lage? Täglich holt der Tod einen von uns, und wir anderen stehen dabei, schauen zu und wissen, daß einer von uns der nächste sein wird. Ma shallah! Gott will es so!»

Acht Monde weilte Orlando schon auf Alamut, ohne daß er seinem Ziel näher gekommen war. Es war ihm gelungen, in Adrians Haut zu schlüpfen, aber er durfte keine Fragen stellen, ohne sich selbst zu verraten.

Je tiefer er in die Lehre der Assassinen eindrang, um so fremder erschienen ihm diese Menschen. Geheimnisvolle Dinge ereigneten sich um ihn herum. Wieder waren mitten in der Nacht Berittene eingelassen worden. Und wieder hatte Orlando ganz deutlich die Wörter Kahf az-zulumat, Tunnel des Todes, vernommen und Quatil al-hubb, Opfer der Liebe. Welches Opfer? Einmal glaubte er seinen Namen zu hören: Adnan. Oder war es Adn, die Bezeichnung für den Garten Eden?

In der Nacht praktizierte er, was Hazim ihn tagsüber lehrte: «Wissen erlangt man durch Erfahrung, das ist der bitterste Weg, oder durch Nachahmung, das ist der oberflächlichste, durch Nachdenken, das ist der Weg, auf dem man sich am leichtesten verirrt. Am erfolgreichsten ist der durch Anschauung, wenn man seine Augen und Ohren zu gebrauchen weiß.»

Beim Erwachen fand er vor seinem Bett eine Burnusschnalle, die ihm nicht gehörte. Wurde er beobachtet, nachts im Schlaf? Erhielt er heimlich Drogen? Er aß und trank nur noch das

Nötigste. Wie war das mit dem roten Urin gewesen? Hatte Sajida etwas damit zu tun? Hazim, al-Hadi, da war keiner, dem er trauen konnte. Bisweilen überfiel ihn Verzweiflung, Angst vor der Entdeckung, vor dem Sterben.

«Herr, mach mich zornig», betete er zur Nacht. «Zorn macht stark, Angst macht schwach.»

Wie hieß es in der Lehre der Ihwan as-safa: «Der Mensch fürchtet den Schmerz, nicht den Tod. Vergeßt die Furcht! Schmerz – ein Nichts im Nichts um nichts. Die Erinnerung an überstandene Schmerzen bereitet uns Vergnügen!»

Nachts rang er mit seinem Zwilling: «Laß mich nicht allein. Ich habe Angst. Hilf mir weiter!»

«Es gibt Dinge, die sich nicht erzwingen lassen, sie müssen erkauft werden mit viel Zeit, und das ist das Kostbarste, über das wir verfügen.»

«Herr, schenke mir Geduld, aber rasch!»

Es war alles noch da, nur irgendwie anders. Was innen war, kam nicht mehr nach draußen: «Adrian, sprich zu mir! Gib mir einen Rat! Was soll ich tun?»

«Achte nicht auf das, was du siehst! Achte auf das, was sie vor dir zu verbergen suchen!»

Gegen Morgen schreckte ihn Adrians Stimme aus dem Schlaf. Orlando vernahm es klar und deutlich:

«Du wirst das Paradies kennenlernen, schon bald!»

War es das Ende?

DAS PARADIES

ASCHA ATU AS-SIRRA

Ich habe dich eingeweiht

*Aus dem Ritus der
Ihwan as-safa*

WÄHREND DER KALTEN Jahreszeit verbrachte Orlando die langen Abende in der Bibliothek am Lesepult, häufig im Gespräch mit Usman al-Muschrifan. Der hielt an jenem späten Nachmittag ein abgegriffenes Buch in den Händen. «Das solltest du lesen», sagte er. «Es ist das begehrteste Buch der Bibliothek.»

«Das kann man sehen. Wovon handelt es?»

«Vom Paradies. Imam Dschalal ad-Din as-Suyuti hat es verfaßt. Keiner hat die sexuellen Wonnen des himmlischen Gartens so detailliert beschrieben wie er.»

«Du hast es gelesen?» fragte Orlando.

«Aber ja. Wie kannst du fragen?»

Orlando wiegte das Buch in der Hand: «Es ist eine dicke Schwarte. Beschreib mir seinen Inhalt mit deinen Worten. Ich höre dir gerne zu.»

Usman al-Muschrifan füllte ihre Teetassen.

«Der Koran schildert uns das Paradies in über dreihundert Versen als einen Ort der nie endenden sexuellen Freuden. Daneben gibt es zahllose andere Überlieferungen.»

«Was schreibt der Imam?»

«Wer ins Paradies eingelassen wird, hat eine ständige Erektion. Willfährige Jungfrauen mit schwarzen Gazellenaugen stehen ihm ständig zur Verfügung. Die Beschreibung jener Huris umfaßt viele Seiten des Buches.»

«Und wie sind sie?» wollte Orlando wissen.

«Von den Zehen bis zu den Knien duften sie nach Safran; von den Knien bis zu den Brüsten nach Moschus; von den Brüsten bis zum Hals nach Ambra; vom Hals bis zum Scheitel nach Kampfer.»

«Ich will nicht wissen, wie sie riechen», lachte Orlando. «Ich will wissen, wie sie aussehen.»

«Unbeschreiblich schön, werden sie von Beischlaf zu Beischlaf immer schöner. Ihr sexueller Appetit wächst ständig. Ein Liebesakt mit ihnen gewährt einen Orgasmus so gewaltig, daß er einem Sterblichen die Sinne rauben würde. Er dauert achtzig Jahre und kennt keine Sättigung oder gar Ermattung, denn der Liebreiz der Mädchen entfacht die Sehnsucht immer wieder aufs neue.»

«Und worin besteht ihr Liebreiz?» fragte Orlando. «Nun komm doch schon endlich zur Sache! Spann mich nicht auf die Folter. Haben sie große oder kleine Brüste, knabenhafte oder fleischige Hinterbacken?»

«Sie haben gar keine.»

«Wie meinst du das?»

«Der Imam schreibt, sie hätten keine Gesäße, weil die der Stuhlentleerung dienten, und solch widerwärtige Notdurft gäbe es im Garten Allahs nicht.»

«Gib Gott, daß der Imam irrt», sagte Orlando.

«Inshallah», ergänzte Usman. «Es gibt nichts Paradiesischeres als einen Mädchenarsch.»

Meistens drehten sich ihre Gespräche um die Verschleierten. «Warum verschleiert Ihr eure Weiber?» fragte Orlando.

«Wie kann es anders sein!» rief Usman. «Ist nicht die Verhüllung der Gipfel allen Raffinements! Nimm ein Geschenk! Das knisternde Rascheln der Verpackung beim Auswickeln! Das kunstvolle Aufknoten der Bänder! All das umständliche Entblößen! Welch lustvolles Vorspiel, um den eigentlichen Genuß immer wieder ein wenig hinauszuschieben! Erst durch diese Verschleierung erhält das Banale seinen Reiz. Hinter dieser Freude am raffinierten Verbergen und lustvollen Enthüllen verbirgt sich eine hohe Kunst, die den zivilisierten Menschen vom primitiven unterscheidet.»

Usman al-Muschrifan nahm einen Schluck Tee und ließ ihn genießerisch auf der Zunge zergehen. Er wischte sich den Bart und sagte: «Deshalb können Adam und Eva auch nicht nackt gewesen sein. Eine Frau und ein Mann in ständiger Entblößung, das ist nicht das Paradies, sondern die Wildnis der Primitiven.»

NACH DEM BOGENSCHIESSEN sagte al-Hadi zu Orlando: «Du wirst sie wiedersehen. Sei dir der Auszeichnung bewußt. Noch nie hat ein Assassine den Garten ein zweites Mal betreten. Wir reiten morgen nach Aufgang des Mondes.»

Er würde sie wiedersehen. Sie. Wer war sie? Ein Mädchen? Eine Frau? Welche Rolle hatte sie in Adrians Leben gespielt? Ein Geheimnis erwartete ihn. Bei Sonnenuntergang brachen sie auf. Ihre Mäntel flatterten im Wind. Der Weg war so schmal, daß sie hintereinander reiten mußten. Obwohl die Pferde den Grat kannten, fürchteten sie sich. Mit bebenden Nüstern und rollenden Augäpfeln folgten sie nur widerwillig dem Schenkeldruck ihrer Reiter. Die Steine, die sie mit ihren Hufen lostraten, stürzten polternd zu Tal. Orlando zählte bis elf, bevor er den Aufschlag im Abgrund vernahm.

Als sie das Alamuttal erreichten, hielten sie sich links vom Fluß. Vor einer der zahlreichen Höhlen, die der Fluß im Laufe der Jahre ausgewaschen hatte, banden sie die Pferde an einen Baum. Al-Hadi zog eine Fackel aus der Satteltasche. Sie zwängten sich durch eine Felsspalte, kletterten durch einen tunnelartigen Schacht und befanden sich in einem Erdspalt, so eng, daß man mit ausgestreckten Armen die Steilwände links und rechts des Weges berühren konnte. Viele hundert Fuß über ihnen leuchtete das schmale Band des Himmels. Orlando erschien es höchstens zwei Finger breit. Nur spärliches Licht erreichte den Boden der Erdspalte. «Kahf az-zulumat, Tunnel des Todes», sagte al-Hadi. An einigen Stellen war die Schlucht so schmal, daß man sie wie einen Minenschacht erweitert hatte. Die Spuren der Steinmeißel waren im Fackellicht gut zu erkennen. Sie durchquerten einen höhlenartigen Saal. «Erinnerst du dich an diesen Ort?» fragte al-Hadi. «Bei Allah, es wäre erstaunlich, wenn es so wäre. Als wir dich das erste Mal hierherbrachten, warst du berauscht vom Kimija as-sa ada, dem Trank der paradiesischen Seligkeit. Später warst du den Asch-schahawaat verfallen.»

«Ich kann mich an nichts erinnern», erwiderte Orlando.

«Dort drüben beim Einstieg haben wir gerastet. Du hast die ganze Zeit gesprochen. Weißt du, wie du mich nanntest? Ich habe den Namen nicht vergessen: ‹Orlando›. Immer wieder sagtest du: Orlando. Du hast in der Sprache deiner Heimat geredet. Ich habe kein Wort verstanden, aber der Name war nicht zu überhören. Wer war dieser Orlando? Er muß dir viel bedeuten.»

«Ein Jugendfreund», log Orlando.

Nach halbstündiger Wanderung erreichten sie das Ende der Erdspalte. Vor ihnen in einem weiten Talkessel lag ein See. Sein Wasser leuchtete im Mondlicht wie Quecksilber.

«Huld», sagte al-Hadi, «der Garten Eden. Allseitig von hohen Bergen umgeben, ist er so unzugänglich wie das Paradies Adams. Es gibt keinen anderen Zugang als die Erdspalte. Nun weißt du, warum sie ‹Tunnel des Todes› heißt. Nur der Tod führt ins Paradies.»

Al-Hadi zeigte auf den leuchtenden See: «Das Schmelzwasser, das im Frühjahr von den schneebedeckten Gipfeln herabströmt, sammelt sich in diesem natürlichen Stausee. Ihm verdankt das Tal seine Fruchtbarkeit.»

Sie bestiegen einen Kahn. Wolken verdunkelten den Mond. Al-Hadi ruderte hinaus auf den See. Die wehmütige Klage einer

Flöte lag über dem dunklen Wasser, lockend wie heidnischer Nixenzauber. Da war mitten im See Feuer, Meeresleuchten, Irrlichter, Grabesspuk. Der Gesang der seligen Geister wurde lauter. Orlando wagte kaum zu atmen. Aus weißem Nebelgespinst lösten sich die Konturen von Pinien und Zypressen, nachtschwarze Stelen der Trauer.

Mein Gott, dachte Orlando, die Toteninsel. Ihn fror. Kies knirschte unter ihrem Kiel. Als sie den Steg betraten, brach das Mondlicht durch die Wolken. Al-Hadi zitierte die Sure der Verheißung:

«Der Garten Allahs,
der allen Gottesfürchtigen verheißen ward.
In ihm sind Flüsse voll von Wasser, das nie verdirbt.
Und Bäche voll von fetter Milch.
Und Wein und Honig und Früchte aller Art.
Wie kann der Lohn der Guten anders als gut sein!
Sie sollen liegen auf Betten aus Brokat,
auf Kissen von kühler Seide und weichem Samt,
verwöhnt von sanftäugigen Mädchen,
die weder Mensch noch Dschann zuvor berührt.
Gepriesen sei der Name des Allmächtigen.»

Vor ihnen lag eine Wiese. Orlando erkannte im Mondlicht ein Rudel Damhirsche. Sie ästen unter einem Granatapfelbaum. Leuchtend rot lockten die Früchte. Im Vorübergehen hob al-Hadi einen Apfel auf. Orlando erinnerte sich an den Satz aus der Genesis: Du sollst essen von allen Bäumen in meinem Garten, aber vom Baume der Erkenntnis sollst du nicht essen, denn welchen Tages du davon issest, wirst du des Todes sterben.

Sie stiegen viele Stufen empor, standen auf einem Platz, von blühenden Büschen umrahmt. Eine breite Treppe führte sie auf eine Terrasse von Marmorplatten. Hinter dem funkelnden Perlenvorhang vieler Fontänen leuchtete die schwanenweiße Fassade eines Märchenschlosses.

«Quasr al-Bahr, der Palast des großen Wassers», sagte al-Hadi.

In den Fenstern schimmerte Licht. Schatten bewegten sich leicht und tänzerisch. Sie erreichten einen Innenhof. Seine Arkaden von weißem und rotem Gestein waren so fein ziseliert wie Brüsseler Klöppelgespinst. Fackellicht erhellte den Hof, spiegelte sich auf bewegtem Wasser. Das Plätschern der Brunnen mischte sich mit ferner Flötenmusik.

«Im Bahw al-Siba, dem Löwenhof, erwartet dich Chizuran. Illiun, der Siebente Himmel, steht dir offen, ar-Rahiq al-Maktum, der Fluß des versiegelten Nektars, Kawthar, die Quelle der Lust.»

Eine Tür fiel ins Schloß.

Orlando war allein.

Gleich werde ich erwachen, dachte er. Es ist nur ein Traum. Er schloß die Augen. Waren da nicht Schritte? Er fuhr herum und erstarrte. Vor ihm stand... Adrian!

Er taumelte, fuhr sich über die Augen. Der Spuk blieb, bewegte sich, und nun erkannte Orlando sich selbst. Er stand vor einem Spiegel, wie er noch keinen gesehen. Ein gläserner Spiegel, so groß wie eine Tür. Mein Gott, welche Ähnlichkeit mit Adrian! Sie bewegten sich aufeinander zu. Dann sah er *sie*. Sie stand im Spiegel, die Augen tief wie Brunnen. Sie betrachtete ihn, als wollte sie ihn ergründen, ausloten, als suchte oder erwartete sie etwas, von dem sie fürchtete, es könne nicht wirklich vorhanden sein. Ihre Haltung: angespannt, sprungbereit und dennoch zögernd wie erstarrt.

Plötzlich ging ein Leuchten über ihr Gesicht, als habe sie gefunden, wonach sie suchte.

Sie flog ihm entgegen. Ihre Lippen suchten seinen Mund. Orlando erschrak vor der raubtierhaften hungrigen Gier dieser Lippen. Er wehrte sich, stieß sie von sich. Sie fiel, erhob sich nur mühselig, wie benommen. Alle Wildheit war von ihr abgefallen. Sie wirkte verloren wie ein Kind.

Orlando spürte instinktiv, daß ihm seine schwerste Prüfung bevorstand. Sie hält dich für Adrian. Du bist Adrian. Sei auf der Hut! Sie werden uns beobachten. Sie war schön. Ihre Haut hatte die Farbe von Antilopenfell, haselnußbraun mit olivgrünen Schatten. Das helle Gewand ließ sie dunkelhäutiger erscheinen, als sie ihrer Rasse nach war.

Chizuran! Sie trug ihren Namen zu recht. Chizuran, der Bambus, Gras der Götter, espenartig, feingliedrig, geschmeidig und dennoch kraftvoll wie nur wenige Pflanzen. Wie heißt es: Ist der Sturm vorüber, erhebt sich der Bambus, gebeugt, doch unbesiegt. Stark und schön ist der Bambus. Gibt es ein größeres Kompliment, als wenn die Männer von einem Mädchen sagen: «Allah, la qutib al-chizuran. Mein Gott, welch ein Bambussproß!»

«Verzeih mir», sagte Orlando, «du hast mich erschreckt.» Sie legte ihr Gesicht an seine Brust. Tränen liefen über ihre Wangen. Orlando hob sie auf – mein Gott, wie leicht sie war! Er trug sie durch die Tür in einen Raum voller Spiegel, die die Flammen der Kerzenkandelaber tausendfach reflektierten. Wohin er auch blickte, überall sah er Adrian und Chizuran. Sie waren überall, auf allen Wänden, unter der Decke, auf dem Boden. Wie warm ihre blasse Haut vor dem dunklen Marmor schimmerte! Sie versanken in seidenen Kissen. Ihre Hände, ihr Mund, überall. Welch wundervolle Musik! Allah, la qutib al-chizuran!!! Er war ein Reiter, der die Gewalt über sein Pferd verloren hatte. Ungezügelte Wildheit trug ihn davon.

Später erlebten sie das «Glück der noch vibrierenden Bogensehne», wie der Prophet das wunschlos glückliche Verweilen zwischen Sehnsucht und Sättigung genannt hatte. Wahrhaftig, dachte Orlando, das ist das Paradies!

SIE WAR ANDERS ALS alle Menschen, denen er begegnet war. Es war nicht die Hingabe, mit der sie ihn liebte. Es war auch nicht die geschmeidige Schönheit ihres jungen Leibes. Es war die Art, wie sie sich ihm mitteilte. Sie redete zu ihm wie ein Tier. Ihre Augen- und Körpersprache waren eindeutig, klar und unverfälscht. Ihr Gesicht war ein offenes Buch, in dem sich ihre Gefühle und Gedanken deutlicher spiegelten, als Worte es vermocht hätten.

Sie sprach zu ihm, ohne mit ihm zu reden. In all den Stunden, in denen sie in seinen Armen lag, hatte sie nicht einen einzigen Satz an ihn gerichtet.

Orlando sagte: «Du bist schön.»

Ihre Augen leuchteten.

«Freust du dich, daß ich zurückgekommen bin?»

Sie küßte ihn, warf sich auf ihn wie ein junger Hund, der seinen Herrn bei der Heimkehr begrüßt.

Beherrschte sie nicht seine Sprache? Es war offensichtlich, daß sie ihn verstand. Aber warum sagte sie nichts? Durfte sie nicht mit ihm sprechen? Welches Geheimnis versiegelte ihre Lippen? Orlando konnte sie nicht fragen, ohne sich zu verraten, denn gewiß hatte Adrian den Grund ihres Schweigens gekannt.

Die Kerzen flackerten. Al-Hadi stand in der Tür: «Vergebt mir, wir müssen aufbrechen. Es tagt.»

Orlando richtete sich auf, wollte zu al-Hadi sprechen, dabei drehte er Chizuran den Rücken zu. Nie würde er den Schrei vergessen! Es hörte sich an wie die kehlige Klage eines verwundeten Dachses. Orlando fuhr herum. Mit weit aufgerissenen Augen starrte sie ihn an. Bevor er sie beruhigen konnte, floh sie vor ihm, als sei er ein Abgesandter der Hölle.

«Was hat sie?»

«Dein Muttermal hat sie erschreckt», sagte al-Hadi. Das erste Licht des Tages sickerte blaßgelb über die östlichen Bergkämme. Schweigend bestiegen sie den Kahn. Auch während des Einstiegs in die Klamm sprachen sie nicht miteinander. Al-Hadi kletterte voran. Orlando folgte ihm. Im Kahf az-zulumat, dem Tunnel des Todes, machten sie Rast. Obwohl die Sonne bereits aufgegangen war, lag der Grund der Erdspalte noch in dämmrigem Dunkel. Al-Hadi hatte eine Pechfackel entzündet. Er leuchtete Orlando ins Gesicht und betrachtete ihn, als sähe er ihn zum erstenmal: «Zeig mir deinen rechten Unterarm!»

«Was soll das?» lachte Orlando.

«Zeig ihn mir!»

Orlando streifte den Ärmel seines Hemdes empor. Al-Hadi prüfte die Innenseite des Armes vom Handgelenk bis hinauf zum Ellenbogen. Seine Fingerspitzen betasteten die Haut.

«Was hat das zu bedeuten?» fragte Orlando, der Schlimmes ahnte. Jede Faser seines Leibes befand sich in Alarmbereitschaft. Al-Hadi sagte: «Hatam an-nabijjin, das Siegel des Propheten, es hat dich verraten. Du bist nicht der, für den wir dich halten.»

«Ich verstehe dich nicht.»

«Chizuran kennt deinen Körper besser als wir alle. Warum hat sie das Mal erschreckt?»

«Wenn sie es nicht kennt, so bedeutet das nichts anderes, als daß ich diese Warze erst seit kurzem habe. Wer kennt schon seinen Rücken so genau. Habe ich Augen am Hinterkopf? Warzen kommen und gehen. Was soll diese Befragung?»

«Das ist keine Warze. Das ist ein Muttermal. Man empfängt es im Mutterleib. Aber selbst wenn du recht haben solltest, wenn diese Male wachsen würden wie Warzen, wie erklärst du mir das Wunder, daß deine Narben am Unterarm verschwunden sind? Es waren tiefe Wundnarben. Ich habe sie selbst versorgt. Die Zähne der Zibetkatze reißen tiefe Wunden. Du bist nicht Adrian. Wer bist du?»

«Al-Hadi, Ihr werdet alt», lachte Orlando. «Ihr verwechselt wahrhaftig schon die Seiten. Warum habt Ihr mir nicht gesagt, daß Ihr die Narben sehen wollt? Ich trage sie auf meinem linken Arm. Hier, seht!»

Lachend streckte ihm Orlando die Linke entgegen.

Al-Hadi ergriff sie mit beiden Händen, beugte sich hinab, um besser sehen zu können. Genau in diesem Augenblick traf ihn Orlandos Schlag ins Genick. Kaninchen werden so geschlachtet. Al-Hadi war auf der Stelle tot.

Als Orlando den Höhlenausgang erreichte, war er schweißgebadet. Der Tote drückte schwer auf seine Schultern. Die Zeit drängte. Die Sonne stand schon hoch über dem Tal. Orlando hob al-Hadi aufs Pferd, setzte ihn in den Sattel und schnallte ihn so fest, daß er nicht herunterfallen konnte. Es sah aus, als schliefe er. Der Morgennebel wurde immer dichter. An der schmalsten Stelle des Grates, hoch über dem Abgrund, stieg Orlando vom Pferd. Alamut lag hinter einer Nebelwand. Dem Toten war das Hemd über die Schultern geglitten. Orlando betrachtete die muskulösen Oberarme: «Im Zweikampf warst du allen überlegen. Aber wie hast du gesagt: Wir müssen siegen, ganz gleich, wie. Ein Mann, der sich erhebt, wenn sein Feind noch schläft, der steht bereits aufrecht, wenn sein Feind erwacht. Du hättest heute nacht nicht nach den Früchten im Garten Eden greifen sollen, denn ‹welchen Tages du vom verbotenen Baum der Erkenntnis issest, wirst du des Todes sterben› – so steht es geschrieben.»

Orlando streichelte dem Hengst die Nüstern: «Verzeih mir, Bruder! Es muß sein.» Dann gab er ihm die Peitsche. Mit weit aufgerissenen Augen sprang der Gepeinigte in die Tiefe. Schreck und Schmerz waren mächtiger als Angst und Instinkt. Die Hufe zum Himmel gereckt, so wurden Roß und Reiter vom Abgrund verschlungen.

«Herr, verzeih mir», betete Orlando. «Ich weiß, es fehlt mir an Demut. Ist nicht Demut die Tugend der Lämmer? Wie aber kann ein Schaf in einer Welt voller Wölfe in deinem Namen siegen?»

Er gab dem Pferd die Sporen und ritt davon, ohne sich noch einmal umzusehen.

Der Tod al-Hadis erregte kaum Aufsehen. Vor dem Zwölferrat der Ihwan as-safa schilderte Orlando den Hergang: «Plötzlich waren da Vögel, Tauben, dicht neben uns im Nebel. Ihr Flattern erschreckte die Pferde. Sie scheuten, gerieten in Panik. Ich fiel aus dem Sattel, vermochte aber mein Tier zu halten. Al-Hadis Pferd ging auf die Hinterhand. Er verlor das Gleichgewicht, stürzte in die Tiefe. Das alles ereignete sich innerhalb weniger Atemzüge. Ihm war nicht zu helfen.»

Hazim sagte: «Tod und Leben, zwei Seiten der gleichen Münze. Das eine gebiert das andere.»

Ein Alter fügte hinzu: «Er hätte einen besseren Tod verdient. Allah erleuchte seine letzte Ruhestätte.»

Er fand sie am Fuß des Felsens von Alamut an der Stätte seines Todes. Die Stallknechte schichteten Steine über seinen zerschmetterten Leib. Einen Friedhof gab es in Alamut nicht. Noch tagelang stritten sich Geier und Dohlen um den Kadaver des Pferdes. Ihr Geschrei schallte bis hinauf zu den Zinnen, eine unendlich schaurige Totenklage, die einzige, die für al-Hadi angestimmt wurde.

Um Orlandos Ruhe war es geschehen. Nachts schreckte er aus dem Schlaf, schweißgebadet, von schlimmen Ahnungen erfüllt. Nicht der Tod al-Hadis, das Entsetzen in Chizurans Augen verfolgte ihn. Er hatte die Prüfung nicht bestanden. Nur durch Mord hatte er die Katastrophe verhindert.

Wie würde sie sich verhalten? Würde sie ihn verraten?

«Sei ohne Furcht. Du kannst ihr vertrauen», sagte Adrians Stimme. «Sie liebt dich.»

«Nein, sie liebt dich.»

«Das ist dasselbe.»

«Ist es das wirklich?»

«Wie kannst du zweifeln?»

«Muß ich sie wiedersehen?» fragte Orlando

«Nein, du willst sie wiedersehen.»

Eine befremdliche Unruhe aus Sehnsucht und Mißtrauen verwirrte ihn. Allah, la qutib al-chizuran!

«Was hat es mit diesem prachtvollen Garten auf sich?» fragte Orlando. «Habe ich das Paradies erblickt?»

«Nein, die Hölle», erwiderte Adrian.

ZWISCHEN KHORASAN und Persien gab es vierundzwanzig Festungen der Assassinen, von denen nach Alamut die Burgen Girdkuh und Lamiasar die bedeutendsten waren. Der Alte vom Berge ernannte den Schahna (Burghauptmann) von Lamiasar zum Nachfolger von al-Hadi. Jener Schahna Abu Manzir hatte sich im Kampf gegen die Mongolen große Verdienste erworben. In allen Tälern der Dailam erzählte man sich seine Heldentaten. Eine Gesandtschaft von sieben Reitern wurde aufgestellt, die nach Lamiasar reiten sollte, um Abu Manzir nach Alamut zu geleiten. Orlando war einer von ihnen. Mitten in der Nacht brachen sie auf, sieben Reiter und acht Lasttiere. Sie ritten gen Norden in Richtung des großen Bärengestirns. Nach Sonnenaufgang erreichten sie das Tal von Raschtegan. Obwohl die Nächte in den Bergen kalt waren, brannte die Morgensonne schon so heiß, daß sie Rast im Schatten der Weiden hielten. Jetzt am Ende des Monats Hijjah – im christlichen Kalender hatte gerade der August begonnen – wuchsen auf den Hängen nur noch Minze und Zwergmargeriten, Weiderich und Rattenwurz. In den Bergdörfern stapelte sich die Ernte auf den Dreschplätzen. Vor der farblosen Kargheit der Berge leuchtete das Stroh wie Gold. Rabenschwarze Ochsen zogen plumpe Walzen im Kreis. Alt und jung waren damit beschäftigt, das Korn von den Ähren zu trennen. Die Spreu, die die Frauen mit hölzernen Schaufeln hochwarfen, hing wie Goldregen in der Luft.

Am Abend erreichten sie die Höhe von Razigird. Im Haus eines Ziegenhirten fanden sie eine Bleibe für die Nacht. Der zahnlose Alte bewirtete sie mit Milch und Käse. Seine fröhlich zwinkernden Augen lagen tief eingebettet in faltiger Haut. Sein Mienenspiel war lebhaft. Bart und Haupthaar hatten die gleiche Farbe wie das Fell seiner Ziegen. Bei ihm befand sich ein Knabe, der ihre Pferde mit Heu und Wasser versorgte und der sich um das Feuer kümmerte, das mitten in der Hütte brannte. Der Rauch suchte sich eigenmächtig seinen Weg durch das Strohdach, vorbei an Wurstketten, die im Dachgebälk reiften wie Tannenzapfen.

«Wie alt muß ein Junge sein, wenn er in den Dienst des Alten vom Berge treten will?» fragte der Hirte.

«Mindestens vierzehn», sagten die Männer von Alamut.

«Dann hat er noch Zeit.»

Den nächsten Tag ritten sie durch öde Landschaft. «Im Winter ist es hier so kalt», berichteten die Männer, «daß sich selbst die Wölfe nicht heraufwagen.»

Die folgende Nacht verbrachten sie in einem elenden Bergnest an einem Paß, der bezeichnenderweise Pas dosd, Pfad der Diebe, genannt wurde. Heerscharen von Flöhen stürzten sich hungrig auf Roß und Reiter. Die Männer kratzten sich wie die Hunde.

Morgens ritten sie in dichtem Nebel.

Nebelschwaden krochen vom Kaspischen Meer herauf. Sie quollen über die tieferliegenden nördlichen Bergkämme, schwer und feucht. Die Erde duftete so köstlich wie frisch gebackenes Brot. Als sich gegen Mittag die Wolken auflösten, glitzerten im Tiefland die Reisfelder von Siahdascht zu ihnen herauf. Sie erreichten moskitoverseuchtes Gebiet. Mückenschwärme begleiteten sie. Am ärgsten litten die Pferde. Die Männer verhüllten ihre Gesichter wie Haremsfrauen. Weder Schleier noch Knoblauchsaft halfen. Erst die Höhe verschaffte Linderung. Ein Hochtal öffnete sich vor ihnen, heiter trotz seiner Abgeschiedenheit. Gegen Mittag sahen sie die Ruinen von Rudbar, der Königsburg des alten Dailamitenreiches. Sie ritten durch schattenspendende Haine von Nußbäumen und Kastanien. Schwerfällig kreuzten Schildkröten ihren Weg. Während einer Rast beobachtete Orlando einen Skorpion. Den Giftstachel steil aufgerichtet, bewegte er sich mit bösartiger Würde. Am späten Nachmittag sahen sie auf einem senkrecht aufsteigenden Felskegel die Feste Lamiasar. Hoch wie ein Gestirn hing sie über dem Tal. Viel kleiner als Alamut, mehr Burg als Stadt. Was ihr an Größe fehlte, machte sie durch Wehrhaftigkeit wett. Sie sollte einmal die Assassinenfestung sein, die alle anderen überleben würde. Lamiasar würde sich dereinst noch verteidigen, wenn Alamut längst in Trümmern lag.

Der Weg war so steil, daß sie absitzen mußten. Raben kreisten krächzend über ihren Köpfen. Da sie von der Besatzung der Burg gefüttert wurden, hielten sie alle Zweibeiner für Nahrungsquellen. Ihren Augen entging nichts. Niemand konnte sich unbemerkt der Festung nähern. Kein Kettenhund war so wachsam wie die Raben von Lamiasar. Als Orlando über die herabgelassene Zugbrücke ritt, wagte er nicht, nach unten zu blicken, so tief war die Schlucht, die die Burg von der Bergstraße trennte. Weh dem, der diese Feste erobern wollte!

Der Begrüßungstrunk aus klarem, kaltem Wasser war köstlich. Köstlicher war das heiße Bad, das man ihnen bereitete.

Al-Amir, der Herr von Lamiasar, erwartete sie im Erdgeschoß seines Turmes. Bei ihm waren Abu Manzir und die Zwölf vom Rat der Ihwan as-safa. Sie saßen an einer niedrigen Tafel auf doppeltem Teppich. Al-Amir stellte seine Gäste aus Alamut einzeln vor. Als Orlando an der Reihe war, war es so still, daß man das Fallen eines Blattes vernommen hätte. Das also ist er, sagten ihre Blicke. Al-Amir gab ein Zeichen mit der Hand. Die Speisen wurden von Knaben hereingetragen: Lammfleisch auf safrangelbem Reis. Mit bloßen Händen langten sie in die Schüsseln. Orlando nutzte die Gelegenheit, den Nachfolger al-Hadis aus nächster Nähe in Augenschein zu nehmen. Abu Manzir hatte das Gebiß eines Tigers. Er kaute mit offenem Mund. Der schwarze Bart, der die Lippen umwucherte, ließ die Zähne noch weißer und wuchtiger erscheinen. Brutalität vermittelte sein breites Kinn, Schläue seine Augen, kleine Bärenäuglein, die flink und selbstbewußt erfaßten, was um ihn vorging. Schlitzförmige Lider und hohe Backenknochen gaben dem Gesicht mongolisches Gepräge. Orlando nahm zur Kenntnis, daß Abu Manzir ein gefährlicher Gegner war. Zwei Tage blieben sie auf Lamiasar.

Als sie aufbrachen, hatte sich ihre kleine Schar um vier Reiter vermehrt, um Abu Manzir, seinen Knappen und seine beiden Frauen. In weiten Pluderhosen mit verschleierten Gesichtern ritten sie am Ende des Zuges zwischen den Packpferden. Der Knappe, der Zaid gerufen wurde, wich seinem Herrn nicht von der Seite. Wie ein Schatten war er ständig neben ihm. Dabei wirkte er durchaus nicht unterwürfig. Seine Ergebenheit erstreckte sich ausschließlich auf Abu Manzir. Alle anderen behandelte er so respektlos wie ein Junge, der seinen großen Bruder in der Nähe weiß. Orlando schätzte ihn auf höchstens achtzehn. Er sprach den harten kehligen Dialekt der Dailam und war körperlich in Höchstform. Wenn sie nach stundenlangem Ritt Rast einlegten, lief er auf den Händen, schlug Saltos vorwärts und rückwärts. Seine Kraftreserven schienen unerschöpflich. Neben ihm wirkten die Frauen hölzern. Umhüllt von schwarzen Gewändern hockten sie wie Rabenvögel am Rande des Weges. Sie wurden vom Pferd gehoben und wieder aufgesetzt wie Puppen. Nur einmal beim Überqueren eines Grates hob der Wind ihre Schleier. Orlando blickte in junge, erschrockene Gesichter.

Am Tag nach der Ankunft in Alamut wurde Orlando zu Hazim gerufen. Er sagte: «Der Quaim will dich sehen, noch heute nacht.»

Der Alte vom Berge erwartete seinen späten Besucher in der großen Turmstube. Wieder liefen sie über Dächer, Wehrgänge und Zinnen der oberen Burg. Der Quaim sagte: «In den griechischen Philosophieschulen wurde im Gehen gelehrt. Ich halte das für vernünftig. Ein Mensch, der sitzt, ruht. Geistige Beweglichkeit erfordert körperliche Bewegung. Gedankengänge! Das Wort spricht für sich.»

Orlando hatte erwartet, über den Tod al-Hadis befragt zu werden, statt dessen wollte der Alte von ihm wissen: «Was hältst du von Zaid?»

«Dem Knappen von Abu Manzir?»

«Er ist kein Knappe, er ist ein Opferbereiter. Abu Manzir hat ihn ausgebildet. Du hast diesen Jungen drei Tage lang aus der Nähe beobachten können. Was hältst du von ihm?»

«Körperlich ist er in bester Verfassung. Seine moralische Kampfkraft vermag ich nicht zu beurteilen.»

«Er wird an deiner Stelle nach al-Iskenderia gehen und den Ägypter zur Hölle schicken, der Ali auf dem Gewissen hat. Wie du aus eigenem Erleben weißt, schicken wir keinen Opferbereiten allein in den Garten. Was sind die Freuden des Paradieses ohne einen Freund, mit dem man sie teilen kann? Sei mit Zaid, wie Ali mit dir war. Mach ihn dir zum Freund. Du weißt, wie man Menschen für sich gewinnt.»

«Weiß ich das?»

«Wärst du sonst auf Alamut? Geht gemeinsam jagen, gleich morgen!»

SIE WAREN NOCH KEINE zwei Farsach (1 Farsach = 3 km) geritten, als Zaid aus dem Sattel glitt, um das zweite rituelle Gebet des Tages zu verrichten. Gemeinsam verneigten sie sich gen Mekka. Zaid betete mit der Inbrunst eines Verlorenen. Hingabe verklärte sein jungenhaftes Gesicht. Gegen Mittag entdeckten sie einen frisch aufgeworfenen Kaninchenbau. Orlando nahm einen der Körbe, in denen sie die Frettchen mitführten. Die Wiesel hatten die Hasen schon gewittert. In wilden Sprüngen jagten sie durch ihre geflochtenen Käfige. Zaid zählte vier Höhleneingänge. Zwei der Röhren verschlossen sie mit Steinen. In die beiden anderen setzten sie jeweils ein Frettchen. Sie hatten kaum die Säcke über die Erdlöcher gestülpt, da schossen die Hasen schon heraus in die Säcke. Orlando hielt den seinen mit beiden Händen zu, wirbelte ihn durch die Luft. Er griff hinein und zerrte das Frettchen heraus. Es hatte sich fest im Ohr seines Opfers verbissen. Als er die Tiere auseinanderzerrte und in getrennte Körbe sperrte, hielt der Iltis das abgebissene Kaninchenohr im Maul.

Zaid schlug seinen Sack mit voller Wucht gegen einen Felsen. Lachend langte er hinein und holte die betäubten Tiere hervor. Dem Hasen schnitt er den Kopf ab und saugte das warme Blut aus dem zuckenden Leib. Die weißen Brusthaare klebten an Zaids blutigen Lippen. Er schmatzte und schluckte mit der gleichen Inbrunst, mit der er noch vor wenigen Minuten gebetet hatte. Er schlitzte dem kopflosen Kaninchen den Bauch auf und fütterte die Frettchen mit den warmen Innereien. Leber und Herz aß er selber.

Acht Kaninchen hatten sie gefangen, als sie ein Nebental erreichten, in dem bewässerte Beete grünten. Über einem Hang voller Obstbäume lagen Holzhütten. Die bemoosten Strohdächer schimmerten wie grüner Samt. Holzhacken, Geschrei von Kindern und Schafen. Weißer Rauch stieg in den Himmel. Es roch nach Holzkohle, Ziegenmist und Heu. Ein Rudel Hunde stürzte herbei, hielt aber Abstand auf Steinwurflänge. Ihr Gebell rief die Kinder hervor, rotznäsig, großäugig mit verfilzten Haaren und blutig gekratzten Flohbissen. Ein Kleiner, dem das Hemd nur bis zur Hüfte reichte, kroch auf allen vieren umher. Die Hunde beleckten ihm After und Mund.

«In solch einem Dorf bin ich groß geworden», sagte Zaid. «Kinder, Alte und Tiere teilen den gleichen Raum. Die Frauen schlafen in der Kornkammer auf den Erntevorräten des Jahres. Kein Dailam, der nicht auf einem Kornsack gezeugt worden wäre. Die Männer sagen: Nirgendwo sonst bewegen die Weiber ihre Ärsche so fleißig wie auf dem sticheligen Hafer. Im Winter, wenn der Schnee die Dörfer von der Welt abschneidet, wenn die Hunde gegen die Wölfe kämpfen, dann herrschen hier Hunger, Kälte und Langeweile.» Ein Alter, der seinen Bart mit Henna gefärbt hatte, forderte sie auf, vor seiner Hütte Platz zu nehmen. Er nahm die Kaninchen, die Zaid ihm schenkte, und warf sie durchs Fenster nach innen, wo schon ein Feuer brannte. Ein Kahlköpfiger aus der Nachbarschaft brachte seinen Samowar. Bald dampfte das Teewasser in tönernen Schalen. Andere Dorfbewohner setzten sich zu ihnen. Orlando sah nur Alte und Kinder.

«Wo sind die anderen?»

«Die Männer sind bei der Arbeit. Sie transportieren Reis vom Kaspischen Meer über die Bergpässe nach Süden. Ihre Weiber verschließen Fenster und Türen, wenn Fremde im Dorf sind.»

«Haben eure Vollbusigen Angst vor uns?» fragte Orlando.

«Sie nicht, aber ihre Männer.»

«Sind die Frauen hier so heiß?»

«Nein, aber die Männer», lachte Zaid. «Hast du schon einmal bei einer Verschleierten gelegen?»

«Ja», sagte Orlando.

«War es so schön, wie man sagt?»

«Schöner!»

«Wenn es schon bei einem gewöhnlichen Weib so ist, wieviel himmlischer muß es dann mit den Huris im Garten Allahs sein!»

Die gebratenen Kaninchen schmeckten köstlich. Zaids Appetit schien so unstillbar wie seine Neugier: «Essen die Christen wirklich Schweine? Kommen alle, die für den rechten Glauben sterben, ins Paradies? Auch die, die gar nicht dorthin wollen?»

«Gibt es das?» lachte Orlando.

«Mein Großvater – Allah schenke ihm ewigen Frieden! – starb vor Akkon im Kampf gegen die Kreuzritter. Er pflegte zu beten: ‹Herr, erspare mir die ewige Glückseligkeit in immergrünen Gärten. Ich liebe die Wüste, den Kampf, die Vergewaltigung. Wer will schon mit Engeln schlafen, artig, blaß und unberührt? Ich will eine erfahrene Hexe, heißblütig und schwarzhäutig. Die schwärzesten Beeren haben den süßesten Saft.› Was hältst du von den Weibern?»

«Salomo der Weise hat gesagt: ‹Eine schöne Frau ist ein goldener Ring in einem Schweinerüssel.›»

Nun lachten sie alle, Männer und Frauen. Aus zahnlosen Mündern wieherten sie wie alte Pferde. Ihre Gesichter erinnerten Orlando an die Menschen daheim. In ihnen lebte die gleiche Grobheit und Gutmütigkeit, der gleiche unerschütterliche Glaube an überlieferte Weisheit, auch Dummheit. Sie verbreiteten sogar den gleichen Geruch, den raubtierhaften Geruch lange nicht gewaschener Körper.

Im Davonreiten sah er es und hielt inne. Es hing in Augenhöhe an der Außenwand einer weißgekalkten Hütte. Orlando nahm es an sich wie ein Krönungsschwert. Seine Augen leuchteten vor Freude.

«Was ist das?» fragte Zaid.

«Ein Wolfseisen.»

Als Orlando es hinter sich aufs Pferd band, trat ein junger Mann mit einer Stirnbinde aus der Hütte. Er fragte: «Ist das dein Eisen?»

«Ja», sagte Orlando, «es gehört mir.»

«Und wie kommt es in diese gottverlassene Gegend?» lachte Zaid.

«Das weiß der Teufel.»

«Und ich», sagte der Mann mit der Stirnbinde, aber da waren sie schon davongeritten.

«Yarhamaka rabbuk, Gnade dir Gott!» Er ballte die Fäuste.

«Zananiya, der Racheengel des Höllenfeuers, erwartet dich.
Deine Tage auf Erden sind gezählt.»

AM ABEND DES DARAUFFOLGENDEN Tages waren Zaid
und Orlando auf Alamut im Tadsch al-Alam. Sie hatten ihre weißen Ehrengewänder angelegt.

Der Quaim thronte vor dem Feuer wie ein Berg, hinter dem
die Sonne aufgeht. Sein Schatten lag auf ihnen wie die Hand des
Schicksals: «Wer das Paradies mit eigenen Augen geschaut hat,
wird nicht zögern, seine elende irdische Existenz gegen die
himmlische einzutauschen. Nur wenigen steht er offen, der
Garten Allahs. Sein Glanz verleiht Unsterblichkeit.»

Mitten in der Nacht erreichten Zaid und Orlando die große
Höhle des Kahf az-zulumat. Jetzt hatten sie den beschwerlich-
sten Teil des Todestunnels hinter sich. Sie kamen nur langsam
voran. Der sonst so lebhafte Zaid wirkte apathisch. Ein Lächeln
umspielte seine Lippen. Das Elixier der Glückseligkeit hatte
seine Wirkung getan.

Der Mohr mit rotem Fez erwartete sie am Ausgang der
Schlucht. Ein Eunuch, großwüchsig, bartlos und fett. Er füllte
einen Becher mit Wein und reichte ihn Orlando. Da war wieder
dieser süßliche Geruch des Kimija as-sa ada. Orlando wollte
ablehnen. Hazim, der sie bis hierher begleitet hatte, drängte ihn,
den Becher zu leeren. «Trink! Keiner, nicht einmal der Quaim,
betritt den Garten, ohne zu trinken. Es gibt Dinge, die bedürfen
des Schleiers, der Dämmerung. Grausam ist das grelle Licht der
Sonne, unbestechlich wie der Verstand. Alles Schöne lebt vom
Zauber unserer Phantasie.»

Da leerte Orlando den Becher.

Der Mohr führte sie in einen hohen Raum, von einer Kuppel überspannt. Goldene Mosaiksteine auf blauem Grund glitzerten wie Sterne. Darunter schimmerte ein Bassin mit klarem Wasser. Sie legten Zaid auf einen Diwan. Heißer, heller Kaffee aus ungebrannten Bohnen weckte ihn.

«Wo bin ich?» flüsterte er. Ein Leuchten legte sich über sein Gesicht: «Illiyun!»

Da war das Plätschern von kühlem Wasser in kostbaren Marmorbecken, das Rascheln von verführerischen Frauengewändern, trippelnde Schritte auf gefliestem Boden. Orlando fühlte sich so leicht wie eine Daunenfeder im Wind. Augen hielten ihn, schwarz geschminkte Mädchenaugen.

Ma shallah! Wo kamen all die Schönen her? Sie lagerten auf Seidenpolstern. Ihre nackten Füße, halb verhüllt von fließendem Stoff, lockten, warben wie Blüten. Lachsfarben leuchteten die Fußnägel. Die silbernen Glöckchen und Ringe an den Fesseln klingelten wie Glas. Pokale wurden gefüllt, Speisen angeboten. Ein Mädchenmund: die Lippen leuchtendrot. Honig quoll aus goldgelbem Gebäck. Erregt verfolgten Orlandos Augen die Bewegung der Zungenspitze. Finger wurden beleckt, zwischen die Lippen geschoben, herrlich obszön. Eine Melonenhälfte von schlanken Händen gehalten. Weiße Zähne bissen in rosa Fleisch. Durch die Finger hindurch troff der Saft, tropfte auf halb entblößte Brüste, benetzte Bauch und Schenkel.

Flötenmusik erfüllte den Raum, eine wilde Melodie ohne Anfang und ohne Ende, die wie der Seufzer eines sehnsüchtigen Herzens klang.

Finger berührten ihn, vorsichtig, fast verstohlen.

Köstliche Kühle berührte Orlandos Haut. Wo waren seine Kleider? Da war Zaid dicht neben ihm. Wie blaß und knabenhaft sein nackter Leib war! Wie mädchenhaft lang sein Haar!

Wasser umspülte sie, warmes, perlendes Wasser.

Gewänder fielen zu Boden, Mädchen glitten herbei, nackte Brüste berührten ihn, Lippen unendlich weich. Orlando spürte das Lachen, das im Bauch der Mädchen erwachte, wenn sie ihre geschmeidigen Körper gegen seinen Rücken preßten, glucksendes, übermütiges Kinderlachen. Schon längst hatte sich sein Fleisch erhoben. Wie nasse Seife entschlüpften die Mädchen seinen gierigen Händen, wanden sich wie Aale aus seinen Umarmungen. Orlando vernahm Zaids keuchenden Atem. Die nackte Gier stand dem Freund ins Gesicht geschrieben.

Trommeln dröhnten, nein, es war der Herzschlag in den Schläfen. Urplötzlich verstummte die Flöte. Eine Tür wurde aufgestoßen: Kastagnetten, der Takt einer Tatarentrommel, Tamburine und die wilde, wehmütige Klage einer Teufelsgeige. Eine Frau wie eine Flamme. Ihre Arme bewegten sich wie Schlangen. Armringe, Ketten, goldenes Geschmeide, Bernstein auf heißer Haut. Schleier wirbeln, schweben, fallen. Ihr nackter Bauch rollt, zuckt, stößt. Hüften schwingen in schwellender Ekstase. Fast nackt, nur verhüllt vom aufgelösten Haar: die paradiesische Verheißung aller fleischgewordenen Freuden.

Ein Schrei: Brünftige Kamelhengste schreien so. Dann war Zaid bei ihr, naß und nackt. Sein steil aufgerichtetes Glied zuckte erregt. Sie entzog sich ihm, reizte ihn, führte ihn. Dann war er in ihr, davongerissen vom Strudel der Lust, mächtiger als Skylla und Charybdis, stärker als der Tod und die Segel der Zeit.

Und dann Chizuran! Die nassen Brüste schimmernd wie Elfenbein. Hüftlanges Haar: Gras im Wind. Augen: völlig in ihnen verloren, gelähmt, ausgeliefert. Fieberglut, Flug und Fall ins Bodenlose: Himmel und Hölle. Purpurrot und Schwarz. Ist das der Tod, das Leben?

Da war der Mond, riesengroß. Warm und windstill war die Nacht. Ihr Mund: groß und leuchtend wie der Mond. Ein Duft von Lorbeer und Myrte, von Efeu und Rosenöl.

War das nicht Zaid? Gestützt auf einem Berg von Kissen lag er da wie ein Erschlagener. Sattes Lächeln verklärte seine knabenhaften Züge. Er öffnete blinzelnd die Augen. «Adnan, Bruder, komm her! Leg dich zu mir! Leben wir noch? Nein, wir sind tot.

Wir müssen tot sein. So schön kann das Leben nicht sein.» Er winkte ein Mädchen herbei, schwarz wie Ebenholz: «Je schwärzer die Beeren, um so süßer der Saft.» Sie kniete vor ihm. Seine Lippen suchten ihre Brustwarzen. Eine Wölfin, die ihren Welpen säugt.

Breite fleischige Hinterbacken. Um den Hals eine Korallenkette. Die kirschroten Kugeln leuchten auf der samtschwarzen Haut wie Pfefferschoten. Ihre Scham unbehaart wie der Schoß eines Kindes. Wollust schmatzt des Fleisches Kelter. Ihre Lippen: Nacktschnecken auf der blassen Haut seiner Innenschenkel, feucht gleitend, alles verschlingend. Ermattung, Ohnmacht, Erwachen, Hunger.

Eine gedeckte Tafel. Festlich gekleidete Frauen mit Blütenkränzen im Haar. Ein nackter Knabe füllt ihre Gläser. Weißes Fischfleisch, goldgebratenes Geflügel, tiefdunkles Wildbret, rotglühende Flußkrebse, kalte Pasteten, heiße Ragouts, bestäubt mit Safran und Curry. Süße Gelees, Meeresgurken und Morcheln in Zimthonig, Feigenmus und Kokosmilch. Kann der Lohn des Guten anders als gut sein?

Und immer wieder: SIE!

Allah, la qutib al-chizuran!!!

Der Alte vom Berge saß mit Orlando vor dem Feuer im Turm. Er starrte in die Glut. Nur seine Lippen bewegten sich:

«Ich weiß, Adrian, du glaubst nicht an den Garten der Verheißung, hast nie daran geglaubt. Du findest ihn banal. Doch laß dir sagen: Alles Irdische ist seinem Wesen nach banal.

Nimm eine schöne Frau: Äußerlich ein vollendetes Kunstwerk. Im Innern Blut, Schleim, Gedärm, Verwesung.

Selbst das Wort Allahs blieb uns nur erhalten, weil es auf der Haut räudiger Ziegen niedergeschrieben wurde. Kein Licht ohne Schatten. Kein Leben ohne Fäulnis. Keine Existenz ohne Erniedrigung. Mit dem Paradies kann es nicht anders sein. Die Form ist banal, die Idee aber ist gewaltig.

Die Herrscher der Erde haben riesige Heere aufgestellt, Heuschreckenschwärme von waffenklirrenden Kämpfern.

Mein Garten ist wirkungsvoller als alle ihre Kriegselefanten, Belagerungsmaschinen und Lanzenwälder. Was nützt ihnen die teure Rüstung, wenn die Soldaten die Flucht ergreifen, weil sie um ihr Leben bangen?

Nimm Melikschah und seinen ach so berühmten Kanzler Nizzamulmulk. ‹Herrscher aller Herrscher› nannte er sich. Hunderttausend Reiter folgten seinem Befehl und viermal so viel Fußvolk. Was hat es ihm gebracht? Er und sein Kanzler starben innerhalb eines Monats durch die Hand eines Opferbereiten. Das System der Einschüchterung ist viel weniger kostspielig als tatsächliche Kriegsführung. Terror und Attentat, die auf den ersten Blick so verwerflich erscheinen, sind in Wahrheit viel moralischer als die Verwüstung der Heere, die alles verschlingt, Weib und Kind, Vieh und Feldfrucht.

Die Macht des Terrors beruht auf der Erkenntnis: Die Angst ist schrecklicher als der Tod. Todesangst einflößen ist wirksamer als Töten!

Nicht Zerstörung und Tod, Angst und ständige Bedrohung zermürben den Gegner. Meine Feinde fürchten mich, weil es keinen Schutz vor mir gibt. Sie sind mir ausgeliefert wie der unabänderlichen Allmacht Allahs, und diese Allmacht wurzelt im Glauben an ein besseres Leben nach dem Tod, ans Paradies, an das du nie geglaubt hast.

Wofür hast du dein Leben gewagt? Was hat dich zum Assassinen gemacht? Warum hast du die Deinen verlassen?»

Orlando erwiderte: «Als ich noch ein Knabe war, schenkte mir mein Vater einen Wolfswelpen. Wir haben in einem Bett geschlafen. Ich liebte ihn wie einen Bruder. Er folgte mir auf Schritt und Tritt. Eines Tages ging er fort. Der Ruf seines Blutes war stärker. Auch ich bin zurückgekehrt zu meiner Art, bin der Stimme meiner Berufung gefolgt.»

«Und Chizuran? Liebst du das Mädchen? Natürlich liebst du

sie. Es ist nicht gut, daß ein Mann deines Alters ohne Weib ist. Ich schenke sie dir. Die Frauen gehören dir.»

«Frauen?»

«Chizuran und ihre Sklavin. Sie bleiben vorerst im Garten. Du kannst sie dort besuchen.»

«Ich habe eine Frau, eine Frau, die mich liebt! Ich – ein Templer! Wohin soll das führen? Wie wird das enden? Wie soll ich mich verhalten? Wenn die Fischer mit reichem Fang heimkommen, habe ich Mitleid mit den Fischen. Sind die Netze leer, so habe ich Mitleid mit den Männern. So war es schon immer. Was ist richtig? Was ist falsch? Herr, lehre mich, die richtige Entscheidung zu treffen! Aber habe ich wirklich die Wahl? Herr, mach, daß ich...»

«Du brauchst Gott nicht zu bemühen», sagte Adrians Stimme. «Er hat sich längst entschieden.»

NACH DEM UNTERRICHT sagte Orlando zu Hazim: «Der Quaim hat mir Chizuran zur Frau gegeben. Wann kann ich sie sehen?»

«So oft es deine Zeit erlaubt. Dabei sind jedoch Regeln zu beachten, die unbedingt eingehalten werden müssen: Der Garten darf nur bei Mondlicht betreten werden. Bei Sonnenaufgang mußt du zurück sein. Du erhältst Gemächer für dich und deine Frauen im Quasr al-bahr. Aischah wird dir alles zeigen.»

«Wer ist Aischah?»

«Chizurans Mädchen. Und noch etwas: Nur dem Opferbereiten gehören alle Huris im Garten. Du darfst nur Chizuran und Aischah umarmen. Von den anderen halte dich fern! Wenn du im Garten Rat brauchst, so wende dich an den schwarzen Eunuchen. Er ist der einzige dort, dessen Lippen nicht versiegelt sind.»

«Sind sie alle stumm?» fragte Orlando.

«Alle.»

«Warum ist das so?» wollte Orlando wissen.

«Huris haben keine Stimme.»

«Warum sind die Mädchen im Garten stumm?» fragte Orlando.

«Alle Mißverständnisse entspringen der Sprache. Ohne sie gäbe es keine Lüge, keine Beleidigung. Der Prophet Jesus hat gepredigt: Eure Rede sei ja oder nein. Alles, was darüber ist, ist von Übel. Ist nicht selbst Allah stumm? Er erhört uns, vielleicht, aber er spricht nicht zu uns, jedenfalls nicht mit irgendeiner Stimme.» Und lachend fügte er hinzu: «Gott hat dem Weib einen himmlischen Leib geschenkt, sein Mundwerk aber stammt vom Teufel. Die Vertreibung aus dem Paradies fand statt, als Eva ihren Mund öffnete, nicht um an dem Apfel zu nagen, sondern an Adams Nerven. Die Zunge einer Frau ist ein himmlisches Organ, so lange sie keine Sätze damit formt.

Die Sprache ist das Gewand der Gedanken. Wissen wird mit Worten weitergegeben. Gefühle aber bedürfen feinerer Mittel: ein Blick, eine Berührung, ein Kuß. Eine geistreiche Gattin ist eine gute Gefährtin bei Tisch, aber eine lausige Geliebte im Bett. Eros und Intellekt schließen einander aus wie Schönheit und Geschwätzigkeit. Niemand könnte ein keifendes Kunstwerk – und sei es noch so vollendet – ertragen. Ich kenne nichts Edleres als ein arabisches Vollblut, einen Falken oder einen jungen Jagdgeparden. Aber stell dir vor, sie würden dir mit weibischer Geschwätzigkeit in den Ohren liegen.»

Als Orlando die Frage aufwarf, ob es nicht Sünde sei, einen künstlichen Paradiesgarten im Namen des Allmächtigen zu errichten, zitierte Hazim die sechste Sure (142):

«Allah ist es, der die Gärten geschaffen hat,
sowohl die, welche des Menschen Hand,
als auch die, welche die Natur angelegt hat.

Du siehst, es gibt keinen Unterschied zwischen natürlichen und künstlichen Gärten. Sie wurden alle von Allah erschaffen, auch der unsrige.»

Orlando war seit Wochen nicht bei Sajida gewesen.

«Läßt dir dein Harem keine Zeit mehr für deine Freunde?» lachte sie, als er ihr bei den Pferden begegnete, und sie fügte ernsthaft hinzu: «Du fehlst mir.»

«Du mir auch», sagte Orlando.

«Warum ändern wir es dann nicht?»

Er besuchte sie am gleichen Abend.

«Liebst du sie?» fragte Sajida.

Orlando schwieg.

«Was bist du nur für ein Mensch!» sagte sie. «Als du das erste Mal zu uns kamst, bist du mir nicht sonderlich aufgefallen. Du warst ein Assassine unter anderen Assassinen. Erst nach dem Jagdunfall, als sie dich hierherbrachten, damit ich dir die Wunden vernähte, die dir der Zibet geschlagen hatte, als ich dich halbtot entkleidete, da habe ich dich zum erstenmal richtig angeschaut. Du hast mir gefallen. Aber du hattest nur Gedanken für Chizuran. Du hast hier gelegen, vom Fieber geschüttelt, und hast nach ihr gerufen wie ein Ertrinkender, der um Hilfe ruft.»

Sie füllte ihre Teetassen mit heißem Jasmintee und sagte: «Wie habe ich Chizuran um deine Liebe beneidet!

Ich habe an deinem Lager gesessen, habe dir kalte Umschläge gemacht und dir zugehört: ‹Ich werde es tun, für dich. Und ich werde wiederkommen!› Immer wieder hast du es beschworen. Deine Sätze klangen wie ein heiliger Eid im Angesicht des Höchsten.»

Sajida führte ihre Teetasse an die Lippen, ohne ihn aus den Augen zu lassen. Ihr fragender Blick verwirrte Orlando.

«Ich bin zurückgekehrt», sagte er.

«Bist du es wirklich?»

Es klang doppeldeutig. In ihrem Gesicht lag etwas Wissendes, Mitverschwörerisches, Gefährliches.

Was weiß sie über mich? fuhr es Orlando durch den Sinn. Sein Mißtrauen war alarmiert. Er betrachtete sie, als sähe er sie zum ersten Mal. Wer war diese ungewöhnliche Frau? Welche Rolle spielte sie in dem Geheimnis, das er ergründen sollte? Er schaute in grüne Augen, Augen, denen nichts zu entgehen schien. Sie verrieten Kraft und wache Intelligenz. Die Lippen – jetzt zu spöttischem Lächeln verzogen – demonstrierten Überlegenheit, die Nase mit den zu großen Nasenflügeln: Sensibilität und Sinnlichkeit. Welch eine Frau! Welch eine Freundin! Aber wehe dem, der sie zum Feind hat! Ich muß mich vor ihr in acht nehmen. Sie ist gefährlich. Wenn sie mich verrät ... Er mochte den Satz nicht zu Ende denken. Er hatte noch nie eine Frau getötet.

Als würde sie seine Gedanken erraten, sagte sie: «Ich frage dich, ob du wirklich derjenige bist, der aus Liebe zu Chizuran zurückgekehrt ist, weil du fast ein halbes Jahr auf Alamut gelebt hast, ohne sie zu besuchen, ohne nach ihr zu fragen. Handelt so ein Verliebter?»

«Man hat mich nicht eher zu ihr gelassen. Es war ein Teil unserer Prüfung. Am Ende hat der Quaim sie mir zur Frau gegeben. Was will ich mehr?»

«Vergiß meine Fragen. Ich dränge mich in Dinge, die mich nichts angehen», sagte Sajida. «Chizuran und ich, wir leben in verschiedenen Welten. Sie ist eine Gefangene. Ich bin eine Freie. Du und ich, wir haben unsere Gespräche. Mit ihr verbindet dich die stumme Körpersprache der Pflanzen und Tiere. Der wichtigste Unterschied aber ist: Sie ist blutjung, und ich bin schon recht alt.»

«Nicht zu alt für mich», lachte Orlando.

«Aber bisweilen zu alt für mich», erwiderte Sajida.

Sie schaute in den Spiegel, ordnete ihr Haar und rezitierte in singendem Altarabisch:

«Ich bin eine Haremsfrau.
Schönheit ist mein Schicksal.
Gefangenschaft mein Fluch.
Ich bin reich gekleidet
und arm angesehen.
Hingabe ist mein Handwerk,
Lust meine Last.
Herrin von vielen Dienerinnen
bin ich selbst nur eine Sklavin,
bewacht wie ein Schatz,
mißbraucht wie ein Reittier.
Ich bin ein Spielzeug,
ein stummer Engel
im Vorhof zur Hölle.»

Orlando wiederholte die letzten zwei Zeilen:

«... ein stummer Engel
im Vorhof zur Hölle.»

«Unterschätze nicht das Gespräch», sagte Sajida. «Es ist die Sprache, die den Menschen über das Tier erhebt. Scheherezade überlebte nicht, weil sie ihren Körper raffiniert einzusetzen verstand, sondern weil sie die Kunst des Erzählens beherrschte, tausendundeine Nacht lang.»

«Was hat man den Frauen im Garten angetan?» fragte Orlando. «Warum sind sie stumm?»

«Man hat sie verschnitten, so wie man Kastraten verschneidet.»

«Hat der Prophet das erlaubt?»

«Nein, natürlich nicht. Wie bei den Eunuchen überläßt man das schmutzige Geschäft den Ungläubigen.»

Sajida schaute Orlando an und fragte: «Du willst wissen, was mit Chizuran geschehen ist? Liebst du sie?» Und als Orlando schwieg, sagte sie: «Ich will es dir erzählen. Hast du je von

Damiette gehört? Eine Stadt leuchtend wie ein Juwel, sechs Tagesreisen von Alexandria an einem Nilarm gelegen, ein schimmerndes Geschmeide arabischer Baukunst, reich gesegnet mit süßem Wasser und fruchtbarem Boden, umsäumt vom Grün seiner Dattelpalmen und Weingärten.

Hier wuchs Chizuran heran mit vier Brüdern. Ihr Vater war ein Kaufmann. Seine Schiffe segelten bis an die Bernsteinküste. Ihr Leben zerbrach an einem einzigen Tag.

Das Heer der Kreuzfahrer hatte die Stadt vom Land und vom Wasser abgeriegelt. Hunger und Seuchen herrschten innerhalb der Mauern. Viele starben. Als der Sultan erkannte, daß Damiette nicht länger zu halten war, versprach er den Christen die Rückgabe der heiligen Stadt Jerusalem, wenn sie Damiette verschonten. Der Kelheimer lehnte ab.»

«Wer?» fragte Orlando.

«Ludwig der Kelheimer. Als Reichsverweser des Kaisers leitete er die Belagerung der Stadt. Die Hölle sei dem Habgierigen gewiß! Er ist für das Blutbad verantwortlich. Die Stadt wurde erstürmt. Das Gemetzel war unbeschreiblich. Alle männlichen Bürger vom Kind bis zum Greis wurden erschlagen. Die Frauen wurden mit der Beute aufgeteilt. Alle Gegenstände von höherem Wert, alles Gold und Silber, alle Kunstwerke und die alten Schriften fielen an den Reichsverweser. Dazu gehörten auch alle Rassepferde und die Töchter der städtischen Patrizier. Auch Chizuran – ein Kind noch – ging in seinen Besitz über. Sie wurde mit den anderen Mädchen nach Alexandria verfrachtet. Dort wurden ihnen die Stimmbänder zerschnitten. Wer die Operation überlebte, wurde umhegt wie eine Kamelstute, die einmal von Kadis und Kalifen geritten werden soll.»

«Ludwig der Kelheimer», sagte Orlando. «Warum hat er das veranlaßt?»

«Weißt du, was sie auf dem Sklavenmarkt für Mädchen mit versiegelter Zunge zahlen? Der Kelheimer hat ein Vermögen mit den Mädchen gemacht.

Männer sind grausam in ihrem Eigennutz. Sie schnitzen sich ihr Spielzeug ohne Rücksicht auf unsere Gefühle. Die Frau wird jahrelang darin ausgebildet, dem Mann Lust zu bereiten. Den meisten Männern ist es völlig gleichgültig, was ihre Frauen dabei empfinden. Das ist ungerecht, denn der Orgasmus des Mannes ist seiner natürlichen Bestimmung nach nur Zubehör der weiblichen Lust. Er dient der weiblichen Befriedigung zur Erhaltung der Art. Der Garten der männlichen Lüste: Welch trauriger Betrug! Welch ein Selbstbetrug ist das Paradies!

Gehe niemals ohne Haschisch dorthin. Tu dir das nicht an. Wie alle Ideale kann das Paradies nur ein Traum sein. Der Garten des Quaim ist nur eine Droge zur Erzeugung einer sehnsuchtsvollen Vision, ein Hilfsmittel, wie das Parfüm einer Geliebten. Es besteht aus Moschus, Rosenöl, Mandelblüten, lauter chemischen Stoffen, die nichts mit ihr gemein haben, und doch erzeugt es in dem, der sich sehnsuchtsvoll erinnert, Wunschbilder, köstlicher als die Wirklichkeit. Das Paradies umgibt uns nicht. Es befindet sich in uns. Der Mensch kommt nicht ins Paradies. Das Paradies kommt in den Menschen. Du selbst hast den Schlüssel zur Pforte.»

Bevor Orlando ging, sagte sie: «Die Gegenwart erfordert wachen Verstand, die Zukunft Phantasie. Nur die Vergangenheit voller wehmütiger Erinnerung gehört dem Paradies. Als das erste Menschenpaar, frisch aus Lehm geformt, dort lebte, hatten sie aber noch keine Vergangenheit. Wie kann es ein Paradies für ein Herz geben, das sich an keine Mutter erinnern kann, an kein Wiegenlied, kein Märchen? Ein Garten ohne Kinder, kann das ein Paradies sein?»

Und trotzig fügte sie hinzu: «Ein Garten nur für Männer, kann das die Belohnung eines gerechten Gottes sein? Ewig junge, willige Huris für euch. Welche Wonnen hält Allah für uns Weiber dort bereit? Keine einzige Zeile des Korans kündet davon.»

URZ NACH SONNENUNTERGANG erreichte Orlando den Garten. Die noch blasse Mondsichel hing senkrecht über dem Tal. Wolken jagten vorüber.

Ein Mädchen erwartete ihn am Landesteg, eingewickelt in wollenes Gewand, das sie wie eine Mönchskutte umhüllte. Die Kapuze verdeckte das Haar. Orlando blickte in ein Kindergesicht mit großen erwartungsvollen Augen. Sie reichte ihm den Becher. Der Geruch der süßen Droge stieg ihm in die Nase.

«Du bist Aischah?»

Sie nickte erfreut, weil er sie erkannt hatte.

«Ich bin Adnan.»

Sie ergriff seine Hand und führte ihn leichtfüßig durch die Dunkelheit. Chizuran erwartete ihn am Portal des Quasr al-bahr. Ihr weißes Gewand fiel bis auf den Boden. Im Haar trug sie einen Kranz aus Hibiskusblüten.

Wie eine Braut, dachte Orlando. Sie sieht aus wie eine Braut, eine Braut für einen Templer.

Am Fuß der Treppe, die ins Obergeschoß führte, stand der Eunuch. Er verneigte sich und sagte: «Willkommen, Herr. Der Friede und die Barmherzigkeit Allahs sei über dir.»

Orlando betrat einen Raum wie ein Beduinenzelt, mit spitzer Decke, allseitig von fallendem Stoff umgeben. Angrenzend daran ein Bad, gekachelt mit türkisfarbenen Fayencen. Auf dem klaren Wasser schwammen duftende Lavendelblüten. Die Droge verstärkte alle Gerüche und Farben. Orlandos Sinne waren empfängnisbereit wie weit geöffnete Blütenkelche. Alles Gewicht schien von ihm abgefallen zu sein. Falter fühlten sich so, wenn sie durch die Sommerluft taumeln. Welche Lust zu leben! Der Duft ihres Haares, das Rascheln von Frauengewändern. Er wurde entkleidet, versank in warmem Wasser. Haut rieb sich an Haut, Seifenschaum an schwellendem Fleisch. Lachende Mädchenlippen, perlende Nässe, Nacktsein. Geilheit ergriff ihn. Wild und fordernd, fast wütend nahm er sie. Der

klatschende Rhythmus seiner Stöße klang wie ein Peitschen-
schlag. Schreie der Lust, einer für jeden Stoß. Ihr Schoß saugt
sich vor und zurück. Schenkel, Lippen öffnen und schließen sich,
zucken vor Lust, schlucken, verschlingen. Welch vulkanische
Eruption!

Tod und Erwachen. Wo bin ich? Irgendwo plätschert ein
Brunnen, verbreitet Frische. Ferne Musik.

Aischah füllte hauchdünne zerbrechliche Schalen mit heißem
Jasmintee. Chizuran kniete neben ihm.

Sie neigte sich so tief über ihn, daß er die sanfte Berührung
ihrer Brustspitzen spürte. Ihr offenes Haar lag auf ihm. Sie
richtete sich langsam auf, den Oberkörper von rechts nach links
wiegend. Schlangen bewegen sich so. In langen Schwüngen glitt
ihr Haar über Orlandos nackten Rücken. Wellen der Wollust
umflossen ihn. Wie elektrisiert lag er da.

Es dauerte eine ganze Weile, bis er das Spiel ihrer Finger
wahrnahm. Worte, stumm und zärtlich, unterbrochen durch
Küsse, Umarmungen.

Bienen und Ameisen reden so miteinander, dachte Orlando.
Sie erfühlen die Botschaft des anderen mit dem Leib. Diese
Körpersprache erzeugt Empfindungen, die die Stimme nicht zu
vermitteln vermag. Mütter sprechen so mit ihren Ungeborenen,
Sterbende, die nach unseren Händen greifen, Tiere und Ver-
liebte.

Nie wäre es Orlando in den Sinn gekommen, mit irgendeinem
Menschen so lange, einfühlsame und fast zärtliche Berührungen
auszutauschen. Die Zwiesprache ihrer Haut erzeugte eine Inti-
mität zwischen ihnen, die er noch nie erlebt hatte und die ihn
mehr und mehr gefangennahm.

«Finger vermögen zu sprechen; Haut vermag zu hören!»
vernahm er Adrians Stimme in der Nacht.

Hazim berichtete dem Alten: «Sie hängen aneinander wie die
Frösche.»

Der Alte antwortete: «Der Sturm muß sich austoben, damit die Sicht wieder klar wird. Es freut mich, daß er auch Kraft in den Hoden hat. Zu einem harten Willen gehört auch hartes Fleisch. Auch darin ist er einer von uns.»

Als er Hazims fragenden Blick auffing, fügte er hinzu: «Christen sind geschlechtslose Geschöpfe. Ihre Priester sind unbeweibt wie Eunuchen. In Hunderten von Klöstern leben Tausende von Mönchen, weinsaufend und schweinefleischfressend, aber an ein Keuschheitsgebot gebunden, getreu ihrem Propheten aus Nazareth, kraftlos in den Lenden wie Kastraten. Nicht einmal in ihrem Paradies gibt es lockende Mädchen. Geschlechtslose Engel schlagen die Leier, singen und frohlocken. Worüber wohl? Welch traurige Glückseligkeit!»

Zwei Nächte in der Woche verbrachte Orlando im Paradies. Wenn er beim ersten Morgenrot seine Behausung im Aldebaran erreichte, war er zu müde, um sich auszukleiden. Traumerfüllt war sein Schlaf: Sie waren nicht älter als vierzehn.

Da waren die Pferdekoppeln hinter den Marställen, der scharfe Geruch von Pferdeschweiß und Sattelleder, von Stroh und frischem Mist. Drei Knechte hielten die Stute. Ihre Flanken bebten – vor Angst, vor Erregung? Die Augen weit aufgerissen wie in wildem Entsetzen. Der Hengst, ein arabisches Vollblut, bedrängte sie mit raubtierhafter Gier. Die zuckende Rute, fleischfarben und klebrig schillernd wie der Schleim von Fliegenpilzen. Schaum quoll aus Nüstern und Maul. Die Augen so verdreht, daß das Weiße hervortrat wie bei einem geschlachteten Schwein. Wild röchelnd drang er in sie ein. Aus ihrer schmatzenden Vulva troff der Saft.

War es Schmerz? War es Lust? Was bewirkte diese Wildheit? Orlando wollte es wissen. Er wollte alles in Erfahrung bringen, anders als Adrian, der sein Wissen aus Büchern bezog in Form von Zahlen, Regeln und Auswendiggelerntem. Orlando wollte die Welt erleben, anfassen, spüren. Bücher fand er langweilig. Er war erst sechs Sommer alt, als er einem Huhn den Bauch aufschnitt, um herauszufinden, woher die Eier kommen. Jetzt mit vierzehn wollte er wissen, wie es ist, wenn man in ein Weib eindringt. Sie war doppelt so alt wie er und trug wie alle Witwen ihr Haar offen. Sie kniete am Bach bei der Bleiche und wusch auf einem Stein die Wäsche. Mit nassen nackten Armen kniete sie dort, den Rock aufgekrempelt bis über die Oberschenkel, auf allen vieren. Der schaukelnde Rhythmus, mit dem sie die Wäsche walkte, erinnerte ihn an die Geilheit der Pferde. Auf dem Heuboden über den Ställen nahm er sie von hinten wie eine heiße Stute. Im Licht der Stallaterne waren ihre fleischigen Hinterbacken blaß und voll wie der Mond. Warum stöhnte sie so entsetzlich? Es war erregend und abstoßend wie bei einer Hinrichtung. Ein Ritt über den Leichenacker zur Geisterstunde, eine Erfahrung so ungeheuer, daß er sie mit niemand zu teilen vermochte.

IN DER ALTEN STAUFERBURG, die seit Jahrzehnten nicht mehr bewohnt war, hatte man den kaiserlichen Prinzen untergebracht. Die Kaufmannsfamilien der Stadt Nürnberg hatten leihweise Möbel und Geschirr zur Verfügung gestellt. Der Hofstaat bestand aus drei Dutzend Bediensteten: Leibwächtern, Köchen, Kutschern, Knechten, einem Geistlichen und einem Schreiber, dem der Prinz freundschaftlich verbunden war. Ihm oblag es auch, Heinrich mit Mädchen zu versorgen, was nicht leicht war, seit der Kaiser seinen aufrührerischen Erstgeborenen unter Hausarrest gestellt hatte. Die Bewachung war streng. Der Prinz durfte sich nicht weiter als einen halben Tagesritt von der Burg entfernen. Vor Einbruch der Dunkelheit mußte er zurück sein. Dann wurde vom Burggrafen das Tor verschlossen.

Obwohl Heinrich gerade erst die Mitte seines zweiten Lebensjahrzehnts erreicht hatte, bewegte er sich schwerfällig wie ein Greis. Übergewicht und die Gicht machten ihm zu schaffen, was jedoch ohne Einfluß auf seinen schier unstillbaren Appetit zu bleiben schien, sowohl was das Essen als auch die Frauen betraf. Letztere Leidenschaft teilte er mit seinem Vater. Dafür unterschieden sie sich um so gründlicher in ihrer Einstellung zur Religion. Während der Kaiser im Kreis seiner Berater Moses, Jesus und Mohammed die drei größten Betrüger der Erde nannte, verbrachte Prinz Heinrich viele Stunden in der Burgkapelle.

Das lag nicht nur an der streng klerikalen Erziehung, der sich der Knabe in Deutschland zu unterwerfen hatte, sondern vor allem daran, wie er seinem Freund anvertraute, daß er sich in dem zugigen Burggemäuer nirgendwo sonst so wohl fühlte wie in der engen holzgetäfelten Andacht, erwärmt von unzähligen Kerzen. Kein anderer Raum war so warm und so hell. Hinzu kam der von der Kirche geförderte Aberglaube, daß der Mensch während der Messe nicht altert. So war es ein vertrauter Anblick, daß der Prinz im Anblick des Altares schlief, während sein Beichtvater die Messe las. Heinrich, der sein frühes Ableben zu ahnen schien, fürchtete nichts so sehr wie Alter und Tod, obwohl ihn das Sterben anderer mit Faszination erfüllte. Keine Hinrichtung in seiner Umgebung, die er versäumt hätte. Mit Vorliebe fing er Fliegen, um sie mit einer Nadel aufzuspießen. Die Mausefallen, die die Köche aufstellten, pflegte er eigenhändig zu leeren, um die gefangenen Nacktschwänze, wie er sie nannte, in eisernen Eimern zu ersäufen.

Als Benedict und Magdalena ihn im Burghof trafen, war er damit beschäftigt, einem Schmetterling die Flügel auszureißen. Benedict, der sich als Händler ausgegeben hatte, offerierte ihm eine Kollektion von polierten Bernsteinen, die kaum Beachtung fand. Heinrichs Aufmerksamkeit schien sich auf Magdalena zu beschränken.

«Ist sie dein Weib?» fragte er.

«Nein, Herr, sie ist meine Schwester», log Benedict.

«Ihr reist gemeinsam?»

«So ist es, Herr. Seit unser Vater – Gott hab ihn selig – von Räubern erschlagen wurde, betreiben wir den Handel mit dem friesischen Gold.»

«Ich liebe das honigfarbene Elektron», sagte der Prinz. «Habt ihr mehr davon?»

«Aber ja, gewiß doch», log Benedict, in der Annahme, daß Heinrich nicht an weiterem Bernstein interessiert war.

«Wo habt Ihr euer Quartier?»

«Im Haus zum Bären.»

«Ich hoffe, Ihr bleibt noch.»

«Wenn Ihr es wünscht.»

«Gütiger Himmel», sagte Benedict, als sie sich wieder auf der anderen Seite des Burggrabens befanden. «Er hat dich mit seinen Blicken verschlungen wie die Schlange den Frosch.»

Magdalena sagte: «Einen Prinzen habe ich mir ganz anders vorgestellt. Bist du sicher, er ist es?»

«Sie bewachen ihn wie einen Gefangenen. Niemand darf mit ihm allein sein, niemand außer seinen Mädchen.»

«Es gibt keinen anderen Weg, um an ihn heranzukommen?»

«Nein», sagte Benedict.

«Dann bringen wir es hinter uns, je schneller, um so besser.»

«Nicht so rasch!» mahnte Benedict sie. «Du mußt ihn hinhalten, mußt dich zieren, verweigern! Verdreh ihm den Kopf! Die Kunst liegt im Appetitmachen, nicht im Füttern.»

«Und wenn ich wieder schwanger werde?»

«Besser einen Bastard aus dem Kaiserhaus als vom Henker», lachte Benedict. Und nun mußte auch Magdalena lachen.

Am Abend erhielt Benedict Besuch von Alban, dem Schreiber des Prinzen. Der kam ohne Umschweife zur Sache:

«Der Prinz ist in Liebe zu Eurer Schwester entbrannt.»

«Will er um sie freien?» fragte Benedict.

Alban kam mit seinem Gesicht dicht heran. Er war kurzsichtig, aus diesem Grund mißtrauisch und leicht reizbar. Er fixierte Benedict mit bösen Augen und fragte:

«Willst du dich über den Prinzen lustig machen?»

«Aber nein.»

«Du weißt sehr wohl, daß er deine Schwester nicht freien kann. Er wird einmal die Krone des Reiches tragen. Ihr solltet es als Ehre betrachten. Euer Schaden wird es ganz gewiß nicht sein.»

Er spielte mit seiner prall gefüllten Geldkatze. Benedict lehnte empört ab: «Wie könnt Ihr es wagen! Ich bin kein Kuppler. Meine Schwester ist keine Metze, feil für Geld. Bestellt Eurem Herrn, ich werde mit ihr sprechen, und wenn es ihr gefällt, so wird sie Prinz Heinrich besuchen. Die Entscheidung liegt bei ihr.»

Zwei Tage ließen sie den Prinzen warten. Benedict hatte ihr ein Kleid mit weitem Rock und engem Mieder schneidern lassen. In ihm ritt sie zur Burg, Blumen und Bänder im Haar, geschmückt wie ein Opfertier für den Altar der Gottheit.

ALS ORLANDO AN JENEM Morgen Chizuran verlassen hatte und aus dem Tunnel des Todes herausstieg, schlug ihm der Regen ins Gesicht. Wolken wehten wie weißer Rauch durch das düstere Tal. Die Höhle, die während der Nacht sein Pferd beherbergt hatte, war leer. Die Baumstämme, die den Zugang versperren sollten, lehnten an der Felswand. Hätte das Pferd oder irgendein Raubtier sie niedergerissen, so müßten sie auf dem Boden liegen. Irgend jemand hatte ihm das Pferd genommen.

Jeder Nerv seiner Sinne befand sich in Alarmbereitschaft. Was ballte sich da draußen zusammen? Gefahr lag in der Luft. In dem engen Tal mit seinen steil aufragenden Felswänden war er jedem

Angriff schutzlos ausgesetzt, um so mehr, da er unbewaffnet war. Nur seinen Krummdolch trug er im Gürtel. Sollte er umkehren? In dem unterirdischen Labyrinth der Höhle war er am sichersten aufgehoben. Aber was nutzte es, wenn er sich wie eine Ratte verkroch? Irgendwann mußte er herauskommen. Und wer immer da draußen auf ihn lauerte, er hatte Zeit. Nein, er durfte sich das Gesetz des Handelns nicht aufzwingen lassen. Ein Mann, der sich erhebt, wenn sein Feind noch schläft, der steht bereits aufrecht, wenn sein Feind erwacht. Tue nie, was dein Gegner erwartet. Was wurde von ihm erwartet? Hatte er überhaupt die Wahl? Er könnte anstatt nach Alamut das Tal in entgegengesetzter Richtung flußabwärts laufen. Dann würde er am Abend eines der Dörfer erreichen, in denen die Familien der Nizaris lebten.

Wie viele sie wohl waren? Wenn sie sich ihm überlegen fühlten, so hätten sie ihn am Ausgang des Kahf az-zulumat erwartet und ihn niedergemacht. Die Tatsache, daß man ihm das Pferd genommen hatte, um ihm zu Fuß aufzulauern, zeugte dafür, daß er es mit einem, höchstens zwei heimtückischen Gegnern zu tun hatte.

Wo würde sich solch eine Kreatur auf die Lauer legen? Zwei Farsach von hier wurde die Klamm so eng, daß auf dem Pfad neben dem Bach keine zwei Pferde nebeneinander laufen konnten. Herabgestürzte Felsbrocken versperrten die Sicht. Hier, so dachte Orlando, würde ich meine Falle aufstellen.

Einige Atemzüge lang spielte er mit der abenteuerlichen Vorstellung, sich im Schutz des Nebels bis zu jenem Engpaß vorzuarbeiten. Doch dann folgte er dem Flußlauf, dem immer heller werdenden Morgenhimmel entgegen.

Orlando war noch keine halbe Stunde gegangen, als er seitlich des Weges ein knackendes Geräusch vernahm. Es hörte sich so an, als sei jemand auf einen trockenen Zweig getreten. Er ließ sich zu Boden fallen, glitt auf dem Bauch durch das feuchte Kraut, hielt lauschend den Atem an. Da, hinter dornigem Gehölz ein dunkler Körper, ebenfalls ins Gras geduckt. Ein klägliches Meckern. Orlando erhob sich lachend: eine verängstigte junge Ziege. In einiger Entfernung graste der Rest der Herde, braune kurzbeinige Bergziegen mit langen gebogenen Steinbockhörnern. Zwei Hütejungen, Kinder noch, kamen herbeigelaufen, barfüßig in langhaarige Ziegenfelldecken gewickelt.

«Ihr seid weit heraufgestiegen mit euren Ziegen.»

«Hier oben ist das Gras besser.»

«Ich suche einen Mann mit einem Pferd. Habt ihr ihn gesehen?»

«Wir haben keinen gesehen, Herr.»

Sie betrachteten ihn neugierig.

«Wer bist du?» fragte der jüngere. Er sprach mit heller Mädchenstimme.

«Ich lebe auf Alamut und bin auf der Jagd.»

«Was jagst du?»

«Zibetkatzen.»

«Zibet?» Ihre Augen leuchteten. «Hast du einen Zibet gesehen?»

«Ein Prachtexemplar», log Orlando. «Er hat seinen Bau zwei Farsach von hier flußaufwärts. Wenn ihr wollt, könnten wir ihn gemeinsam ausräuchern.»

«Und die Ziegen?»

«Wir nehmen sie mit. Wir treiben sie vor uns her. Zibetkatzen sind, wie ihr wißt, sehr scheu. Sie fürchten den Menschen, aber sie lieben Ziegen. Vielleicht können wir ihn so überlisten. Wie viele Ziegen habt ihr?»

«Achtzehn», sagte der ältere.

Inzwischen war der Nebel noch dichter geworden. Die Luft war erfüllt von feinem Sprühregen. An allen Gräsern und Zweigen glitzerten endlose Reihen von Wasserperlen.

Sie trieben die Ziegen mit Bambusstöcken vor sich her, bisweilen auch mit einem Steinwurf. Die Hirten hatten Orlando eine ihrer Decken überlassen. Sie stank zwar infernalisch nach

Bock und wimmelte von Flöhen, war aber warm und wasserdicht. Bisweilen legten sie eine Rast ein, um den Tieren Gelegenheit zum Fressen zu geben.

Orlando zerschnitt seinen ledernen Gürtel in schmale Streifen, die er zu einem Zopf verflocht, wobei er einen faustgroßen Flußkiesel am oberen Ende mit einarbeitete.

«Was machst du da?»

«Eine Steinschleuder.»

«Für den Zibet?»

«Ja, für den Zibet.»

Einmal fanden sie ein totes Murmeltier. Mit entblößten Zähnen fletschte es sie an, als wollte es sich noch im Tode wehren. Ein Raubvogel hatte ihm den Leib aufgerissen. Die Gedärme hingen in Fetzen hervor. Der Verwesungsgeruch hatte Scharen von Schmeißfliegen herbeigelockt. Der Regen schien sie nicht zu schrecken.

Orlando schnitt von einem Holunderstrauch einen Ast ab und entfernte das weiche Mark. Mit einem trockenen Zweig strich er über das verweste Fleisch. Den grünen Schleim füllte er in den ausgehöhlten Ast, den er mit einem Korken aus Holundermark verschloß.

«Ist das auch für die Jagd?» fragten die Hirten.

«Ja, für die Jagd.»

Nach mehrstündigem Marsch erreichten sie endlich den immer enger werdenden Teil des Tales, in dem Orlando seinen unbekannten Widersacher vermutete. Wer immer da oben auf der Lauer lag, im Dunst des Regens würde er nicht viel zu sehen bekommen, und hätte er auch Adleraugen. Sie machten halt. Orlando ging tief in die Knie, um sich so klein wie möglich zu machen. Die Decke umhüllte seinen Kopf wie eine Kutte.

«Allah sei mit euch», ertönte eine Stimme über ihren Köpfen. Erschrocken blieben die Jungen stehen. «Wer ist da?» Es war niemand zu sehen. «Wer seid ihr?» ertönte die Stimme von oben.

«Hirten aus Chabaron.»

«Habt ihr einen Mann ohne Pferd gesehen?»

«Nein», sagte Orlando mit hoher Stimme.

Die Jungen schauten ihn erstaunt an. Er legte zum Zeichen des Schweigens den Zeigefinger auf die Lippen.

Ein paar Steine rollten den Steilhang herab. Orlando merkte sich die Stelle.

«Was machst du dort oben?» fragte der Jüngere mit der Mädchenstimme. «Brauchst du Hilfe?»

«Nein, zieht weiter. Ich brauche euch nicht.»

Sie trieben die Ziegen um die nächste Talbiegung.

«Worauf der wohl wartet?» fragten die Hütejungen.

«Auf mich», sagte Orlando.

«Und was will er von dir?»

«Ich weiß es nicht, aber ich werde es herausfinden. Folgt euren Tieren. Ich bin gleich wieder da.»

Dicht an den Steilhang geschmiegt schlich er sich zurück. Er roch die Pferde, bevor er sie sah. Sie waren an einem Nadelgehölz festgemacht. Zwei Tiere, Gott sei Dank nur zwei: sein eigenes und ein fremdes. Es lag also nur einer auf der Lauer.

Mit dem Rücken zur Wand tastete Orlando sich weiter. Es gab keine andere Stelle, an der sich der Steilhang erklimmen ließ. Zurückgekehrt zu dem Einschnitt, der die Pferde verbarg, studierte er den Aufstieg, als wollte er sich jede Besonderheit einprägen. Wie würde ein Mann, der von dort oben herabsteigt, seine Füße setzen? Wo mußte er sich festklammern? Wohin würde er springen müssen? Als er glaubte, die richtige Stelle gefunden zu haben, hob er dort mit dem Dolch eine Grube aus, anderthalb Fuß im Quadrat und einen Fuß tief. Dann schnitt er sich daumendicke Bambusrohre, halbierte sie, beschnitzte sie, bis sie spitz wie Knochensplitter waren. Schließlich bohrte er sie in den Boden der Grube, das geschärfte Ende nach oben. Er holte aus der Tasche den ausgehöhlten Holunderast hervor, öffnete ihn und strich die grüne klebrige Verwesung mit einem Zweig auf die Bambusspitzen. Dann deckte er die Falle mit Zweigen und Blättern zu und warf Erde darüber.

Schon begannen die Pferde unruhig zu werden. Der Geruch des Todes versetzte sie in Angst. Ihr Stampfen und Schnauben war nicht zu überhören. Orlando mußte sich beeilen.

Obwohl die ganze Prozedur nur wenige Minuten gedauert hatte, war er schweißgebadet. Er band das fremde Pferd los, eine junge Stute, die freudig die Nüstern an seiner Schulter rieb. «Verzeih mir, Schwester», sagte er. «Es geht nicht anders.» Der Hieb, den er ihr mit dem peitschenähnlichen Ende der Schleuder versetzte, kam völlig unerwartet. Die Stute schrie auf und hetzte davon. Ihre Hufe dröhnten in dem einsamen Tal wie Trommelschlag. Orlando schwang sich auf seinen Hengst. Er hörte noch, wie der Unbekannte fluchend den Steilhang herunterkam. Da gab er dem Pferd die Sporen. Bei den Ziegenhirten verweilte er einen Augenblick, ohne abzusteigen.

«Habt Dank. Ihr habt mir sehr geholfen.»

«Und der Zibet?»

«Den holen wir uns ein anderes Mal.»

Wer immer ihm das Pferd gestohlen hatte, um ihn in den Hinterhalt zu locken, er war so gut wie tot. Die Bambussplitter mit dem Leichengift würden sich tief in seine Knöchel bohren. Wenn er den mehrstündigen Fußmarsch überlebte, war er hoffnungslos vergiftet.

Orlando empfand kein Mitleid mit dem Mann, so wie man kein Mitleid mit einer Schlange empfindet.

Zwei Tage später beklagten die Wächter am großen Tor den Tod eines jungen Nizaris.

«Du hättest seine Füße sehen sollen», sagte Abu Nadschah, der Arzt, «entzündet und aufgedunsen wie Elefantenfüße. Jeder Schritt war ein Martyrium. Der Wahnsinn brannte in seinen Augen.»

«Was ist ihm zugestoßen?»

«Ich weiß es nicht. Niemand weiß es. Ich habe solche Wunden

noch nie gesehen. Es war, als sei er in ein Schlangennest gestiegen.»

«Wer war der Mann?»

«Er war einer der Wächter am Madinat as-Salam. Husain war ein wilder Bursche, ein Draufgänger, wie es sie nur in den Bergen von Dailam gibt. Einer, der sich vor nichts fürchtet, dem Quaim treu ergeben, der geborene Assassine.»

Seltsam, dachte Orlando bei sich, warum hat dieser Husain nicht mit mir gekämpft? Warum wollte er mich aus dem Hinterhalt erledigen? Warum wollte er mich töten? Was habe ich ihm angetan?

Am Abend nahm Orlando die Wolfsfalle von der Wand. Sie würde ihn in Zukunft bei allen Ausritten begleiten.

Auf Alamut gab es keinen persönlichen Besitz. Alles gehörte allen. Wohnung, Kleidung, Waffen und Pferde erhielt man gewissermaßen zum Lehen auf Lebenszeit. Ihr Erhalt lag im eigenen Interesse. Die Huf- und Waffenschmiede arbeiteten bei Bedarf unentgeltlich. Der Verlust der Waffe oder des Pferdes mußte beim Schahna gemeldet werden und wurde empfindlich bestraft.

War das der Grund, weshalb man ihm das Pferd gestohlen hatte? Dieser Mongolenschlächter war gefährlich.

Als Angehöriger der Ihwan as-safa hatte Orlando nur wenig mit ihm zu schaffen, aber wenn es um die elementaren Belange wie Pferd und Waffen ging, so war der Schahna die höchste Instanz. Und der Quaim war unerbittlich, wenn es um Verstöße gegen die geltende Ordnung ging.

Dafür sprach die Hinrichtung seiner eigenen Söhne, von der alle Nizaris mit ehrfurchtsvollem Respekt und mit gedämpfter Stimme sprachen. Der ältere hatte eigenmächtig ein politisches Mordkomplott geschmiedet. Als der Alte vom Berge davon erfuhr, ließ er ihn töten. Der jüngere, der in leichtlebige Gesellschaft geraten war, hatte im Weinrausch einen Mann niedergestochen. Der Quaim kannte kein Pardon. Er ließ seinen verbliebenen Sohn öffentlich enthaupten, getreu dem Prophetenwort: Gerechtigkeit soll man nicht nur walten lassen, Gerechtigkeit soll vom Volke gesehen werden.

INE GANZE WOCHE VERGING, ohne daß Benedict etwas von Magdalena hörte. Immer häufiger wanderten seine Blicke hinauf zur Burg. Wo sie bloß blieb? Benedict begann, sich Sorgen um sie zu machen.

Ach was! Sie war kein Kind mehr. Sie hatte schon Schlimmeres überlebt. Und dennoch! Im Traum sah er sie auf dem Schinderkarren im Arm des Scharfrichters, der das aufgedunsene Gesicht des Prinzen angenommen hatte.

Am Sonntagmorgen weckte sie ihn.

Sie sah übernächtigt aus.

«Puh, welch ein Kaisersproß!» sagte sie. «Er trägt sein Zepter in der Hose und die Reichsäpfel gleich daneben. Er hat mich wahrhaftig in der Kapelle genommen, im Anblick des Gekreuzigten, nackt und von hinten, so wie es die Hunde machen. Er ist unersättlich und anhänglich wie ein Rehkitz, das mit der Flasche großgezogen worden ist.»

«Ist er gesprächig?»

«Wie der Wind in den Weiden.»

«Worüber redet er mit dir?»

«Über Gott und seine geilsten Wünsche. Er leidet unter seiner Isolation. Vor allem aber trinkt er zuviel.»

«Das ist gut. Das löst die Zunge.»

«Aber es macht einen schlechten Atem. Er stinkt wie ein abgestandenes Faß.»

«Was hast du erfahren?»

«Wir haben über unsere Kindheit gesprochen. Er wußte nichts Gutes zu berichten. Die Mutter kennt er nicht. Der Vater ist in seinen Augen ein Teufel in Menschengestalt. Seinen Vormund, den Kelheimer, bedenkt er mit schaurigen Flüchen und Verwünschungen.»

«Erzähl!»

«Es war schon nach Mitternacht. Der Wein hatte seinen Blick getrübt und die Zunge schwer gemacht, so wagte ich die Frage, ob er wüßte, wer den Herzog entleibt hat.»

«Und was gab er zur Antwort?»

«Er sagte: Nur selten hat die Schlachtung eines Schweines dem Metzger mehr Freude bereitet als in seinem Fall. Und dann hat er gelacht, daß mir angst und bange wurde.»

«Das hat er gesagt?»

«Er geriet in unglaubliche Wut, gebrauchte Wörter, die ich nicht verstand. Ich glaube, es war Latein. Er sprach in abgehackten kurzen Sätzen, unterbrochen von Flüchen und bösartigem Gelächter. Er sprach von einer Epistula, die sich in seinem Besitz befände.»

«Epistula? Bist du sicher? Weißt du, wo er seine Briefe aufbewahrt?»

«Ja. Ich habe gesehen, wie Alban ihm ein Pergament gab, das der Prinz in einer Truhe wegschloß. Sie steht im Schlafgemach. Den Schlüssel trägt Prinz Heinrich um den Hals.»

«Du könntest den Schlüssel an dich nehmen, wenn der Prinz schläft. Gib ihm das Luziferum!»

«Das ist nicht schwer, aber ich kann nicht lesen.»

«Das soll deine Sorge nicht sein.»

Benedict wartete, bis das Sechserläuten im Kloster der Dominikaner verklungen war. Dann klopfte er gegen das Burgtor.

«Prinz Heinrich erwartet mich», sagte er, als die Wache öffnete. «Ich bin der Bernsteinhändler, den Euer Herr...»

«Ich weiß, du warst bereits hier», sagte der Posten. «Du kennst den Weg?»

«Ich kenne ihn.»

Er hatte jeden Schritt genau geplant, und dennoch perlte ihm der Angstschweiß von der Stirn, als das Tor hinter ihm ins Schloß fiel. Jetzt gab es kein Zurück mehr. Er hatte den Hof fast durchquert, als ein Wächter von der Zinne ihn anrief: «Halt, wohin des Weges?»

«Ist schon in Ordnung», antwortete die Torwache. «Ein Händler. Der Prinz erwartet ihn.»

Benedict stieg die Freitreppe empor, fand den Aufgang ins Obergeschoß, den Flur und am Ende die Tür zum Schlafgemach. Magdalena hatte ihm den Weg so genau beschrieben, daß er ihn im Dunkeln gefunden hätte. Er blickte sich um, öffnete die Tür und schlüpfte hinein. Der Raum war abgedunkelt.

Es dauerte eine Weile, bis seine Augen sich an das Dämmerlicht gewöhnt hatten. Auf dem Bett erkannte er die nackten Leiber zweier Menschen. Magdalena winkte ihn herbei. Der Prinz lag mit dem Kopf auf ihrem Schoß. Er schnarchte mit offenem Mund. Magdalena zog ihm behutsam die Kette mit dem Schlüssel über den Hals. Benedict nahm ihn. Seine Augen suchten die Truhe. Sie stand gleich neben dem Bett am Kopfende. Benedict steckte den Schlüssel ins Schloß, drehte ihn dreimal herum. Der eisenbeschlagene Deckel der Truhe war so schwer, daß er beide Hände benötigte, um ihn anzuheben. Ächzend gab er nach. Vor ihm lag fein säuberlich geordnet ein Berg von Briefrollen. Es waren viel mehr, als er erwartet hatte. Er kniete nieder, langte in die Truhe, da... der Schreck durchfuhr ihn wie ein Dolch!... Ein Schlag von hinten auf die Schulter. Er fuhr mit einem Aufschrei herum. Ein roter Schopf! Die Haare berührten ihn. Er blickte in die Augen eines Tieres. Es sprang erschrocken davon, ging in sicherer Entfernung auf die Hinterbeine, beobachtete ihn lauernd.

Ein Wiesel! Ein zahmes Frettchen mit silbernem Halsband. Warum hatte ihm Magdalena nichts von diesem verteufelten Vieh erzählt? Er faßte sich aufatmend ans Herz.

Das war noch einmal gutgegangen.

Magdalena lockte das Wiesel herbei, hob es aufs Bett.

Die Mehrzahl der Schreiben waren Briefe deutscher Fürsten, die dem Prinzen ihre Ergebenheit versicherten. Einige trugen das Siegel der kaiserlichen Kanzlei von Catania. Beim Überfliegen der Texte stieß Benedict auf einen Brief, der seine Aufmerksamkeit erregte. Die verschnörkelte Schrift war schwer lesbar. Benedict trat ans Fenster, um sie entziffern zu können. Er las:

An König Heinrich
von Hasan-i Sabbah
Um Euch zu beweisen, wieviel Uns an Eurer Freundschaft liegt, betrachten wir Euren Wunsch als unsere Verpflichtung. Der Herzog ist so gut wie tot.
Denn so steht es geschrieben: Wisset ihr nicht, daß sehr weit reicht der wahren Herrscher Hand.

Benedict las den Text mehrmals, um ihn sich einzuprägen. Er hielt – davon war er überzeugt – die Bestätigung des Mordauftrags an den Herzog von Kelheim in der Hand. Aber was hatte der Prinz damit zu schaffen, und wer war Hasan-i Sabbah?

Plötzlich – Schritte im Flur! Benedict legte hastig den Brief zurück in die Truhe, schloß den Deckel und suchte Schutz hinter einem der Fenstervorhänge, die bis auf den Boden reichten. Wer konnte das sein? Herr steh mir bei! Miserere mei!

Die Schritte tappten vorüber. Benedict hatte genug gesehen. Er mußte den Rückzug antreten.

Vorsichtig öffnete er die Tür. Der Flur war leer. Er erreichte die Freitreppe, ohne gesehen zu werden. Lässig überquerte er den Hof, selbstsicher wie ein Händler, der einen lukrativen Abschluß getätigt hatte.

«Gott zum Gruß», wünschte er dem Wächter, der ihm das Tor öffnete. Dann hatte er es geschafft. Deo gratias!

IE NACHRICHT VERBREITETE sich wie ein Steppenbrand innerhalb der Festung: Die Frau des Schahna ist mit einem Dailamesen geflohen.

Eine Gruppe von Männern wurde aufgestellt, die die Verfolgung aufnehmen sollte. Alle wollten dabei sein. Jeder fühlte sich in seiner Mannesehre verletzt.

«Der Quaim will, daß du mit ihnen reitest», sagte Hazim zu Orlando. «Sie dürfen auf keinen Fall entkommen. Niemand auf Alamut bricht ungestraft das Gesetz.»

Die Zeit drängte. Der Aufbruch erfolgte Hals über Kopf.

«Sie haben den Vorsprung einer Nacht», sagte der Schahna.

Sein Gesicht war leichenfahl. Die schlitzförmigen Augen wirkten noch verkniffener als sonst. Er trug eiserne Sporen und eine geflochtene Lederpeitsche am Sattelknopf.

Sie ritten den ganzen Tag ohne Pause. Im letzten Tageslicht erreichten sie das Dorf Hagat, in dem Orlando mit Zaid gewesen war. Der Alte, vor dessen Hütte sie die gebratenen Kaninchen gegessen hatten, begrüßte ihn wie einen alten Bekannten.

«Wir machen nur kurze Rast», sagte der Schahna. Dem Dorfältesten befahl er: «Bringt uns etwas zu essen und frische Pferde!» Dann ging er zu seinem Haus, das am Eingang des Ortes in einem umzäunten Garten lag. Hier hatten seine beiden Frauen gelebt. Die ältere warf sich dem Schahna wimmernd zu Füßen. Der stieg mit seinen sporenbesetzten Stiefeln über sie hinweg. «Wo ist Suhela?» fragte er.

Sie brachte vor Angst kein Wort heraus. Der Schahna schlug ihr ins Gesicht und schrie: «Wie konnte das geschehen?»

«Ich weiß es nicht, Herr. Ich weiß es nicht. Glaubt mir, ich habe nichts davon gewußt.»

«Du lügst. Geh mir aus den Augen! Verschwinde! Wenn ich zurückkomme, will ich dich nicht mehr hier sehen. Und wage dich niemals mehr vor mein Angesicht, oder ich werde dir die Kleider vom Leib peitschen.»

Orlando erfuhr von dem zahnlosen Alten, daß der Entführer ein junger Bursche aus dem Nachbardorf war, der Sohn eines Reishändlers. Während der kurzen Rast gab es Fladenbrot, Zwiebeln und Ziegenkäse. Die Männer aßen beim Umsatteln der Pferde. Orlando erhielt eine prächtige Araberstute, lebhaft wie ein junger Jagdhund. Zwei Burschen aus dem Dorf schlossen sich ihnen an. Der eine kam aus der Hütte, an der Orlandos Wolfsfalle gehangen hatte. Sie nannten ihn Karras. Er galt als geschickter Fährtenleser und schien jeden Pfad in den Bergen zu kennen.

«Sie haben den Zeitpunkt ihrer Flucht sehr genau geplant», sagte Karras. «In drei Tagen ist Vollmond. Eine Woche lang werden die Nächte sehr hell sein, hell genug, um Tag und Nacht zu reiten. Sie haben zwei Ersatzpferde dabei. Das macht ihre Spur leichter lesbar. Sie werden versuchen, das Kaspische Meer zu erreichen. Die Wege dorthin sind steinig und steil. Wir werden kaum schneller reiten können als sie. Wir können sie nur einholen, wenn wir weniger rasten als sie. Wären sie zwei Männer, hätten wir kaum eine Chance. Das Mädchen wird den Gewaltritt nicht durchstehen. Wir werden die beiden fangen.»

Die Nacht war endlos lang. Im ersten Licht des Tages sahen sie unter sich die Ebene von Kazwin. Ferne Gipfel, schneebedeckt, leuchteten in der Morgensonne. Die sonst so kargen Bergwiesen waren übersät mit wilden Blumen. Einmal kreiste ein Adler über ihnen, sonst war die Landschaft wie ausgestorben. Die Pferde wurden in regelmäßigen Abständen mit Heu und Hafer gefüttert, das auf vier Maultieren mitgeführt wurde. Den Durst stillten Mensch und Tier mit Schmelzwasser, das überall aus dem Gestein sickerte. Trotz der Hast wurden die fünf rituellen Gebete des Tages streng eingehalten.

Am Abend des zweiten Tages stießen sie auf die Aschenreste einer Feuerstelle. «Hier haben sie gelagert», sagte Karras.

«Wann war das?» wollte der Schahna wissen. Er glitt aus dem Sattel, kniete nieder, befühlte einen angekohlten Ast und schleuderte ihn wütend in die Schlucht. «Kalt», fauchte er, «eiskalt. Sie haben mindestens acht Stunden Vorsprung.» Er gab dem Pferd die Sporen und galoppierte den anderen voraus.

Schutur Khan war ein elendes Bergnest. Die Männer in viel zu weiten Baumwollhosen trugen Bärte bis auf die Brust. Ungezähmt und unberechenbar wie Raubvögel hatte ihre Haltung etwas Lauerndes, Sprungbereites. Hatte man ihr Vertrauen gewonnen, so verwandelten sie sich in große Kinder, der Welt der Wunder mehr verbunden als der Welt des Verstandes.

Einen Reiter mit Frau hatten sie nicht gesehen. Seit der letzten Regenzeit hatte sich kein Reisender hierher verirrt. Die Packpferde und der lahmende Hengst des Schahna wurden gegen frische Reittiere ausgetauscht. Man aß kalten Reis mit frisch gemolkener Milch.

Orlando hatte seine Stute abgesattelt, um sie trocken zu reiben. Dabei lehnte er seine Wolfsfalle gegen den Stamm eines Baumes. Karras nahm sie prüfend in die Hand und fragte: «Gehört diese Falle dir?»

«Warum fragst du?»

«Sie kommt mir bekannt vor.»

Orlando lachte: «Das ist gut möglich. Ich hatte sie verloren und fand sie in eurem Dorf wieder.»

«Du hast sie aus deiner Heimat mitgebracht?»

«So ist es.»

«Was fangt ihr Franken mit diesen Fallen?»

«Wölfe, bisweilen auch Bären.»

«Hier gibt es keine Wölfe und keine Bären.»

«Man kann auch anderes Wild damit fangen, Zibetkatzen und tollwütige Hunde.»

«Auch Menschen?»

«Auch Menschen.»

Am Nachmittag trafen sie Bauern, die am Weg von der Feldarbeit ausruhten. Eine junge Mutter gab ihrem Säugling die Brust. Als sie die Reiter erblickte, verschleierte sie ihr Gesicht, ohne den

Busen zu bedecken. Prall und milchweiß leuchtete er auf dem dunklen Stoff ihres Kleides.

«Wohin reitet ihr?» fragten die Bauern.

Der Schahna und seine Männer ritten schweigend an ihnen vorüber.

«Warum habt ihr ihre Frage nicht beantwortet?» wollte Orlando wissen.

Der Schahna erwiderte: «Ustur dahaba-ka wa dihaba-ka wamadhaba-ka, verbirg dein Gold, deinen Glauben und dein Reiseziel!»

Wenn der Weg über ebenes Gelände ging, schliefen sie im Reiten mit halbgeöffneten Augen, das Kinn auf der Brust. Einmal fiel ein junger Dailamese vom Pferd.

«Wo bin ich?» fragte er, als die Männer ihn fluchend zurück in den Sattel setzten.

Frühmorgens fanden sie die Reste eines Lagerfeuers mit noch leuchtender Glut. «Jetzt haben wir sie», sagte Karras, der neben dem Schahna an der Spitze ritt.

«Wir sollten jetzt zwei, drei Stunden schlafen», schlug der Schahna vor, «damit wir bei Kräften sind, wenn die Jagd ihren Höhepunkt erreicht. Noch heute werden wir sie fangen.»

Als Orlando erwachte, stand die Sonne fast senkrecht am Himmel. «Wir müssen uns beeilen», drängte der Schahna. «Unter uns liegen die Pässe der alten Reisstraße. Hier wird der Reis schon seit ewigen Zeiten von der Kaspischen Küste heraufgetragen. Der Weg ist nicht steil, aber windungsreich.»

Die Rast hatte Mensch und Tier gutgetan. Ausgeruht eilten sie zu Tale. Hinter einer spitzen Wegkehre stießen sie auf Reishändler in langen Filzgewändern mit aufgesetzten Kutten. Ihre mit Henna gefärbten Bärte waren kurz gestutzt. Sie trieben eine Schar von Maultieren vor sich her, alle schwer bepackt mit Reissäcken. Die Glöckchen, die sie am Gurtzeug trugen, klingelten heiter wie Musik durch das Tal.

«Allah sei mit euch», rief der Schahna. «Habt ihr einen Reiter mit einer Frau und zwei Packpferden getroffen?»

«Sie rasteten in dem Wacholderwäldchen bei Tschala», sagte der Älteste.

«Wie weit entfernt von hier?»

«Bergab zu Pferd drei Stunden.»

«Der Friede des Allmächtigen geleite euch!»

«Jetzt und immerdar.»

Sie erreichten das Dorf Tschala am frühen Nachmittag. Von den Fliehenden keine Spur. Verlassen wie ein Gräberfeld lagen die Hütten an der staubigen Straße. Sie klopften an alle Türen. Keine war verriegelt. Nirgendwo zeigte sich ein Mensch. «Aufsitzen!» fluchte der Schahna. «Wir müssen weiter.»

Je tiefer sie herabstiegen, um so mehr veränderte sich die Landschaft. Die Täler wurden grüner. «Dort unten liegt Bagh Dascht, der Garten der Wildnis», sagte Karras, der sich wie kein anderer in der Gegend auskannte und dieses Wissen so geschickt zu nutzen wußte, daß er allgemein als Stellvertreter des Schahna akzeptiert wurde. Überhaupt schien der Schahna an dem jungen Karras Gefallen zu finden. Während er alle anderen aus der Distanz eines Befehlshabers behandelte, legte er dem Jungen die Hand auf die Wangen, flüsterte, lachte mit ihm wie mit einem Vertrauten oder nahen Verwandten.

Als sie den Bagh Dascht erreichten, rief ein Kuckuck. Die Luft war erfüllt vom Aroma harzigen Holzes. Die Blüten eines silberblättrigen Sandschid-Baumes verströmten ihren süßen Duft. Wasser gluckerte über glatt gescheuerte Kiesel. Gierig schlürften die Pferde die kühle Frische.

Orlando kniete am Ufer nieder, um zu trinken, da sah er die Spur. Es waren die Abdrücke zweier Pferdehufe im weichen Sand des Baches, so frisch, als seien sie erst wenige Atemzüge alt. Und dann erblickten auch die anderen die Fährte. Der Schahna legte den Zeigefinger auf die Lippen. Sie fesselten den Pferden die Vorderbeine und eilten mit gezogenen Dolchen den Bach hinab. Sie brauchten nicht lange zu suchen. In einer Windung des Wasserlaufs unter einer Weide lagen ihre Pferde. Sie waren zu schwach, um sich auf den Beinen zu halten. Suhela kauerte neben ihrem Geliebten. Selbst im Schlaf sah man ihr noch an, welche Pein ihr der Gewaltritt bereitet hatte. Sie lagen dort wie Tote. Der Schahna holte mit der Peitsche aus und schlug sie dem Jungen mit aller Kraft ins Gesicht. Eine blutige Platzwunde quer über Nase und Lippen verwandelte das junge Gesicht zur monsterhaft verzerrten Fratze. Der Junge wollte aufspringen, da traf ihn der nächste Schlag. Der Schmerz warf ihn zu Boden. Er schrie wie ein Hase in den Fängen des Falken. Erst jetzt fuhr auch Suhela aus dem Schlaf. Fassungslos starrte sie auf die Männer, die ihr Lager umstanden. Wo bin ich? Was wollt ihr? Dann, die ganze schreckliche Wahrheit erfassend, wollte sie sich über ihren Geliebten werfen. Da schlug der Schahna zum drittenmal zu. Der Hieb traf sie zwischen Schulter und Hals.

«Bindet sie!» befahl er. Ohne sie eines weiteren Blickes zu würdigen, überließ er sie seinen Leuten. Oberhalb des Baches wucherte armdickes Bambusrohr. Baumhoch ragte es zum Himmel. Der Schahna zwängte sich suchend durch den Bambuswald. Mit dem Säbel schlug er eine Lichtung, zwei Schritt mal zwei Schritt. Dort hinein ließ er den Jungen bringen. Sie legten ihn auf den Boden, mit dem Gesicht zum Himmel. Mit ausgebreiteten Armen und Beinen wurde er an Bambuspflöcken festgeschnallt.

«Was hast du mit diesem Hundesohn vor?» fragte Karras.

«Wir werden ihm kein Haar krümmen», sagte der Schahna. «Das überlassen wir dem Bambus.»

«Dem Bambus?»

«So richten die Mongolen ihre Ehebrecher. Er liegt auf einem Bambussproß, einen Handteller breit und zwei Finger hoch. Weißt du, wie schnell Bambus wächst? Zwei Fuß in einer Nacht. Gut bewässert und unter der Wärme seines Leibes schießt er noch schneller.»

Orlando fragte ungläubig: «Du meinst, der Bambus...?»

«Der Bambus wird ihn durchbohren, unaufhaltsam und unendlich langsam. Er braucht die ganze Nacht.»

«Und das Mädchen? Was soll mit ihm geschehen?»

«Für ihr Verbrechen gibt es nur eine Strafe: die Steinigung, wie das Gesetz es befiehlt.»

Orlando stieg auf sein Pferd und ritt davon.

Erst als die Sonne hinter den Gipfeln versunken war, hielt er an. Kalt wehte der Wind von den Schneefeldern herab.

In der Ferne schrie eine Bergdohle. Oder war es ein Mensch? Orlando blieb die ganze Nacht dem Lager fern.

Als sie am anderen Morgen aufbrachen, ritten sie an einem kniehohen Steinhügel vorüber. Unter ihm lag der zerschlagene Körper einer Frau. Orlando hörte, wie ein Nizari zum anderen sagte: «Bei Allah, ein Sproß so dick wie ein Kinderkopf... im aufgeplatzten blutigen Fleisch. Es sah aus wie ein Weib, das gebiert.»

Später bei der ersten Rast auf der Rückreise fragte der Schahna: «Wo warst du bei der Steinigung, Adnan?»

Bevor Orlando antworten konnte, fuhr er fort: «Steht nicht geschrieben: Die Bestrafung der Ehebrecherin ist die Pflicht aller Gerechten.»

Orlando antwortete: «Der Prophet Jesus hat gesagt: Wer unter euch ohne Schuld ist, der werfe den ersten Stein!»

«Weißt du, was der Prophet Allahs über den ersten Stein gesagt hat? Der erste Wurf gebührt dem Vater, dem Bruder oder Gatten der Sünderin.»

«Das ist grausam.»

«Im Gegenteil, es ist gütig, denn der Mann, der ihr am nächsten steht, wird alles daransetzen, sie so zu treffen, daß sie nicht lange leiden muß.»

Orlando war sicher, daß der Mongolenschlächter sein Weib gut getroffen hatte.

Obwohl sie sich Zeit ließen, fiel ihnen der Rückweg besonders schwer. Lag es daran, daß sie fast ständig bergauf ritten, oder lag es daran, daß die Jagd vorüber war? Stumm hingen die Männer in den Steigbügeln. Sie kauten Betelnüsse, versunken in jener seltsamen meditativen Passivität, wie sie den Orientalen eigen ist.

Nach dem letzten Gebet des Tages aber, wenn die Pferde versorgt waren und das Feuer brannte, erwachten die Männer zum Leben. Dann hörte man sie lachen, schmatzen und schlürfen bei heißem Tee und fetttriefendem Fleisch. Orlando war immer wieder fasziniert von der sprachlichen Lebendigkeit dieser Halbwilden. Wie sorgfältig sie die Worte wählten, Kunstpausen einlegten, die Stimme hoben oder senkten, Hände und Gesicht einsetzten.

An einem dieser Abende kam die Rede auf Schlangen.

Ein Nizari, der einen Otternbiß überlebt hatte, schilderte mit hervorquellenden Augen und heraushängender Zunge die Atemnot, die Todesangst, wenn die Glieder immer mehr absterben.

«Hat einer von euch den Fuß von Husain gesehen?» fragte ein Nizari, der als Wächter beim Großen Tor arbeitete. «Sein Knöchel war blutig von Schlangenbissen. Elf Einstiche! Bis auf den Knochen! Ich habe sie mit meinen eigenen Augen gesehen.»

«Allah war weise, als er der Schlange die Füße verweigerte.»

«Bist du sicher, daß es Schlangenbisse waren?» fragte ein anderer.

«Was sollte es sonst sein?»

«Ein Ifrit, ein Dämon der Hölle. Die Berge sind voller Greuel. So manch einer ist dort oben für immer verschollen.»

«Was glaubst du, was es war?» wandte er sich an Karras. «Husain war dein Bruder. Wer hat ihn getötet?»

«Ich weiß es nicht», sagte der. «Vielleicht war es ein Mensch.»

«Ein Mensch?»

«Husains letzte Worte waren: der Mann ohne Pferd.»

«Der Mann ohne Pferd? Wer könnte das sein? Der Moloch vom Takht-i-Suleiman, vom Thron Salomos?»

Karras saß am Feuer. Die Hand verdeckte Stirn und Augen, so als dächte er angestrengt nach. Das Bild täuschte. Orlando spürte, daß er beobachtet wurde. Er versuchte seine Gedanken zu ordnen. Husain und Karras waren Brüder. Ob Karras wußte, daß Husain ihm das Pferd genommen hatte, um ihn in eine Falle zu locken? Die Falle! Ja, natürlich: Die Falle! Mein Gott, warum war er nicht früher darauf gekommen? Warum hatte er sich nicht gefragt, wie seine Wolfsfalle an die Hüttenwand der beiden Brüder gelangt war? Er hatte sie beim Kampf gegen die beiden Dailamesen verloren. Als man ihre Leichen fand, steckte der eine noch in der Falle. Die Toten werden gewiß von ihren Familienangehörigen bestattet worden sein.

AM ABEND ERREICHTEN sie das Dorf Hagat, in dem Karras zu Hause war. Sie wurden wie Helden empfangen, die von einem siegreichen Feldzug zurückkehrten. Karras berichtete ausführlich und immer wieder von der erfolgreichen Menschenjagd. Er genoß es, im Mittelpunkt des Abends zu stehen. Der Schahna ließ ihn gewähren. Er mochte den Jungen und behandelte ihn wie seinen eigenen Sohn.

Spät in der Nacht, als die meisten schon schliefen, erfuhr Orlando von dem Dorfältesten, daß Karras noch zwei Brüder hatte, tüchtige Burschen, die vom Reistransport lebten. Ihr Vater sei erst im letzten Jahr gemeinsam mit ihrem Oheim erschlagen worden. Ihre Leichen hätten im flachen Wasser des Shah-rud gelegen. Ihr Mord sei nie gesühnt worden.

Orlando hatte genug erfahren.

«Du solltest heute nacht nicht draußen schlafen», riet der Dorfälteste. «Der Wind hat nach West gedreht. Es wird regnen. Komm mit in meine Hütte. Ich kann dir nicht viel Bequemlichkeit bieten, aber es ist trocken und warm.»

Nach allem, was er in Erfahrung gebracht hatte, nahm Orlando die Einladung gern an. Im Haus war er sicherer als unter freiem Himmel. Er ging zu seinem Pferd, um sich die Schlafdecke zu holen, da prasselten bereits die ersten Regentropfen auf die trockenen Strohdächer. Orlando brachte die zusammengerollte Decke ins Trockene und lief noch einmal hinaus, um sein Pferd unter einem größeren Baum anzubinden, der mehr Schutz vor dem Wetter bot. Er überlegte noch, ob er die Falle mitnehmen sollte, da hörte er den Schrei. Es war ein kurzer Überraschungsschrei, der aus dem Haus des Dorfältesten kam.

Orlando griff nach dem Wolfseisen und rannte, so schnell ihn seine Beine trugen. In der Mitte der einräumigen Hütte stand der Alte. Die Glut des Feuers beleuchtete sein faltiges Gesicht, angstverzerrt und von Entsetzen gezeichnet.

«Eine Schlange», stammelte er, «eine Schlange. Sie hat mich gebissen.» Er hielt Orlando die ausgestreckte Rechte entgegen. Zu seinen Füßen lag ausgerollt Orlandos Decke. Darauf wand sich blaß grünlich der Leib einer kaum fingerdicken Schlange. Orlando schlug nur einmal zu. Die Falle zerquetschte ihr den Kopf. Der enthauptete Leib wand sich ruckartig und wild wie Peitschenleder.

Orlando ergriff die Hand des Alten. Deutlich war die Bißwunde zu erkennen. Orlando stach mit dem Dolch in die Wunde, saugte sie aus und spuckte das vergiftete Blut ins Feuer.

«Wie konnte das geschehen?»

«Sie war in deiner Schlafdecke», stöhnte der Alte. «Ich habe die Gurte geöffnet, um dir das Nachtlager zu bereiten, da hat sie mich erwischt.»

«Du meinst, die Schlange war in meiner Decke?»

«Ja, mittendrin, fest eingewickelt.»

«Wie ist das möglich?»

«Ich weiß es nicht.»

«Soll ich die anderen wecken? Kann ich irgend etwas für dich tun? Ich kenne mich mit Schlangenbissen nicht aus.»

«Gib mir die Ziegenmilch, die dort hinten im Tonkrug. Milch entgiftet. Mehr kannst du nicht für mich tun. Leg Holz ins Feuer. Ich friere. Das Fieber wird nach meinem Herzen greifen. Es ist alt, aber stark. Allah wird mir helfen.»

Er half ihm nicht.

Als das Tageslicht durch die regennassen Fensterluken quoll, war der Alte tot, erstickt. Das Gift hatte seine Lungen gelähmt. Orlando würde sein Röcheln nie vergessen.

Er starb für mich, dachte er. Der Anschlag hat mir gegolten.

Die Nachricht vom Tod des Dorfältesten rief alle Bewohner von Hagat herbei: «Eine Giftschlange, im Haus? Das ist doch nicht möglich. Schlangen sind sehr scheu.»

Karras betrachtete die tote Schlange: «Eine Baumviper, absolut tödlich, aber sehr selten. Unbegreiflich, wie sie in deine Decke gelangen konnte.»

«Ja», sagte Orlando. Er hatte keinem erzählt, daß die Viper in seiner Decke gesteckt hätte.

Der Mörder hatte sich verraten.

Orlando wurde noch am Tag der Rückkehr zum Quaim gerufen, um Bericht zu erstatten. Der Alte vom Berg hörte ihn schweigend an. Am Ende fragte er ungläubig: «Der Schahna hat ein Bambusrohr durch den Körper des Jungen wachsen lassen?»

«So ist es geschehen.»

«Und wie war das mit der Schlange in Hagat? Die Baumviper hat in deiner Schlafdecke gesteckt?»

«Ja, Herr.»

«In der Nacht davor habt ihr in Schutur Khan kampiert, einem Bergnest, in dem es nicht einmal Bäume gibt, geschweige denn Baumschlangen. Wie legst du deine Decke zusammen?»

«Ich falte sie in der Mitte, rolle sie auf und binde sie hinter dem Sattel aufs Pferd.»

«Dann müßte die Schlange am Pferdebein hochgeklettert sein, um in die Decke zu gelangen. Pferde haben panische Angst vor

Schlangen. Wer trachtet dir nach dem Leben? Hast du einen Verdacht?»

Der Quaim bemerkte Orlandos Zögern. Er sagte: «Ich mag es nicht, wenn man Geheimnisse vor mir hat.»

Da erzählte Orlando dem Quaim alles, was sich ereignet hatte.

«Du hast recht gehandelt», sagte der Quaim. «Es war Notwehr. Wärst du ihm nicht zuvorgekommen, so hätte Husain dich getötet. Diesen Menschen bedeutet Blutrache mehr als ihr Leben.»

«Warum fürchten sie dann den offenen Kampf? Warum legen sie sich heimtückisch auf die Lauer?»

«Es ist ihnen bei Todesstrafe verboten, Blutrache an einem von uns zu nehmen. Dein Tod mußte wie ein Unfall aussehen. Du hast Glück gehabt. Das nächstemal kommst du gleich zu mir. Und laß die Finger von Karras. Das erledige ich.»

Noch in der Nacht wurde der Schahna in den Tadsch al-Alam gerufen. Er erwartete Lob. Um so erschrockener war er, als der Quaim ihn anfuhr: «Ist es wahr, was man mir berichtet hat: Du hast ein Bambusrohr durch den Bauch des Jungen wachsen lassen?»

«So richten die Mongolen ihre Ehebrecher.»

«Bist du ein Mongole?»

Und als der Schahna schwieg, fuhr er fort: «Schwerverbrecher müssen bestraft werden, Männer mit dem Schwert, Weiber durch Steinigung. So will es die Sharia. Wer aber einen zum Tode Verurteilten quält, beweist, daß er nicht die Reife hat, über andere zu richten. Raubtiere und Heiden handeln so. Die Römer haben ihre Todeskandidaten gekreuzigt oder an die Löwen verfüttert. Die Christen verbrennen und vierteilen, die Byzantiner blenden, und die Mongolen, die machen es so wie der Schahna von Alamut.»

Die Stimme des Alten war schneidend scharf, ohne laut zu werden. Der Schahna spürte die tödliche Gefahr wie eine Dolchspitze auf der Haut. Esel schreien. Der Adler schlägt schweigend zu.

«Man hat mir berichtet, du bist dem Karras von Hagat freundschaftlich zugetan?»

«Er ist mir so lieb wie ein Sohn. Da ich, wie du weißt, keine leiblichen Nachkommen habe, trage ich mich mit der Absicht, ihn zu adoptieren.»

«Du wirst ihn töten», sagte der Quaim, «noch bevor sich der Mond erneuert. Das ist ein Befehl.»

RLANDO HATTE SICH schon oft gefragt, was der Alte in der Einsamkeit seines Turmes den ganzen Tag machte. Es hieß, er brauche nur wenig Schlaf und noch weniger Nahrung. Wie ein Bär im Winter würde er seinen Bau nur selten verlassen.

Als Orlando an jenem Abend zu ihm gerufen wurde, fand er ihn in einem der unteren Turmzimmer, das er bisher nie betreten hatte. Der Alte saß an der Breitseite eines langen Tisches, der mit Schriftstücken übersät war. Briefrollen bedeckten den Boden.

«Schau dir das an», sagte er, «so verbringe ich meine Tage und Nächte: Briefe, Botschaften, Befehle, Zahlungsanweisungen. Ein weltweites Netz, dessen Fäden durch meine Finger laufen. Ein gewaltiger Teppich, an dem ich ein ganzes Leben lang gewirkt habe. Es gibt nicht vieles auf der Erde, von dem ich nicht erfahre und das ich nicht zu beeinflussen vermag, wenn es unseren Interessen dient.

Du hast Einblick in unsere Geheimlehre erhalten. Dir sind die höheren Weihen zuteil geworden. Es wird Zeit, daß du dich mit den Zielen unserer Politik vertraut machst. Erst sie geben unserer Existenz Sinn. Denn anders als bei den Christen, die weltliche und kirchliche Macht für entgegengesetzte Pole halten, sind im

Islam beide eine Einheit. Der Kalif ist Kaiser und Papst in einer Person. Den Satz des Propheten Jesus ‹Gebt Gott, was Gottes und dem Kaiser, was des Kaisers ist› hätte kein Rechtgläubiger verstanden. Islam ist Politik, oder er ist gar nichts!

Mohammed war nicht nur Prophet. Er war Politiker, Feldherr, Gesetzgeber. Im Gegensatz zu den ersten Christen, die sich wie die Ratten in Katakomben verkriechen mußten, war der Islam von Anfang an eine Partei der Sieger. In nur wenigen Jahrzehnten eroberten die Generäle Mohammeds ein Weltreich, größer als Rom zur Zeit seiner größten Ausdehnung.

Warum ich dir das erzähle?

Mohammed hielt das Schwert für ein rechtmäßiges Mittel der Bekehrung. Was für ihn das Schwert, ist für uns der Dolch. Wichtig ist nicht der Weg, sondern das Ziel, das Ergebnis am Ende der Rechnung. Wenn dich das erschreckt, so laß dir sagen: Das ist bei den Templern nicht anders. Auch im Orden der Mönchsritter liegen spirituelle und weltliche Macht in einer Hand. Ihr Großmeister ist Oberpriester, General, Gesetzgeber und Großbankier in einer Person. Darin steht er dem Islam näher als dem Christentum. Ich sehe Zweifel in deinen Augen?»

«Der Orden der Tempelherren wurde als Schutzschild gegen den Islam gegründet. Seine Aufgabe war es, das Heilige Land von den Ungläubigen zu befreien.»

«War er das wirklich?»

«Aber ja, gewiß doch. Ich kenne die Geschichte des Ordens.»

«Die offizielle», sagte der Quaim.

«Gibt es eine andere?»

«Jedes Ding hat zwei Seiten.»

Orlando sagte: «Neun Ritter gründeten im Jahre 1119 den Orden im Tempel Salomos zu Jerusalem. Ihr Gelübde verpflichtete sie, die Pilgerrouten und die heiligen Stätten zu schützen.»

«Ich weiß», sagte der Alte. «Zehn Jahre lang waren sie nie mehr als neun. Während dieser zehn Jahre nahmen sie an keinem Gefecht teil. Dabei gab es Kämpfe genug. Warum? Ich will es dir verraten: Die neun waren nicht am Schutz der Kreuzfahrer interessiert. Sie waren gekommen, um den Grundstein für ihr eigenes Imperium zu legen.»

«Warum gerade in Jerusalem?» fragte Orlando ungläubig.

«Alles beginnt und alles endet zur rechten Zeit und am rechten Ort. Unser religiöses Empfinden ist tief im Symbolischen verwurzelt. Jerusalem ist die Heilige Stadt der Juden, Christen und Moslems. Hier haben Salomo, Abraham und Jesus gewirkt. Jerusalem ist aber weit mehr. Hier stoßen die drei Erdteile aneinander: Afrika, Asien und Europa. Hier befindet sich der Mittelpunkt der Welt. Der Mittelpunkt dieses Mittelpunktes aber ist der Tempel Salomo.

Welch ein Machtanspruch, sich nach diesem Ort zu benennen! Mächtig wollten sie werden. Und bei Allah, sie wurden es! Keiner ist so reich wie sie, nicht einmal der König von Frankreich. Ihr Besitz verdoppelte sich von Jahr zu Jahr, im Orient durch reiche Beute, im Abendland durch fromme Schenkungen. Um ein Haar hätte der König von Aragon sein ganzes Königreich den Tempelherren vermacht, wenn nicht Adel und Geistlichkeit ihn daran gehindert hätten. Aragon wäre das erste ganze Land gewesen, das die Templer allein regiert hätten. Welch ungeheure Vorstellung!!! Im Buch der Geschichte wäre eine neue Seite aufgeschlagen worden.

Welch eine Macht hat sich dort zusammengeballt!

Kein weltlicher Fürst hat Befehlsgewalt über sie.

Sie selber aber sitzen an allen Schalthebeln der Macht, wirken als Diplomaten, Finanziers und Berater auf höchster Ebene. In England hat der Meister des Tempels einen Sitz im Parlament. Er gilt als Oberhaupt aller kirchlichen Orden. Bei der Unterzeichnung der Magna Charta stand er an der Seite des Königs.»

«Ihr seid gut unterrichtet.»

Der Alte vom Berge erwiderte: «Wissen ist Macht. Keiner hat das so klar erkannt wie die Templer. Sie verfügen über die fortschrittlichsten Techniken des Abendlandes. In eigenen Häfen und Werften bauen sie Schiffe, die mit Magnetkompassen ausgerüstet sind. Es heißt, sie erreichten weit im Westen Küsten, die noch niemand vor ihnen betreten hat. Ihre Landkarten und ihre Vermessungskunde sind beispiellos. Im Straßen- und Brückenbau, vor allem jedoch im Dombau vollbringen sie wahre Wunderwerke.

All diese Kenntnisse verdanken sie ihren guten Beziehungen zum Osten. Sie rechnen mit arabischen Zahlen, verwenden indisches und chinesisches Wissen. Auch hierin sind sie dem Islam enger verbunden als ihrer eigenen Religion, die alles fremde Wissen für Teufelswerk hält, während Mohammed gelehrt hat: Öffnet euch allem Wissenswerten, und stamme es auch von den Lippen der Ungläubigen und Heiden.

Während sich der Deutsche Ritterorden einen Ordensstaat errichtet, der von Pommern bis zum Finnischen Meerbusen reicht, bauen sich diese Tempelherren ihr Imperium mitten im Herzen des Abend- und des Morgenlandes auf. Ihre wirksamste Waffe ist das Geld.

Früher bestanden die Heere aus Lehnsabhängigen und Leibeigenen. Heute müssen Soldaten besoldet werden. Selbst die Kreuzzüge sind riesige kapitalabhängige Geschäfte. Venedig und Genua haben sich die Schiffspassagen für jeden einzelnen Kreuzfahrer hoch bezahlen lassen. Auch die Bauhandwerker in den Städten arbeiten nicht mehr für Gotteslohn.

Wir leben in einer Zeit, die mehr und mehr auf Kapital angewiesen ist. Es gibt keine andere so straff organisierte und so hochprivilegierte Macht, die auch nur annähernd über so viel Geld verfügt wie der Orden der Templer. Immer mehr Handelsherren kaufen und verkaufen ihre Waren bargeldlos über die Ordenshäuser der Templer. Der Britannier, der einen größeren Betrag auf Zypern anlegen will, geht nicht mehr das Risiko ein, sich mit Räubern herumschlagen zu müssen. Er zahlt sein Geld in der Templerei von Birmingham ein und erhält mit Hilfe einer besiegelten Quittung den Betrag von den Templern in Nicosia wieder ausgehändigt, gegen Bezahlung versteht sich.

Für die Fracht aber unterhalten sie das beste und dichteste Straßensystem auf Erden mit Ordenshäusern im Abstand einer Tagesreise, wo Waren, Mensch und Tier in bester Obhut sind. Natürlich hat auch das seinen Preis, aber wer würde den nicht gern bezahlen.

Sie werden täglich reicher, während Kaiser und Papst, die beiden Säulen, auf denen die Ordnung des Reiches ruht, immer mehr verarmen, immer höhere Schulden auf sich laden. Die letzte Kaiserwahl haben sich die Kurfürsten mit einem mehrstelligen Millionenbetrag honorieren lassen. Er wurde mit Templerkapital finanziert.

Weißt du, was das heißt? Sie sind dabei, die Macht an sich zu reißen. Sie haben die alte Ordnung aus den Angeln gehoben, und niemand scheint es zu bemerken.

Warum erzähle ich dir das alles?

Ich will dir klarmachen, wie wichtig mir der Kontakt zu den Templern ist. Ihnen gehört der neue Tag. Merke dir: Die Morgendämmerung kommt nicht zweimal zu einem Mann.»

Orlando erwiderte: «Die Templer sind mächtig, wie Ihr sagt. Habt Ihr nicht Angst, von ihnen geschluckt zu werden?»

«Rom hat Griechenland militärisch besiegt, aber es unterlag der höheren Kultur der Hellenen. Am Ende lebten die Römer wie die Griechen. Sie übernahmen deren Götter, Baustile und Sitten, kleideten sich wie sie und ließen ihre Kinder von griechischen Lehrern erziehen. Der Sieger unterwarf sich dem Besiegten. Den Templern wird es nicht anders ergehen. Schon jetzt beruht ihre Überlegenheit gegenüber dem übrigen Abendland vor allem auf ihrer Anpassung an uns. Sie tragen unsere Stoffe, veredeln ihre Nahrung mit unseren Gewürzen, sie rechnen mit arabischen Zahlen, studieren unsere Medizin, Chemie, Astronomie, kopieren uns auf allen Gebieten. Einer, der mich kopiert, denkt in meine Richtung. Er hat sich mir unterworfen.»

E MEHR SICH ORLANDO an Chizuran verlor, um so seltener sprach Adrian zu ihm. Wurde er von Chizuran verdrängt? Oder lag es daran, daß Orlando sich immer mehr mit Adrian identifizierte?

«Für Chizuran sind wir ein und derselbe», sagte Adrians Stimme.

«Du meinst, sie ahnt nicht, daß ich dein Zwilling bin?» fragte Orlando. «Das kannst du doch nicht allen Ernstes glauben?»

«Selbst wenn sie Zweifel hätte», erwiderte Adrian, «sie würde sie verdrängen, so wie jemand, der an Gott glauben will. Für alles gibt es eine Erklärung, auch für unsere Verschiedenartigkeit in manchen Dingen. Zwischen meiner und deiner Anwesenheit auf Alamut liegen viele Monde. Verändert die Zeit uns nicht alle? Ist Chizuran noch die gleiche, die sie vor einem Jahr war? Warum sollte der Mensch, den sie liebt, nicht auch einem Wandel unterliegen? Nein, glaub mir, für Chizuran sind wir nur einer. Übrigens, bist du dir wirklich ganz sicher, daß wir zwei sind?» lachte Adrian.

«Wäre ich sonst hier?»

«Du bist nicht hier, weil wir verschieden, sondern weil wir identisch sind.»

Bisweilen quälte Orlando die Frage, ob Adrian wirklich zu ihm sprach oder ob er Selbstgespräche führte. Aber was machte das für einen Unterschied? Waren seine Gedanken nicht auch die seines Bruders? Ist nicht auch jedes Gebet ein Selbstgespräch? Spricht Gott zu uns oder unser Gewissen?

«Der Mensch lebt auf verschiedenen Ebenen», sagte Adrian, «einmal auf dem Boden des Bewußtseins, das wir wachend für wirklich halten. Warum eigentlich? In Wahrheit ist der Schlaf der Normalzustand unserer Existenz. Wir sind keine wachen Wesen, die im Schlaf erholungssuchend untertauchen. Wir sind ein Teil der schlummernden vegetativen Urnatur und tauchen nur stundenweise auf in das grelle Licht des Bewußtseins.»

«Du meinst, das Wachsein ist der Ausnahmezustand? Der Schlaf ist unsere wahre Natur?»

«So ist es. Unsere Atmung, Herzschlag und Verdauung, das alles geschieht ohne unseren wachen Verstand. Haare und Fingernägel, ja der ganze Mensch wächst unabhängig von unserem Willen. Ganze Lebensabschnitte entziehen sich unserem Denken. Wer vermag sich an sein Dasein als Ungeborener oder als Kleinkind zu erinnern? Und dennoch werden wir gerade in dieser unbewußten Phase unserer Existenz zu dem, was wir wirklich sind.»

Löste sich Orlando aus jenem Dämmerzustand zwischen Schlummer und Wachsein, in dem diese Gespräche geführt wurden, so glaubte er sicher zu wissen, daß Adrian zu ihm gesprochen hatte. Auf solche Gedanken wäre er selbst nie gekommen. Von diesen Dingen verstand er nichts. Aber was wußte er von der Chemie seiner Körpersäfte, von der Funktion seiner Sehnen und Muskeln? Und dennoch vermochte er seine Arme so exakt zu bewegen, daß ein Steinwurf sein Ziel nicht verfehlte.

«Wir beherrschen Dinge, von denen wir nichts verstehen», sagte Adrian, und Orlando gab ihm recht.

Am darauffolgenden Freitag wurde in der Moschee von Alamut verkündet: Fedawi Zaid ben Ardum hat seinen Auftrag erfolgreich ausgeführt. Das ewige Leben ist ihm gewiß. Von Hazim erfuhr Orlando, daß Zaid dem Ägypter al-Mansur im Hof der Koranschule aufgelauert hatte. Als Wasserverkäufer hatte er ihm eine Erfrischung angeboten. Als Mansur nach dem Becher griff, rannte ihm Zaid den im Ärmel verborgenen Dolch in den Leib. Zaid wurde auf der Stelle erschlagen. Sein Kopf steckte drei Tage und drei Nächte auf einer Lanze am großen Tor der weißen Eunuchen. Al-Mansur rang noch eine ganze Woche lang mit dem Tod. Dann verbrannte ihn das Fieber.

«Warum mußte er sterben?» fragte Orlando, und als Hazim schwieg, fügte er hinzu: «Was hat er uns angetan?»

«Die Antwort darauf kennt nur der Quaim. Aber warum glaubst du, daß dieser al-Mansur uns etwas angetan hat?»

«Hätten wir ihn sonst hingerichtet?»

«Es gibt viele Gründe, einen Mann aus dem Verkehr zu ziehen. Spielst du Schach? Nun, dann weißt du, daß man bisweilen Figuren opfern muß, um den großen letzten Zug vorzubereiten, der den Gegner in die Knie zwingt.»

«Aber wo liegt in diesem Fall der Sinn?»

«Al-Mansur ist – oder richtiger war – der einzige Bruder des Sultans. Er besaß dessen Vertrauen. Hätte er ihn sonst zum Oberbefehlshaber seiner Truppen ernannt? Weißt du, wie das Volk von Alexandria diesen Sultan nennt? Sie nennen ihn ‹den Zweifler›. Er ist ein mürrischer Mann, ein Menschenverächter, ein Feind aller rechtgläubigen Nizaris. Den Quaim hat er einen Hund genannt, der den Christen die Füße leckt. Sein Mißtrauen gegen alles und jeden ist grenzenlos, und es wird nach der Hinrichtung seines Bruders noch größer werden. Schon jetzt rührt er keine Speise an, die nicht vier Stunden vor Verzehr von einem Vorkoster probiert worden ist. Er verbringt jede Nacht in einem anderen Raum seines schwer bewachten Palastes. Der Tod al-Mansurs wird ihm den Rest geben. Ich bin sicher, er wird noch vor Ramadan seine Unterhändler nach Alamut schicken, um mit dem Alten einen Geheimvertrag auszuhandeln.»

«Warum haben wir nicht ihn liquidiert?»

«Was hätte das bewirkt? Ein anderer, vermutlich für uns noch unberechenbarer, hätte seinen Platz eingenommen. Es war eine Demonstration, daß sich niemand unserer Macht zu entziehen vermag, nicht einmal der oberste Befehlshaber einer Armee von vielen tausend Bewaffneten.

Die Gesetze des Terrors sind unerbittlich wie die Gesetze der Wüste. Was gilt hier ein Menschenleben? Es geht um alles oder nichts. Nur der Starke überlebt.»

AJIDA LIEF MIT ORLANDO durch den Kräutergarten hinter ihrem Haus. Sie reichte ihm einen Zweig. Orlando roch daran. Ein fremdartiger Duft stieg ihm in die Nase.

«Was ist das? Es riecht gut.»

«Was empfindest du?»

«Wie meinst du...?»

«Gerüche erzeugen Empfindungen. Baumstämme, Gräser, Steine – sie alle verströmen Eindrücke. Der Jasmin gehört zur Sommernacht wie der Kamelschweiß zum Beduinenzelt. Der Geruch der Erde gehört zum Regen wie das Rosenöl zur Geliebten oder der Hauch der Verwesung zum Tod. Auch bei den Düften liegen Liebe und Tod dicht beieinander. Ist dir nie aufgefallen, daß gewisse Leichengifte wie Rosen, Hyazinthe, Jasmin und Moschus riechen, alles Duftstoffe, die vornehmlich in Parfüms verwendet werden? Nicht anders verhält es sich mit den Heilkräutern. Auch hier erfolgt der Übergang zu den Giften übergangslos. Tod und Leben sind nur eine Frage der Dosierung. Schau hier, das leichenblaue Bilsenkraut gehört zum großen Heilkräutergarten der Schöpfung wie der Anis, den du in der Hand hältst.»

«Wozu ist er gut?» fragte Orlando.

«Als Tee vermehrt er die Samenflüssigkeit des Mannes. Anissamen mit Honig als Einreibung auf das erste Fleisch Adams bewirkt beim Eindringen besondere Wonne für die Partnerin.»

«Hast du das mal ausprobiert?» fragte Orlando. Es klang skeptisch.

«Ich prüfe alle Medikamente an mir selbst, bevor ich sie verschreibe.»

«Kennst du noch mehr solcher Anregungsmittel?»

«Hast du Probleme?» lachte Sajida.

«Nein, aber...»

«Schon gut. Wir Orientalen kennen viele Aphrodisiaka. Ihre Anwendung gehört zum Liebesspiel. Besonders beliebt ist die

Rinde des Walnußbaums. Du findest sie auf allen arabischen Märkten. Die erfahrene Geliebte spült ihre Jadegrotte mit einem Aufguß aus Walnuß-Rindenextrakt, der die Scheidenmuskulatur zusammenzieht. Alle Araber glauben, eine enge Vagina sei die Voraussetzung für höchstes Lustempfinden, auch für die Frau. Aischah, die Lieblingsfrau des Propheten, soll die Kunst der Kräuter und Säfte beherrscht haben wie nur wenige Weiber.»

Sie liefen eine Weile schweigend nebeneinander her.

Orlando fragte: «Was weißt du über meine Aischah?»

«Sie ist erst seit ein paar Monden bei uns. Ein Gastgeschenk für den Quaim vom Bukiden Hamasa.»

«Wie alt mag sie sein?»

«Vierzehn.»

«Mein Gott, sie ist ja noch ein Kind.»

«Weißt du, wie alt die Lieblingsfrau des Propheten war, als er sie zur Frau genommen hat? Sie war neun. Mohammed war über Fünfzig, als er um ihre Hand anhielt. Abu Bakr, ihr Vater, wies den Antrag mit den Worten ab: Sie ist doch noch ein Kind. Erst nach langem Zögern willigte er ein. Sie hatte – so wird berichtet – mit anderen Kindern im Sand gespielt, als man sie rief, um sie zu waschen. Völlig unvorbereitet auf das große Ereignis wurde sie in das Haus des Propheten gebracht, der sie auf dem Brautbett erwartete, sie auf seine Knie setzte und die Ehe vollzog.

Auch Chizurans Mädchen ist eine noch undurchbohrte Perle.»

«Undurchbohrte Perle?»

«Eine typisch männliche Bezeichnung für ein jungfräuliches Mädchen. Sie ist die einzige im Garten, deren Lippen unversiegelt sind.»

«Du meinst, sie kann sprechen?»

«Mit wem sollte sie unter all den Stummen reden?»

«Mit mir...»

«Und mit der Ihwan as-safa.»

Es klang wie eine Warnung.

Orlando fragte Aischah: «Du kannst sprechen?»

Sie schwieg und blickte ängstlich zu ihrer Herrin.

Orlando wandte sich an Chizuran: «Ich will, daß sie mit mir spricht.»

Chizuran ergriff ihn bei den Händen und zog ihn ins Bad. Neben dem Wasserstrahl, der plätschernd ins Becken fiel, glitt sie zu Boden. Orlando legte sich zu ihr. Sie winkte Aischah herbei. Gemeinsam massierten sie seine Schultern, neigten sich über ihn.

«Wir werden beobachtet», flüsterte eine Mädchenstimme dicht neben seinem Ohr. «Wir müssen vorsichtig sein. Ich darf nicht sprechen. Was willst du wissen?»

«Kannst du dich mit Chizuran verständigen?»

«Ja.»

«Wie?»

«Durch Hautkontakt, eine Art Zeichensprache.»

Chizuran legte ihre Fingerspitzen an Aischahs Wange. Es war eine liebevolle Geste. Sie glitten streichelnd den Hals hinab, klopften, trommelten, zuckten unendlich zärtlich. Sie erinnerten Orlando an die Art, wie Insekten sich begrüßen, Ameisen oder Immen.

Orlando erfuhr, daß auch die anderen im Garten diese Sprache beherrschten. «Da die Frauen den größten Teil des Tages damit verbringen, sich gegenseitig zu salben und zu massieren, haben sie reichlich Gelegenheit dazu, ohne daß es ihren Bewachern auffällt.»

Während Aischah mit Orlando flüsterte, beobachtete Chizuran ihn mit fragendem Blick. Ihre Fingerspitzen glitten über Aischahs Haut: «Was ist mit dir geschehen?» fragte sie mit Aischahs Stimme.

«Mit mir geschehen...?»

«Warum verstehst du nicht mehr?»

«Wie meinst du das?»

«Kann ein Mensch so vergeßlich sein?»

Der Eunuch erschien in der Tür. «Herr, Ihr habt gerufen?»
«Nein.»
«Mir war so, als hätte ich Eure Stimme gehört.»
Hatte er Verdacht geschöpft? In dieser Nacht unterblieben
weitere Gespräche.

«Kann ein Mensch so vergeßlich sein?» Die Worte gingen
Orlando nicht mehr aus dem Sinn. Später, als Chizuran ihn
massierte, wußte er, was sie gemeint hatte. Ihre Finger trommelten Nachrichten in seine Haut, die er nicht verstand, die
aber Adrian verstanden hatte. Endlich begriff er Adrians Ge-
heimschrift: Finger vermögen zu sprechen. Haut vermag zu
hören.

Es war Sommer und Vollmond. Der Himmel war so klar, wie
man ihn nur über dem Hochgebirge antrifft. Orlando verbrachte jede Nacht im Garten.

Sie hatten das Boot am Steg losgemacht. Nun trieben sie
außer Hörweite vor dem schilfigen Ufer.

Chizuran klopfte ihrem Mädchen eine Botschaft auf die
Haut, die diese zu erschrecken schien. Sie schüttelte ihren schönen Kopf. Chizuran wiederholte die Botschaft, fordernd wie
einen Befehl. Ihre Miene verfinsterte sich. Aischah errötete.
Ihre Verlegenheit ließ sie noch kindlicher erscheinen.

«Sie sagt...»

«Was sagt sie?» fragte Orlando.

«Du sollst... sie will, daß du...»

«Was will sie? Sag es wörtlich, so wie sie es dir aufträgt!»

Chizuran streichelte ihren Hals. Aischah übersetzte:

«Schau sie dir an. Wie schön sie ist. Sie ist eine kostbare
Perle, die gelocht werden will, und ich möchte, daß du es
machst. Der Quaim hat sie mir anvertraut. Sie hat ein Recht
darauf, geliebt zu werden. Bitte tue es! Mir zuliebe, nein, ihr
zuliebe, noch heute nacht.»

Ihr blasser Leib vor dem schwarzen Holz des Bootes.

340

Sie hielten Aischah in ihren Armen. Wer küßte wen? Sie zitterte. Welch eine Perle! Mond umschmeichelt, überquellend vor Leben, durchtränkt von sinnlichem Verlangen. «Ja, Wind und Wellen spielen. Wir sind glücklich mit dir, Adnan.» Aischah sprach für beide. «Mein Herz singt vor Sehnsucht nach Liebe. Hörst du es?»

Ungeheure Erregung ergriff sie, vulkanischer Lebenshunger, anschwellende Ekstase. «Komm, laß uns noch einmal deine Zeltstange aufstellen!»

Der Mond im Wasser, klatschender Wellenschlag, Wahnsinn, der Schrei von unzähligen Zikaden.

Wie kann ein Geschöpf ohne Liebe leben!

Waren es die Drogen oder die Liebeskünste der Frauen – Orlando begann dem Garten mehr und mehr zu verfallen. Er war in eine Abhängigkeit geraten, die alle anderen Bedürfnisse verdrängte. Eine Nacht außerhalb des Gartens schien ihm vertan.

Jede Faser seines Leibes zog ihn dorthin.

Immer seltener sprach Adrian zu ihm.

Sein Schlaf war bodenlos tief und ohne Bilder, leblos wie der Tod. Wenn er im ersten Tageslicht heimkehrte, hing die Müdigkeit wie Blei an seinen Gliedern.

An einem jener Morgen – der Nebel lag wie Watte auf dem Wasser – hatte Orlando eine erschreckende Halluzination. Er kniete auf dem Landesteg, um das Ruderboot loszumachen, da glitt greifbar nahe, in Augenhöhe mit ihm, das Gesicht des Mongolenfressers vorüber. Die zusammengekniffenen Schlitzaugen, eingebettet in gelber faltiger Haut, fixierten ihn höhnisch, bedrohlich. Der Mund unter dem herabhängenden Schnurrbart war zu einem Grinsen verzogen. Das alles währte nur einen Herzschlag lang, dann war der Spuk verflogen, vom Nebel verschluckt.

Als Orlando Sajida davon erzählte, sagte sie: «Geh nicht zu

oft dorthin! Drogenabhängigkeit ist eine schlimme Sache. Mit Traumgespinsten fängt es an.»

Nur wenige Tage nach dem vorangegangenen Gespräch sagte Sajida: «Ich habe etwas in Erfahrung gebracht, das du wissen solltest. Dein Gesicht war kein Hirngespinst. Du bist dem Schahna leibhaftig begegnet. Ihm gehört wie dir eine Frau im Garten, die er bei Nacht besucht.»

«Der Teufel im Paradies», sagte Orlando.

«Hüte deine Zunge», lachte Sajida. «Mit dem Teufel ist nicht zu spaßen.»

Mit den Drogen hatte es eine eigenartige Bewandtnis. Während sie einerseits die Wirklichkeit verschleierten, eröffneten sie andererseits völlig neue Einblicke. Wenn man einem Schwachsichtigen die Brille nimmt, so verschwinden die scharfkantigen Konturen, aber die Farben werden kräftiger, die Details verwischen, aber die Gesamtheit wird gewichtiger. Die Falten eines Gesichtes werden nicht mehr wahrgenommen. Es wird schöner, wahrhaftiger in höherem Sinne, wenn die störenden Belanglosigkeiten entfallen. So wirkten die Drogen des Kimija as-sa ada.

Aischah hatte sich verändert.

Orlando spürte es, ohne den Grund dafür zu finden. Ihre kindliche Unbekümmertheit schien von einer Wolke überschattet. Traurigkeit umgab sie selbst dann, wenn sie lachte.

Im Schutz des plätschernden Wassers fragte er sie:

«Was verschweigst du mir?»

Erschrocken blickte sie sich um, küßte ihn auf die Wange und flüsterte: «Komm mit mir in den Park!»

Sie nahm ihn bei der Hand und lief mit ihm den Weg hinunter. Auf einem freien Rasenstück ohne Baum und Strauch, hinter denen sich jemand hätte verstecken können, blieb sie stehen. Und wieder küßte sie ihn: «Ich werde erpreßt», sagte sie.

«Von wem?»

«Von Ali.»

«Wer ist Ali?»

«Der schwarze Aufseher.»

«Ich werde ihn auspeitschen lassen.»

«Um Gottes willen, tut das nicht. Er ist der Herr des Gartens. Er hat absolute Gewalt über die Frauen des Gartens. Wer ihn zum Feind hat, ist verloren.»

«Was will er von dir?»

«Er will wissen, worüber wir mit dir sprechen. Er droht, man werde mir die Stimmbänder zerschneiden, wenn ich ihm nicht alles berichte.»

«Warum interessiert ihn das?» Orlando war alarmiert.

«Ich habe beobachtet, wie der Schahna mit ihm flüstert.»

«Du meinst, der Schahna bespitzelt mich?»

«So ist es, Herr.»

«Weiß Chizuran davon?»

«Ich habe keine Geheimnisse vor ihr.»

«Was sagt sie dazu?»

«Wir müssen noch vorsichtiger sein.»

«Woher weiß der Schahna, daß dein Mund unversiegelt ist? Er kommt erst seit wenigen Nächten in den Garten.»

«Er hat mich erschreckt. Ich habe geschrien.»

«Wieso hat er dich erschreckt?»

«Er stellt mir nach.»

Orlando hatte genug erfahren.

ROTZ DES REGNERISCHEN Wetters hatte Prinz Heinrich die Pferde zum Ausritt satteln lassen, sehr zum Erstaunen seiner Begleiter, denn der Prinz war nicht nur ein lausiger Reiter, sondern ein ausgesprochener Stubenhocker. Drei Bewaffnete und sein Schreiber Alban begleiteten ihn.

Sie waren noch nicht weit gekommen, als der Prinz mit Alban

hinter den anderen zurückblieb. Er ritt dicht an ihn heran und sagte: «Ich muß dich sprechen, hier draußen, wo uns niemand zuhört. Du kennst die Briefschatulle in meinem Schlafgemach?»

«Der Kasten mit den Dokumenten?»

«Den Schlüssel dazu trage ich um meinen Hals. Es ist ein Spezialschloß, und es gibt nur einen Schlüssel.»

«Ihr sagt es.»

«Wie ist es dann möglich, daß ein anderer die Truhe öffnen und schließen kann?»

«Es kann nur jemand sein, der Zugang zu Eurem Schlüssel hat.»

«Müßte ich das nicht merken?»

«Vielleicht im Schlaf?»

«Ich habe einen leichten Schlaf. Niemand betritt mein Zimmer unbemerkt.»

«Und wenn er sich schon darin befände, im Zimmer und im Bett, die Arme um Euren Hals, an dem Ihr den Schlüssel tragt?»

«Du meinst, Magdalena...?»

«Ich kann nicht glauben, daß sie ein Spion ist. Für wen und warum? Nein, nein, das scheint mir absurd. Ihr müßt Euch täuschen. Was macht Euch so sicher, daß jemand an Euren Dokumenten war?»

«Als ich letzte Nacht in meinem Bett lag, weckte mich kratzendes Geräusch, wie von nagenden Mäusen, nur sehr viel lauter. Ich klatschte in die Hände, warf mit meinen Schuhen, um die Störenfriede zu verjagen. Nichts half. Ich schlich mich aus dem Bett. Das Kratzen kam aus meinem Kasten. Ich schloß ihn auf und fand darin mein Wiesel. Wie aber kommt das Tier in die Truhe? Der eisenbeschlagene Deckel von Eichenholz ist so kunstvoll auf den Kasten gepaßt, daß sich nicht einmal eine Fliege dort hineinzwängen könnte. Da ist kein Loch und nicht die feinste Ritze. Wenn es kein Zauber war – und daran glaube ich nicht –, dann gibt es nur eine Erklärung: Das Wiesel ist hineingeschlüpft, als die Truhe offen stand.»

«Ja, so wird es sein», sagte Alban. «Ihr habt es bei der Entnahme eines Schreibens dort eingeschlossen.»

«Ich war seit über einer Woche nicht mehr an dem Kasten und habe gestern noch mit dem Wiesel gespielt.»

«Ihr irrt Euch wirklich nicht?»

«Es ist so, wie ich sage.»

«Soll ich das Mädchen observieren?»

«Bring sie zum Sprechen! Aber vergiß nicht, wir können uns vieles leisten, nur keinen Fehler.»

«Ich weiß, wie man das macht», lachte Alban. «Wir werden der Kleinen kein Haar krümmen, und dennoch wird sie uns alles sagen, was sie weiß.»

«Unterschätze dieses Mädchen nicht.»

«Ich weiß, was Mädchen mögen.»

Ein Bote von der Burg überbrachte am Abend eine mündliche Einladung zur Otternjagd. Der Prinz erwarte Benedict am Fluß bei den Fischteichen in der Morgendämmerung.

Benedict hatte kein gutes Gefühl, als er aufbrach. Er sorgte sich um Magdalena. Die Teiche, oder richtiger die Nebenarme des Flusses, waren von hohem Schilf umsäumt. Weiden hängten ihre Äste in das schwarze Wasser, in dem sich die Sommerwolken spiegelten.

Keine Menschenseele! Nur der Wind in den Bäumen. Der Warnruf eines Eichelhähers. Benedict lauschte in die Stille. Waren da nicht Stimmen? Er lenkte sein Pferd hinüber zu der alten Mühle am Fluß. Ihr Wasserrad stand still. Auf dem Strohdach hatte sich ein Storch sein Nest gebaut. Der Wind spielte mit einem offenen Fensterladen. Brennesseln und Disteln wucherten so hoch vor der Tür, als hätte seit ewiger Zeit kein Mensch mehr seinen Fuß auf die Steinstufen gesetzt. Benedict stieß die Tür mit dem Stiefel auf. Eine erschreckte Eule flog davon. War da jemand?

Eine Leiter zeigte ins Dachgeschoß. Benedict stieg vorsichtig nach oben. Es roch nach Heu und fauligem Holz. Spinnwebfäden streiften sein Gesicht.

Durch ein Giebelfenster fiel frühes Sonnenlicht auf eine hölzerne Wanne. War das nicht eine Hand? Er trat näher. Nie würde er den Anblick vergessen.

Die Wanne war mit Wasser gefüllt. Magdalena lag darin, den Kopf zurückgelegt, Augen und Mund weit aufgerissen. Hände und Füße waren an eiserne Ringe gekettet, die im Rand des Zubers eingelassen waren.

Zuerst glaubte er, sie hätte ein hautenges schwarzes Gewand an. Doch dann sah er mit Schaudern, daß ihr nackter Leib dicht an dicht mit schwarz glänzenden fetten Blutegeln bedeckt war. Vom Hals bis hinab zu den Füßen ein glitschiges, waberndes Gewand aus unzähligen Nacktschneckenleibern. Sie hatten sich in ihr Fleisch gefressen, um sie auszusaugen. Der Anblick war so scheußlich, daß er vor Grauen das Weite suchte. Mehr fallend als laufend floh er, als sei der Teufel hinter ihm her.

Erst in der Geborgenheit der Herberge vermochte er seine Gedanken wieder folgerichtig zu ordnen.

Magdalena war tot. Daran bestand kein Zweifel. Wenn sie nicht dem tausendfachen Aderlaß erlegen war, dann hatte sie der Ekel erwürgt. Welch ein Tod! Wer in Dreiteufelsnamen hatte das getan? Ein Verrückter? Die Wanne mit den eingelassenen Ringen und die Egel waren viel zu kompliziert für einen Irren. Welche Absicht steckte hinter dieser Teufelei?

Mitten in der Nacht wurde Benedict geweckt.

Bevor er sich den Schlaf aus den Augen wischen konnte, fesselten sie ihm die Arme auf dem Rücken. Zwischen zwei Bütteln wurde er zum Rathaus gezerrt und in die darunterliegenden Gewölbe geworfen.

Es ereignete sich so rasch, daß Benedict zunächst glaubte, er träume. Erst in der erdrückenden Finsternis des Verlieses wurde er sich seiner verzweifelten Lage bewußt.

«Was soll das? Was werft ihr mir vor?» stammelte er, als sie ihn nach oben ins grelle Licht des Tages brachten.

«Die Fragen stellen wir. Halt das Maul und sprich, wenn du gefragt wirst», befahl eine Männerstimme.

Blinzelnd erkannte Benedict einen Saal mit hohen Fenstern, davor einen Tisch, an dem drei Männer saßen.

«Ist das der Bursche?»

«O Heiland, er ist es!» rief eine Frauenstimme.

«Bist du dir ganz sicher?»

«Gott ist mein Zeuge. Er ist es.»

«Diese Bürgerin hier beschwört, dich gesehen zu haben, als du wie von allen Teufeln gejagt aus der Mühle geflohen bist. Wo warst du Montagmorgen? Wir hoffen, du hast eine glaubwürdige Antwort auf unsere Frage.»

«Ich war in der Mühle bei den Fischteichen.»

«Er ist geständig. Das erleichtert das Verfahren. Warum hast du es getan?»

«Was getan?»

«Warum hast du das Mädchen auf so abscheuliche Weise getötet?»

«Aber nein, ich habe sie nicht getötet.»

«Gut, es waren die Blutegel. Aber warum hast du sie ...?»

«Ich habe nichts damit zu schaffen. Sie war bereits tot, als ich sie fand.»

«Soso, du hast sie bloß gefunden, und wahrscheinlich hast du sie auch vorher nie gesehen?»

«Doch. Sie ist mit mir gereist. Sie hieß Magdalena.»

«Er kannte sie. Wie gut kannte er sie denn? War sie sein Bettschatz?»

«Nein.»

«Lüg uns nicht an. Wir haben die Mittel, dich zum Reden zu bringen.»

«Ich hatte nichts mit ihr. Ich bin ein Templer.»

«Er ist ein Ordensritter. Es ist nicht zu fassen. Er behauptet, er

347

sei ein Tempelherr. Entweder hält er uns für schwachsinnig, oder er ist es selber.»

«Ich bin ein Templer.»

«Nun, das läßt sich nachprüfen. Wie heißt du? In welchem Ordenshaus bist du stationiert? Und was treibst du hier in Gesellschaft der Ermordeten?»

«Ich bin in geheimer Mission unterwegs.»

«Und natürlich darfst du über diese geheime Mission nicht sprechen?»

«So ist es.»

«Sag mal, für wie dämlich hältst du uns eigentlich? Abführen! Legt ihn in den Schraubstock!»

In der Nacht wurde Bruder Benedict aus dem Eisen gehoben. Besudelt von seinen eigenen Exkrementen, mit steifen, schmerzenden Gliedern, wurde er nach oben geführt. In einer dunklen Gasse wartete ein Pferdewagen. Unter einer Plane liegend wurde er weggekarrt wie ein Leichnam.

Dunkelheit umfing ihn. Aus dem Schlaf gerissen, hing er gefesselt in einem Armstuhl. Durst quälte ihn. «Wo bin ich?» stammelte er.

Eine Fackel blendete ihn. Als sich seine Augen an das Licht gewöhnt hatten, erkannte er Albans Gesicht, groß wie der Mond: «Willkommen, Wühlmaus. Wir haben dich erwartet, um mit dir zu plaudern. Wir sind gespannt, was du uns zu erzählen hast.»

HIZURAN KNIETE an Aischahs Lager, eine besorgte Mutter am Krankenlager ihres verunglückten Kindes.

«Was ist mit ihr geschehen?» Immer wieder stellte Orlando die gleiche Frage. Natürlich erhielt er keine Antwort. Gemeinsam bemühten sie sich um die Bewußtlose, wuschen Schläfen und Handgelenke mit kaltem Wasser. Ganz allmählich kehrten ihre Lebensgeister zurück. Nur bruchstückhaft war ihre Erinnerung.

«Im Haus des schwarzen Eunuchen... Sie haben mir etwas eingeflößt. Sie haben Fragen gestellt.»

«Wer?»

«Ich weiß nicht. Es waren Stimmen.»

«Was wollten sie wissen?»

«Ich weiß es nicht.»

«Haben sie dir Gewalt angetan?»

«Ich weiß es nicht.»

«War der Schahna da?»

«Nein. Oder doch. Ich bin mir nicht sicher.»

Sie wirkte verwirrt und kraftlos. Weinend versank sie in tiefen Schlaf. Mein Gott, dachte Orlando, wie tief sind die Frauen in mein Geheimnis eingedrungen? Was weiß Aischah? Was kann sie verraten haben?

Orlando hatte ein raubtierhaftes Gespür für Gefahr.

Der Schahna! Was will dieser Mongolenfresser von mir? Warum stellt er mir nach?

Als Orlando zwei Tage später an Sajidas Haus vorüberging, sah er, wie der Schahna aus der Tür trat und bei seinem Anblick rasch etwas in seine Tasche gleiten ließ.

«Gibst du dem Mongolenfresser betäubende Drogen?» fragte Orlando Sajida.

«Im Gegenteil», lachte sie, «belebende.»

Orlando erzählte ihr, was mit Aischah geschehen war.

«Und du glaubst, der Schahna steckt dahinter?» fragte sie.

«Ja.»

«Warum sollte er Aischah betäuben, um sie auf so ungewöhnliche Art zu verhören? Weiß sie etwas, das sie besser nicht wissen sollte?»

Sie fragte so, daß Orlando aufhorchte. Als er nicht antwortete, fügte sie hinzu:

«Wenn es dich beruhigt: Von mir hat er keine Drogen erhalten. Und ich kann dir versichern, daß er deine Aischah nicht vergewaltigt hat.»

«Wie kannst du das wissen?»

«Er ist impotent. Das Mittel, das ich ihm gegeben habe, dient der Stärkung seiner Manneskraft. Ein hoffnungsloser Fall. Aber du hast recht, er ist unberechenbar. Kein Hund ist so gefährlich wie der, den man an die Kette gelegt hat. Er leidet darunter, kein vollwertiger Mann zu sein. Die Flucht seiner Frau hat ihm den Rest gegeben. Das Paradies ist ihm verwehrt wie den Eunuchen.»

«Ich denke, er hat ein Weib im Garten, das er regelmäßig besucht.»

«Wer hat schon die Kraft, sein Versagen vor aller Welt einzugestehen?»

SPÄT IN DER NACHT stieg der Alte vom Berge die steile Wendeltreppe hinab, die seinen Turm durch einen unterirdischen Gang mit der Bibliothek verband. Dort im Kellergewölbe unter dem großen Büchersaal saß er über den sorgfältig geordneten Akten seiner Korrespondenz. Da war nur das Rascheln der Pergamente und das Flackern der Tranflamme.

Der Brief, den der Alte herausgesucht hatte, trug das Siegel des Großmeisters der Templer von Paris. Sein Datum lag zwei Jahre zurück. Der Text lautete:

«Peter von Montaigu an Hasan-i Sabbah.

Ihr habt gewonnen. Die hundert Pfund in Gold gehören Euch. Sie liegen im Krak des Chevaliers für Euch bereit. Frieden zwischen Euch und uns.»

Der Alte las das Schreiben mehrmals. Seine alten Augen leuchteten. Von allen Siegen, die er errungen hatte – und bei Allah, es waren nicht wenige –, war das sein triumphalster.

Mein Gott, wie arrogant waren sie ihm gegenübergetreten, diese Tempelherren, arrogant wie syrische Suffis. Tribut hatten sie von ihm verlangt, so überlegen hatten sie sich gefühlt. Er hatte ihrem Großmeister die Kraftprobe angeboten:

«Schickt mir Euren besten Mann. Ich werde ihn umpolen und einen Assassinen aus ihm machen, der Euch das Fürchten lehrt. Die Wette gilt um hundert Pfund in reinstem Gold.»

Sie hatten ihm Adrian geschickt. Alle Kunst der Beeinflussung war aufgeboten worden. Am Ende hatte ihr bester Mann den Herzog von Kelheim zur Hölle geschickt. Adrian! Nicht nur die Templer, auch er hatte sich in diesem Burschen getäuscht. Dieser Andalusier mit der Wolfsfalle war nicht den Versuchungen des Gartens erlegen, nicht den Lüsten des Fleisches und den Drogen der Seele, wie sie alle geglaubt hatten. Er hatte sich nicht als Werkzeug benutzen lassen. Er war seinen eigenen Weg gegangen, unbeirrt wie ein Stern auf seiner gottgewollten Bahn.

«Beim Barte des Propheten, wie habe ich diese Schweinefleischfresser hereingelegt! Nicht nur, daß ich aus ihrem besten Mann einen Assassinen gemacht habe, ich habe ihn auch noch in die Ihwan as-safa erhoben und ihn zum Krak des Chevaliers geschickt, um dort das Siegerpfand abzuholen, das ich durch ihn gewonnen habe», so sprach der Alte zu sich selbst.

«Was werden diese Tempelritter erst sagen, wenn ich ihnen ihr Paradepferd als meinen Nachfolger präsentiere?» Die Vorstellung belustigte den Alten so sehr, daß er laut lachen mußte. Der Hauch seines bellenden Atems blies die Flamme aus. In völliger Finsternis tastete er sich die Treppe hinauf. Er hatte fast das Ende der Stufen erreicht, als sein Fuß ausglitt. Seine Hand suchte Halt, griff ins Leere. Er verlor das Gleichgewicht und stürzte in bodenlose Finsternis.

Als Usman al-Muschrifan ihn am Morgen fand, lag er ohne Besinnung auf den Steinplatten des Kellers. Sein Leib war so kalt, als wäre er tot. Sie trugen ihn in den Turm, versuchten vergeblich, ihn mit heißem Tee zu beleben. Erst als Abu Nadschah ihn mit einer Tinktur, die stechend scharf nach Eukalyptus roch, einrieb, schlug der Alte die Augen auf, ohne einen der Anwesenden zu erkennen.

«Was ist mit ihm?» fragte Hazim, der eilig herbeigeholt worden war.

«Bis auf einen verstauchten Knöchel ist er unverletzt», sagte Abu Nadschah, «aber die Unterkühlung hat seine Lungen mit Fieber infiziert. Es steht nicht gut um ihn.»

In jenen Nächten gingen die Blicke der Burgbewohner immer wieder hinauf zum Tadsch al-Alam. Hoch oben in einem Fenster flackerte Licht. Dahinter lag der Quaim.

«Er läßt keinen zu sich», sagte Sajida zu Orlando, «nicht einmal einen Arzt. ‹Ich will nicht, daß mich jemand sterben sieht›, hat er zu Abu Nadschah gesagt.»

«Er muß sehr einsam sein.»

«Er will es so», erwiderte Sajida. «Es ist wie im Gebirge: Je höher einer aufsteigt, um so einsamer wird es um ihn. In den ersten Jahren auf Alamut hatte der Quaim drei Frauen, die er regelmäßig besuchte. Sie lebten im Garten in den Räumen, die jetzt dir gehören. Eines Tages hat er sie fortgeschickt.»

«Ich glaube, er hält nicht viel von Frauen.»

«Er hat mich nach Alamut geholt», sagte Sajida. «Kein anderer hätte das getan. Seine Einstellung zur Frau ist dunkel und undurchschaubar. Ich habe gehört, wie er zu einem byzantinischen Kirchenfürsten gesagt hat: Wäre Jesus ein Weib gewesen, wäre ihm die Kreuzigung und uns das Christentum erspart geblieben.»

«Spricht das für die Frauen?»

«Das kommt wohl auf den Standpunkt an.»

SIE HATTEN DIE FLACHE Liege neben dem Feuer aufgestellt. Darauf lag wie aufgebahrt der Quaim. Die mageren Hände auf der dunklen Kamelhaardecke wirkten weiß und wächsern. Dunkelblau schimmerten verästelte Adern durch die helle Haut der Schläfen. Trotz des erschreckenden Verfalls der Gesichtszüge hatten die Augen nichts von ihrer Bannkraft eingebüßt. Durchdringend, lähmend, beherrschend hielten sie ihn. Orlando schien es, als ginge ein Leuchten von der hohen Stirn aus. Er fühlte sich zu dem Alten hingezogen wie Treibholz im Sog eines reißenden Gewässers.

«Komm näher, Adnan!» flüsterte er. «Noch näher. Setz dich hierher.»

Ihre Köpfe waren auf gleicher Höhe. Nur eine Handbreite trennte ihre Gesichter. Der Quaim sprach mit erstaunlich kraftvoller Stimme: «Du glaubst an Gott?»

«Ich glaube nicht an ihn, ich sehe ihn», erwiderte Orlando.

«Du siehst ihn?»

«Er begegnet mir täglich in seiner Schöpfung.»

«Du glaubst an einen Schöpfer? Warum?»

«Wie könnt Ihr fragen? Wer anders sollte Himmel und Erde erschaffen haben?»

«Du meinst, alles was ist, muß irgendwann von irgendwem erschaffen worden sein?»

«Aber ja, gewiß doch.»

«Und wer hat ihn erschaffen?»

«Wen?»

«Deinen Schöpfer?»

«Gott ist ewig.»

«Seltsam», sagte der Alte, «bei Gott habt ihr keine Schwierigkeiten, euch vorzustellen, daß etwas immer war und immer sein wird, ohne Anfang und ohne Ende. Beim Universum jedoch braucht ihr einen, der alles angefertigt hat. Schau dir die unendliche Weite des Alls an, angefüllt mit unzähligen Gestirnen. Es war immer und wird immer sein, endlos und zeitlos. Glaubst du wirklich, daß irgendwer, mag er auch ein Gott sein, so etwas herstellen könnte?»

«Aber Gott...»

«Kaschfol as-Rar, die letzte Offenbarung, sie lautet:
ES GIBT KEINEN GOTT!

Gott ist nur ein Traum. Aber der Mensch muß träumen, sonst verliert er den Verstand. Wir alle sind unheilbar religiös.»

«Ihr zweifelt an Gott?»

«Ich zweifle nicht an ihm. Ich weiß, daß es ihn nicht gibt. Glaube nicht, ich sei vom Fieber verwirrt. Ich bin klar bei Verstand. Laß dir sagen: Es gibt drei Arten von Menschen: die einen, die Gott dienen, nachdem sie ihn gefunden haben; die anderen, die ihn suchen und nicht finden; und wieder andere, die ihn nicht suchen, weil sie ihn nicht benötigen. Die ersteren sind glücklich, aber unvernünftig. Die letzteren sind vielleicht nicht glücklich, aber vernünftig. Am ärgsten trifft es die in der Mitte. Sie sind unglücklich und unvernünftig.»

«Ihr meint, es sei unvernünftig, an Gott zu glauben?»

«Ist es vernünftig, an etwas zu glauben, das es nicht gibt?»

«Das schwerste im Leben ist der Glaube.»

«Er verstellt alle realistische Erkenntnis.»

«Gott ist der Schöpfer von allem, was ist.»

«Er hat nicht uns, wir haben ihn erschaffen.»

«Und Mohammed und Jesus?»

«Sie haben es gewußt. Sie waren Eingeweihte.»

«Ihr meint, sie wußten, daß es Gott nicht gibt?»

«So ist es.»

«Ihr haltet sie für Lügner?»

«Sie haben die Menschen nicht belogen. Sie haben ihnen das Höchste gegeben, das man Menschen geben kann: die Vision der Unsterblichkeit. Was wiegt daneben die Wahrheit? Wir überbewerten die Wahrheit. Gibt es größere Enttäuschung, als wenn eine Idee zur Wahrheit verkommt?»

«Wie kann das sein! Das hieße doch, daß alle, die für Gott ihr Leben gelassen haben, für nichts gekämpft haben.»

Der Quaim sagte: »Für Gott kann man nicht kämpfen.

‹Wer für Gott kämpft, der kämpft nur für seine eigene Seele, denn Gott bedarf der Menschen nicht.› So steht es in der neunundzwanzigsten Sure des Koran.»

«Aber warum...?»

«Unsere Ansicht von dem, wie das Leben sein sollte, deckt sich nicht mit dem, wie es wirklich ist. Die übelriechende, fiebrige Vergängnis unseres Fleisches erschreckt uns. Gottes Ebenbild: welch wunderbare Illusion!

Der Mensch vermag sich nicht damit abzufinden, daß seine Existenz nur von kurzer Dauer ist. Er braucht die Unsterblichkeit für sein Seelenheil so nötig wie Wasser und Luft. Nichts verleiht selbst dem Schwächsten so viel Kraft wie der Glaube an ein höheres Wesen, das ihn beschützt. Ob es Gott gibt oder nicht, ist völlig belanglos. Nicht Gott, sondern der Glaube an ihn ist von Bedeutung. Deshalb sind die Religionen so wichtig. Ohne sie wäre der Mensch nur ein Tier. Seine Gottesebenbildlichkeit ist seine Würde und seine Verpflichtung.»

Der Quaim schwieg erschöpft. Nach einer langen Pause fuhr er fort:

«Was Religionen so groß macht, ist die Hoffnung, die die Menschen an sie setzen. Der Glaube an etwas Gutes und Gerechtes macht die Menschen edler. Gott ist nur eine Idee, aber sind unsere Ideale nicht der bessere Teil unserer Existenz? Wie erbärmlich ist alle Realität. Es liegt etwas Tröstliches in der Vorstellung, daß es Gott nicht gibt.

Die größte Offenbarung ist die Stille, ist das Nichts. In den wichtigsten Augenblicken unseres Lebens umhüllt uns Schweigen. Wir schweigen, wenn wir einen Menschen liebend anschauen, wenn wir um ihn trauern. Wir schweigen beim Zuhören, Lesen, beim Nachdenken und Beten. Auf einer bestimmten Ebene menschlicher Erkenntnis versiegen sogar die Gedanken.

Die Erleuchtung liegt im Dunkeln, das höchste Sein im Nichtsein. Das gilt auch für Gott.

Ascha atu as-sirra. Ich habe dich eingeweiht.

Kaschfol as-Rar, der Schlüssel der Geheimnisse: Du hältst ihn in der Hand.»

Der Wind heulte um den Turm. Wolkenschatten zerhackten das Licht des Mondes.

«Ich habe die alten Schriften gelesen», sagte der Quaim, «älter als die Bibel. Hast du je von Gilgamesch, dem König von Sumer gehört? Er machte sich auf die Suche, die Wasserkresse der Unsterblichkeit zu finden. Ischtar, die Verschleierte, gab ihm den Rat, die Suche abzubrechen:

> Warum rennst du suchend umher?
> Unsterblichkeit, wie du sie suchst,
> gibt es nicht.
> Lebe, sei vergnügt!
> Trachte nicht nach Überirdischem.
> Erkenne dich selbst!»

Orlando fragte: «Was aber bleibt, wenn es Gott nicht gibt?»

«*Du. Du* bleibst, größer als zuvor, denn nun bist du nicht mehr bloß eine Marionette, an deren Fäden die Götter ziehen. Heiligkeit ist in jedem Sonnenaufgang. Heiligkeit ist im Regen, ist auf den Gipfeln der Berge, in der Weite der Wüste. Heiligkeit ist in alten Bäumen, in stolzen Gesichtern, in jeder Quelle guten Wassers. Heiligkeit ist im Lächeln, das wir anderen schenken, in den Tränen der Trauer, im Lachen unserer Kinder. Die Welt ist bis zum Bersten angefüllt mit den erstaunlichsten Wundern. Nimm nur den gestirnten Himmel. Und *du* brauchst einen Gott!? Der Zweck des Lebens ist das Leben. Ascha atu as-sirra.

> Ich erhoffe nichts.
> Ich fürchte nichts.
> Ich bin frei.»

In der Nacht fand Orlando keinen Schlaf.

Es gab keinen Gott. Welch ungeheurer Gedanke! Unvorstellbar. Welch ein Wahnsinn!

Immer wieder wanderte sein Blick hinauf zu den Sternen, als fände er dort eine Antwort. Wie leer war die Welt ohne Gott! Ich brauche ihn, um ich zu sein.

Das galt auch für Adrian. Ja, auch für ihn!

DER RAMADAN HATTE seinen Höhepunkt erreicht. Die Leiber waren vom Fasten ausgehöhlt. Die Wächter auf den Zinnen der Burg wirkten vor Entbehrung wie erstarrt. Nur ihre Gewänder bewegten sich im Wind. Selbst die Dohlen waren verstummt, denn auch sie hatten sich dem grausamen Ritual des Verzichts unterwerfen müssen. Es war niemand mehr da, der sie fütterte. Bis auf die fünf Tagesgebete war alle Aktivität erloschen. Auch der Garten war verschlossen. Die Nächte waren ohne Mondlicht, die Tage lang und leer.

Sajida, die sonst unverschleiert wie ein Mann ging, verhüllte sich während des Fastens. Die weiße, wallende Gaze über ihrem Haar und Gesicht erinnerte Orlando an frisch gefallenen Schnee. Der Quaim war der einzige, dem die Entbehrung nichts anzuhaben schien. Er lebte in ständiger Askese.

Orlando verbrachte viel Zeit in der Bibliothek.

Lesen war nicht nur die angenehmste Möglichkeit, der Realität zu entfliehen, sondern auch ein Genuß ganz besonderer Art, denn die Reduktion der Körperfunktionen bewirkte, daß das Denken klar und licht wurde wie der Himmel über den Schneegipfeln.

Es war hier in der Bibliothek, als Orlando davon erfuhr: Der Schahna hatte den Ramadan gebrochen. Er war gewaltsam in den Garten eingedrungen. Berauscht vom Wein hatte er bei seinem Weib gelegen. Die Nachricht entfachte allgemeine Empörung.

Noch am gleichen Tag saß der Quaim über ihn zu Gericht. Die Verhandlung war wie alle islamische Rechtsprechung öffentlich. Im Hof der Moschee hatten sie sich versammelt. Keiner fehlte. Niemand sprach ein Wort. In das ungeheure, schwer lastende Schweigen fiel der Urteilsspruch wie ein Axthieb: Tod durch das Schwert! Denn so steht es geschrieben: Wer Allah lästert und seine Gebote verhöhnt, hat sein Leben verwirkt. Das Urteil wird morgen früh bei Sonnenaufgang vollstreckt.

Doch dazu kam es nicht. Als sie ihn holen wollten, lag der Mongolenfresser tot auf seinem Lager. Er hatte sich die Pulsadern aufgebissen. Seine blutigen Lippen waren zu einem grimmigen Grinsen verzogen, trotziger Triumph, als wollten sie sagen: Der Schahna von Alamut läßt sich nicht schlachten wie ein Schaf. Die Entscheidung über meinen Tod treffe ich selbst.

Der Tote wurde in der großen Halle der Opferbereiten aufgebahrt. Die Männer der Festung nahmen Abschied von ihrem Burghauptmann, als sei er im Kampf gefallen. Mit dem Tod war seine Schuld beglichen.

Als Orlando spät am Abend zur Halle hinabstieg, stand der Quaim bei dem Toten. Er schien mit ihm zu sprechen.

«Gibt es denn ein Leben nach dem Tod?» dachte Orlando. Und der Quaim, als habe er seine Gedanken erraten, erwiderte:

«So wie der Fötus im Mutterleib schon am Leben teilhat, so ist auch der Verstorbene noch mit seinem Leben verwoben. Denn das Leben erwacht ganz allmählich, reift langsam heran, und so vergeht es auch. Mit dem Atem erlischt unser Sehvermögen, aber noch funktionieren die meisten anderen Empfindungen. Noch Stunden nach Stillstand des Herzens vermag der Mensch zu hören. Alle alten Völker kennen die Totenklage als letzte reale Verbindung mit dem Davongleitenden.»

Orlando fragte: «Ihr meint, der Tote versteht uns?»

«Er hört uns. Sein Verstand ist erloschen. Er nimmt uns wahr, wie man Musik erlebt. Die Wahrnehmung – das Wort verrät es – kann wahrhaftiger sein als unser wacher Verstand.»

Der Quaim berührte die Schläfe des Toten und flüsterte:

«Schau ihn dir an. Noch ist Leben in ihm. Haar und Fingernägel wachsen weiter, als wäre nichts geschehen. Bald verlischt auch diese den Pflanzen verwandte Form der Vitalität. Am Ende verglimmt der letzte Lebensfunke für immer. Das kann Tage dauern. Dann bleiben nur noch unsere Werke.»

Orlando fragte: «Wie kann man einen Menschen wegen Gotteslästerung verurteilen, wenn es Gott nicht gibt?»

Der Quaim erwiderte: «Was hat das mit Gott zu tun? Er hat sich über die göttliche Ordnung hinweggesetzt. Und die ist wirklich göttlich, denn sie allein erhebt uns über die anderen Lebewesen der Erde. Ein Mensch, der aus dieser Ordnung herausfällt, sinkt unter die Stufe des Tieres, denn das folgt der natürlichen festgefügten Ordnung seiner Art. Ein Falke weiß, wie er sein Nest baut. Eine Brieftaube findet den rechten Weg. Das Schaf kennt das Gesetz der Herde. Der Mensch aber bedarf der Gebote. Ich selbst habe mich dieser Ordnung unterworfen. Ihr habe ich meine Söhne geopfert. Ihre Einhaltung entscheidet über den Wert einer Gemeinschaft. Aus diesem Grund muß es selbst im Paradies mehr Verbote geben als in der Hölle.»

IM GROSSEN TURMZIMMER über dem Palatium hatte der Großmeister die Zwölf Wissenden des Ordens zusammengerufen.

«Etwas Ungeheuerliches ist geschehen», sagte er. «Mus microtus, unser bester Agent, ist tot. Wer immer die Mörder waren, sie wollten ihrem Opfer ein Geheimnis entreißen, das für sie von allergrößter Wichtigkeit war, sonst hätten sie wohl kaum so grausam gehandelt.»

«Wie denn?» fragte der alte Girac.

«Sie haben ihn eingepflanzt wie einen Baum, so daß nur sein Kopf aus der Erde herausschaute. Darüber haben sie einen eisernen Eimer gestülpt und eine hungrige Ratte daruntergesetzt. Sie hat ihm bei wachem Verstand das Fleisch vom Gesicht gefressen.»

«Was sagt Ihr da? Ihr meint…?»

«Als er gefunden wurde, hatte die Ratte ihn abgenagt bis auf die Knochen: Nase, Lippen, Augenlider, Ohren.»

«Hört auf! Mir wird schlecht.»

«Bei dieser teuflischen Tortur müssen wir vermuten, daß Bruder Benedict alles verraten hat, was seine Peiniger von ihm wissen wollten.»

«Und was war das?»

«Bei der Suche nach dem Motiv des Mordes an Herzog Ludwig befand sich Bruder Benedict auf der richtigen Spur. Gewiß war er fast am Ziel. Die andere Seite weiß jetzt, daß wir einen Zwilling nach Alamut geschickt haben, daß ihr Überläufer in Wahrheit unser Agent ist.»

«Dann ist Orlandos Leben keinen Heller mehr wert.»

«Wir müssen ihn warnen, sofort!»

«Wir werden ihn warnen.»

KERZEN ERHELLTEN DEN Raum nur spärlich, die Luft war geschwängert mit dem schweren Duft von Moschus und Sandelholz. Sie hatten gemeinsam gebadet und sich gegenseitig gesalbt. Nun saßen sie mit übereinandergeschlagenen Beinen nackt auf dem Seidenteppich, tranken Wein, dem erotisierende Pflanzenextrakte beigemischt waren. Die Luft schien zu vibrieren. Chizuran atmete schwer. Ihre Brüste hoben und senkten sich. Sie stöhnte leicht, als Orlando sie berührte. Am Ende riß die aufgestaute Flut sie davon. Ihre Augen verdrehten sich in Ekstase, ihr Kopf sank nach hinten, als Orlando in sie eindrang. Eine gewaltige Glückswelle durchströmte sie. Die Wollust war ihr ins Gesicht geschrieben.

Aischah beobachtete sie lüstern und scheu. Ihr Verlangen war geweckt, gespeist von der Geilheit der anderen. Orlando griff nach ihr. Brünftiger Schrei nach dem anderen Geschlecht! Der Atem der Lust auf milchweißer Haut! «Komm, kleine Perle, laß dich küssen! Ich will dich riechen, schmecken. Ich liebe den salzigen Geschmack deiner Haut. Haut schmeckt an jeder Stelle des Körpers anders. Ich liebe die Geräusche deines Fleisches. Das wollüstige Schmatzen deines Schoßes, abou belaoum, die Gefräßige, die Saugende, die Köstliche, el-ladid, tauq el-hamama, das Halsband der Taube.»

Ihr ganzer Leib schien sich aufzutun – Flut, Flamme, Schrei!

«Warum schreit sie so entsetzlich», fragte Orlando. «Tue ich ihr weh?»

«Nein, ganz im Gegenteil», lachte Sajida. «Verborgen hinter Schleiern und eingesperrt hinter Gittern sind wir Araberinnen auf dem Liebeslager so hemmungslos wie der Harmattan, der heiße Sandsturm der Sahara. Hast du je von Aischah bin Talha gehört? Die Enkelin des ersten Kalifen war nicht nur ungewöhnlich schön und elegant, sondern auch bekannt für ihre sexuelle Freizügigkeit. Al-Isfahani berichtet von ihr, daß sie sich beim Liebesakt so geil gebärdete, daß ihre Liebesschreie alle Mauern durchdrangen. Von einer adeligen Dame gerügt, wie sie sich trotz ihrer hohen Stellung so gehen lassen könne, antwortete sie: Eine Frau soll ihrem Mann alles geben, was sie zu empfinden vermag. Und bei Allah, ich empfinde viel!»

«Ich habe so etwas noch nie gehört», sagte Orlando.

«Du glaubst mir nicht? Hubaba, eine Aristokratin aus Medina, wurde während einer Pilgerfahrt mit dem Kalifen Othman von so großem Verlangen zu ihrem Gatten ergriffen, daß sie sich ihm unter freiem Himmel hingab. Dabei stieß sie so wilde Schreie aus, daß ihre Kamele die Flucht ergriffen. Und glaubt mir, liebe Freundinnen, soll sie gesagt haben, man hat sie nie wieder gesehen!»

Orlando mußte so lachen, daß ihm die Tränen in die Augen traten: «Du sprichst von diesen erotischen Kapriolen, als wenn du Lust dabei empfindest.»

«Das tue ich auch. Und wie! In Bagdad gab es eine Hure, die sich einen Bock hielt, dem sie regelmäßig heiße Ziegen zuführte, um sich an seiner Geilheit zu erfreuen. ‹Ich kenne nichts Erregenderes als den keuchenden Atem der Lust›, soll sie gesagt haben.

Sexualität ist ein Produkt der Phantasie. Der kleine Tod – wie die Beduinen den Orgasmus nennen – ereignet sich in unserem Kopf, nicht im Schoß.»

Sie blickte zu Orlando: «Ihr Männer seid so phantasielos. Eine Frau kann mit Hunderten von Männern verkehren, ohne etwas dabei zu empfinden. Eine Tatsache, ohne die es keine bezahlten Liebesdienerinnen gäbe. In ihrer Phantasie aber kann sie Orgasmen erleben, die weit über der Wirklichkeit liegen. Unterschätze nie die erotischen Träume einer Frau! Eine Frau, die ihren Gatten in Gedanken betrügt, ist unkeuscher als eine, die sich wirklich, aber unbeteiligt einem anderen hingibt. Das ist es, was der Prophet Jesus meinte, als er sagte: Wer seines Nachbarn Weib anschaut und es begehrt, hat mit ihm die Ehe gebrochen. Er hat nicht gesagt: Wer in Gedanken stiehlt oder mordet, verstößt gegen die göttlichen Gebote. Er bezieht das Sündigen in der Phantasie ausschließlich auf die Sexualität, denn sie wird nicht allein körperlich erlebt, sie ist vor allem eine spirituelle Erfahrung. Mit ihr verhält es sich wie mit Gott. Ihr wahres Wesen läßt sich gedanklich nicht erfassen. Ihre Spiritualität läßt sich mit irdischen Maßstäben nicht messen.»

«Du sprichst wie eine Priesterin.»

«Ich bin eine Priesterin. Wie könnte ich sonst Ärztin sein, Ärztin auf Alamut? Laß dir sagen: Wenn unser Körper gesund ist, nehmen wir ihn nicht wahr. Die Organe arbeiten ohne unser Dazutun. Wir leben dann nicht in unseren Leibern, sondern ziehen uns in unsere Gehirne zurück. Wir lesen, denken, träumen, schweben in Scheinwelten. Wir sind überall, nur nicht in unserem Körper. Diese Verleugnung unseres Körpers ist das größte Hindernis auf dem Weg zu uns selbst. Erst Krankheit und Schmerz lassen uns unseren Leib bewußt werden. Darin liegt der Sinn des Leidens.

Stärker als der Schmerz aber ist die Lust, tief empfundene Lust, außer sich sein vor Glück! Das ist etwas völlig anderes als Vergnügen. Vergnügen im Sinne von Zerstreuung ist Selbsttäuschung. Es verschafft uns zwar lustvolle Gefühle, aber keine wirkliche Lust oder gar ekstatische Glückseligkeit.»

Sajida hatte sich in die Kissen zurückgelehnt, die Hände hinter dem Kopf, die Beine im Yogasitz der Orientalen verschränkt. Unter den seidigen Beinkleidern zeichneten sich ihre weit auseinandergespreizten Schenkel ab. Ein wollüstiges Lächeln umspielte ihre Lippen.

«Bei den meisten Menschen beschränkt sich die Lustempfindung auf die Genitalien. Sie haben verlernt, was jede Katze weiß: Lust ist nicht an einen bestimmten Körperteil gebunden. Vom Ohrläppchen bis zur Fußsohle ist unser Körper beseelt von himmlischen Empfindungen. Ihre Entdeckung, welch ein Abenteuer!»

«Laß sie uns gemeinsam entdecken», flüsterte Orlando. Das Gespräch hatte ihn erregt. Er rückte näher, legte seinen rechten Arm um ihre Schulter, so daß seine Fingerspitzen ihre Brust berührten. Er spürte, wie sie erschauerte. Sein Fleisch erhob sich: «Ich möchte mit dir Wind und Welle spielen.»

Sajida schob seine Hand von ihrer Brust: «Laß mir die wollüstigen Umarmungen meiner Phantasie. Es gibt keine größere Enttäuschung als verwirklichte Träume. Wenn ein Mensch, der keine Phantasie hat, ein Buch liest, wird er nur wenig erleben. Es gehört viel Einbildungskraft dazu, damit die Buchstaben zum Leben erwachen. Nicht anders verhält es sich mit der Begattung. Im Arabischen ist die Liebe ein Schwelgen in schönen Wörtern:

‹Ich warb um sie, bis sie nachgab.
Und oh, wie gab sie nach!›

Es gibt nicht genügend Wörter, um die Geliebte zu beschreiben. Ihr Lächeln: das Leuchten der Tautropfen im ersten Morgenlicht. Ihr Gesäß: ein Sattel, der geritten werden will wie ein königliches Rennkamel. Der Schwung der Hüften wird verglichen mit dem weichen Schwung der Dünen in der al-Mafaze. Allein der Klang ihres Namens ist ein Fest des Verlangens.»

«Sajida», sagte Orlando. Er hielt sie im Arm: «Du hast die Augen eines Mädchens, das bereit ist, den Teufel zu empfangen.»

«Aber nicht in Leiblichkeit», sagte Sajida. «Dafür hast du Chizuran. Laß mir meine Träume!»

SIE SASSEN ZU ZWEIT vor dem großen Kamin im Tadsch al-Alam. Das Feuer war fast erloschen.

«Wir werden heute nacht nicht über die Zinnen gehen», sagte der Quaim. «Meine Körperkraft ist noch so schwach wie diese Flamme. Ich habe dich rufen lassen, um dir eine Frage zu stellen. Überlege gut, bevor du antwortest.»

Der Quaim beugte sich vor. Er schaute Orlando in die Augen und sagte: «Du warst einmal bereit, dein Leben zu opfern. Du würdest es wieder tun?»

Orlando spürte, wie ihm der Schweiß aus allen Poren brach. Er fühlte sich wie der Fuchs in der Falle.

«Wer das Höchste fordert, muß auch bereit sein, das Letzte zu geben.»

Orlando blickte hinaus auf die Zinnen. Er dachte an die beiden Nizaris, die sich auf einen Wink ihres Herrn von dort in den Abgrund gestürzt hatten.

«Würdest du springen, wenn ich es dir befehle?»

Die Frage war gestellt.

Eine falsche Bewegung und der Mechanismus der Falle schnappte zu. Orlando spürte den Schlag seines Herzens in den Schläfen. Bevor er eine Antwort fand, sagte der Quaim: «Die Antwort sei dir erspart. Dein Leben gehört Höherem. Es gibt schmerzvollere Opfer als das Leben.»

Er fixierte Orlando, als wollte er ihm ins Herz blicken.

Schon am nächsten Tag stand Orlando vor dem Rat der Weisen. Hazim sprach für alle: «Vernimm unsere Worte. Was wir dir zu sagen haben, ist von schicksalhafter Schwere. Du bist ein Amil. Der Quaim will es so. Du gehörst dem inneren Zirkel der Nachfolge an. Diese ehrenhafte Erhöhung gibt dir keine Rechte, verlangt dir aber zusätzliche Pflichten ab. Aufstieg bedeutet vor allem Verzicht. Aufbruch verlangt Abschied. Aus diesem Grund ist dir ab sofort der Garten versperrt.»

«Und Chizuran?»

«Du wirst sie nicht wiedersehen. Führen kann nur, wer zum Opfer bereit ist, sofort und ohne zu zögern.»

«Das soll ich dir geben», sagte Sajida.

Orlando erkannte Chizurans Ring.

«Ihren Ring? Was soll ich damit? Ist ihr etwas zugestoßen?»

«Ich wurde letzte Nacht in den Garten gerufen. Sie lagen im Bad, beide, eng umschlungen wie zwei Kinder, die sich verlaufen haben. Sie hatten Hunderte von Kerzen entzündet, als wollten sie noch einmal alles Licht der Erde in sich aufnehmen, bevor die große Dunkelheit sie fortnahm. Sie trugen Kränze im Haar, Hibiskus, Jasmin und Yakaranda. Das Gift hatte seine Wirkung getan. Ihnen war nicht mehr zu helfen.»

Orlando verbarg sein Gesicht in den Händen.

«Aischah war tot. Chizuran atmete noch. Ein Lächeln lag auf ihren blassen Lippen. Ich zog ihr den Ring vom Finger und versprach ihr, ihn dir zu geben. Sie dankte mir mit mattem Lidschlag. Kurz darauf starb sie.»

Orlandos Schultern zuckten vor Schmerz. Sajida nahm ihn in ihre Arme.

«Wo ist sie?» fragte er.

«Im Qasr al-bahr.»

«Ich will sie sehen. Ich muß zu ihr.»

«Du weißt, daß dir der Garten verschlossen ist.»

Orlando überhörte den Einwand.

Es war das erste Mal, daß er den Garten bei Tageslicht sah, ohne von den Drogen genommen zu haben.

War das wirklich sein Paradies?

Weite Teile des Parks waren von Unkraut überwuchert. Es gab mehr Brennesseln als Blumen. Auf Brunnen und Bänken wucherten Moos und Flechten. Die Bauten waren bloß billige Bühnendekorationen aus Gips und ungehobelten Brettern. Hinter prachtvollen Fassaden versteckte sich häßliches Flickwerk.

Orlando war am Ende des Gartens angelangt. Eine Hecke versperrte den Weg. Er fand eine vergitterte, aber unverschlossene Pforte und schlüpfte hindurch. Vor ihm lagen ein paar baufällige Lehmhütten, Elendsquartiere. Wäsche trocknete neben Knoblauch und Maiskolben. Wer mochte hier hausen? Die Gärtner, Diener oder gar die himmlischen Huris?

Orlando verzichtete darauf, es herauszufinden.

Er sah die Hirsche, die er in der ersten Nacht mit al-Hadi unter dem Granatapfelbaum bewundert hatte. Jetzt lagen sie feist und wiederkäuend auf dem Weg. Ihr Fell war räudig und von Fliegen bedeckt. Die Würde der Wildtiere war ihnen in der Gefangenschaft abhanden gekommen.

Wie arm, wie erbärmlich arm war der Garten der Verheißung ohne das Kimija as-sa ada.

Orlando dachte: Ist nicht alle Religion ein Elixier der Glückseligkeit? Wie arm ist unsere irdische Existenz ohne diese Droge!

Orlando erkannte mit Entsetzen, daß nichts von all dem Schönen, das er hier erlebt hatte, wirklich war. Das Paradies: ein schöner Schein, eine Fata Morgana wie das Glück, wie die Liebe. Chizuran – welch ein Traum! Hat es sie je gegeben? Wie war sie wirklich, falls es sie gab?

Die Toten lagen auf einem Teppich von Blüten: Bambusrohr, vom Sturm zerschlagen. Die Frauen im Garten hatten sie geschmückt wie Bräute. Chizuran trug das Gewand, in dem Orlando sie das erste Mal gesehen hatte. Im großen Spiegel des Löwenhofes hatte sie gestanden, eine Braut, die den Geliebten erwartet und einen Fremden umarmt. Welch trauriger Betrug!

Orlando dachte an die leidenschaftlichen Gespräche ihrer Leiber. Er streichelte ihr Haar. «Verzeih mir», sagte er, «ich habe dich belogen. Leb wohl, Chizuran.»

Er beugte sich über Aischah:

«Adieu, kleine Perle.
Am Ende des Regenbogens
wird ein Garten sein,
wo wir gemeinsam singen werden.»

Sajida hatte zwei Pferde satteln lassen. Sie erwartete Orlando am Ausgang des Kahf az-zulumat. Sie ritten, bis die Flanken der Tiere vor Erschöpfung bebten. Unter einer Gruppe von Rotholzzedern glitt Sajida aus dem Sattel: «Hier laß uns bleiben. Von hier aus reicht der Blick über das ganze Tal. Das macht frei.» Sie liefen nebeneinander durch das kniehohe Gras.

Orlando sprach von Chizuran. Sajida hörte ihm zu.

«Ausdrucksvoller als Worte waren ihre Augen, ihre Hände, ihr ganzer Leib. Ihr Wimpernschlag auf meiner Wange, die atemleichte Berührung ihres Haares auf meiner Haut.

Und dann wieder warf sie sich über mich, wild und übermütig wie ein junger Jagdhund, bedeckte mich mit Küssen, Liebesbissen. Nadelspitz und dennoch unendlich behutsam gruben sich ihre Zähne in mein Fleisch. Sie beleckte die Wunden wie eine Katze, saugend wie ein Vampir. Sieh hier!»

Er löste das Seidentuch von seinem Hals. Eine Kette blauschwarzer Bißmale schmückte seinen Hals. Sajida betrachtete sie.

«Tauq al-hamama», sagte sie. Es klang unendlich traurig:

> «In den Tälern von Dailam
> findet man im Frühling
> tote Taubenvögel,
> so weiß wie der Schnee.
> Es heißt, sie töten
> einander aus Liebe.
> Um den Hals tragen sie
> leuchtendrot
> eine Kette von Blutstropfen:
> Tauq al-hamama,
> das Halsband der Taube.»

«Sie ahnte das Ende», sagte Orlando. «An unserem letzten Abend schrieb sie Aischah auf die Haut: ‹Damit die Leidenschaft nicht erlischt, Geliebter, laß uns so tun, als ob uns nur noch diese eine Nacht gehört.›»

Orlando war stehengeblieben. Die Erinnerung überwältigte ihn: «Sie ließ Aischah sagen:

> ‹Ich gehöre einem Mann
> und fürchte nichts so sehr
> wie den Tag, an dem er mich
> mir selbst zurückgibt.›

Sie war so...», Orlando suchte nach dem richtigen Wort, «...so unglaublich lebendig.»

«Nur was sterblich ist, ist lebendig.»

Orlando betrachtete Chizurans Ring: «Mehr ist mir nicht geblieben.»

«Da ist noch etwas», sagte Sajida. «Mit dem Ring gab sie mir diesen Brief.» Orlando las seinen Namen in der Handschrift Adrians. Der Brief fiel zu Boden. Er hob ihn auf und steckte ihn in sein Gewand.

Sajida musterte ihn: »Chizuran konnte schreiben? Hast du das gewußt?» Und wieder hatten ihre Augen jenen mitverschwörerischen Ausdruck, den er schon zuvor an ihr erkannt hatte.

Später in seinem Zimmer stellte er erleichtert fest, daß das Briefsiegel noch unberührt war. Er wollte es öffnen und fand nicht den Mut dazu.

Er verbarg den Brief in seinem Gewand. Dort trug er ihn wie ein Amulett. Bisweilen holte er ihn hervor, drehte und wendete ihn in seinen Händen, ohne ihn zu öffnen.

«Wir haben sie verloren», sagte Orlando am Kreuzweg der Sinne.

«Ich habe sie verloren», erwiderte der Bruder. «Hast du nicht gebetet: Herr, nimm mir die Entscheidung ab! Er hat dir die Entscheidung abgenommen. Was klagst du? Du selbst warst keines Opfers fähig. Du hast sie nie geliebt. Jetzt bist du frei für deinen Auftrag. Vogelfrei!»

Orlando fand Sajida im Garten. Sie kam vom Taubenhaus:

«Schau dir das an», sagte sie und hielt ihm eine Taube entgegen. «Sieh doch nur, Tauq al-hamama! Sie trägt einen Wollfaden um den Hals, rot wie Blut. Sie hat einen langen Flug hinter sich. Schau nur, wie erschöpft sie ist. Was hat das zu bedeuten? Das Halsband der Taube.»

«Vielleicht hat sie sich verflogen?»

«Nein, sie ist eine von unseren Tauben. Das ist ein böses Omen. Ich spüre es.»

Orlando war um seinen Schlaf gebracht.

Wie hatte der Templer in Bagdad gesagt: Wenn eine Taube mit blutrotem Halsband auf Alamut landet, dann lauf um dein Leben!

AM ABEND WAR ORLANDO im Tadsch al-Alam. Der Alte schien ihn erwartet zu haben. Er sagte: «Sexualität, Religion und Macht gehören zusammen wie die Finger einer Hand. Der Glaube an Gott gibt dem Leben Sinn und der Gemeinschaft Ordnung. Der Geschlechtstrieb hält den Menschen in Abhängigkeit wie das Wasser den Fisch.

In den alten Religionen waren Gott und Sexualität noch eine Einheit. Osiris und Baal waren phallische Gottheiten. Es gab Tempelprostitution für Männer und Mysterienkulte für die weibliche Sexualität.

Erst die großen Buchreligionen haben die Sexualität durch Verbot und Verteufelung zur Sünde und damit zum Mittel absoluter Macht perfektioniert. Die Rezeptur ist einfach: Nur der Mann ist das Ebenbild Gottes. Die Frau, aus Adams Rippe erschaffen, ist ein Mensch zweiter Ordnung. Sie, die aufgrund der natürlichen Ordnung erotische Macht über den Mann ausübt, wurde von den Priestern verdrängt, die nun ihrerseits den Anspruch erheben, Mittler zwischen Gott und den Menschen zu sein.

Mohammed reservierte die Freuden der Sexualität für den Mann und versklavte das Weib. Die Christen verteufelten die Sexualität für beide Geschlechter.

Es gibt kein besseres Mittel, Macht über Gläubige auszuüben, denn kein anderes Organ übt so viel Macht auf den Menschen aus wie seine Geschlechtsdrüsen. Die Hoden entscheiden über die körperlichen und geistigen Anlagen eines Mannes. Alle Herrscher, Heilige und Heerführer, Gelehrten waren auch sexuell überdurchschnittlich kraftvoll. Alle großen Künstler und Dichter waren auch große Liebende. Nie war ein Eunuch ein Prophet oder ein Eroberer.

Die Entfernung der Keimdrüsen macht einen Helden zum Haremsdiener, verändert ihn mehr als der Verlust seiner Arme und Beine. Sufi Ibn Arabi hat gelehrt: Der Penis hängt nicht am Manne, der Mann hängt am Penis. Denn alle anderen Glieder können durch unseren Willen gesteuert werden, nicht jedoch Adams Glied. Es unterliegt Kräften, die sich unserer Kontrolle entziehen, die Gewalt über uns haben.

Sexualität ist für den Menschen so lebenswichtig wie Schlaf, Nahrung und Luft zum Atmen, aber sie sollte immer nur Mittel zum Zweck sein und niemals Mittelpunkt oder gar Ziel unseres Seins. Ein Mann, der seine Ideale für eine Frau verrät, ist so widerwärtig wie einer, der nur lebt, um zu fressen. Feuer ist ein wichtiges Element, aber die Motte, die den Tod in der Flamme sucht, handelt so aberwitzig wie der Assassine, der sein Leben fortwirft, um in Wollust zu leben.

Hast du je von Adud ad-Daula gehört?

Von ihm, dem zweiten Herrscher der schiitischen Dynastie der Bujiden zu Bagdad, wird berichtet, daß er in so heftiger Liebe zu einer Sklavin seines Harems entbrannt war, daß er darüber die Staatsgeschäfte vernachlässigte. Das belastete sein Gewissen, und er nahm sich vor, sie nie wiederzusehen. Er beschwor es beim Barte des Propheten. Doch die Leidenschaft war stärker als alle guten Vorsätze. Er besuchte sie erneut und verfiel ihr noch heftiger. Am Ende überdachte er seine Lage, so wie ein Kadi die Anklage prüft oder ein Arzt die Krankheit. Er erkannte, daß sich das Leiden nur mit der Beseitigung der Krankheitsursache abstellen läßt. Er befahl, die Geliebte im Fluß zu ertränken und ihr ein prächtiges Grabmal zu errichten. Als Rechtfertigung erklärte er:

Wer den Lüsten des Asch-schahawaat verfällt, kann nicht regieren. Wer zwischen Lust und Macht wählen muß und sich für ein Weib gegen seine Pflicht entscheidet, der verdient es nicht, über andere zu herrschen.

Quatil al-hubb, das Opfer der Liebe.

Das Leben der Schmetterlinge gehört der Liebe. Männer wie du sind zu Höherem bestimmt.»

Und dann erklärte er Orlando mit lebhafter Gebärde seine Vision von einer Menschheit, vereinigt in einem Glauben, regiert von einer Zentralmacht.

«In Granada und Cordoba leben Moslems, Christen und Juden zusammen wie Schwarzhaarige, Blonde und Brünette. Ihr Glaube ist so nebensächlich wie ihre Haarfarbe. Dieses hier so reich blühende System läßt sich nicht nur unter muselmanischer, sondern auch unter christlicher Herrschaft verwirklichen, wie Kaiser Friedrich auf Sizilien bezeugt. Hier leben Christen und Moslems miteinander wie die Familien eines Stammes. Die Leibwache des Kaisers besteht aus Sarazenen. Sein Finanzminister ist ein Jude, sein Admiral ein Byzantiner. Der Unterschied zwischen dem iberischen Omaijadenstaat und dem christlichen Sizilien ist geringer als der Unterschied zwischen Sunniten und Schiiten oder zwischen Rom und Byzanz. Was hier partiell geschieht, läßt sich auch im Großen verwirklichen: die Unterordnung der Religion unter die Vernunft. Eine Weltmacht vom Indus bis an den Atlantik. Es wäre das Ende aller Kriege und der Armut, das Paradies auf Erden.»

Sie gingen über die Dächer der Oberstadt. Nur der Mond war ihr Zeuge. Die Augen des Alten blitzten wie die Sterne über den Bergen.

«Darf ich Euch um etwas bitten?» fragte Orlando.

«Es sei dir gewährt.»

«Laßt mich Abstand gewinnen und eine klare Grenzlinie ziehen zwischen dem, was war, und dem, was sein wird.»

«Was hast du vor?» fragte der Alte.

«Ich will in die Wüste gehen. Es heißt, in ihr finden wir Antwort auf alle wichtigen Fragen unseres Lebens.»

Der Alte blickte ihn an: «Auch hierin erweist du dich als einer von uns. Seit Abrahams Zeiten sind alle unseres Blutes in die Wüste gegangen, um Kraft zu schöpfen. Der Prophet Jesus brauchte vierzig Tage.»

«Gebt auch mir vierzig Tage.»

«Wann willst du aufbrechen?»

«Morgen.»

«Vier meiner besten Männer sollen dich begleiten.»

«Ich brauche keinen Beistand. Habe ich das nicht zur Genüge bewiesen? Ich will allein sein, ganz allein, für vierzig Tage.»

«Gib auf dich acht, mein Sohn», sagte der Alte. Es war das erste Mal, daß er Orlando so ansprach.

Sajida sagte zum Abschied:

«Es gibt im Abendland ein Märchen von einem Schwanenritter. Ich glaube, er hieß Lohengrin. Er kam wie du aus einer anderen Welt, fand eine Frau. Sie liebte ihn, mehr als er ahnte. Doch da war ein Geheimnis, das zwischen ihnen stand. Sie mußte schwören, nie zu fragen, wes Art er sei. Sie brach den Schwur. Wer will nicht wissen, wen er liebt? Und sie verlor ihn für immer. Ich habe dir diese Frage nie gestellt, und dennoch gehst du. Ist das nicht ungerecht?»

«Ich kann nicht bleiben.»

Sajida erwiderte: «Du meinst, der Mann gehört in die Welt, die Frau ins Haus. Der alte Heldengesang. So steht es geschrieben. Laß dir von einer Frau sagen: Es gibt kein größeres Wagnis, als verletzlich zu sein und sich hinzugeben, zu schweigen und zu verzeihen.»

Orlando küßte sie und ritt davon.

VIERZIG TAGE! Er hatte einen Vorsprung von vierzig Tagen. Fast tausend Farsach lagen zwischen ihm und Alamut, als die Frist verstrichen war. Gewiß würden sie noch ein paar Tage warten. Dann aber würden sie nach ihm suchen.

Wenn es ihm nicht gelang, den Vorsprung zu halten, war er verloren. Sie würden ihn jagen wie ein Wild. Für Verräter gab es keine Gnade, und Nizaris waren überall.

Er schlief bei Tag und ritt im Schutz der Nacht.

Zu Ashura, dem zehnten Tag im Monat Muharram, erreichte er al-Iskenderia. Beim Anblick des Mittelmeeres fiel er auf die Knie.

Am Abend des gleichen Tages erreichte eine Botschaft Alamut. Sie trug das Siegel des kaiserlichen Prinzen.

Noch in der Nacht ließ der Quaim die Ihwan as-safa zusammenrufen. Nie zuvor hatten sie den Alten so erregt gesehen. Aschfahl im Gesicht, mit bebenden Fäusten, sprach er nur einen einzigen Satz: «Ein Verräter in unserer Mitte. Wie konnte das geschehen?»

«Es kann nicht sein. Es ist ganz unmöglich», sagte Hazim. «Sajida hat ihn anhand der Wundnarben eindeutig identifiziert.»

«Holt sie her!»

Sajida wurde verhört. Sie war geständig. Bei Morgengrauen wurde sie in die Schlucht des Shah-rud gestoßen, nicht weit von dem Grat, unter dem al-Hadi zerschellt war.

Zwölf unendlich lange Tage vergingen, bevor Orlando endlich ein Schiff fand, das ihn mit günstigem Wind gen Westen trug. Den größten Teil der Seereise verschlief er. Die Anstrengungen der letzten Wochen hatten ihn ausgezehrt. Nachts schrie er im Schlaf, schlug um sich, kämpfte um sein Leben. Welch farbige Flut von Bildern und Empfindungen begleitete ihn! In seinen

Träumen wurde alles überragt vom Adlernest. Wie die Gralsburg stachen Alamuts Türme in den Himmel von Dailam, mondbeschienen, vom Geschrei der Dohlen umweht. Und im Tadsch al-Alam das erleuchtete Fenster, dahinter wachend der Quaim. Erinnerungen an eine verlorene Welt, fremd und vertraut zugleich. Gesichter, Stimmen: Hazim, al-Mansur, al-Hadi, der Schahna, vor allem aber die Frauen. Marucella: Bei ihr in Sardinien hatte er die Urform der Sexualität erlebt. Im Harem von al-Mansur hatte er die raffinierteste Spielart des Aschschahawaat erfahren. Später: Sajidas geistige Erotik, ihre wortgewandten Spiele mit dem Feuer. Und als Gegensatz dazu Chizurans stumme, unendlich zärtliche Körpersprache!

Je weiter er sich von Alamut entfernte, um so befreiter von aller Last und Verstellung fühlte er sich, um so aufregender empfand er die schrittweise Rückverwandlung in den, der er einmal gewesen war.

Bei nächtlicher Rast unter freiem Sternenhimmel fragte er sich: Wie hätte ich mich verhalten, wenn ich völlig unvorbereitet in den Garten gebracht worden wäre, so unerfahren wie Ali, Zaid und Adrian? Wäre ich dem Asch-schahawaat so verfallen wie sie? Nein, denn da war der Auftrag.

«Es gibt Wichtigeres als den Auftrag», sagte Adrians Stimme.

«Wichtigeres als den Auftrag? Unmöglich!»

«Doch, die Liebe.»

«Das ist Verrat. Auch ich habe die Liebe kennengelernt, in allen Spielarten, und ich bin mir selbst treu geblieben.»

«Liebe? Du weißt nicht, wovon du sprichst. Das Maß der Liebe ist, was man bereit ist, dafür aufzugeben. Gibt es einen Menschen, dem du je ein Opfer gebracht hast?»

«Ich habe Chizuran geliebt.»

«Geliebt? Du hast sie gefickt.»

«Ich habe es für dich getan.»

«Und für den Auftrag.»

«Ja, für den Auftrag, den du verraten hast.»

Auf Kreta befiel ihn das Fieber. Die Pflege der Ordensbrüder half ihm zu überleben. Als er endlich wieder so weit bei Kräften war, daß er ein Schiff nach Narbonne besteigen konnte, waren acht Wochen verstrichen: Fünfzig kostbare Tage Vorsprung vor seinen Verfolgern. Vielleicht erwarteten sie ihn schon im Templerhafen Narbonne. Er beschloß, bereits vor der Rhonemündung an Land zu gehen.

Bei strömendem Regen erreichte er Arles. In einem Schleppkahn wurde er den schlammigen Fluß hinaufgezogen, eingepfercht zwischen Schwefelpulver und Salz. In den Templerabteien von Avignon, Viviers, Valence und Lyon verbrachte er die Nächte, wechselte die Kleidung, stieg um auf andere Kähne.

Die Wälder der Bourgogne durchquerte er in Gesellschaft einer langen Kolonne von Kauffahrern aus der Normandie.

Als sie bei Chatillon die Seine erreichten, überkam ihn zum erstenmal das Gefühl, wieder daheim zu sein.

Die Seine! Er tauchte die Hände hinein und trank von dem Wasser, als wäre es Wein.

Unbeschreibliche Freude erfüllte ihn. Wenn Adrian ihn jetzt sehen könnte! Warum hatte er es nicht geschafft? War er nicht immer der Stärkere gewesen? Warum hatte er wie ein Assassine den Opfertod auf sich genommen? Lag es daran, daß er nicht so tief in ihre Geheimnisse eingedrungen war? Und dennoch, wie konnte er der tödlichen Verlockung so hoffnungslos erliegen?

Vielleicht hatte er an das Paradies geglaubt, weil er wollte, daß es existierte. Warum glaubt der unheilbar Kranke an seine Genesung?

«Es gibt Fragen, die sollte man nicht stellen», sagte Adrians Stimme im Niemandsland zwischen Traum und Wachsein.

«Andere Fragen bleiben nur deshalb offen, weil wir die Antwort fürchten.»

Bisweilen tastete Orlando nach dem Umschlag, den er ungeöffnet am Körper trug. Dann fragte er sich, ob in dem Brief nicht etwas ganz anderes stehen könnte als das, was er befürchtete.

Als Orlando erwachte, schien ihm die Sonne ins Gesicht. Er lag in einer engen Zelle auf einer Pritsche. Wo bin ich? dachte er.

Er brauchte einige Zeit, um die Bilder seiner Erinnerung zu ordnen: Mit letzter Kraft hatte er die Templer-Abtei Saint Germigny-de-Prés erreicht. Seine Glieder schmerzten.

«Du mußt hungrig sein wie ein Bär, der aus dem Winterschlaf erwacht», lachte Bruder Armand, der ohne anzuklopfen die Zelle betrat. «Du hast zwei Tage und zwei Nächte geschlafen.»

«Mein Gott, ich muß weiter.»

«Wir haben den Orden in Paris von deinem Kommen unterrichtet. Du wirst morgen abend vor Schließung der Stadttore erwartet. Wenn du dich kräftig genug fühlst, lasse ich dir ein Pferd satteln.»

Sommer, Sonne, hohe, hellbelaubte Bäume den Fluß entlang, in dessen träge dahinfließendem Wasser sich weiße Wolken spiegeln. Unendlich weit ist der Himmel über dem oberen Seinetal im August.

Darunter ein einsamer Reiter, der den sandigen Uferpfad hinab gen Norden trabte. Er ritt wie einer, der sich nach langer, anstrengender Reise kurz vor dem Ziel weiß, erschöpft und dennoch rastlos vorangetrieben, bestrebt, dem Leiden ein Ende zu bereiten. Auch das Pferd lief so leicht, als ahnte es, daß sie nur noch eine Tagesreise von Paris trennte. Oder lag es an der Art, wie der Mann mit ihm sprach?

«Ich habe meinen Auftrag erfüllt!

Ich bin aufgebrochen, das Unmögliche zu bewältigen, und kehre erfolgreich zurück. Welch ein Abenteuer!

Ich habe das Geheimnis der Assassinen gelüftet!

Ich habe sie entlarvt!

Ihre Überlegenheit beruht nicht auf Größe, nicht auf Glaubensstärke, sondern auf Täuschung durch Drogen und sexuelle Verführung. Welch erbärmliche Attrappe war doch dieses falsche Paradies, dieses Bordell für Halbwüchsige, mit seinen verstümmelten Huris, Köderfleisch in der Falle für betrogene Toren! Der Alte vom Berge: ein verlogener Verführer!»

Alle Last schien von ihm abgeglitten. Nach der Anspannung der letzten Wochen fühlte er sich so frei wie ein Jagdfalke, der in den Wind geworfen wird.

Nie hatte er die Geschichte vom verlorenen Sohn verstanden, den der Vater bei seiner Rückkehr mehr liebte als die anderen Kinder, die daheim geblieben waren. Erst jetzt begriff er: Fortgehen und Zurückkommen ist mehr als Bleiben.

Am Ende seiner Mission erschien Orlando die ehedem so wichtige Frage bedeutungslos: Was hatte Adrian veranlaßt, den Herzog von Kelheim zu töten? War das wirklich so wichtig?

Es hätte nicht viel gefehlt, und ich selbst hätte einen erdolcht, der mich für seinen Blutsbruder hielt. Das Leben ist voller Rätsel. Wir sind Akteure in einem Spiel, dessen Regeln wir nicht kennen, so sprach er zu sich selbst.

Sajida hatte gesagt: Das Maß der Liebe ist, was wir bereit sind dafür aufzugeben. Adrian war bereit gewesen, alles aufzugeben, auch sein Leben. Gewinnen konnte er Chizuran nur, indem er zum Assassinen wurde. Er hatte die wahre Liebe erfahren. Es gab nur einen einzigen Weg, seinen Traum zu realisieren. Gab es einen größeren Liebesbeweis, als das Leben zu opfern? Gab es größeres Glück, als für die Geliebte zu sterben? Chizuran war der Schlüssel in Adrians rätselhaftem Verhalten. Adrian hatte es für sie getan. Er war hervorgetreten und hatte die Hand auf die Brust gelegt, als die Frage gestellt worden war: Wer von euch erledigt den Herzog? Jenen Herzog, der Chizurans Leben zerstört hatte. Wie groß muß sein Haß auf Chizurans Folterknechte gewesen sein! Hätte er sonst in Alexandria den Arzt und seinen Famulus erschlagen?

War Adrian wirklich ein Opferbereiter gewesen, einer, der sterben wollte? Hatte er nicht Chizuran geschworen: Ich komme zurück? Adrian war keiner von denen, die leichtfertig ein Versprechen brachen. Nein, er hatte die feste Absicht gehabt, zurückzukehren. Aber warum hatte er nicht gekämpft? Warum hatte er sich gegen die Begleiter des Herzogs nicht gewehrt? Adrian war ein hervorragender Fechter gewesen.

Mit einemmal erkannte Orlando die Wahrheit:

Wortbrüchig gegen Gott, Orden und Gewissen konnte und wollte Adrian nicht weiterleben. Er mußte sterben! Und er mußte zurückkehren! Aber wie? Dafür gab es nur eine Lösung: mich! Ich mußte sein Versprechen einlösen!

Er muß sich seiner Sache sehr sicher gewesen sein: «Ich weiß, Bruder, du wirst kommen und diesen Brief lesen. Sind wir nicht immer denselben Weg gegangen», so hatte es in seiner ersten Nachricht geheißen. Orlando erkannte mit Bestürzung:

Ich war von Anfang an ein Teil seines Planes!

In weiter Ferne über reifenden Getreidefeldern die Türme von Paris. Orlando zügelte sein Pferd, verharrte lange, um das vertraute Bild in sich aufzunehmen. Welch ein Augenblick!!!

Es klang feierlich, als er laut und deutlich zu sich sprach:

«Non sum qualis eram. Ich bin nicht mehr der, der ich war. Und dennoch bin ich mir selbst treu geblieben. In fide salus. Das Heil liegt in der Treue!»

Eine Meile vor der Stadt sah er sie. Sie ritten ihm entgegen. Er erkannte sie schon von weitem. Ihre weißen Mäntel mit dem roten Tatzenkreuz wehten im Abendwind. Welch ein Bild!

War das nicht Domenicus von Aragon? Und dort Ferdinand Le Fort! Er erkannte den alten Girac. Er stieß einen Freudenschrei aus, gab seinem Pferd die Sporen. Wie eine wehende Fahne flog er ihnen entgegen, hinein in den Hagel von blitzenden Säbelhieben. Da waren wieder die sprühenden Fontänen der Wasserbekken im Garten von Alamut, wirbelnder Schnee, Kirschblütenblätter, in die der Sturm gefahren ist, Taubengeflatter, wehendes Mädchenhaar. Chizuran! Er starb mit dem gleichen Lächeln, mit dem auch Adrian gefallen war. Bevor die Wogen über ihm zusammenschlugen, vernahm er die Stimme des alten Hazim:

> Das Wasser, das das Schiff trägt,
> ist das gleiche, das es verschlingt.

Fallend verschmolz er mit seinem anderen Ich.

Sie waren wieder ein und derselbe wie am Anfang ihrer leiblichen Existenz, im Augenblick der Zeugung, bevor die erste Teilung der mütterlichen Urzelle sie grausam getrennt hatte:

Eine Seele in zwei Körpern, zwei Wege zum gleichen Ziel.

Es war erreicht. Adrian!

Er hatte sich gefunden!

Noch in derselben Nacht – Gewitterwolken ballten sich über Paris – verbrannte der Großmeister der Templer zu Paris einen Brief, der das Siegel des Alten vom Berge trug. Darin stand:

An Peter von Montaigu

von Hasan-i Sabbah

Unseren Gruß voran! Ihr habt vor vier Sommern einen Eurer Besten zu uns gesandt, damit wir ihn prüfen, so wie man Gold prüft. Er ist als Assassine zu Euch zurückgekehrt. Es war eine faire Partie, von Euch eröffnet und von uns gewonnen.

Warum seid Ihr Templer so schlechte Verlierer?

Ihr habt uns einen Zwilling geschickt, um uns zu täuschen. Es fiel uns nicht schwer, auch ihn für uns zu gewinnen. Kein Geringerer als der Großmeister von Jerusalem ist mein Zeuge. Er kann bestätigen, daß Euer Gemini seinen eigenen Ordensbruder und Weggefährten, den Zacharias von Ratzenhofen, in unserem Auftrag erschlug.

Er kehrt als Assassine zu Euch zurück, um einen von Euch aus dem Leben zu befördern. Aus Freundschaft lasse ich Euch diese Warnung zukommen, denn wir wollen in diesem Wettstreit nicht Euren Tod, sondern den Beweis für die Überlegenheit unseres Ordens über den Euren.

Nehmt diese Warnung nicht auf die leichte Schulter.

Denkt an den Herzog von Kelheim.

Der Pfeil ist von der Sehne geschnellt. Hütet das Ziel!

Drei Monde darauf, am Freitag vor Simon und Judas, legte der Großmeister Peter von Montaigu sein Amt nieder, um «Frieden in bußfertiger Abgeschiedenheit zu suchen», wie es in der Rücktrittserklärung hieß. In seinem Nachlaß befand sich ein Brief, den er wenige Tage zuvor erhalten hatte. Er lautete:

An Peter von Montaigu

von Hasan-i Sabbah

Diese Zeilen schreibe ich zur Ehrenrettung für einen, den ich wie meinen Sohn geliebt habe. Es ist mir nicht gelungen, ihn zu halten. Er hat sich gegen mich für Euch entschieden. Aber auch Ihr habt ihn verloren, denn Ihr wart seiner nicht wert.

Falls Ihr Euch immer noch fragt: Wie kann einer unserer Besten zum Mörder an der eigenen Art werden, so habt Ihr Euch mit dem Totschlag an Eurem Zwilling die Antwort selbst erteilt.

Wa lillahi el maschreq wa el maghreb.

Gott regiert den Orient; Gott regiert den Okzident.

Frieden zwischen Euch und uns!

IN DER NACHT VOM 12. zum 13. Oktober 1307 wurden alle Templer in ganz Frankreich verhaftet. Ihr Besitz wurde vom König beschlagnahmt. Der Ketzerei angeklagt, wurden sie so lange gefoltert, bis sie «Geständnisse» ablegten, die sie widerriefen. Sechsunddreißig Templer starben während der Tortur. Die anderen endeten auf dem Scheiterhaufen. Am 18. März 1314 wurde der letzte Großmeister Jacques de Molay «bei langsamem Feuer» verbrannt.

Der Alte vom Berge lebte vierunddreißig Jahre auf Alamut. Als er in einer mondlosen Nacht verschwand – sein Leichnam wurde nie gefunden –, übernahm ein anderer sein Amt. Auch er wurde «der Alte vom Berge» genannt. Was kein Feind der Assassinen vermocht hatte, erledigten am Ende die Mongolen: Im November 1256 belagerten sie Alamut. Mit dem Schlachtruf: «Wir sind die Opfertiere unseres Herrn!» verteidigten die Assassinen ihr Adlernest gegen die Übermacht. Nach viertägigem Kampf wurde der letzte von ihnen in Stücke gehauen. Nach ismaelitischer Überlieferung hat der Alte vom Berge eine Botschaft hinterlassen, der zufolge er nach eintausend Jahren wiederkehren werde, um sein Werk zu vollenden.

Fast auf den Tag genau, nach eintausend Jahren arabischer Zeitrechnung, wurde in Ghom, der heiligen Stadt der Schiiten, der Ayatollah Chomeini geboren. Nach dem Terroranschlag auf die amerikanische Marinebasis in Beirut im Oktober 1983, bei dem zweihunderteinundvierzig Menschen getötet wurden, verkündete er:

«Es wird Zeit, den Großmächten in Ost und West zu zeigen, daß wir es mit der ganzen Welt aufnehmen können. Je mehr Fedawis sich für unsere Idee opfern, um so mehr wird man uns fürchten und respektieren.»

Zwei Monate später durchbrach ein mit Sprengstoff beladener Lastwagen das Tor der amerikanischen Botschaft von Kuweit. Die genaue Anzahl der Toten konnte nie ermittelt werden. Die Prophezeiung des Alten vom Berge hatte sich erfüllt. Wie heißt es im Heldengesang der Assassinen:

Alles beginnt und alles endet
zur rechten Zeit und am rechten Ort.